« BEST-SELLERS »

Collection dirigée par Henriette Joël et Isabelle Laffont

DU MÊME AUTEUR

Chez le même éditeur :

DE MAIN DE MAÎTRE, Éd. Robert Laffont, 1989.

Chez d'autres éditeurs :

LES BOUFFONS DE DIEU.
L'AVOCAT DU DIABLE, Éd. Plon, 1960.
LA TOUR DE BABEL, Éd. Plon, 1968.
LE LOUP ROUGE, Éd. Fayard, 1972.
LA SALAMANDRE, Éd. Fayard, 1973.
ARLEQUIN, Éd. Fayard, 1975.
KALONI LE NAVIGATEUR, Éd. Fayard, 1976.
LES SOULIERS DE SAINT PIERRE, Éd. Plon, 1978.
PROTÉE, Éd. Fayard, 1978.
LE MARIAGE ET LE DIVORCE, Éd. Fayard, 1978.
LA SECONDE VICTOIRE, Presses Pocket, 1986.

MORRIS WEST

LAZARE

roman

traduit de l'anglais par Eric Deschodt

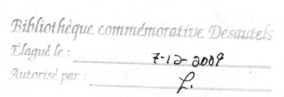

ÉDITIONS ROBERT LAFFONT
PARIS

Titre original : Lazarus

© Memaleuka Fast Investment Pty, Ltd, 1990
Traduction française : Éditions Robert Laffont, S.A., Paris, 1990

ISBN 2-221-06578-6
(édition originale :
ISBN 0-434-85899-4 William Heinemann, Ltd, Londres.)

Pour Joy
avec amour,
le meilleur du vin de l'été.

« J'ai beaucoup réfléchi au cas de Lazare.
Il avait franchi les portes de la mort.
Il avait vu ce qu'il y a de l'autre côté.
Voulait-il revenir à la vie ?... Remercia-t-il
Jésus de l'y avoir fait revenir ?... Quelle sorte
d'homme fut-il après cela ? Comment le monde
lui apparut-il ? Comment apparut-il au
monde ? »

LÉON XIV, *Pont. Max.*
Conversations.

Livre premier

LAZARE MALADE

« Un homme était tombé malade, c'était Lazare
de Béthanie... Quand Jésus arriva, il trouva
Lazare au tombeau depuis quatre jours déjà. »

Jean XI, 1, 17.

1.

C'était un homme grand, dur aussi. Son long nez courbe, sa mâchoire saillante et ses yeux d'obsidienne sombre lui donnaient l'air d'un vieil aigle, impérieux et agressif. Pourtant, devant l'évidence de la mort, il s'éprouvait soudain petit et ridicule.

Debout derrière le bureau, le chirurgien, d'un quart de siècle son cadet, traça un croquis sur une feuille de papier armorié et l'expliqua sèchement.

— Voici les deux artères du ventricule gauche. Elles sont presque bouchées par les dépôts qu'ont fini par constituer les déchets de votre flux sanguin. Ces dépôts s'accumulent sur la paroi des artères comme de l'oxyde dans un tuyau. L'angiogramme que nous avons fait hier indique que de ce côté gauche le débit sanguin est réduit à cinq pour cent de la normale. Voilà pourquoi vous ressentez ces douleurs dans la poitrine, vous avez le souffle court et avez dernièrement éprouvé somnolence et fatigue. Et voici maintenant ce qui va arriver...

Il dessina une petite tache noire avec une flèche pour lui montrer dans quel sens le sang circulait.

— Ce petit caillot de sang circule le long de l'artère. Et s'arrête là, dans son étranglement. L'artère est bouchée. Vous êtes frappé de l'infarctus classique. Vous mourez.

— Quelle est la probabilité...

— Ce n'est pas une probabilité, c'est une certitude. L'infarctus peut vous frapper à chaque instant. De jour, de nuit. En ce

11

moment où nous parlons. » Il eut un petit rire sans joie. « Aux yeux des pèlerins, place Saint-Pierre, vous êtes Léon XIV, vicaire du Christ et Souverain Pontife. Aux miens, vous êtes une bombe à retardement ambulante. Plus tôt je pourrais vous opérer, mieux ce sera.

– Êtes-vous sûr de pouvoir opérer ?

– D'un point de vue purement clinique, oui. Nous installerons un double pontage en remplaçant les artères bouchées par des morceaux de veine prélevés sur votre jambe. C'est de la plomberie, un point c'est tout – le pourcentage de réussite est supérieur à quatre-vingt-dix pour cent.

– Quel surcroît de vie cela me donnera-t-il ?

– Cinq ans, dix ans, peut-être plus. Tout dépend de votre mode de vie après l'opération.

– Qu'entendez-vous exactement par là ?

Sa Sainteté était notoirement coléreuse. Le praticien conserva son calme.

– Cela signifie que pendant des années vous en avez trop fait. Vous avez au moins quinze kilos de trop. Vous mangez comme un travailleur de force. Vous avez la goutte. Votre taux d'acide urique est beaucoup trop élevé et vous continuez à boire du vin rouge, à manger des plats beaucoup trop riches et épicés. Le seul exercice que vous preniez c'est de marcher de long en large en lisant votre bréviaire. Vous passez tout le reste de votre temps à votre bureau, à assister à d'interminables cérémonies dans des nuages d'encens, à vous laisser transporter en voiture ou en avion... Sans changements draconiens de votre style de vie, tout ce que je pourrais faire ne servira à rien. L'*Osservatore romano* publiera que vous serez mort en odeur de sainteté. En vérité, vous serez mort de vos excès.

– Vous êtes bien impertinent, docteur !

– Je ne vous dis que la vérité, une vérité nécessaire. Si vous ne tenez pas compte de ce que je vous dis, vous ne sortirez pas d'ici sur vos pieds.

Un éclair de fureur passa sous ses lourdes paupières, lui donnant l'air d'un rapace prêt à frapper. Cette colère passa aussi vite qu'elle était venue. Le regard s'éteignit et ce fut d'une voix lasse qu'il posa la question :

– Vous avez dit, il y a cinq minutes : « D'un point de vue purement clinique, ce n'est que de la plomberie »... Cela implique-t-il des réserves ?

12

– Des réserves, non. Des mises en garde, des conseils au patient, oui.

– Voudriez-vous me les préciser, s'il vous plaît ?

– Bien sûr. Évaluons d'abord le facteur risque. Je l'estimerais à dix pour cent. Quelle est la nature du risque ? Collapsus soudain, attaque, infection du péricarde. Se faire opérer, c'est comme monter en voiture ou en avion. Vous en acceptez les risques et les oubliez. En ce qui vous concerne j'imagine que vous vous en remettrez à Dieu.

– Pas entièrement. (Une ombre de sourire étira les coins de la bouche sévère). Il me faudra laisser certaines directives. Dont la première est celle-ci : en cas de collapsus, laissez-moi mourir. La seconde est que si mon cerveau devait se trouver endommagé, je ne sois relié à aucun système de survie. Ni vous ni moi ne sommes tenus de prolonger un légume. Je vous ferai parvenir cette directive par écrit, sous mon sceau et signée par moi. Quoi d'autre ?

– L'action chirurgicale peut avoir des séquelles, des conséquences à court terme et à long terme. Il est très important que vous en preniez connaissance, que vous y pensiez, que vous en parliez librement. Vous ne devez pas – je n'insisterai jamais assez là-dessus – refouler la question, la convertir en une sorte d'expérience mystique expiatoire : en une nuit noire de l'âme, en stigmates de l'esprit... (Il haussa les épaules avec un sourire désarmant). J'inclinerai à penser que vous n'êtes pas homme à en arriver là. Mais vous pourriez être tenté d'opposer à vos tourments un fier et digne silence. Cela serait une grave erreur.

La réponse du vieil homme fut acérée.

– Vous ne m'avez pas encore dit ce que je pourrais avoir à supporter.

– La douleur, je n'en parle pas. C'est un facteur contrôlable. Vous demeurerez inconscient quarante-huit heures au moins, sous puissants anesthésiques. On vous administrera les narcotiques et analgésiques aussi longtemps qu'ils seront nécessaires à contenir l'inconfort postopératoire dans des limites tolérables. C'est d'autre chose que vous souffrirez : d'un traumatisme psychique, d'un changement de personnalité qui échappe encore à notre compréhension complète. Vous vous trouverez très émotif – sujet aux larmes aussi bien qu'à la rage. Vous éprouverez des dépressions subites, profondes, quelquefois suicidaires. Il vous arrivera d'être aussi dépendant qu'un enfant qui cherche à être rassuré après un cauchemar, et, l'instant d'après, vous serez saisi de colère, vous enragerez de votre impuissance. Votre mémoire proche sera sujette à défaillances. Votre résistance aux agressions psychologiques se trouvera beaucoup diminuée. Les conseillers qui vous entourent vous aviseront énergiquement de vous abstenir de toute décision importante d'ordre émotif, intellectuel ou administratif, pendant au moins trois mois... La plupart de ces séquelles disparaîtront. Il en demeurera quelques-unes, atténuées mais sensibles dans votre psychisme. Mieux vous porterez-vous, moins elle vous pèseront. Aussi, après le premier stade de votre convalescence, on vous mettra au régime, pour vous faire perdre quinze ou vingt kilos. Vous devrez faire des exercices physiques progressifs. Si vous manquez à l'un des deux, à votre régime ou à cet entraînement, votre handicap psychique persistera et votre condition physique se détériorera rapidement. En un mot, tout ce que nous allons entreprendre ne servirait à rien et vous souffririez en vain. Je vous demande pardon d'insister à ce point, mais il est capital que vous compreniez tout cela. Croyez-moi, je n'exagère pas.

— Je vous crois. Je serais stupide de ne pas vous croire.

Le vieil homme sembla soudain rentrer en lui-même. On eût dit qu'une membrane lui recouvrait les yeux, devenus mornes et inexpressifs. Le chirurgien attendait sans mot dire que la parole lui revînt.

— Se pose maintenant une ultime question : serais-je capable après cela d'assumer les devoirs de ma charge ?

— Bonne question. Et vous ne serez pas le seul à vous la poser. Les membres du sacré collège auront accès aux mêmes informations cliniques que celles que je viens de vous donner.

Pour la première fois la bouche crispée se détendit en un sourire plein d'humour. Le regard s'anima et le vicaire du Christ risqua une hérésie singulière :

— Dieu est un farceur, mon ami. Je l'ai toujours su.

Le chirurgien attendit une explication. En vain. Au lieu de quoi le pontife demanda :

— Combien de temps pourrais-je attendre avant l'opération ?

— Vous ne pouvez pas attendre du tout. Je veux vous voir dans ma clinique demain avant midi.

— Pourquoi dans votre clinique ? Pourquoi pas à Gemelli ou à Salvator Mundi ?

— Parce que je ne travaille qu'avec mon équipe dans des condi-

14

tions garanties. J'y contrôle moi-même les procédures post-opératoires et la convalescence. Votre médecin vous le dira : je suis le meilleur en Italie. Si vous vous confiez à moi, vous contractez un engagement. Vous faites ce qu'on vous dit ou je me lave les mains de tout ce qui pourrait vous arriver.

— Avant de m'engager à ce point, je voudrais prendre un second conseil.

— Vous l'avez déjà eu, vous en avez eu un troisième. Morrison à Londres et Haefliger à New York ont étudié votre cas. Ils ont tous deux disposé de vos radios, optimisées par ordinateur. Ils ont approuvé mon diagnostic et l'opération que je compte effectuer. Morrison viendra de Londres assister à l'opération.

— Et dites-moi, je vous prie, qui a autorisé cette petite démarche ?

Le chirurgien haussa les épaules et sourit.

— Le doyen du sacré collège. Vos frères les évêques ont jugé cette précaution utile.

— Je n'en doute pas! lâcha le pontife avec un bref éclat de rire. Plusieurs d'entre eux seraient contents de me voir mort. Mais ils ne prendraient pas le risque de perdre un autre pape dans des circonstances suspectes!

— Cela m'amène à mon dernier conseil. J'aimerais pouvoir en faire un ordre, mais je ne puis... Ne passez pas votre convalescence au Vatican, ni même à Castel Gandolfo. Accordez-vous, au moins un mois, le statut de personne privée. Installez-vous chez des amis ou dans votre famille; n'ayez de contacts à Rome qu'avec vos collaborateurs les plus proches. L'été arrive. Vous ne manquerez pas trop, croyez-moi. La seule chose qui compte pour les fidèles, c'est de vous savoir en vie et à la barre de l'Église. Une brève apparition et deux communiqués feront l'affaire.

— Vous allez bien vite, jeune homme! Le Vatican est mon foyer. Je n'ai pas d'autre famille que mes familiers. Pourquoi ne pourrais-je me rétablir auprès d'eux ?

— Pour deux raisons. La première, c'est la pollution à Rome, qui dépasse l'imaginable. Elle aggraverait toutes les difficultés respiratoires que vous pourriez éprouver après l'opération. La seconde est plus importante : que vous le vouliez ou non, votre résistance, vos capacités seront surveillées jour après jour. La moindre de vos faiblesses sera commentée à l'infini. Vous verrez. Vous vous y attendrez. Vous adopterez pour vous défendre l'état d'esprit d'un combattant. Résultat ? Tensions, hypertension, anxiété ; tout ce que nous nous efforçons d'éliminer en chirurgie cardiaque. Si cela vous paraît présomptueux, je vous en demande pardon. Votre Sainteté a une réputation d'obstination et de brusquerie. Mon premier devoir, aux termes du serment d'Hippocrate, est de vous épargner tout mal – *Primum non nocere*. Je préfère donc la présomption à la culpabilité. Cela dit, la décision vous appartient. Passons-nous ce contrat ?

– Nous le passons.

– A la bonne heure. Je vous attends demain à midi. Un jour et demi de préparation et de prétraitement sera nécessaire. Je vous présenterai les principaux membres de l'équipe et vous leur parlerez. Nous opérerons mercredi matin, à 7 heures... Faites-moi confiance, Votre Sainteté ! Aujourd'hui, l'ombre de la mort plane sur vous. Dans une semaine, vous serez comme Lazare sortant du tombeau, ébloui par le soleil.

– J'ai beaucoup réfléchi au cas de Lazare, fit le vieil homme, sardonique, s'adossant à son siège, pour fixer le chirurgien. Il avait franchi les portes de la mort. Il avait vu ce qu'il y a de l'autre côté. Voulait-il revenir à la vie ? Remercia-t-il Jésus de l'y avoir fait revenir ?... Quelle sorte d'homme fut-il après cela ? Comment le monde lui apparut-il ? Comment apparut-il au monde ?

Le chirurgien sourit et étendit les mains pour tempérer ses mots :

– Peut-être cela devrait-il être le thème de la première homélie de Votre Sainteté après sa guérison !

Le bref dialogue l'avait ébranlé jusqu'au fond du cœur. Il était soudain dépouillé de tout ce qui l'avait soutenu : *magisterium, auctoritas, potestas* ; la fonction, l'autorité, le pouvoir de les exercer toutes deux. Il était condamné à mort. L'instrument même de son exécution lui avait été désigné : un petit caillot de sang qui empêcherait le flux de la vie de parvenir à son cœur. Sans doute lui offrait-on un répit, mais il le devrait à cet arrogant personnage, simple plombier de son propre aveu, qui s'était cru autorisé à morigéner le vicaire du Christ parce qu'il était trop gros, aimait trop ses aises et mangeait comme un paysan.

Pourquoi en aurait-il honte ? N'était-il pas un paysan, Ludivico Gatta de son nom, fils unique de métayers des environs de La Mirandole, vieille principauté proche de Ferrare. A douze ans, il allait le matin à l'école, mais l'après-midi travaillait comme un homme, gardant le gros bétail et les chèvres, bêchant le potager, compactant le fumier qui servirait plus tard d'engrais. Un jour son père était tombé mort derrière sa charrue. Sa mère avait vendu son métayage, s'était engagée comme gouvernante chez un propriétaire local, décidée à donner à son fils l'éducation qui lui permettrait d'accéder à une vie meilleure.

Déjà, il était bon en mathématiques et savait très bien lire, car sa mère, qui avait espéré autrefois être institutrice, lui avait inculqué tout le savoir qu'elle n'avait jamais eu l'occasion d'utiliser au long des noirs hivers campagnards. Le savoir, répétait-elle, était la clé de la liberté et de la prospérité. L'ignorance était la marque de l'esclavage. D'abord elle l'envoya chez les Salésiens, pédagogues à l'ancienne mode qui lui firent passer les désirs naissants de sa puberté par de terrifiantes histoires d'enfer et d'horribles descriptions des maladies qui frappaient les débauchés. Ils le saturèrent de latin, de grec et de mathématiques, et d'un dictionnaire entier de définitions dogmatiques et de préceptes moraux, sans oublier les vingt siècles d'une histoire expurgée de l'Église triomphante. Ils incrustèrent aussi en lui, comme une perle dans une huître, la notion de « vocation » – appel particulier à une âme singulière à consacrer sa vie au service de Dieu. Il n'y avait qu'un pas de cette forcerie de piété au séminaire de l'archidiocèse de Ferrare.

Par comparaison avec les rudesses de la vie campagnarde dans laquelle il avait été élevé, les contraintes du séminaire urbain et de la vie scholastique lui furent légères. Il était habitué à une existence réglée. Il était bien nourri et chaudement vêtu. Sa mère, protégée des coups du sort par sa nouvelle situation, était satisfaite. Jamais elle ne fit mystère de sa préférence : la sécurité que représentait un fils prêtre valait bien mieux qu'un troupeau de petits-enfants dans la cuisine d'une autre. L'ambition fit de Ludovico un bon élève. Il apprit très vite que pour aspirer à d'éminentes fonctions dans l'Église, les meilleurs titres étaient une théologie orthodoxe, une fidélité inébranlable au droit canon et l'obéissance instantanée aux moindres directives de la hiérarchie – qu'elles fussent sages, aberrantes, ou simplement contingentes.

Tous les rapports qui le concernaient concordaient. C'était de la bonne graine d'ecclésiastique. Sa spiritualité n'était pas très profonde, mais, comme son recteur devait le souligner, il avait « *animam naturaliter rectam* », l'esprit naturellement droit.

Tout au long de son ascension, il récompensa chez les autres les pratiques de sa propre jeunesse, tandis que de curé, il devenait monsignore, puis évêque coadjuteur, puis secrétaire de la Congrégation pour la Doctrine de la Foi, sous le redoutable Léon d'abord, puis sous la férule d'acier de l'Allemand Joseph Lorenz, qui l'avait, lentement mais régulièrement, poussé vers les sommets, jusqu'à en faire un candidat à la préfecture.

Il l'obtint du pontife ukrainien Cyril Ier, avec le chapeau qui accompagnait la fonction. Cyril, qui était alors dans les premières années de son pontificat, était considéré comme un novateur et un réformateur passionné. Sur le tard, il s'était révélé un voyageur invétéré, entièrement absorbé par son rôle public de pasteur universel, faisant sonner le trousseau des clés de saint Pierre partout où il lui était permis d'atterrir. Pendant ces déplacements, les cabales de la curie s'emparèrent de l'administration de l'Église, dont la vie intérieure, la capacité à participer à la solution des questions nouvelles posées par l'évolution de l'humanité, périclitait par défaut d'interprètes courageux.

On ne pouvait évoquer sa succession sans citer Ludovico Gadda parmi les *papabili*. Pourtant, lorsque Cyril mourut dans un avion qui reliait Rome à Buenos Aires, l'élu fut un Français, Jean-Marie Barette, qui prit le nom de Grégoire XVII.

Ce Grégoire était un libéral qui n'accordait guère de valeur aux méthodes rigoureuses de surveillance, de censure et de discrétion forcée que le cardinal Gadda avait remises à l'honneur à la Congrégation pour la Doctrine de la Foi. Aussi l'en écarta-t-il, le nommant préfet de la Congrégation pour les Évêques, sachant les évêques assez grands garçons pour s'occuper de leurs propres affaires.

Mais Ludovico Gadda, inébranlable serviteur du système, se conduisit à ce poste avec tant de capacités et de discrétion qu'il parvint à se faire de nombreux amis parmi les membres les plus âgés de l'épiscopat. Aussi, lorsque survint l'extravagante proclamation de Grégoire XVII, qui assura avoir reçu la révélation du retour du Christ en même temps que la mission de la prêcher comme l'une des plus anciennes et solides doctrines du christianisme, Gadda put lui arracher son abdication en le menaçant d'un vote collégial de défiance pour incompétence mentale.

Il mena son affaire avec tant d'adresse que le conclave convoqué en hâte après l'abdication, élut pape, dès le premier tour, le cardinal Ludovico Gadda, qui prit le nom de Léon XIV. Ce triomphe électoral lui donnait les coudées franches. Six semaines n'avaient pas passé qu'il publiait sa première encyclique... « Obéissant jusqu'à la mort... », rappel glacial à la discipline, à la règle, à la soumission sans murmures aux décisions de l'autorité papale dans l'Église.

La presse, une grande partie du clergé et des laïcs furent abasourdis par son style réactionnaire, les échos d'anciennes fulminations, et l'odeur d'autodafés qui s'en dégageaient. La tendance générale fut de l'ignorer ; mais la chose s'avéra bien plus difficile à pratiquer qu'à prétendre. Léon XIV avait eu toute une vie pour apprendre comment fonctionnait la machinerie de l'Église, il en manipulait les moindres fils et les moindres rouages pour serrer la vis aux récalcitrants, clercs aussi bien que laïcs.

En général audacieux, il avait calculé ses pertes à l'avance et, bien qu'elles apparussent désastreuses à beaucoup, il les justifiait, impavide, par le résultat final : un clergé moins nombreux, des congrégations réduites, mais animés d'un brûlant zèle rédempteur et réformateur.

C'était retomber dans l'illusion post-tridentine. Rallier les zélotes, galvaniser les hésitants, chasser les objecteurs par la cloche, le livre et le cierge ; à la fin, les élus, aidés par la grâce de Dieu, convertiraient les tièdes par la prière et par l'exemple. Au lieu de quoi, un nombre croissant de braves gens s'en tinrent à leurs vies honnêtes, silencieux schismatiques par indifférence aux oukases d'un ultra qui s'imaginait pouvoir gouverner par décrets *ex cathedra* les consciences d'un milliard d'âmes réparties sur toute la surface d'une tourbillonnante planète.

Mais Ludovico Gadda, paysan de La Mirandole, s'entêtait. Bien agir donnait raison, avait-il toujours cru – et si l'on se trompait de bonne foi, Dieu en tirait les conséquences.

Et voilà que d'un seul coup, ces confortables certitudes lui étaient enlevées. Il mourrait avant d'avoir terminé sa tâche. Et s'il survivait, il pourrait fort bien ne plus être capable de la poursuivre.

Mais au diable ces pensées mélancoliques ! Dieu disposerait de tout en Son heure et à Sa mode. Son serviteur ne voulait ni ne pouvait demeurer là à ruminer. Au travail ! Travailler et prier, c'était tout un. Il avait toujours cherché la consolation dans l'action plutôt que dans la contemplation. Il sonna son secrétaire pour convoquer les membres de la curie, à 5 heures, dans le salon Borgia.

Son allocution aux cardinaux de la curie fut presque enjouée, mais des plus précises.

– ... La Sala Stampa sera responsable du communiqué à la presse. Le texte en sera précis, sur tous les points. Le souverain pontife souffre d'une maladie de cœur, qui exige un pontage. L'opération aura lieu à la Clinique Internationale du professeur Sergio Salviati. Le taux de réussite de cette opération est élevé. Les pronostics sont favorables. Le souverain pontife serait reconnaissant aux fidèles de prier pour lui – il accepterait de même les prières de ses frères ici rassemblés.

« Des bulletins médicaux seront établis à la clinique et envoyés par fax à la Sala Stampa pour distribution. Notre attitude envers la presse sera cordiale et coopératrice. Il sera répondu franchement, avec l'aide de la clinique, aux questions pessimistes.

« La question suivante ne manquera pas d'être soulevée – j'en suis sûr, elle occupe vos esprits à tous, alors même que je parle : aurai-je les moyens physiques ou mentaux de remplir ma tâche jusqu'à la fin de mon pontificat ? Il est trop tôt pour en juger ; mais d'ici à trois mois, nous en serons tous informés. Je voudrais néanmoins vous assurer, comme je l'ai déjà fait par écrit au doyen du sacré collège, que je serais le dernier homme au monde, compte tenu du combat où se trouve engagé l'Église, à souhaiter la voir conduite par un général incapable. Mon abdication est déjà rédigée. Il me semble toutefois incongru et gênant d'en publier le texte à présent.

Ce trait les fit tous rire et ils l'applaudirent. La tension qui n'avait cessé de croître au long du jour s'en trouva soudain dissipée. Leur compatriote, après tout, n'était pas si entêté que cela... Ses mots suivants leur confirmèrent qu'ils ne devaient pas s'attendre à ce qu'il rendît si facilement le sceau du pontife.

– Le chirurgien insiste beaucoup pour que je me retire environ trois mois des affaires d'État et des cérémonies publiques. Le bon sens me commande de suivre cet avis et de gagner quelque retraite champêtre, assez loin du Vatican comme de Castel Gandolfo... Je n'ai pas encore décidé où j'irai, ni même si je m'absenterai aussi longtemps, mais, quelle que soit la durée de mon absence, je demeure le souverain pontife et je vous demande à tous de poursuivre avec diligence la politique que j'ai déterminée avec vous. Vous aurez largement l'occasion – en fait la nécessité en sera quotidienne – d'exercer votre autorité et votre discrétion collégiales, mais le siège de Pierre ne sera vacant qu'à ma mort ou à mon abandon volontaire, décidé, mes frères, de concert avec vous... Je me réserve le droit d'annuler toute décision prise en mon absence qui ne serait pas conforme à la politique que nous avons eu tant de mal à fixer.

Un silence gêné s'établit, enfin rompu par le cardinal Drexel, doyen du sacré collège, âgé de quatre-vingt-deux ans mais l'œil vif encore et la dialectique vigoureuse.

– Un point, Votre Sainteté, doit être précisé. J'y viens parce que, d'après le règlement, mon âge m'écarte de toute élection papale future. Votre Sainteté se réserve le droit d'annuler toute décision de qui que ce soit de la curie, ou de la curie dans son ensemble, durant son absence. Cela, je crois, ne soulève aucune difficulté pour aucun d'entre nous. Mais les membres du collège électoral doivent pareillement se réserver le droit de décider des capacités de Votre Sainteté à accomplir sa tâche. Ce critère, semble-t-il, a joué lors de l'abdication de Sa Sainteté Grégoire XVII; nous pourrions en approuver le principe tous ensemble, ici même à l'instant. Après tout, c'est Votre Sainteté qui en a rédigé la définition à la tête de la Congrégation pour les Évêques.

Le silence qui suivit dura plus longtemps que le premier. Léon XIV, voûté dans son fauteuil, fixait le centre du plancher.

Drexel était le dernier contre qui il pouvait s'emporter. L'homme était trop vieux, trop sage, trop versé dans les subtilités du droit canon. C'était Drexel qui avait persuadé Barette d'abdiquer sans scandale et qui maintenait le contact avec lui qui vivait secrètement à l'étranger. C'était lui encore qui s'était si brutalement opposé à sa candidature et qui, après son succès, lui avait baisé les mains et servi comme il l'avait toujours fait, sans demander aucune faveur, ni trouver d'excuses aux erreurs de son nouveau maître. Drexel ne faisait pas mystère de la douleur et de la colère que lui inspirait le nouveau rigorisme du gouvernement de l'Église. Comme Paul jadis, il faisait face au pontife, proclamant que son souci d'établir un Royaume des Purs à partir de l'assemblée disparate des enfants perdus de Dieu, l'avait fait tomber dans l'erreur gnostique.

Il fortifiait le courage des autres conseillers du pape et ne cachait pas un instant son intention de constituer une opposition officielle au sein de la curie – « Car, disait-il sans fioritures au souverain pontife, Votre Sainteté se conduit quelquefois comme une mule, ce que nous ne saurions tolérer aujourd'hui ».

Mais, si âprement qu'il combattît, son combat restait secret, comme il en avait agi dans le cas de Jean-Marie Barette. Plus que quiconque à Rome, il comprenait combien alarmantes étaient les statistiques de la défection, et jamais il ne se serait permis un mot ni un geste qui aurait pu élargir la brèche entre le pape et le peuple. Aussi Léon, évêque de Rome, répondit-il enfin à son frère évêque.

– Autant que je m'en souvienne, j'ai rédigé un projet de règlement qui a été amendé et agréé par le sacré collège avant d'être soumis au pontife régnant, qui a consenti à son application, fût-ce dans son propre cas... La question ne se pose donc pas, je me soumettrai à ces normes, s'il devient nécessaire de les faire jouer. Maintenant, nous pourrions passer à d'autres détails essentiels...

Ces détails étaient légion. Ils concernaient les communications, la sécurité, les protocoles à mettre au point avec la République italienne pendant la durée du séjour du pape hors du territoire du Vatican, la liste de ceux qui auraient accès à la clinique aux différentes phases du traitement du souverain pontife, puis aux différents stades de sa convalescence...

Ce programme fut enfin rempli. Puis, à la surprise de toute l'assemblée, le pape fit les premières excuses qu'ils aient jamais entendues tomber de ses lèvres.

– J'avais espéré dire la messe avec vous cette nuit. Je ne peux pas, les forces me manquent. Mais je ne peux prendre congé de vous sans vous avoir demandé d'entendre ma confession et de me donner votre absolution collective. Je ne me repens pas de ce que j'ai pu faire à mon poste. Je dois me repentir d'être ce que je suis – entêté, aveugle, arrogant, prompt à la colère, lent au pardon. Serais-je atteint par la corruption du pouvoir ? Oui. Serais-je un lâche ? Oui, car j'ai grand peur de ce qui m'attend quand je vous aurai quitté. Je manque de compassion, car j'ai été amené depuis l'enfance à m'éloigner aussi loin que possible des misères de la condition humaine. Pourtant, je ne saurais abjurer ce à quoi je crois, qu'une obéissance enfantine aux leçons de Notre Seigneur et Sauveur, interprétées par le Saint-Siège, est le seul vrai chemin du salut. Si je me trompe là-dessus, ce n'est point, croyez-moi, par défaut de bonne volonté, mais par manque de lumières et de compréhension. Aussi, devant vous tous, je me confesse et je me repens et je demande à notre frère Drexel de me donner l'absolution, au nom de Dieu et de vous tous.

Il se jeta maladroitement hors de son grand fauteuil sculpté et s'agenouilla devant eux. Drexel s'approcha et lui donna l'absolution rituelle : « *deinde ego te absolvo a peccatis tuis in nomine Patri et Filii et Spiriti Sancti...* »

— Et pour pénitence ? demanda le souverain pontife.

— De notre part, aucune. Vous souffrirez assez. Nous vous souhaitons tout le courage nécessaire.

Drexel tendit la main pour l'aider à se relever et dans un silence glacial l'accompagna jusqu'à la porte.

Comme les cardinaux de la curie se dispersaient dans le crépuscule romain, MacAndrew, l'Écossais responsable de la Propagation de la Foi, s'éloigna en compagnie d'Agostini, du Secrétariat d'État. Ils représentaient ensemble une métaphore presque parfaite de la nature de l'Église. La congrégation de MacAndrew était chargée de l'évangélisation des nations, de la propagation de la foi ancienne auprès des incroyants et de l'entretien des missions. Agostini avait pour tâche la création et le maintien des relations politiques qui rendaient possibles tous ces efforts. MacAndrew laissa échapper, pince-sans-rire à son habitude :

— Eh bien, nous n'avions rien entendu de pareil depuis le séminaire ! Une confession publique, le Recteur à genoux devant la communauté. Qu'en avez-vous pensé ?

Toujours diplomate, Agostini haussa des épaules éloquentes et cita le *Dies Irae* : « *Timor mortis conturbat me !* » Il a peur. C'est naturel. Il sait qu'il peut mourir sous le bistouri et il sait qu'il mourra s'il ne tente pas l'opération.

— J'ai eu l'impression, dit posément MacAndrew, qu'il faisait son bilan et le trouvait déficitaire.

— Ce déficit, nous le connaissons tous, répondit sombrement Agostini. Vous-même, à la Propagation de la Foi, êtes bien placé pour savoir combien il est catastrophique. Les congrégations s'étiolent, le nombre des candidats à la prêtrise, aux missions, à la vie religieuse, diminue sans cesse : les lieux où la foi est la plus forte semblent les plus éloignés de notre juridiction et de notre influence ! Notre seigneur et maître commence peut-être à comprendre qu'il est au moins responsable d'une partie de ce gâchis.

— Nous sommes tous responsables, répondit MacAndrew avec emphase. Vous, moi, toute notre bande dorée. Nous sommes les cardinaux, les chevilles ouvrières de tout le système. Nous sommes évêques, aussi, investis personnellement de l'autorité apostolique. Et regardez-nous aujourd'hui. Regardez-nous à tout moment. Nous nous conduisons comme des barons féodaux envers leur suzerain. Pis encore, il m'arrive de penser que nous ne sommes que des eunuques de cour. Nous acceptons le pallium et le chapeau et après ça, nous acceptons tout de lui, comme de la voix de Dieu qui tomberait du saint des saints. Nous le regardons s'escrimer à renverser le cours d'événements millénaires, imposer silence aux murmures d'une humanité troublée. Nous l'écoutons prêcher sur le sexe comme si, à l'instar d'Augustin, il avait passé toute sa jeunesse avec les manichéens et ne pouvait en oublier les aspects obscènes. Nous savons comment il a fait taire les théologiens et les philosophes qui s'efforcent de rendre la rédemption chrétienne intelligible à notre monde sans pitié. Mais combien d'entre nous sont prêts à lui dire qu'il pourrait se tromper, ou qu'il lui faudrait des lunettes neuves, ou qu'il contemple la vérité divine dans un miroir déformant ?

— Nous écouterait-il, si nous le lui disions ?

— Probablement pas — mais il aurait alors à compter avec nous comme un ensemble. Jusqu'à présent, il n'a rien d'autre à faire qu'à diviser pour régner. C'est là-dessus qu'il s'appuie. Si bien que chacun de nous est contraint de trouver sa voie propre pour traiter avec lui. Je peux les énumérer — l'intrigue, le mensonge, la flatterie, toutes les ficelles d'une diplomatie misérable... Drexel est le seul, on dirait, à lui tenir tête.

— Peut-être, répondit Agostini avec douceur, peut-être Drexel a-t-il moins à perdre que le reste d'entre nous. Il n'aimerait rien tant que se retirer à la campagne et jouer au paysan dans ses vignes. Puis aussi longtemps que nous occupons nos places, avec la faveur du pontife, nous pouvons faire un peu de bien. Sans fonctions nous sommes impuissants.

— Joli morceau de casuistique, fit MacAndrew sombrement. Mais tout cela ne saurait nous absoudre de nos fautes personnelles, n'est-ce pas ? Je me demande ce que j'éprouverais cette nuit si j'avais à faire face au Jugement dernier.

— Je suis un diplomate, dit Agostini. (Il manifestait dans ses meilleurs moments un humour discret et vinaigré). Je suis autorisé – non, je suis obligé de composer avec des hérésies qui seraient pour d'autres parfaitement damnables. Je ne traite pas avec le parfait, mais avec le possible, le bien relatif ou le mal acceptable. On ne me demande pas de fournir des définitions doctrinales, mais des solutions pragmatiques : quel est le compromis le meilleur auquel nous pourrions aboutir en Russie entre les uniates et les orthodoxes ? Combien de temps préserverons-nous nos précaires positions de Syrie ? Comment démêler l'écheveau de nos relations avec les chrétiens nationaux de Chine ? Notre maître comprend ces difficultés. Dans mon domaine, il oublie de faire le moraliste... Cela dit, pour vous répondre, il est un inquisiteur-né. Vous savez que nous avons plusieurs fois été menacés d'un nouveau Syllabus... Vous vous demandez ce que vous éprouveriez. Moi aussi. Je peux répondre pour moi-même. Un serviteur fautif, peut-être. Un opportuniste, peut-être. Au moins serais-je moi-même, sans surprises. Léon XIV est un homme divisé, coupé en deux. La confession que nous venons d'entendre... Qu'a-t-il dit ? Ma politique est la bonne, quand bien même je serais aussi recru de péchés qu'une passoire est criblée de trous. Il restera absolutiste jusqu'au bout. S'il ne l'était pas, il ne serait rien.

— Pour quoi donc allons-nous prier ? demanda MacAndrew plein d'humour macabre, une rapide guérison ou une heureuse mort ?

— Quelles que soient nos prières, il faut nous préparer aux deux hypothèses : Lazare revenant d'entre les morts, ancré dans sa vision béatifique, ou un cadavre qu'il nous faudra enterrer et un candidat qu'il nous faudra trouver.

— Qui donc a recommandé Salviati ?

— Drexel. Il lui a décerné les plus hautes louanges.

— Que notre Lazare vive ou meure, Drexel aura donc beaucoup à dire, n'est-ce pas ?

La Clinique Internationale de Sergio Salviati était située dans un splendide domaine avec un parc et des bois de pins, perché au bord du cratère qui domine le lac Nemi.

Depuis les temps les plus reculés, c'était un lieu sacré, qui fut un jour voué à Diane chasseresse, dont le sanctuaire au cœur des bois était desservi dans l'Antiquité par un étrange gardien surnommé le roi des bois. Ce roi était un esclave en fuite, à qui la liberté avait été accordée contre le meurtre du gardien officiel du temple et son remplacement. Tous les ans, un autre assassin survenait qui tentait d'accomplir le crime rituel. Caligula, l'empereur fou lui-même, avait joué ce jeu sinistre et envoyé l'un de ses jeunes familiers dépêcher le roi régnant.

Plus tard, beaucoup plus tard, la famille Colonna avait pris possession de l'endroit, pour le transformer en ferme et en refuge d'été contre la fétide touffeur de Rome. Puis ils vendirent le domaine aux Gaetani, qui lui donnèrent le nom qu'il porte encore, Villa Diana. Pendant la Seconde Guerre mondiale, les Allemands y installèrent un poste de commandement. Après la guerre, l'archevêque de Westminster en fit l'acquisition et le transforma en maison de vacances à l'intention des étudiants et des professeurs de l'English College. Mais, les vocations se raréfiant et les frais d'entretien augmentant, le domaine fut une fois de plus revendu, cette fois à un consortium d'hommes d'affaires milanais et turinois qui financèrent l'installation d'une clinique cardiologique moderne, sous la direction de Sergio Salviati.

C'était un endroit idéal. La villa du XVIᵉ siècle avait été rénovée et transformée en résidence pour les cadres de l'établissement et les collègues étrangers de passage. La clinique elle-même avec ses dépendances et sa centrale électrique auxiliaire, était située sur l'emplacement de l'ancienne ferme, au milieu d'un territoire suffisant pour cultiver des légumes et des fruits et permettre aux convalescents de prendre de l'exercice dans des jardins et des terrains de jeux.

Financé par les plus grosses entreprises – Fiat, Pirelli, Montecatini, Snia Viscosa – Sergio Salviati avait pu réaliser le rêve de sa vie : une clinique moderne qui était aussi un collège, menée par des talents internationaux, dont les diplômés commençaient à rajeunir l'archaïque système hospitalier italien.

A quarante-trois ans, Sergio Salviati était déjà l'enfant prodige de la médecine italienne et l'égal des plus grands noms d'Angleterre, d'Europe et d'Amérique. C'était un chirurgien calme, précis et, en cas de pépin, solide comme un roc. C'était aussi un chef d'équipe et un administrateur ouvert et gai, toujours prêt à écouter un point de vue contraire au sien ou une proposition inventive. Cependant, une fois le protocole établi, il n'acceptait ni négligence ni compromis. La Clinique Internationale était dirigée avec la précision d'un avion de ligne, et malheur à celui qui faisait preuve de maladresse dans les tâches dites de routine ou manquait au devoir de sourire aux patients et de les réconforter.

Lorsque le pape arriva, l'escorte motocycliste fournie par la République abandonna sa voiture aux grilles de la Villa Diana, où attendait un contingent composé de membres des services de sécurité italiens et de la Vigilanza vaticane. Accompagné de son seul valet et d'un prélat familier, le pape fut salué par l'administrateur des lieux et aussitôt conduit dans sa chambre. Claire et aérée, celle-ci donnait au sud sur le moutonnement du parc, des vignes et des bourgs perchés qui autrefois avaient été autant de places fortes.

Le valet défit son bagage, préparant sa garde-robe de malade et disposant à portée de main le bréviaire et l'autel portatif qui accompagnaient son maître depuis ses débuts de curé. Le pape signa les formulaires d'admission et les décharges nécessaires aux actes chirurgicaux. Le prélat qui faisait fonction d'aide de camp produisit l'enveloppe scellée aux armes papales qui contenait les instructions du patient en cas de collapsus imprévu ou de mort clinique. Puis prélat et valet furent congédiés et Sa Sainteté Léon XIV fut laissée seule ; lourd vieil homme au nez en bec d'aigle, qui attendait nerveusement, en pantoufles et robe de chambre, que les médecins s'occupent de lui.

Son premier visiteur fut une femme, en tenue d'hopital, blouse blanche recouvrant un chemisier et une jupe, équipée, pour parfaire l'image, d'une planchette à pince garnie d'une liasse de notes. Il la jugea dans la quarantaine, mariée – si du moins son alliance était autre chose qu'un leurre dissuasif – et, d'après son italien, précis, mais académique, probablement scandinave. Elle le salua d'un sourire et d'une poignée de main.

– Bienvenue à la Villa Diana, Votre Sainteté. Je suis Tove Lundberg et je dirige l'équipe des psychologues.

Le pape tiqua, puis la pensée qu'une jeune femme puisse conseiller le Vicaire du Christ le fit sourire. Il risqua un peu d'ironie.

– Et en quoi consiste votre action psychologique, Signora Lundberg?

Elle rit franchement d'un grand rire gai et s'assit en face de lui.

– D'abord à vous indiquer comment vous adapter à cette ambiance nouvelle. Ensuite à supporter le mieux possible les suites de l'opération. Tout patient a ses besoins propres. Et ses problèmes particuliers. Lorsqu'ils apparaissent, mon équipe et moi sommes là pour contribuer à leur prise en charge.

– Je ne suis pas sûr de bien vous comprendre.

– Prenons un exemple. Un jeune homme d'affaires est frappé de malaise cardiaque. Il est terrifié. Il a une femme, de jeunes enfants. Il a des dettes qu'il réglerait aisément dans des circonstances normales. Et maintenant? Le voilà menacé dans tous les domaines de son existence – dans ses finances, dans sa vie sexuelle, dans son amour-propre de mari et de père, dans son efficacité au travail... D'autre part, une veuve d'un certain âge peut tomber dans l'obsession d'être à charge à sa famille et de finir à l'hospice. Il est important que tous les patients puissent évoquer leurs craintes et partager leurs problèmes. Mon travail commence là.

– Et vous pensez que moi aussi je puisse avoir des problèmes? fit-il, toujours enjoué.

– Je suis certaine que vous en aurez. Ils mettront peut-être un peu plus longtemps à se déclarer, mais, oui, vous en connaîtrez. Et maintenant, si nous commencions?

– Je vous en prie!

– Premier point. La carte fixée sur la porte vous identifie comme Signor Ludovico Gadda.

– J'avoue ne pas l'avoir remarquée.

– Il y a une raison, que je vais tâcher de vous expliquer. Après l'opération, vous serez transporté d'abord dans un service de soins intensifs où vous resterez normalement quarante-huit heures. Après ça, vous serez transféré dans une chambre à deux lits où vous aurez pour voisin un patient dont le traitement sera en avance sur le vôtre d'un jour ou deux. Nous avons découvert qu'à ce stade critique, la compagnie, l'intérêt mutuel sont primordiaux. Plus tard, lorsque vous commencerez à marcher dans les couloirs, vous partagerez l'expérience de la guérison avec des hommes et des femmes de tous âges et de toutes conditions... Les fonctions et les titres constituent un obstacle à cette communication. Aussi les ignorons-nous. Cela vous dérange-t-il?

– Bien sûr que non. Je sors du peuple. Je n'en ai pas oublié le langage !

– Autre question. Quels sont vos parents les plus proches ?

– Les deux familles de mon père et de ma mère sont éteintes. Je suis fils unique. Ma famille est une famille adoptive, c'est l'Église, et particulièrement la famille pontificale au Vatican.

– Avez-vous des amis intimes. Ce que les Italiens appellent des amis de cœur ?

– Puis-je répondre à cette question par une autre question ?

Soudain il se sentait épuisé et las. Aussitôt elle l'apaisa.

– Même vous, dans la situation qui est la vôtre, serez sujet à des moments de profonde détresse. Vous éprouverez comme jamais le besoin de compagnons, de consolation, d'une main à tenir, d'une voix réconfortante. J'aimerais savoir qui je pourrais appeler auprès de vous.

Cette question toute simple soulignait sa solitude et tout ce que lui avait coûté son ascension. Ses années de séminaire avaient passé sous le signe de l'ordre ancien, qui tendait à détacher ses sujets de toute relation mondaine. L'ambition univoque de sa mère avait joué dans le même sens. C'était comme tuer le nerf d'une dent. Le résultat en était l'anesthésie définitive des passions et de la tendresse. Comme les mots lui manquaient et le cœur aussi pour expliquer tout cela à Tove Lundberg, il lui dit simplement :

– Je ne connais personne de cette sorte. Personne. La nature de ma fonction l'interdit.

– C'est très triste.

– Je ne l'ai jamais ressenti ainsi.

– Mais s'il vous arrivait de le ressentir, j'espère que vous m'appelleriez. Je suis exercée à partager la douleur.

– Je m'en souviendrai, et je vous remercie.

Il ne plaisantait plus. Il se sentait tout à coup inférieur à l'homme qu'il aurait souhaité être. Tove Lundberg ne laissa pas passer l'occasion.

– Tout ce que nous faisons ici est destiné à soulager l'anxiété et à aider nos patients à coopérer aussi sereinement que possible au processus de leur guérison. Le bon vieux temps est loin, où le chirurgien en chef et le médecin en chef se conduisaient en lieutenants de Dieu, où le patient ne pouvait rien faire que s'incliner et les laisser exercer sur lui-même leurs aptitudes magiques...

Il aurait pu, une fois de plus, compléter, embellir le commentaire. Telle était l'Église qu'il s'efforçait de faire renaître, une église où le pasteur suprême serait le vrai médecin des âmes, un chirurgien général qui en amputerait les membres malades. Mais déjà Tove Lundberg l'avait devancé.

– Maintenant que vous savez tout, nous avons besoin de votre aide, c'est un élément indispensable de la thérapie. Regardez...

Elle lui tendit un opuscule qui ressemblait à une bande dessinée où étaient décrits les principes de la chirurgie à cœur ouvert en une série de planches colorées, accompagnées de textes simplistes à la portée d'un enfant.

– Lisez ça à loisir. Le chirurgien ou moi-même répondrons à toutes les questions que vous pourriez vous poser. Nous avons emprunté l'idée de ce livre aux Américains. Le titre est de nous : « Initiation d'un cœur léger à la chirurgie cardiaque. » Je pense que vous le trouverez intéressant.

– J'en suis sûr.

Il en était rien moins que convaincu, mais il fallait bien être poli.

– Et maintenant, que va-t-il m'arriver ?

– Aujourd'hui et demain, examens : analyses du sang et de l'urine, électrocardiogramme, radios du torse. Après quoi vous serez purgé et rasé de la tête aux pieds.

Elle rit, reprit :

– Vous êtes, je vois, très poilu, aussi ce ne sera pas une petite affaire. Enfin, on vous donnera un sédatif pour vous faire dormir. Le lendemain de très bonne heure, vous prendrez une pré-médication et après ça vous ne vous rendrez plus compte de rien jusqu'à votre réveil.

– Tout cela paraît très simple.

– Ça l'est, ça l'est pour nous. Nous avons fait tout cela des centaines de fois. Nous savons que le taux d'échec est très, très bas. Mais pour vous, pour tout patient, l'attente est ce qu'il y a de pire, l'inquiétude de faire partie des quelques échecs statistiques. Natu-rellement, pour un homme de foi comme vous l'êtes, les choses sont probablement très différentes. Mais ma compétence s'arrête là. Je suis – comment dites-vous en italien ? – une *miscredente*. N'enseignez-vous pas que la foi est un don ? Eh bien je suis de ceux à qui il n'a pas été accordé. Et comment regretter ce que l'on n'a jamais connu ? A propos, il faut que vous sachiez qu'il y a ici des offices de toutes croyances, catholique, orthodoxe, anglicane, juive et dernièrement, une faveur du gouvernement égyptien nous a permis de proposer les services d'un imam à nos patients musulmans... Je n'ai jamais compris que tant de querelles fassent rage autour du même Dieu! Je me suis laissé dire qu'il fut un temps où pareille diversité aurait été impossible à Rome parce que le Vatican l'aurait interdite. Est-ce vrai?

– Oui.

La tolérance religieuse de la société moderne lui inspirait à lui-même les doutes les plus graves, mais il aurait rougi de les révéler à cette femme. Heureusement, elle n'insista pas, se contentant de hausser les épaules.

– Ici au moins, il n'y a pas de disputes. A la Villa Diana, nous nous efforçons de plaire à tout le monde. Si vous voulez voir le chapelain catholique, demandez-le à votre infirmière et il viendra vous voir. Si vous désirez vous recueillir, il y a près de l'entrée une salle très tranquille. Elle est ouverte à toutes les croyances – c'est un endroit très calme, très paisible. Si vous voulez dire la messe le matin, vous pouvez la dire ici ou dans cette salle. Personne n'y verra d'inconvénient.

– Vous pensez à tout, Signora. Je n'appellerai pas le chapelain, j'ai déjà reçu les derniers sacrements... Mais cela ne veut pas dire que je n'ai pas peur. J'ai peur. La pire maladie dont j'ai souffert dans ma vie est la goutte. Je n'ai pas été préparé à ça!

– Eh bien le moment est venu pour vous de considérer toutes les grâces dont vous bénéficiez, dit-elle avec une autorité nouvelle. Vous avez beaucoup de chance. Des millions de personnes pensent à vous et prient pour vous. Vous n'avez ni femme ni enfants, personne ne dépend de vous. Vous n'avez d'autre souci à vous faire que pour vous-même.

– Il y a Dieu aussi, à qui je dois rendre compte de ce que j'ai fait.

– Cela vous fait-il peur?

Il rechercha dans son expression la moindre trace de moquerie, n'en trouva point. Il fallait quand même répondre. Cela lui prit un certain temps.

– Ce n'est pas de Dieu que j'ai peur, mais de ce qu'il me faudra peut-être endurer pour arriver jusqu'à Lui.

Elle le considéra un long moment en silence, enfin l'admonesta gentiment.

– Permettez-moi de vous rassurer. D'abord, nous sommes très

habiles ici à soulager la douleur. Nous détestons les souffrances inutiles... Deuxièmement, votre cas a été examiné en détail à la conférence du chirurgien la nuit dernière. Le pronostic a entraîné l'unanimité, il est excellent. Comme l'a dit le docteur Salviati vous êtes aussi solide qu'un vieil olivier. Vous pouvez vivre encore dix ou vingt ans !

– C'est réconfortant. Mais vous aussi, Signora Lundberg, vous avez le don de rasséréner. Je suis heureux que vous soyez venue me voir.

– Tâcherez-vous de nous faire confiance à tous ?

Une fois de plus, le soupçon l'envahit.

– Qu'est-ce qui vous fait penser que je ne le ferai pas ?

– Vous êtes un homme puissant habitué à commander et à contrôler sa destinée. Ici, cela vous est impossible. Vous n'avez plus de contrôle sur personne et il vous faut faire confiance à ceux qui s'occupent de vous.

– On dirait que je suis déjà étiqueté comme un patient difficile.

– Vous êtes un personnage public. La presse populaire n'a jamais été tendre envers vous.

– Je sais, fit-il souriant, d'un sourire teinté d'humour. Je suis le fléau des dissidents, le marteau des pécheurs. Les dessinateurs humoristiques ont fait tout un livre de mon nez crochu et de ma mâchoire en casse-noisette !

– Je suis sûre que vous n'êtes pas de moitié aussi dur qu'ils vous représentent.

– Ne vous y fiez pas, Signora ! Plus je vieillis, plus affreux je deviens. Je ne me regarde dans une glace que pour me raser – et encore, la plupart du temps, je demande à mon valet de faire ça pour moi.

A cet instant on apporta le déjeuner : modeste repas composé d'une soupe, de pâtes et de fruits. Il considéra ce menu avec dégoût. Sa mine fit rire Tove Lundberg, laquelle, à sa grande surprise, cita l'Écriture :

– Il y a des démons qui ne se peuvent chasser que « par la prière et le jeûne », l'obésité est l'un de ceux-là.

– Vous m'avez pourtant dit que vous étiez incroyante ?

– Je le suis, mais mon père était pasteur luthérien à Aalund. Je dispose donc d'un grand répertoire de citations de la Bible. Bon appétit et à demain.

Lorsqu'elle fut partie, il remua distraitement sa nourriture dans ses assiettes, mangea une poire et une pomme et laissa tout le reste. Tove Lundberg l'avait étrangement troublé. Toute son éducation – jusqu'à l'obsessionnelle dévotion de sa mère envers son célibat ecclésiastique – lui avait rendu les femmes étrangères. Prêtre, il s'était toujours défendu d'elles, s'abritant derrière l'écran du confessionnal et les règles de la vie cléricale. Évêque, il s'était habitué à leur respect et s'était toujours trouvé très choqué et montré très brutal envers les supérieures et les abbesses modernistes qui osaient défier ses décisions. Pape, il s'en était encore davantage éloigné. La Congrégation pour les Religieux réglait les affaires conventuelles et lui-même s'était toujours catégoriquement refusé à discuter de l'ordination de femmes comme de la voix qu'elles pourraient avoir dans les conseils supérieurs de l'Église.

Et voilà qu'en moins d'une heure, Tove Lundberg – conseillère indépendante – l'avait davantage touché qu'aucune autre femme dans sa vie. Elle l'avait amené au bord d'une découverte qu'il n'avait jusque-là confiée qu'à son journal intime :

« L'homme laid voit le monde laid, car son aspect provoque la dérision et l'hostilité. Il ne peut pas davantage échapper au monde qu'à lui-même. Aussi essaie-t-il de le refaire, de sculpter des anges à partir des pierres brutes jaillies de la main du Tout-Puissant. Le temps de comprendre l'inanité de cette prétention, presque blasphématoire, il est trop tard... Tel est le cauchemar qui a commencé de me hanter. On m'a appris et j'ai pleinement accepté cet enseignement, que le pouvoir – spirituel, temporel et financier – était l'instrument indispensable de toute réforme de l'Église, le pivot et le levier sans lesquels aucun mouvement ne pouvait se produire. Je me rappelle la simple sagesse de mon père lorsqu'il travaillait dans sa forge à la ferme. " Si je n'attise pas le feu et ne manie pas le marteau, alors les chevaux ne sont pas ferrés, les socs manquent et la terre reste impropre aux semailles. "

« J'ai visé le pouvoir, j'ai intrigué pour lui. J'ai été patient. Enfin, je l'ai obtenu. J'étais fort comme Vulcain dans ma forge. J'ai attisé le feu du zèle. J'ai manié avec détermination le marteau de la discipline. J'ai labouré les champs et semé les semences de la Bonne Nouvelle... Mais les moissons ont été maigres. D'année en année, elles ont décliné et la famine est arrivée. Le peuple de Dieu ne m'écoute plus. Mes frères les évêques aimeraient me voir ailleurs. Et moi aussi j'ai changé. Les sources de l'espérance et de la charité tarissent en moi. Je le sens. Je le sais. Je prie pour la lumière, mais je n'en vois pas. J'ai soixante-huit ans. Je suis le monarque le plus absolu du monde. Je lie et je délie sur terre et dans les cieux. Pourtant je me vois impuissant et proche du désespoir. *Chevita sprecata!* Quel gâchis... »

2.

Le plus complet et le plus précis compte rendu de ces deux jours au Vatican est celui de Nicol Peters du *London Times*. Le service de presse de la Commission pontificale pour les communications sociales fut sa source officielle et ses informateurs officieux plusieurs cardinaux de la curie, des fonctionnaires de second et troisième rang des congrégations et de jeunes secrétaires des Archives privées.

Ils lui firent confiance, car il n'avait jamais trahi une confidence, jamais déformé un fait et n'avait jamais franchi la ligne invisible qui sépare le critique honnête du chasseur de scandales. Son vieux mentor, George Faber, doyen des journalistes accrédités auprès du Vatican sous le pontificat du pape ukrainien Cyril Ier, lui avait martelé ces principes dans le crâne :

— Tout tient en un seul mot, Nicki : *fiducia*, honnêteté. Ce n'est pas une vertu italienne; mais, mon Dieu, ils la respectent lorsqu'ils la reconnaissent. Ne faites jamais une promesse que vous ne pourriez tenir, tenez toujours celles que vous avez faites. La société vaticane est très ancienne, compliquée, parfois violente... Vous ne voulez la mort de personne, non plus qu'avoir sur la conscience la ruine d'une carrière... Autre chose : Rome est une petite ville. Les scandales s'y répandent comme le vent. Le Vatican est un royaume miniature – un mille carré, un point c'est tout ! – mais il n'est pas de ville du monde où il n'ait de l'influence. Le rapport que vous classez aujourd'hui circulera dans le monde entier – s'il est malhonnête, sa malhonnêteté vous reviendra toujours... Il faut d'abord vous assurer que vos dossiers sont à jour. L'Église catholique compte un milliard d'adeptes de par le monde. Sans que vous en sachiez rien, un obscur évêque en exil peut fort bien se trouver nommé cardinal *in petto*!

Les dossiers de Nicol Peters, enregistrés sur disquettes, s'empilaient derrière les panneaux de chêne de son bureau aussi jalousement gardés que les codes de la bibliothèque du Vatican. Ils contenaient les biographies de tous les prélats importants du monde et l'analyse à jour de l'influence et du rôle de chacun dans les affaires de l'Église. Il avait suivi leurs déplacements publics, aussi bien que les tortueux sentiers privés qu'ils pouvaient emprunter vers les sommets ou vers l'oubli dans l'organisation de cet énorme ensemble. Les informations qu'il détenait sur les finances du Vatican étaient d'une alarmante précision.

Sa femme Katrina disposait de sources propres. Elle tenait une élégante boutique de la via Condotti, et tendait l'oreille la plus fine à l'écoute des potins politiques et ecclésiastiques. Elle recevait beaucoup dans leur appartement – qui occupait le niveau supérieur d'un palais du XVIᵉ siècle du vieux Rome. Les invités à ses dîners formaient toujours les assemblées les plus cosmopolites de la ville. Ce fut elle qui fit remarquer à son mari qu'en dépit du ton inhabituellement franc et optimiste du bulletin d'entrée du pape à l'hôpital, à l'intérieur comme à l'extérieur de la Cité du Vatican, l'atmosphère était chargée de malaise.

– Tout le monde dit la même chose, Nicki. Il a toutes les chances de survivre à l'opération, mais on doute beaucoup de ses capacités à rester en fonctions après ça. On dit qu'il a déjà prévu d'abdiquer s'il ressortait diminué de la clinique. Mais chacun se dit persuadé qu'il faudra le pousser très fort pour qu'il s'en aille. Et deux abdications de suite soulèveraient un énorme scandale.

– J'en doute, Kate. Le collège électoral est déjà prêt à tenir un conclave accéléré en cas de mort ou d'incapacité du pape. Les procédures sont établies. Gadda les a rédigées lui-même lorsqu'il était cardinal... Mais tu as raison. Le suspens est général. Drexel m'a parlé cet après-midi, en privé. Il se demandait quel était le moyen le plus rapide de briser le cœur d'un acteur : le laisser jouer Hamlet devant une salle vide. Ensuite il m'a fait un petit discours sur ce qu'il appelle le Temps de l'Indifférence et sur l'audience que l'Église a perdue.

— Comment explique-t-il cette perte ?

— Il a cité saint Paul. Tu connais le texte... « Quand bien même je parlerais les langues des hommes et des anges, si je n'ai pas la charité... » Puis il y est allé de son commentaire : « Bref, Nicki, les gens se détournent de nous parce qu'ils pensent que nous ne partageons plus leurs soucis. Ce ne sont plus des serfs à embrigader. Ce sont des êtres libres, nos frères et nos sœurs ; ils ont besoin de compassion. Quand nous avons élu ce pape, nous avons choisi un homme d'ordre, un pape impérialiste à l'ancienne mode pour nous rassurer en un temps de doute et de confusion. Nous n'avons pas fait confiance au peuple. Nous avons fait appel à la gendarmerie. Nous avons eu ce que nous voulions : un homme de fer, parfaitement inflexible. Mais nous avons perdu le peuple. Nous l'avons perdu dans notre vaine tentative de restaurer une monarchie ecclésiastique médiévale, d'en revenir à cette étrange autorité universelle appelée *magisterium*. Le tonnerre de l'autorité retentit, mais personne ne l'entend. Les gens ne supportent plus ce genre de tonnerre. Ils attendent qu'une voix salvatrice leur dise : " Venez à moi, vous tous qui peinez sous le poids du fardeau, et moi je vous donnerai le repos... " » Je t'assure, Kate, il était ému en disant cela. Et je l'étais aussi. C'est ce que j'essaie d'écrire en ce moment.

— Mais le suspens que nous évoquions ne s'en trouve pas mieux défini. Drexel n'exprime pas l'opinion générale. De nombreux Romains aiment le pape. Ils le comprennent. Ils ressentent le besoin d'un homme de sa trempe.

— Comme certains des plus âgés ressentaient le besoin d'un Mussolini !

— Si tu y tiens, sûrement ! C'est le *führerprinzip*, l'illusion de l'homme fort et bon que suit le peuple jusqu'à la mort ou à la gloire. Mais sans le peuple, le chef n'est qu'une poupée de son dont toute la bourre s'échappe autour de lui.

— C'est ça ! s'exclama Nicki Peters. Voilà l'idée que je cherchais ! Qu'arrive-t-il au pape qui dénature l'Église ? Je ne dis pas dans l'histoire, encore qu'il y ait là matière à une étude, la chronique sanglante et violente des pontifes assiégés, exilés, traqués par des assassins, est assez riche. Je pense à l'homme même à l'instant où il reconnaît n'être qu'un épouvantail, dépenaillé par le mauvais temps et dont les corbeaux tirent du bec la paille des oreilles. Si cet homme-là n'a pas conscience de son état, l'histoire, naturellement, s'arrête là. Mais s'il se reconnaît tel... et si de surcroît, comme Léon XIV à présent, il contemple l'embouchure d'un canon de fusil... qu'arrive-t-il ? Son être même se désagrège-t-il ?

– Il y a un bon moyen de le savoir, Nicki.

– Et lequel ?

– Invite son chirurgien à dîner.

– Viendra-t-il ?

– Combien de refus ai-je enregistrés en dix ans ? Il viendra. Fais-moi confiance.

– Que sais-tu de lui ?

– Il est divorcé, il n'a pas d'enfant, il est juif et ardent sioniste.

– Diable ! Es-tu sûre de ce que tu avances ?

– Je le tiens d'assez bonne source, la princesse Borromini. Salviati est un nom vénitien. Il est sans doute de l'une de ces vieilles familles sépharades qui ont essaimé du ghetto de Venise dans les dépendances adriatiques de la République. Il a aussi des liens avec la Suisse et le Frioul, car la princesse a fait sa connaissance à Saint-Moritz et il parle les dialectes ladino et vénitien aussi bien que l'italien. On le dit aussi franc-maçon, pas du tout du genre P2, mais à l'ancienne mode, honnête et compassée. Si c'est vrai, il serait intéressant de savoir qui, au Vatican, l'a choisi, et pourquoi. Tu sais à quel point ils sont coincés vis-à-vis du sionisme, sans parler du divorce ni des sociétés secrètes.

Nicol Peters prit sa femme dans ses bras, l'embrassa bruyamment et l'entraîna dans une valse sur les tommettes du salon.

– Kate ! Merveilleuse Kate ! Tu m'étonneras toujours. Divorcé, juif, sioniste... et quoi encore ?

– Il se consacre fanatiquement à son travail et aussi – selon la princesse – à l'une des femmes de l'état-major de sa clinique.

– Sais-tu son nom ?

– Non. Mais je peux le savoir très vite. Tu ne vas tout de même pas te lancer dans le sensationnel ?

– Au contraire. Je ne fais que suivre Drexel. Léon XIV a perdu le peuple. Le sait-il ? S'il le sait, qu'est-ce que ça lui fait ? Comment s'en trouvera-t-il à l'avenir ? Essaie donc d'organiser un dîner avec Salviati – avec son amie, quelle qu'elle soit.

– Quand ?

– Quand tu voudras. Mais je ne lancerai pas d'invitations avant de connaître le résultat de l'opération. Même pour un Salviati, ce n'est pas rien que d'avoir entre les mains la vie du Vicaire du Christ!

La journée avait été remplie d'humiliations minuscules. On lui avait troué plusieurs fois la peau pour lui prélever du sang, on l'avait branché à une machine qui avait transcrit l'histoire de son cœur en graffitis incohérents. On l'avait sondé, palpé, habillé d'une espèce de robe sans dos pour l'installer devant une machine à rayons X. Toutes ses questions n'avaient eu pour réponses que d'incompréhensibles monosyllabes.

Comme on le poussait vers sa chambre, il revit tout à coup avec une extraordinaire précision ces séances de la Congrégation pour la Doctrine de la Foi, où quelque théologien malchanceux de Notre-Dame, de Tubingen ou d'Amsterdam était cauteleusement interrogé sur des délits qui ne lui avaient même pas été signifiés, par des hommes qu'il n'avait jamais vus, défendu par quelque clerc dont le nom ne lui serait jamais révélé. Sous-préfet, puis préfet de ladite Congrégation, Ludovico Gadda n'avait jamais jugé utile de réformer ces procédures. L'accusé était moins important par définition que le sujet même du débat : la corruption éventuelle de la vérité, l'erreur malsaine et peut-être mortelle, qui devait être extirpée. Autrefois la Congrégation avait porté le nom d'Inquisition universelle, puis celui de Saint-Office, enfin on l'avait placée sous le signe, d'apparence anodine, de la Doctrine de la Foi. Mais ses compétences n'avaient pas changé, elles étaient définies dans les termes les moins équivoques... Elle avait droit de regard sur « toute question qui concernait la doctrine de la foi, les coutumes et les usages de la foi, l'examen des nouveaux enseignements, la promotion des études et des conférences relatives à ces mêmes enseignements, la réprobation de tout ce qui pouvait se révéler contraire aux principes de la foi, l'examen et la condamnation éventuelle des livres qui en traitent ; la défense du privilège de la Foi par le jugement des crimes commis contre elle ».

Et lui, maître de cette antique, mais toujours sinistre machine, se trouvait lui-même soumis à l'inquisition d'infirmières souriantes, de techniciens impassibles et de complaisants preneurs de notes. Polis, ils l'étaient ; comme les prélats de la Piazza del Sant' Officio. Polis, lointains, impersonnels. Ils se moquaient comme d'une guigne de ce qu'il était et de ce qu'il ressentait. Seuls les intéressaient les maux qui colonisaient sa carcasse. Ils ne lui disaient rien de ce qu'ils trouvaient. Ils se conduisaient comme ses inquisiteurs, tout entiers acquis à la discipline du secret, cultivant le chuchotement et la dissimulation.

De bonne heure dans la soirée, il était à bout de nerfs. Son dîner ne lui plut pas davantage que son déjeuner. Les murs de sa chambre se refermaient sur lui comme ceux d'une cellule monastique. Il aurait aimé marcher dans le couloir avec les autres patients, mais avait honte tout à coup de son embonpoint et de ces vêtements insolites, robe de chambre et pyjama. Il s'assit dans un fauteuil, prit son bréviaire et commença à lire les vêpres et les complies. Les cadences familières de leurs psalmodies le bercèrent, comme toujours, jusqu'à lui faire atteindre un calme sans joie.

> *Dieu, crée pour moi un cœur pur,*
> *restaure en ma poitrine un esprit ferme;*
> *ne me repousse pas loin de Ta face,*
> *ne m'enlève pas Ton esprit de sainteté...*
> *Rends-moi la joie de Ton salut...*

Cette strophe l'hypnotisait. Il ne pouvait en détacher les yeux et ses lèvres refusaient de former la suivante...

La joie était le grand manque de sa vie. Il avait connu le bonheur, la satisfaction, le triomphe; mais la joie, cette étrange dilatation du cœur gonflé de délices, cette quasi-extase qui fait vibrer tous les sens comme les cordes d'un violon qui chante sous l'archet du maître, la joie lui avait toujours échappé. Jamais il n'était tombé amoureux. Il s'était refusé par un vœu perpétuel l'union charnelle avec une femme. Et jusque dans sa vie spirituelle, les angoisses et les transports des mystiques lui étaient restés inconnus. Catherine de Sienne, François d'Assise, saint Jean de la Croix, sainte Thérèse d'Avila lui étaient étrangers. Il avait choisi pour modèles les grands pragmatiques, les ordonnateurs d'événements – Benoît, Ignace de Loyola, Grégoire le Grand, Basil de Césarée. Son premier directeur lui avait fait connaître les degrés de l'union en Dieu par la méditation : la purification, l'illumination, l'unification. Après quoi, hochant la tête, il avait tapoté de la main le dos de son jeune disciple et l'avait congédié sur ces mots: « Vous Ludovico en resterez toujours au premier degré. Ne vous en tourmentez pas. Vous êtes né laboureur. Labourez. Labourez jusqu'à ce que Dieu décide Lui-même de vous enlever au sillon. S'Il vous y laisse, ne Lui en soyez pas moins reconnaissant. La joie de l'illumination, les merveilles du mariage mystique avec Dieu apportent autant de souffrance que d'extase. L'une ne va pas sans l'autre... » Étrange comme aujourd'hui, à soixante-huit ans, il se sentait frustré et floué. La suite du psaume faisait écho à sa tristesse :

Car Tu ne prends aucun plaisir au sacrifice;
un holocauste, Tu n'en veux pas.
Le sacrifice à Dieu, c'est un esprit brisé;
d'un cœur brisé, broyé, Dieu, Tu n'as point
de mépris.

A peine avait-il fini sa dernière prière que Salviati fit son entrée, accompagné à pas traînants d'un personnage efflanqué qu'il présenta comme M. James Morrison, du Royal College of Surgeons de Londres. Il ne manquait pas de chaleur et dans ses yeux bruns dansait une lueur de douce ironie. A la grande surprise du pape, il parlait un italien passable. Il expliqua avec bonne humeur :

— J'ai des liens avec l'Italie. L'un de mes ancêtres a commandé une troupe de mercenaires écossais au service de Pie II. Les Morrison, devenus Morrissone, fabriquent aujourd'hui des souliers de luxe à Varèse.

Léon XIV lâcha un rire bref et violent et répliqua par un dicton latin :

— *Tempora mutantur*, les temps changent et nous avec. Merci de votre visite, monsieur Morrison. Puis-je vous demander ce que vous pensez de mon cas ?

— Je suis de l'opinion du docteur Salviati. Je n'ai rien de plus à ajouter. Je serais redondant...

— Je vous en prie, James, vous êtes ma police d'assurance, médicale et politique.

Morrison saisit la bande dessinée sur la table de nuit et demanda :

— L'avez-vous lue, Votre Sainteté ?

— Oui. Et je n'y ai rien trouvé de drôle.

Morrison rit.

— Je suis bien d'accord, dit-il. L'essai est louable, mais les maladies de cœur ne donnent guère matière à plaisanter. N'avez-vous pas de questions à me poser ?

– Combien de temps resterai-je à l'hôpital ?

– Cela dépend du docteur Salviati. La durée moyenne du séjour est de deux semaines.

– Et après ?

– Six à huit semaines de convalescence, le temps que se refassent les os de la cage thoracique. Nous devrons couper le sternum, vous savez, et le remettre en place avec des fils de métal. A ce stade, la convalescence est assez pénible, mais elle ne présente aucun risque. Il faut du temps aussi pour éliminer les anesthésiques. Les chocs physiques et psychiques sont importants, mais Dieu merci, les méthodes de traitement sont parfaitement éprouvées. Comment vous sentez-vous ?

– J'ai peur.

– C'est normal. Mais encore ?

– Je me pose des questions.

– A quels propos ?

– A propos de choses que j'ai faites et d'autres que je n'ai pas faites.

– Ça aussi, c'est normal.

– Votre conseillère est venue me voir cet après-midi, reprit-il, s'adressant à Salviati.

– Tove Lundberg ? Je sais. J'ai lu tout à l'heure son premier rapport.

– Rapport ?

– Qu'est-ce qui vous choque ? dit Salviati en riant. Tove Lundberg est une professionnelle de grande classe. Elle est docteur en sciences du comportement et en médecine psychiatrique. Son opinion sera capitale dans le traitement postopératoire.

– Et que dit-elle de moi ?

Salviati soupesa quelques instants la question, avant d'y répondre, sur le mode professionnel.

– Elle insiste sur deux points. Premièrement, un homme comme vous, détenteur d'une autorité immense, accepte difficilement la dépendance où le place la maladie. Rien de nouveau là-dedans. Les princes arabes que nous soignons ici, dont le pouvoir sur leurs tribus est aussi absolu que le vôtre, ont les mêmes difficultés. Mais ils ne refoulent rien. Ils enragent, ils protestent, ils font des scènes. *Bene !* Nous savons faire face à cela. Mais vous, d'après le rapport, que me confirment mes contacts personnels avec vous, vous avez une autre difficulté. Vous êtes un homme de retenue, de refoulement, de rumination silencieuse, cela tient d'une part à votre formation cléricale et à l'idée que vous vous faites de ce que doit être le comportement du souverain pontife de l'Église catholique. Consciemment ou inconsciemment, vous allez aussi réagir négativement à la présence de femmes dans l'équipe de soins. Cela ne vous aidera pas à guérir, mais retardera plutôt votre guérison. J'userai d'une métaphore : vous n'êtes pas en acier trempé, qui est flexible, vous êtes en fer fondu dans un moule. Vous êtes fort, ça oui, mais vous n'êtes pas souple. Vous êtes rigide, vulnérable aux chocs. Mais...

Il haussa les épaules et étendit les mains pour conclure :

– Nous avons l'habitude de cela aussi. Nous nous accommoderons de votre cas.

– Pourquoi vous en soucieriez-vous ? demanda platement Léon XIV. Vous posez vos tuyaux, vous refermez votre sac à outils et vous repartez vers une nouvelle tâche.

– Méfiez-vous de l'Église, Sergio ! dit James Morrison, avec un sourire narquois d'Écossais. Elle s'entraîne depuis des siècles à la dialectique !

– Je sais, répondit sèchement Salviati, depuis les premiers faux d'Isidore, élevés en règles par Gratien !

Envers le pape il fut plus aimable :

– Pourquoi est-ce que je m'intéresse à votre cas ? Parce que je ne suis pas que plombier, j'achève aussi les guérisons. Après l'opération, une autre tâche commence. Il ne nous faut pas seulement vous exercer à supporter ce qui vous est arrivé. Nous devons vous apprendre à savoir faire en sorte que le mal ne se reproduise pas. Et nous espérons enfin tirer de votre cas des leçons applicables aux autres. Vous êtes ici dans un centre de recherche et d'enseignement. Et vous-même pourriez beaucoup apprendre ici, de vous-même et des autres.

À cet instant, le téléphone portatif de Salviati se mit à émettre une série de brefs signaux précipités. Il fronça les sourcils et se tourna vers Morrison.

– Une urgence, dit-il. Arrêt cardiaque. Venez avec moi, James. Excusez-nous, Votre Sainteté !

Et le pape fut laissé seul au sentiment ironique de son impuissance.

C'était cette ironie qui l'avait le plus troublé tous ces derniers mois, pendant lesquels il avait d'abord tenté de minimiser et enfin de comprendre la brèche qui ne cessait de s'élargir entre lui-même et la chrétienté. Les causes de cette brèche étaient variées et complexes, mais la plupart d'entre elles tenaient à l'expansion de l'éducation populaire, à la vitesse et à la puissance des moyens de communication modernes : presse, radio, télévision, relayées par satellites.

L'histoire n'était plus le domaine d'érudits furetant dans des bibliothèques poussiéreuses. Chaque jour la faisait revivre sur les écrans de télévision, par documents ou par fictions. On l'invoquait dans les débats en paradigme du présent, en guide de l'avenir.

Il n'était plus possible de la réécrire – les faits transparaissaient toujours. On ne pouvait plus masquer de plâtre les graffitis gravés dans les anciennes pierres. Le plâtre tombait seul et cédait au marteau des archéologues.

Lui-même avait écrit deux encycliques : la première sur l'avortement, la seconde sur la fécondation in vitro. Dans l'une comme dans l'autre, il avait exalté avec une sincérité totale et une éloquence inhabituelle le caractère sacré de la vie humaine. Mais alors même qu'il les écrivait, les démons opiniâtres du passé ridiculisaient sa noble rhétorique.

Innocent III avait proclamé son droit de vie et de mort sur tous les chrétiens. Le simple refus de prêter serment, avait-il décrété, était passible de mort. Innocent IV avait prescrit à ses inquisiteurs l'usage de la torture. Benoît XI avait soustrait à tout blâme comme à toute peine ceux d'entre eux qui l'utilisaient... Où était le respect de la vie dans la folie des procès de sorcières, du carnage qu'avaient fait les croisés des cathares, des persécutions séculaires des juifs ? Les massacres de Montségur et de Constantinople n'étaient pas plus oubliés qu'Auschwitz et Bergen-Belsen. Les dettes impayées figuraient encore dans les livres, les intérêts s'accumulant.

Il ne pouvait suffire, pour se croire quitte, de soutenir que ces horreurs étaient d'autres temps, avaient été le fait de primitifs ou de barbares. Tout cela avait dépendu du même *magisterium* qu'il exerçait aujourd'hui. La même logique qui les avait justifiées lui avait été enseignée. S'il se voulait honnête, il ne pouvait pas ne pas reconnaître que cette logique était fausse, que ces prédécesseurs avaient été dans l'erreur.

Or il était fixé depuis longtemps à Rome qu'il n'appartenait pas au pape de revenir sur les fautes de ses prédécesseurs. Le silence était tenu pour le meilleur des remèdes ; le silence, le secret, et la fantastique indulgence des croyants dont le besoin de foi dépasse le dégoût que peuvent inspirer ses ministres menteurs. Mais l'indulgence diminuait ; quant à la foi, les commentaires de ses interprètes officiels la mettaient à rude épreuve. Pour ces derniers il n'y avait de salut que dans le présent.

Le seul espoir d'apaisement – une amnistie universelle, acte singulier et unique de repentir à l'échelle du monde – était impensable. Mais si celui qui voyait en lui-même le Vicaire du Christ reculait devant l'idée de pénitence publique, qui d'autre oserait en rêver ?

Plusieurs dizaines d'années auparavant, le bon pape Jean avait reconnu les erreurs et les exactions du passé. Il avait convoqué un grand concile, pour ouvrir l'esprit du peuple de Dieu et laisser souffler l'Esprit-Saint sur l'assemblée. Un bref sursaut d'espérance et de charité, un message de paix, avait alors touché les nations. Puis l'espoir s'était évanoui, la charité s'était refroidie et Ludovico Gadda était arrivé au pouvoir, porté par la vague de défiance et de peur qui avait suivi. Il s'était d'abord vu en stabilisateur ; en grand restaurateur, celui qui ramènerait l'unité au sein d'une communauté lassée et divisée par la chasse aux nouveautés.

Mais les choses avaient tourné autrement. Dans le secret de sa conscience, face à une mort peut-être proche, il lui fallait admettre sa défaite et ses fautes. S'il ne pouvait combler la brèche entre le pape et le peuple, alors il n'aurait pas seulement gaspillé sa vie, mais aussi laissé sans défense la cité de Dieu.

Il regarda sa montre. Il n'était encore que huit heures et demie. Pour s'épargner l'humiliation d'être vu malade, il avait refusé toutes les visites. Maintenant, il le regrettait. Il avait autant besoin de compagnie qu'un assoiffé, d'eau. Pour Ludovico Gadda, devenu pape sous le nom de Léon XIV, évêque de Rome, patriarche de l'Occident, successeur du prince des apôtres, la nuit s'annonçait longue.

A quatre-vingts ans, le cardinal Drexel avait deux secrets, qu'il gardait jalousement. Le premier était celui de sa correspondance avec Jean-Marie Barette, précédent pape sous le nom de Grégoire XVII, qui vivait caché dans les Alpes en Allemagne du Sud. Le second, plaisir de son grand âge, était une petite villa dans les monts Albains, à un quart d'heure de voiture de la Villa Diana.

Il l'avait achetée des années auparavant au cardinal Valerio Rinaldi, qui était camerlingue lors de l'élection de Cyril Ier. Cette acquisition avait été de pur caprice. Valerio Rinaldi était un prince de l'Église à l'ancienne mode – érudit, humaniste, sceptique, plein de bonté et d'esprit. Drexel venait d'être nommé cardinal et appelé à Rome, il avait envié sur-le-champ le style de Rinaldi et l'habileté avec laquelle il naviguait parmi les écueils de la curie. Rinaldi s'étant montré généreux, il s'était lancé avec enthousiasme dans une nouvelle vie de gentilhomme campagnard.

Puis une chose extraordinaire lui était arrivée : à soixante-dix ans, le cardinal Anton Drexel, doyen du Sacré Collège, évêque d'Ostie, était tombé amoureux.

Cela s'était fait le plus simplement du monde. Par une chaude journée de printemps, habillé pour la campagne d'une chemise à carreaux, d'un pantalon de velours à côtes et de bottines cloutées, il avait franchi les cinq kilomètres qui séparaient sa propriété de Frascati pour discuter de la vente de son vin avec une cantine locale. Les vergers étaient en fleurs, l'herbe nouvelle atteignait la cheville, les vignes verdissaient de leurs premières vrilles. En dépit des années, il aurait marché jusqu'au bout du monde.

Il avait toujours aimé la vieille ville de Frascati, sa cathédrale baroque, son palais délabré et ses caverneux débits de vin. Frascati avait eu jadis pour évêque Son Altesse Sérénissime Henry Benedict Mary Clement, cardinal-duc d'York, dernier des Stuarts, qui s'était proclamé roi d'Angleterre sous le nom de Henri IX. A présent Frascati était un centre touristique prospère, saturé le week-end de voitures et de vapeurs d'essence. Mais dans ses ruelles pavées de galets subsistaient le charme du passé et la courtoisie surannée des paysans d'autrefois.

Drexel s'était dirigé vers une cave profonde, creusée dans le tuf, où de grands fûts de vieux chêne étaient alignés contre les murs, où de graves buveurs et acheteurs de vin étaient assis à de longues tables de réfectoire, devant de poussiéreuses bouteilles et des assiettes d'olives vertes. Le patron, qui ne connaissait Drexel que sous le surnom de Il Tedesco – l'Allemand –, chicanait d'abord sur le prix et la livraison, puis lâchait un peu de terrain et débouchait une bouteille de sa meilleure année pour sceller le marché.

Ce jour-là, le patron l'avait laissé seul pour s'occuper d'un autre client. Drexel, détendu, était assis dans la pénombre, observant le passage des gens dans l'encadrement baigné de soleil que délimitait sur l'extérieur l'entrée de l'établissement. Il sentit tout à coup une traction sur son pantalon, en même temps qu'une sorte de gargouillement lui parvenait aux oreilles. Baissant les yeux, il découvrit une cascade de boucles et une figure angélique de petite fille avec un désordre de bras et de jambes d'une finesse extrême qui paraissait indépendant de son corps minuscule. La voix aussi était flottante, pourtant la bouche semblait s'efforcer de former des sons suivis... « Ma-No-No, Ma-No-No... »

Drexel souleva l'enfant et la posa sur la table, assise face à lui. Elle lui tâta aussitôt la figure et les cheveux de ses mains de poupée, douces comme de la soie. Il lui parla tout doucement :

– Bonjour, toute petite ! Comment t'appelles-tu ? Habites-tu près d'ici ? Où es ta maman ?

Sans obtenir d'autre réponse qu'une vaine torsion des lèvres et le même gargouillis que tout à l'heure, « Ma-No-No, Ma-No-No ». Elle n'avait pas peur. Ses yeux lui souriaient et il semblait qu'il y brillait une lueur d'intelligence. Le patron revint. Il connaissait l'enfant de vue. Elle était tantôt accompagnée de sa mère, tantôt d'une infirmière. Elles venaient à Frascati faire leurs courses, habitant sans doute l'une des villas alentour. Il ne savait pas leur nom, mais la mère paraissait étrangère. C'était une blonde, comme la petite. Il secoua tristement la tête.

– Pauvre petite chose. Il faut croire que Dieu fait la sieste quand se produisent des erreurs pareilles.

– Te trouves-tu une erreur, toute petite ? fit Drexel en caressant les boucles blondes. Tu connais, j'en suis sûr, le langage des anges. Moi non. Qu'est-ce que tu essaies de dire ?

– J'ai quinze petits-enfants, dit le patron, tous d'aplomb. C'est une chance. Et vous ?

Drexel sourit et hocha la tête.

– Je n'ai ni enfant ni petit-enfant.

– C'est dur. Pour une femme surtout. Une femme a toujours besoin de quelqu'un à qui s'intéresser.

– Je n'ai pas de femme, dit Drexel.

– Eh bien, dit le patron avec un certain embarras. Vous êtes peut-être le plus chanceux. On ne peut pas devenir riche avec une famille et à votre mort, ils vous dépouillent comme des vautours. Voulez-vous que j'appelle la police pour lui confier cette petite ?

— Je pourrais peut-être l'emmener à la recherche de sa mère.

— Je n'en ferais rien ! dit le patron, très ferme. A peine dehors avec elle, vous serez suspect. D'enlèvement, de violence... C'est comme ça aujourd'hui. Je ne parle pas de nos voisins, mais des forestiers, des étrangers. Une fois soupçonné, vous pourriez avoir bien du mal à prouver votre innocence. Restez donc où vous êtes et laissez-moi appeler les flics.

— N'auriez-vous pas quelque chose à lui donner à manger ou à boire ? Un biscuit, peut-être ?... Aimes-tu les biscuits, toute petite ?

Les mains minuscules lui caressèrent la figure et les mêmes sons sortirent de sa bouche : « Ma-No-No, Ma-No-No. »

Le patron apporta une assiette de biscuits et un verre de limonade. Saisissant le verre, l'enfant en renversa une partie, Drexel rétablit son équilibre et lui essuya les lèvres avec son mouchoir. Puis il l'aida à porter un biscuit à sa bouche. Une voix de femme s'éleva derrière lui.

— Je suis sa mère. J'espère qu'elle ne vous a pas trop ennuyé...

— Elle ne m'a pas ennuyé du tout. Nous nous entendons très bien. Comment s'appelle-t-elle ?

— Britte...

— On dirait qu'elle essaie de me dire quelque chose. Cela donne « Ma-No-No ».

La femme rit.

— C'est ce qui se rapproche le plus de Nonno. Elle trouve que vous ressemblez à son grand-père. A y regarder... Il est grand et il a comme vous les cheveux blancs.

— N'aviez-vous pas peur qu'elle soit perdue ?

— Elle n'était pas perdue. J'étais de l'autre côté de rue, dans la saluméria. Je l'avais vue entrer ici. Je savais qu'il ne lui arriverait rien. Les Italiens aiment les enfants.

La petite voulut attraper un autre biscuit. Drexel le lui présenta, puis demanda :

— Qu'est-ce qu'elle a ?

— Dysfonctionnement cérébral. Provoqué par un défaut des cellules du cortex.

— Cela peut-il se soigner ?

— Dans son cas, il y un espoir d'amélioration, mais non de guérison. Nous travaillons beaucoup avec elle à l'acquisition de la coordination musculaire et d'un langage construit. Heureusement, elle est l'une des rares...

– Rares ?

– L'incohérence de son langage et de ses réactions musculaires n'empêche pas chez elle une grande intelligence. Certains de ces malades sont presque idiots. Britte serait plutôt surdouée. Il nous faut parvenir à détruire sa prison.

– Je vais être très grossier, dit Anton Drexel. Pourquoi ne pas vous asseoir et prendre un verre avec moi ? Britte n'a pas fini le sien ni ses biscuits. Je m'appelle Anton Drexel.

– Et moi Tove Lundberg.

Ainsi commença le grand amour d'un vieux cardinal de curie et d'une petite fille de six ans, frappée de paralysie cérébrale. L'enchantement avait été instantané. Il s'engagea totalement. Il invita la mère et la fille à déjeuner avec lui dans sa trattoria favorite. Tove Lundberg le déposa chez lui. Il présenta l'enfant au ménage qui tenait sa maison, au jardinier et au caviste qui faisait son vin. Et leur annonça qu'ayant été officiellement adopté comme grand-père, il recevrait la petite-fille chez lui tous les week-end.

S'ils furent surpris, ils n'en montrèrent rien. Son Éminence était quelqu'un d'exceptionnel et en outre, dans les vieilles villes des collines, la discrétion était de règle sur les faits et gestes du clergé comme de l'aristocratie. L'enfant serait la bienvenue, et la Signora aussi, chaque fois que Son Éminence déciderait de les inviter.

Plus tard, sur le belvédère qui dominait les pentes au-delà desquelles se profilaient les coupoles de Rome dans une brume de chaleur, des confidences furent échangées, tandis que l'enfant s'ébattait avec bonheur dans les fleurs des plates-bandes. Tove Lundberg n'était pas mariée. Britte était une enfant de l'amour ; mais son père n'avait pas eu la force d'assumer son infirmité. La rupture avait été moins tragique que les dommages infligés à sa fierté de femme. Aussi avait-elle renoncé à tout attachement nouveau pour se consacrer à sa carrière et soigner et élever sa fille. Sa formation médicale l'avait beaucoup aidée. Salviati lui avait apporté tout son concours. Il lui avait proposé de l'épouser ; mais elle n'était pas prête à cela et peut-être ne le serait-elle jamais. Chaque chose en son temps... Quant à Son Éminence, jamais elle ne l'aurait cru sentimental ni impulsif. Qu'avait-il en tête lorsqu'il s'était proposé pour subrogé grand-père? Le cardinal Anton Drexel expliqua cette folie avec moins d'éloquence qu'il n'aurait souhaité.

– Certaines des plus anciennes règles de l'Occident font de moi un prince – un prince de la Sainte Église catholique, apostolique et romaine. Je suis le plus âgé des cardinaux. Préfet d'une congrégation, membre de plusieurs secrétariats et commissions. Je suis le parfait bureaucrate ecclésiastique. A soixante-quinze ans, je présenterai ma démission au Saint-Père. Il l'acceptera, mais me demandera de continuer à travailler, *sine die,* pour faire profiter l'Église de mon expérience. Mais plus j'avance en âge, plus je ressens que je quitterai cette terre comme disparaît un flocon de neige, sans une trace, sans un seul signe de mon passage ici-bas. Le peu d'amour que j'ai encore à donner se rabougrit dans mon cœur comme une noix dans sa coquille. J'aimerais passer le temps qui me reste à m'occuper de cette enfant. Pourquoi? Dieu seul le sait! Elle m'a envoûté. Elle m'a demandé d'être son nonno. Tout enfant devrait avoir deux grands-pères. Elle n'en a qu'un, autant que je sache...

Sa propre gravité le fit rire. Il reprit :

– En d'autres temps, j'aurais eu des maîtresses et j'aurais élevé mes enfants, que j'aurais appelés par décence neveux et nièces. J'aurais puisé pour eux dans les coffres de l'Église, assuré à mes fils des sièges épiscopaux et marié noblement mes filles. Je ne peux pas faire ça pour Britte, mais je peux lui assurer tous les soins dont elle a besoin. Je peux lui donner du temps et de l'amour.

– Je me demande..., dit Tove Lundberg, soudain plus lointaine et pensive. Je me demande si vous allez comprendre ce que je vais vous dire...

– J'essaierai...

– Ce dont Britte a le plus besoin, c'est de la compagnie de ses pairs, d'enfants infirmes, mais très intelligents. Elle a besoin de l'enseignement de maîtres aimants et inspirés. L'institut où elle est placée en ce moment est régi par des religieuses italiennes. Elles sont bonnes et dévouées, mais elles sont imprégnées des conceptions sociales latines. Leur charité, leurs soins sont dominés par la routine, une très ancienne routine... Qui est efficace auprès d'enfants handicapés mentaux, dociles, sensibles à l'autorité. Mais dans le cas d'enfants comme Britte, d'intelligences captives, cela ne suffit pas et de très loin. Je n'en ai ni le temps ni l'argent, mais ce que je souhaiterais voir fonder, c'est une communauté, ce que les Italiens appellent une colonie, convenablement encadrée d'un personnel entraîné originaire d'Europe et d'Amérique, financé par une association de parents et subventionné si possible par l'État et l'Église.

Elle s'interrompit, haussa les épaules en signe d'autodérision. Reprit :

— Je sais bien que c'est impossible, mais il y aurait là un moyen pour vous d'acquérir une famille tardive.

— Il me faudrait pour ça disposer de davantage de vie qu'il ne m'en reste... Cependant, si Dieu m'a donné une petite-fille, Il ne me refusera pas la grâce d'accomplir mes devoirs envers elle. Marchons un peu. Je voudrais vous montrer ce que nous faisons ici, les vignes, la ferme. Puis vous choisirez l'endroit où vous vous installerez lorsque vous viendrez avec Britte... Une colonie, dites-vous ? Une colonie d'intelligences neuves au secours de cette misérable planète ! C'est trop pour moi, je le sais, mais l'idée est merveilleuse !

... Et c'est de ce jour-là qu'il put dater le commencement de sa carrière de subrogé grand-père de Britte Lundberg et de seize autres garçons et filles, qui, année après année, envahirent sa villa, absorbèrent le plus clair de ses revenus et lui apportèrent les plus grandes joies de sa vie – de cet établissement quasi secret, il se proposait maintenant de lancer l'entreprise la plus téméraire de sa carrière.

3.

Il était dix heures lorsque l'infirmière de nuit vint préparer le pape pour la nuit et lui donner un sédatif. Il était presque une heure lorsqu'il sombra dans un sommeil agité, hanté d'un rêve interminable.

A son bureau du Vatican, entouré de dignitaires attentifs, les plus hauts de l'Église : patriarches, archevêques, de toutes races et nationalités – byzantins, melchites, italo-grecs, malakais, ruthéniens, coptes, bulgares et chaldéens, il écrivait un document qu'il allait leur lire tout haut, pour avoir leur approbation, lorsqu'il perdit soudain le contrôle de ses doigts. Le stylo lui glissa de la main. Son secrétaire le ramassa et le lui tendit ; mais c'était maintenant une plume d'oie, trop légère pour lui, qui bavait et grinçait sur le papier.

Pour quelque obscure raison, il écrivait en grec plutôt qu'en latin. Sans doute voulait-il prouver aux Byzantins qu'il était ouvert à leurs aspirations et à leurs besoins. Il s'arrêta tout à coup sur un mot. Il ne se rappelait que la première lettre : M (Mu). Le patriarche d'Antioche le réprimanda doucement : « Il vaut toujours mieux utiliser un traducteur dont c'est la langue maternelle. » Il acquiesça à contrecœur, mais n'en continua pas moins à chercher le mot dans son esprit embrumé.

Puis, le papier toujours à la main, il se retrouva place Saint-Pierre, se dirigeant vers la via del Sant-Ufficio. Il lui semblait indispensable de s'entretenir avec les consulteurs de la Congrégation pour la Doctrine de la Foi sur la mystérieuse lettre. C'étaient les gardiens vigilants de l'ancienne vérité, qui se lèveraient pour saluer le Vicaire du Christ, avant de l'éclairer de leur sagesse.

Ils ne firent rien de tel. Lorsqu'il pénétra dans l'aula, où se tenaient les consulteurs, ceux-ci restèrent assis, tandis que le préfet lui indiquait un tabouret, isolé sous leurs regards hostiles. Le papier lui fut retiré de la main, et on le fit circuler autour de l'assemblée. Chacun, l'ayant lu, gloussait et secouait la tête en formant avec les lèvres le son Mu, de sorte que la pièce se trouva bientôt emplie d'un bourdonnement d'essaim : Mu... Mu... Mu...

Il essaya de crier, de dire qu'ils travestissaient une encyclique extrêmement importante, mais le seul son qu'il fût capable d'émettre était Mu... Mu... De honte, il se tut et ferma les yeux dans l'attente de leur verdict. De l'obscurité une voix lui ordonna : « Ouvrez les yeux et lisez! »

Lorsqu'il obéit, il se retrouva petit garçon dans une classe poussiéreuse, fixant un tableau noir sur lequel était écrit le mot qui lui échappait depuis si longtemps, Μετάνοια (metanoia). Il éprouva un grand soulagement. « Vous voyez, s'écria-t-il, c'est ce que j'essayais de dire – repentir, conversion du cœur, nouvelle direction. » Mais personne ne répondit. La pièce était vide. Il était seul.

Puis la porte s'ouvrit, et la vision qui s'offrit à lui le glaça de terreur : un vieillard au nez crochu, la bouche encadrée de sillons de colère et les yeux noirs comme du verre volcanique. Comme l'homme avançait vers lui, silencieux et menaçant, il poussa un cri, mais aucun son ne sortit de sa bouche. Il lui semblait avoir une corde autour du cou, qui l'empêchait de respirer...

... L'infirmière de nuit et un jeune garçon de salle l'aidèrent à se lever. Pendant que le garçon retapait son lit en désordre, l'infirmière le conduisit dans la salle de bains, lui retira son pyjama trempé, essuya son corps en sueur, puis lui apporta des vêtements de nuit propres et une boisson fraîche. Lorsqu'il la remercia, s'excusant de lui donner tant de mal, elle rit :

– La première nuit à l'hôpital est toujours une mauvaise nuit. On est plein de peurs qui s'expriment dans les rêves, parce qu'on ne peut pas les formuler. Les sédatifs font dormir, mais troublent aussi les rythmes du repos et des rêves eux-mêmes... Vous allez mieux. Votre pouls se stabilise. Pourquoi ne liriez-vous pas un moment ? Vous vous rendormiriez...

– Quelle heure est-il, s'il vous plaît ?

– 3 heures du matin.

– Mauvais présage, n'est-ce pas ?

– Mauvais présage ? Je ne comprends pas ?

Le pape Léon eut un petit rire.

– Les paysans de La Mirandole – c'est mon pays – assurent que les rêves d'après minuit sont ceux qui se réalisent.

– Vous y croyez ?

– Bien sûr que non. Je plaisantais. Ce sont des contes de bonne femme.

Mais ce disant, il savait bien se défiler. Ce qu'il avait rêvé était plus qu'à demi vrai et ce qui ne l'était pas encore pourrait bien être prophétie.

Il se trouva aussi incapable de lire que de dormir et trop aride pour prier. Aussi, dans l'obscure clarté de la veilleuse, il s'abandonna à la contemplation de son incertain futur.

Le mot qu'il avait pourchassé à travers son rêve avait pris une grande importance dans ses dernières réflexions. Il exprimait exactement ce qu'il désirait transmettre à l'Église – l'esprit de pénitence envers les fautes du passé, l'esprit de perfectionnement, l'esprit d'ouverture aux besoins des fidèles et aux desseins du Tout-Puissant. Mais c'est en lui-même d'abord qu'il devait imposer le changement et il n'y distinguait pas de terrain assez solide où s'appuyer pour y parvenir.

Tout son esprit, toute son éducation, tous les actes de sa carrière faisaient de lui un conservateur et non pas un homme de changement. Qu'importait que tant de revendications historiques de l'Église aient été fondées sur des faux; qu'importait que tant d'articles canoniques soient injustes, oppressifs, délibérément favorables à l'institution contre les individus; qu'importait si tant de points de la doctrine officielle ne reposaient que sur les textes les plus incertains de la Tradition; qu'importait si les réformes décidées par un grand concile demeuraient lettre morte des dizaines d'années après sa conclusion... Qu'importait! Qu'importait! L'histoire restait obscure, les canons et l'enseignement incontestés, et chaque génération s'accommoderait pour elle-même de ces paradoxes; il en avait toujours été ainsi. Ce qui importait, c'était d'expulser les incroyants, de réduire les sceptiques au silence et de censurer les indisciplinés, que rien enfin n'entame l'apparente unité de la robe sans couture de Rome.

Dans cette optique, les théologiens et les philosophes étaient superflus, les exégètes bibliques de dangereux nuisibles acharnés à camper un Jésus historique, qui ne pourrait que nuire à la figure éternelle du Christ. Quant aux fidèles, ils ne formaient au mieux qu'une famille lunatique, aisément séduite par la nouveauté, sitôt qu'elle leur était présentée avec un peu de passion.

Cette attitude expéditive remontait à un très lointain passé, où les fidèles, illettrés, n'avaient pas de sens critique, où les lettrés seuls exerçaient le pouvoir, où les clercs étaient les gardiens naturels du savoir et de l'autorité. En ces temps-là, les extravagants, les questionneurs, les théoriciens téméraires étaient facilement contrôlés. Le droit à l'erreur n'existait pas. Les dissidents n'avaient de choix qu'entre le repentir et le bûcher.

Mais au XXᵉ siècle, dans les sociétés postrévolutionnaires et postconciliaires, rien de tout cela n'avait plus cours. Les clercs ne pouvaient plus se permettre de soutenir, encore moins de pratiquer aucune de ces théories. Les fidèles, plongés jusqu'au cou dans les difficultés de la vie moderne, avaient besoin de discuter avec leurs pasteurs, ils en avaient le droit et le devoir, et il était aussi de leur droit et de leur devoir de demander compte à ces pasteurs de l'exercice de leur magistère. Car si le magistère était sans appel laissé à lui-même, on en reviendrait vite aux dénonciations secrètes, aux chasses aux sorcières, aux autodafés et excommunications automatiques. Les fidèles ne l'admettraient plus. Ils étaient les enfants de Dieu, libres agents du plan divin. Ils refuseraient toute réduction de leur liberté et déserteraient les assemblées pour attendre un temps plus propice ou la venue d'un berger plus charitable.

Dans la pénombre de la chambre d'hôpital, dont le silence n'était interrompu que par la lointaine sonnette d'un malade, le pape Léon voyait tout avec la plus grande clarté. Bien qu'il les regrettât amèrement, il ne voyait pas comment se corriger de ses défauts. Il lui manquait un don essentiel, qu'avaient possédé le bon pape Jean et Jean-Marie Barette : le sens de l'humour, l'aptitude à se moquer de soi et des folies humaines. Il n'existait pas une seule photo de Léon XIV riant. Quant à son sourire, il tenait plus de la grimace que de l'expression du plaisir.

Il n'était cependant pas seul responsable. La taille même de l'institution et sa masse lui donnaient la même inertie que celle d'un trou noir dans les galaxies. Elles absorbaient une énergie énorme, et l'énergie qui en émanait ne cessait de diminuer. Le vieux dicton de la curie, « nous pensons à l'échelle des siècles et préparons l'éternité », était devenu sentence funèbre.

Le grand arbre de la parabole de l'Évangile, dans les branches duquel tous les oiseaux du ciel venaient faire leur nid, se desséchait à partir de ses rameaux extérieurs. Le tronc était encore solide, la masse de son feuillage semblait intacte, mais aux extrémités apparaissaient des ramilles mortes et des feuilles desséchées, et la sève montait de plus en plus parcimonieusement de ses racines.

La lente malédiction du centralisme agissait dans l'Église, comme elle avait agi dans tous les empires depuis celui d'Alexandre. Les Anglais y avaient succombé, les Russes et les Américains étaient les derniers à devoir renoncer à leurs territoires et sphères d'influence. Les symptômes ne variaient pas ; mécontentement dans les marches extérieures, rejet de la bureaucratie, aliénation et indifférence de la part du peuple et, de la part du gouvernement, tendance croissante à la réaction et à la répression.

Le prestige de la papauté diminuait, et son exposition constante à la télévision et dans la presse en dissipait le mystère. Son absolutisme par fiat n'apportait guère de joie à un peuple en crise, qui aspirait à la compassion et à la compréhension du Dieu qui demeurait parmi eux. Les fidèles ne rejetaient pas la fonction pastorale. Ils rendaient hommage à l'homme qui la détenait, mais se demandaient quel rôle il jouait entre le Dieu créateur et l'humanité égarée. Pour Léon XIV la question était personnelle et urgente ; mais lorsque le sommeil l'envahit de nouveau, elle n'avait toujours pas trouvé de réponse. Cette fois, par bonheur, il ne rêva pas. Quand il se réveilla au petit matin Salviati était debout à côté de son lit, l'infirmière de nuit à un pas derrière lui. Il lui prenait le pouls.

— L'infirmière me dit que vous avez passé une mauvaise nuit.

— J'ai eu des cauchemars. Mais ces deux dernières heures je me suis bien reposé. Comment va votre malade ?

— De quel malade parlez-vous ?

— Celui de l'arrêt cardiaque. M. Morrison et vous êtes partis hier soir en toute hâte.

– Oh, celle-là... fit Salviati en secouant la tête. Nous l'avons perdue. Elle avait déjà eu deux crises cardiaques avant qu'on ne me l'amène. Elle était en sursis. Malgré tout, c'est bien triste ; elle laisse un mari et deux jeunes enfants... Si je suis bien informé, le mari fait partie de votre maison.

– De ma maison ?

– C'est un prêtre ; il appartient au clergé romain. Il est tombé amoureux, a mis la fille enceinte et a quitté le ministère pour l'épouser. Il essaye depuis cinq ans de faire régulariser sa position par le Vatican – qui, à ce qu'on me dit, n'est plus aussi accommodant qu'auparavant.

– C'est vrai, dit le pape. Ce n'est pas facile. La discipline s'est resserrée.

– De toute façon, il n'y a plus rien à faire. La fille est morte maintenant. Il lui reste deux gamins à élever. Il devrait essayer de leur trouver une belle-mère. Et la situation sera la même ; oui ?

– Si vous me donnez son nom, je pourrais peut-être...

– Je ne vous le conseille pas, dit Salviati, délibérément désinvolte. Je suis juif, et je ne comprends pas comment vous chrétiens raisonnez dans ce domaine ; mais le garçon est très amer et votre intervention pourrait être mal venue.

– J'aimerais tout de même avoir son nom.

– Votre vie est suffisamment compliquée. Et à partir de demain, vous commencez une vie au ralenti... Alors essayez de rendre grâces – et laissez le Tout-Puissant mener son monde. S'il vous plaît, ouvrez votre pyjama. Je veux écouter votre poitrine. Respirez profondément.

Au bout de quelques minutes d'auscultation, il parut satisfait.

– Ça ira ! La journée va être superbe. Vous devriez aller faire une petite promenade dans le jardin, vous remplir les poumons d'air pur. N'oubliez pas de prévenir l'infirmière si vous sortez. Vous ne pouvez pas vous perdre, mais nous aimons savoir où sont tous nos malades.

– Je suivrai votre conseil. Merci... J'aimerais tout de même avoir le nom de ce jeune homme.

– Vous avez mauvaise conscience.

Plus qu'une question, c'était une accusation.

– Oui.

– Pourquoi ?

– Vous m'avez vous-même donné la réponse. Il fait partie de

ma maison. Il a transgressé la loi. J'ai arrêté les peines qu'il encourait. Lorsqu'il a voulu revenir, le chemin lui a été interdit par les règles que j'avais établies... Je voudrais me réconcilier avec lui, l'aider, aussi, s'il m'y autorise.

– Tove Lundberg vous donnera son nom et son adresse. Mais pas aujourd'hui, pas avant que j'aie décidé que vous êtes prêt à vous occuper d'autre chose que de votre survie. Ai-je été clair?

– Tout à fait, dit le pape. J'aimerais avoir l'esprit à moitié aussi clair que le vôtre.

A quoi Sergio Salviati répondit par un proverbe :

– « Le loup meurt dans sa peau. »

– Je vous répondrai par un proverbe de chez moi : « L'hiver est dur quand les loups s'entre-dévorent. »

Salviati parut se retirer un instant en lui-même, puis il se mit à rire – gargouillement joyeux qui se prolongea longtemps. Enfin, il s'essuya les yeux et se tourna vers l'infirmière.

– Vous êtes témoin, ma fille! Consignez ça et racontez-le à vos petits-enfants. Un juif de Venise disputant avec le pape de Rome dans sa propre ville.

– Et écrivez aussi... dit en riant le souverain pontife : le pape écoute attentivement, parce que cette fois, c'est le juif qui a le couteau à la main! Il peut me tuer ou me guérir!

– Là aussi il y a proverbe, dit Sergio Salviati : « On ne peut ni lâcher ni bloquer longtemps le loup qu'on tient par les oreilles. »

Par cette radieuse matinée de printemps, le secrétariat d'État était assailli de questions provenant de toutes les parties du monde, des légats, nonces et archevêques, des cardinaux et patriarches, des diplomates et des services secrets de toutes couleurs. Leurs questions étaient toujours les mêmes : quelle était la gravité de la maladie du pape? Quelles étaient ses chances de guérison? Qu'arriverait-il si...?

Le Secrétariat, sous la férule du cardinal Matteo Agostini, s'acquittait de sa tâche avec un détachement olympien. Les fonctionnaires de cette administration étaient des polyglottes sévèrement sélectionnés qui maintenaient des relations diplomatiques – et non diplomatiques – avec le monde entier du Zaïre à Tananarive, de Séoul à Saint Andrews, de l'Équateur à l'Alexandrie des coptes. Leurs moyens de communication étaient à la fois les plus modernes et les plus anciens : satellites, courriers sûrs, chuchotements et réunions mondaines. Ils avaient la passion du secret et le don de la casuistique et de la discrétion.

Comment pouvaient-ils être différents, puisque leur compétence, définie par la Constitution apostolique, était la plus vaste de toutes les organisations de l'Église : « aider de près (*da vicino*) le souverain pontife, dans la charge de l'Église universelle, comme dans ses relations avec les dicastères de la curie romaine ». Ce qui revenait, soulignaient les cyniques, à mettre la direction de la curie sur le même plan que la charge d'un milliard d'âmes!

Le mot dicastère avait une coloration byzantine. Il signifiait tribunal, cour et, par extension, ministère ou département.

Leurs réponses aux questions qui tombaient sur leurs bureaux étaient affables, mais sans plus. Ils étaient, pour le moment, les porte-parole du Saint-Siège. Ils devaient montrer que Rome n'était jamais prise au dépourvu. Ce que le Saint-Esprit ne leur révélait pas, ils l'apprenaient de leurs propres services secrets.

Oui, les bulletins médicaux de Sa Sainteté pouvaient et devaient être pris au pied de la lettre. Non, le collège électoral n'avait pas été convoqué, et il ne le serait pas tant que le camerlingue ne déclarerait pas vacant le trône de Pierre. En fait, le Secrétariat décourageait les visites à Rome des cardinaux et archevêques étrangers. Le Saint-Père comprenait et louait leurs désirs d'offrir leur soutien et de prouver leur loyauté, mais il préférait, franchement, les savoir aux affaires de Dieu dans leurs propres vignobles.

Les questions concernant la compétence future du pape étaient traitées sèchement. Elles étaient inopportunes et stériles. La moindre des décences était de décourager toute spéculation sur ce sujet délicat. L'élément temps ? Les médecins conseillaient une convalescence de trois mois avant que le pape ne reprenne ses activités normales. Ce qui mettait son retour après les vacances d'été, peut-être un mois après Ferragosto... Mais certainement, Excellence! Sa Sainteté sera informée de votre appel. Elle souhaitera certainement vous en remercier elle-même, une fois complètement remise. En attendant, tous nos souhaits à Votre Excellence et à sa famille...

Tout cela était parfait, mais ne satisfaisait pas les pivots de l'Église, les princes de la papauté, à qui revenait de décider de la compétence du pape actuel, ou de chercher un successeur au pape défunt. Dans le contexte du troisième millénaire, le secret total était une impossibilité et le temps nécessaire à une décision bien pesée était un luxe d'un autre âge. Ils se devaient d'être prêts à tout moment. Leurs partis devaient être stables, leurs alliances éprouvées, les termes de leurs marchandages et le prix de leurs votes convenus d'avance. Un vaste trafic – par téléphone, par fax, par messager – contournait donc Rome. Chicago s'entretenait avec Buenos Aires, Séoul avec Westminster, Bangkok avec Sydney. Certaines conversations étaient carrées et pragmatiques : « Sommes-nous d'accord... ? », « En avons-nous les moyens... ? » D'autres étaient en *sfumature*, tout en allusions et nuances qui pouvaient être dénoncées ou réinterprétées au gré des événements.

La question qui exigeait le plus de doigté était celle dont la réponse était la moins évidente : Dans quelle mesure un souverain pontife malade pouvait-il diriger les affaires d'une communauté mondiale en crise ?

D'après la tradition, le souverain pontife devait servir jusqu'à la mort. Mais l'histoire démontrait sans doute possible que l'invalide devenait un poids pour la communauté de ses fidèles – un poids immédiat, car dans le monde moderne le temps se télescopait, les conséquences d'un acte ne se faisant pas attendre.

Le droit canonique avait certes fixé un terme au service des cardinaux et des prélats, mais l'homme qui évoquerait cet argument pourrait abandonner tout espoir de carrière.

Cependant le sujet fut abordé lors d'une conversation téléphonique matinale entre Anton Drexel et son vieil ami le cardinal Manfred Kaltenborn, archevêque de Rio de Janeiro. Ils étaient tous eux d'origine allemande, mais l'un était né au Brésil, l'autre en Rhénanie. Ils parlaient dans leur langue maternelle, et leur conversation était sibylline et joviale. Militants infatigables, ils connaissaient toutes les règles du jeu.

– Pouvons-nous parler librement, Anton ?

– Pas aussi librement qu'on le souhaiterait.

Drexel avait un grand respect pour la technologie en général, les satellites en particulier, et ne négligeait pas les possibilités d'espionnage.

– Mais permettez-moi de vous donner quelques informations. Notre ami est déjà hospitalisé. De source bien informée je sais qu'il a toutes les chances de s'en sortir.

– En pleine possession de ses moyens ?

– Oui, mais, à mon avis, là n'est pas le problème.

– Alors quel est-il ?

– Il semble qu'il ait échappé à la plupart de nos collègues que notre ami est en pleine *Gewissenskrise,* crise de conscience. Il a essayé de réformer l'Église, et n'a réussi qu'à la faire déserter. Il ne sait plus que faire. Il a peu de confidents, pas de soutien affectif, et sa vie spirituelle est tout entière fondée sur l'Orthopraxis... sage conduite, étant donné ses lumières limitées. Aussi est-il désespérément seul et a-t-il peur.

– Comment cela a-t-il pu échapper aux autres ? Ce sont tous des observateurs intelligents.

– La plupart ont peur de lui. Ils passent leurs vies à l'éviter ou à essayer de s'en accommoder. Je suis trop vieux pour m'en laisser imposer. Il le sait et ne cherche pas à m'intimider.

– Alors que va-t-il faire ?

– Il se brisera ou changera. S'il se brise, il pourrait tout simplement renoncer à sa fonction et peut-être à la vie. S'il doit changer, il devra expérimenter une charité qu'il a toujours ignorée.

– Nous ne pouvons pas la lui donner. Mais nous devons prier pour qu'il en reçoive la grâce.

– Je propose aussi de travailler la question. Je vais l'inviter à passer une partie de sa convalescence dans ma villa. Ce n'est qu'à un jet de pierre de Castel Gandolfo et à une heure de voiture du Vatican... Il est fils de paysan, et ne manquera pas d'apprécier ce retour à la terre. Il pourra aussi faire la connaissance de ma petite tribu et voir comment vivent tous ces enfants.

Il y eut un bref silence, puis Son Éminence de Rio de Janeiro mit en garde son ami :

– Certains de nos collègues pourraient ne pas comprendre vos intentions, Anton. Ils se méfient des faiseurs de rois et des éminences grises.

– Eh bien, ils le diront, répondit Anton Drexel sur un ton irrité. Et Sa Sainteté en décidera par elle-même. La charité peut infléchir son obstination. L'opposition ne fera que la raidir.

– Bon, faisons un pas de plus, Anton. Notre maître connaît sa deuxième Pentecôte – langues de feu, infusion de l'Esprit, bouffée de charité. Et ensuite ? Comment réagit-il ? Comment sort-il des tranchées qu'il a creusées pour lui-même – et pour nous tous ? Vous savez comment cela fonctionne à Rome. Ni explication ni excuses. Il ne faut pas avoir l'air de précipiter une décision.

– J'en ai longuement parlé avec son médecin, qui est aussi

concerné que moi, quoique pour d'autres raisons. Il est juif. Il a perdu des parents dans l'Holocauste et le Sabbat Noir de Rome... Pour lui, la situation ne manque pas de sel. Il détient entre ses mains la vie du pontife romain. Vous voyez les implications?

– J'en vois en tout cas certaines avec beaucoup de clarté. Mais comment répond-il à ma question? Que va faire le Saint-Père – après?

– Salviati est catégorique : le pape ne peut rien faire sans notre aide. Je suis d'accord. Je connais l'histoire de sa famille. Fermiers vivant en autarcie. Un père mort trop tôt. Une mère déterminée à sortir avec elle son fils de la bouse. La meilleure, sinon la seule solution était l'Église. C'est une histoire triste, stérile. La seule chose qu'il n'ait jamais connue, c'est la famille humaine, les querelles, les baisers, les contes de fées autour du feu.

– Dans ce domaine, mon cher Anton, nous ne sommes guère plus compétents l'un que l'autre.

– Vous me sous-estimez, mon ami, fit Anton Drexel en riant. J'ai une vaste progéniture adoptive, seize garçons et filles. Et ils vivent tous sous mon toit.

– Ce n'est pas à un vieux singe qu'on apprend à faire la grimace, Anton! J'ai un million d'enfants sans abri, ici dans les favelas! Si vous êtes à court, je pourrais toujours vous en envoyer quelques-uns.

– Envoyez-moi plutôt vos prières. Je ne suis pas du tout aussi sûr de moi dans cette affaire que je le parais.

– J'ai l'impression que vous jonglez avec l'âme d'un homme – et peut-être aussi avec sa raison. Vous vous lancez aussi dans un jeu politique dangereux. Vous pourriez être accusé de transformer un homme malade en marionnette. Pourquoi, mon vieil ami?

C'était la question que redoutait Drexel, mais il devait y répondre.

– Vous savez que je corresponds avec Jean-Marie Barette?

– Oui. Où est-il en ce moment?

– Toujours en Allemagne, dans ce petit village montagnard dont je vous ai parlé; mais il est très bien informé de ce qui se passe dans le vaste monde. C'est lui qui m'a encouragé à m'occuper de ces enfants... Vous connaissez Jean-Marie; il est capable d'enchaîner des plaisanteries de boulevard et débattre, l'instant d'après, de profonds mystères. Il y a environ un mois, il m'a envoyé une lettre très étrange. En partie prophétique. Il me disait que le Saint-Père serait bientôt obligé de faire un voyage dangereux et que c'était moi qui devrais le soutenir dans ce voyage. Peu de temps après, la maladie du souverain pontife était diagnostiquée ; le médecin du pape s'appelle Salviati ; c'est le meilleur chirurgien du cœur d'Italie – et la mère de mon *enkelin* préférée est conseillère dans sa clinique. Ainsi certaine trame commençait-elle de se mettre en place autour de moi. Ai-je répondu à votre question ?

– Vous avez omis quelque chose, Anton.

– Quoi ?

– Pourquoi vous intéressez-vous tant à un homme que vous détestez depuis si longtemps ?

– Vous êtes dur avec moi, Manfred.

– Répondez à ma question. Pourquoi ?

– Parce que j'ai plus de quatre-vingts ans. Je suis peut-être plus proche du jugement que notre pontife. J'ai beaucoup reçu de la vie. Si maintenant je ne partage pas ces dons, ils seront comme les fruits de la mer Morte – poussière et cendre dans ma bouche !

Assis sur sa terrasse, sous une treille, Nicol Peters buvait du café, mangeait des gâteaux et regardait les habitants des toits de la vieille Rome se réveiller dans la tiédeur d'un matin de printemps.

Il y avait le gros type en pyjama rayé à l'entrejambes béant, dont le premier soin était de découvrir la cage de ses canaris et d'encourager les oiseaux à donner leur concert matinal, en lançant des trilles et des cadences de son cru. Il y avait la ménagère en rouleaux et savates qui arrosait ses azalées. Sur la terrasse voisine, une fille aux hanches larges en maillot noir s'appliquait à quinze minutes de gymnastique aérobic, au son grêle d'une machine à écrire. Au-delà, près de la Torre Argentina, deux amoureux ouvraient leurs volets, puis, comme s'ils se voyaient pour la première fois, ils s'étreignaient avec passion et chaviraient sur leur lit pour s'accoupler publiquement.

Le spectateur le plus proche était un célibataire efflanqué, une serviette autour des hanches, qui étendait chaque matin la chemise, le caleçon, le maillot de coton et les chaussettes qu'il venait de laver sous la douche. Cela fait, il allumait une cigarette, regardait ses voisins faire l'amour et rentrait pour réapparaître quelques minutes plus tard avec du café et le journal du matin... Au-dessus d'eux les premiers martinets plongeaient et tournoyaient autour des campaniles, parmi la forêt d'antennes, tandis que des ombres passaient et repassaient devant des portes et des fenêtres ouvertes, que se renforçait une cacophonie de musiques et d'annonces radiophoniques et que le bruit du trafic montait des ruelles.

Ces personnages constituaient le thème de la rubrique hebdomadaire de Nicol Peters, « Vu de ma terrasse ». Il rassembla les feuilles éparpillées, prit un crayon et se mit à écrire.

« ... Les Romains éprouvent envers le pape un intérêt de propriétaire. Il leur appartient. Il est leur évêque élu. Ses domaines sont tous situés sur le sol romain. Ils ne peuvent pas être exportés, mais ils peuvent, lors de crises futures, être expropriés. Il n'est pas un citoyen romain qui n'admettrait que la plus grande partie de ses revenus dépend directement ou indirectement du pontife. Qui attire par milliers touristes, pèlerins, amateurs d'art et romantiques, jeunes et vieux, sur l'aéroport et dans les hôtels, apportant des devises à la ville ?

« Cette dépendance n'oblige cependant pas les Romains à l'aimer. Certains l'aiment, d'autres pas. La plupart l'acceptent avec un haussement d'épaules et un " Boh ! " qui exprime un sentiment bien romain : " Les papes vont et viennent. Nous les acclamons. Nous les enterrons. Mais ne nous demandez pas de trembler à chacune de leurs proclamations et à chacun de leurs anathèmes. "

« Nous sommes comme ça, voyez-vous. Les étrangers ne peuvent pas comprendre. Nous faisons des lois terribles, nous les assortissons de sanctions non moins terribles – puis nous les atténuons par la *tolleranza* et la casuistique !...

« Tout ceci n'a rien à voir avec la foi, très peu avec la morale et beaucoup avec l'*arrangiarsi*, l'art de se débrouiller dans un monde contradictoire. Si les rouages de la création patinent, ce doit être dû à un défaut de fabrication. Dieu ne peut donc pas se montrer trop dur envers ses créatures qui vivent sur une planète défectueuse.

« Le pape vous dira que les mariages chrétiens se font dans le ciel. Qu'ils sont faits pour durer toute la vie. Nous sommes de bons catholiques, nous n'avons rien à redire à cela. Mais Beppi et Lucia, nos voisins, sont tous les soirs au bord du crime, et nous empêchent de dormir. Est-ce cela être chrétien ? Est-ce cela le mariage ? Marqué du sceau du ciel ? Permettez-nous d'en douter. Plus tôt ils rompront, plus vite nous pourrons dormir ; mais, pour l'amour du ciel, ne les empêchez pas de trouver de nouveaux compagnons ; sinon nous serons de nouveau dérangés par un taureau en rut et par une génisse en chaleur...

« Il est évident que le Romain moyen n'a aucune envie d'en discuter avec le pape. Après tout, un pape dort seul et aime tout le monde, aussi est-il mal préparé pour traiter de tels sujets. Le Romain écoute donc poliment ce qu'il a à dire, s'arrange comme il en a envie et se présente à l'église pour les mariages, les baptêmes, les enterrements et les premières communions.

« Tant mieux pour les Romains ! Ils n'ont ni besoin ni désir de changer quoi que ce soit. Mais qu'en est-il du reste de la chrétienté – sans parler de ceux qui par millions sont à l'index ? Leur attitude est toute différente. Ils sont heureux de voir dans le pape un garant de la bonne conduite, de la famille, de la responsabilité sociale. En revanche, son statut gêne ! Comment se fait-il, demandent-ils, que le pape perçoive la création dans toute sa clarté, dès le moment de son élection ? Qui lui donne le droit, consacré par la coutume, de créer, par simple proclamation, un dogme tel que celui de l'Assomption de la Vierge ou de déclarer damnable pour un mari et sa femme de contrôler le nombre de leurs enfants par la pilule ou le préservatif ?

« Ces questions, estime le signataire de cet article, sont légitimes et méritent une discussion ouverte et des réponses plus franches que celles qui ont été jusqu'ici données. Elles nécessitent aussi compassion de la part de l'interpellé, ouverture à l'histoire et aux arguments contraires, respect des doutes et des réserves des questionneurs. Je n'ai pas pu trouver l'origine de la citation suivante, mais je n'hésite pas à l'adopter pour illustrer mon sentiment : " Il n'y aura pas d'espoir de réforme dans l'Église catholique et romaine, et la confiance ne sera pas rétablie entre les fidèles et la hiérarchie, tant que le pontife régnant ne sera pas prêt à admettre et abjurer les erreurs de ses prédécesseurs... " »

C'étaient de fortes paroles, les plus fortes que Nicol Peters ait écrites depuis longtemps. Étant donné le sujet et les circonstances –, le pape malade, en danger de mort – elles pouvaient être jugées inconvenantes.

Le crédit de Nicol Peters et sa crédibilité de commentateur accrédité au Vatican dépendaient de sa capacité à présenter avec clarté pour le lecteur pressé le débat le plus complexe. En l'occurrence l'affaire était extrêmement délicate, elle touchait au point de vue romain sur l'orthodoxie (la doctrine juste) et l'ortho-praxis (la pratique juste), au droit du pape à prescrire l'une et l'autre – et à son devoir de désavouer les erreurs qui pouvaient s'y glisser.

C'était le problème qui divisait toujours la chrétienté, et que l'absolutisme de Léon XIV n'avait fait qu'exacerber. Il ne serait pas résolu à la manière romaine, par indifférence cynique. Il ne disparaîtrait pas comme une verrue ou une coupure de rasoir. Il grossirait et s'envenimerait comme un cancer, minant la vie inté-rieure de l'Église.

Ce qui soulevait d'autres questions pour Nicol Peters, doyen des journalistes, confident des cardinaux : « Pourquoi m'en ferais-je tant ? Je ne suis même pas catholique ! A quoi bon suer sang et eau à chaque changement de l'opinion cléricale, alors que la hiérarchie elle-même contemple avec sérénité derrière les rem-parts du Vatican le déclin et la chute de l'Église de Rome ? »

C'est alors que sa femme Katrina apparut avec du café frais et son sourire engageant, et lui donna la bonne réponse :

– On est sombre aujourd'hui, n'est-ce pas ? L'amour le matin ne te convient pas ? Courage, mon amour. Le printemps est là. La boutique est prospère. Et je viens de recevoir un coup de téléphone fascinant au sujet de Salviati et de son amie, et surtout de ton ami Drexel.

4.

A 10 heures précises ce matin même, Monsignor Malachy O'Rahilly, secrétaire privé du pape, se trouvait à la clinique auprès de son maître.

Il avait une présence rayonnante : un visage rouge et rond, des yeux bleus d'une innocence limpide, un sourire joyeux, parlait six langues qu'il emmêlait allégrement avec un délicieux accent irlandais. Sa Sainteté appréciait sa bonne humeur et plus encore son don celte de sentir les vents de l'intrigue qui dans les enclaves de la curie soufflaient le chaud et le froid dans tous les sens à la fois.

La fidélité de Monsignor O'Rahilly était absolue. D'après les statistiques, les secrétaires du pape survivaient à leurs maîtres ; les plus sages contractaient une assurance sur la vie. Mais toute assurance suppose le paiement de primes : une discrète recommandation, un dossier soumis à l'attention du pontife, un nom lâché au bon moment. La monnaie pouvait changer ; mais le principe était blindé et avalisé par l'Écriture : faites-vous des amis avec les richesses d'iniquité, de façon que lorsque vous serez dans la nécessité (ou lorsque votre patron mourra, ce qui est la même chose) ils vous reçoivent dans leurs demeures !

Ce matin le Monsignor recevait ses ordres de son maître intérimaire, le cardinal secrétaire d'État, qui l'avait prévenu avec fermeté : « Pas de travail, Monsignore, absolument rien ! Demain il se fait charcuter, et il n'est pas en mesure de faire quoi que ce soit !

Ce que Malachy expliqua au souverain pontife avec volubilité et bonne humeur :

– ... Si je fais monter d'un seul point votre pression sanguine, je suis passible d'exil. Je dois vous informer, de la part de leurs Éminences de la curie, que tout se passe selon vos instructions et que les prières et les vœux pleuvent de toutes parts... Il y a même un mot d'amour du Kremlin et un autre du patriarche de Moscou, Dimitri. Le président Tang a envoyé de Pékin une note polie et le Secrétariat est en train d'établir la liste complète de tous les autres messages... Le cardinal Agostini a prévenu qu'il viendrait vous voir juste avant le déjeuner. Encore une fois, il ne s'agit pas de travail, le docteur l'a bien recommandé. Mais s'il y a des affaires personnelles dont vous voulez que je m'occupe...

– Il n'y en a qu'une.

Monsignore Malachy O'Rahilly fut instantanément prêt à noter – carnet ouvert, crayon en main.

« Une jeune femme est morte ici la nuit dernière. Elle laisse un mari et deux jeunes enfants. Son mari est un prêtre du diocèse de Rome, qui a brisé ses vœux et contracté un mariage civil. On me dit qu'il a fait de nombreuses démarches auprès de nous pour être réduit à l'état laïc et régulariser son union. Ses demandes ont toutes été rejetées. Je voudrais avoir tous les détails de cette affaire et des copies de tous les éléments du dossier...

– Ne vous inquiétez pas, je vais m'en occuper immédiatement. Votre Sainteté a-t-elle un nom à me donner ?

– Pas encore. J'attends de voir la conseillère de la clinique.

– De toute façon, je me débrouillerai pour le trouver... Mais je crains que pendant une semaine ou deux, vous ne puissiez guère vous en occuper...

– Quoi qu'il en soit, je vous demande de considérer cette affaire comme extrêmement urgente.

– Peut-on demander à Votre Sainteté la raison de son intérêt pour cette affaire ?

– Deux enfants et un mari affligés, mon cher Malachy... et un texte qui me trotte dans la tête – « Il ne brisera pas le roseau froissé, il n'éteindra pas la mèche qui faiblit ».

– Dans une sale affaire comme celle-là, il faudra d'abord que je découvre où est le dossier – Doctrine de la Foi, Congrégation pour les Religieux, Pénitencerie apostolique, Rote. Aucune de ces institutions ne sera heureuse de l'intervention de Votre Sainteté.

– On ne le leur demande pas. Dites-leur qu'il s'agit là d'une affaire personnelle. Je veux avoir ces documents aussitôt que je serai en mesure de les lire.

– Justement, fit Monsignor O'Rahilly, hésitant, c'est là que les avis vont diverger. Qui décidera du jour où Votre Sainteté sera en mesure... C'est une grosse opération pour un homme plus tout jeune, et qui nécessite une assez longue convalescence... Vous avez réussi à concentrer le pouvoir dans vos seules mains. Et maintenant les *grossi pezzi* de la curie vont essayer de le récupérer. Je peux vous tenir informé, mais je ne peux pas livrer bataille au préfet de la Congrégation romaine.

– Vous voulez dire que vous avez déjà des ennuis?

– Des ennuis? Ce n'est pas un mot que j'oserais prononcer devant Votre Sainteté, surtout en ce moment. Je fais simplement remarquer que les membres de votre maison seront assez isolés pendant votre absence. Des autorités plus hautes que la nôtre entreront en jeu. Aussi avons-nous besoin d'instructions claires du Siège de Pierre.

– Vous les avez déjà! lança le souverain pontife, de nouveau renfrogné. Mes affaires privées restent du domaine privé. Pour le reste, vous connaissez mes vues. Si des ordres contraires vous sont donnés par un membre de la curie, vous demanderez, avant d'obéir, une notification par écrit. En cas de difficulté grave, adressez-vous au cardinal Drexel et portez l'affaire devant lui. Est-ce clair?

– C'est clair, fit Monsignor O'Rahilly, mais un peu surprenant. J'ai toujours senti une certaine tension entre Drexel et Votre Sainteté.

– En effet. Nous sommes très différents. Mais Drexel possède deux grandes vertus : il est au-delà de l'ambition et il a un sens de l'humour rare chez les Allemands. Je suis souvent en désaccord avec lui; mais je lui fais confiance, toujours. Vous le pouvez aussi.

– C'est bon à savoir.

– Mais je vous préviens, Malachy, ne lui jouez pas un de vos tours irlandais. Je suis italien, je comprends – le plus souvent – comment fonctionne votre cerveau. Drexel est très direct : un-deux-trois. Avec lui agissez de même.

Monsignor O'Rahilly sourit et baissa la tête. Le souverain pontife avait raison. Les Irlandais et les Italiens se comprenaient très bien. Après tout, le grand saint Patrick lui-même était romain de naissance; mais une fois convertis, ce furent les Celtes qui exportèrent vers l'Europe savoir et civilité, tandis que l'Empire tombait en ruine. De plus, entre un fils des tourbières du Connemara et un homme qui avait pelleté de la bouse dans une ferme de La Mirandole, il y avait beaucoup en commun, ce qui autorisait Malachy O'Rahilly à offrir ses conseils à son maître.

— Avec tout le respect que je dois à Votre Sainteté...

Il observa une pause.

— Dites, Malachy! Et vous pouvez vous épargner les politesses! Qu'avez-vous en tête?

— Le rapport sur les finances de l'Église. Il doit atterrir sur votre bureau à la fin de ce mois. Il est hors de question que j'en réfère au cardinal Drexel.

— Je ne vois pas pourquoi vous le feriez. Je peux très bien étudier le document pendant ma convalescence.

— Un travail sur lequel auront peiné pendant quatre ans quinze prélats et laïcs? Avec tous les évêques du monde, penchés sur votre épaule? Et tous les fidèles se demandant s'ils contribueront l'année prochaine au denier de Pierre et à la Propagation de la Foi? Ne vous leurrez pas, Saint-Père. Plutôt que de saboter le travail, mieux vaudrait que vous ne l'ouvriez pas.

— Je suis parfaitement capable de...

— Non. Pas pendant un certain temps. Et si je ne vous le disais pas, je serais un mauvais serviteur! Pensez à tous les fouineurs qui ont travaillé pendant quatre ans sur ce document. Pensez à toutes les irrégularités qu'ils ont découvertes – et celles qu'ils auront fait de leur mieux pour enterrer... Vous serez convalescent après une grave opération. Jamais vous ne pourrez faire de bon travail.

— Et qui d'autre le fera pour moi, Malachy? Vous?

— Écoutez-moi, Saint-Père, je vous en prie! plaida-t-il. Je me souviens du jour et de l'heure où vous avez juré par tous les saints du calendrier que vous nettoieriez le *covo di ladri* à la tête de l'Institut pour les œuvres religieuses et ses établissements bancaires. Vous étiez tellement en colère que j'ai cru que vous alliez éclater. «... Ces banquiers, avez-vous dit, croient m'impressionner avec leur jargon. En fait, ils m'insultent! Ils sont comme des jongleurs de foire, qui font jaillir du vin de leurs coudes, trouvent des pièces dans les oreilles des enfants! Je suis fils de fermier. Ma mère conservait tout notre argent dans un pot de confiture. Elle m'a enseigné qu'à dépenser plus que ce qu'on gagne, on fait faillite – et qu'à coucher dans la porcherie, on se salit. Je ne serai jamais canonisé, j'ai trop mauvais caractère et je suis trop entêté, mais je vous promets, Malachy, je serai un pape dont on ne pourra jamais dire qu'il est un escroc ou un ami d'escrocs – et si je trouve un coquin qui s'occupe de finances et porte la pourpre, je l'en dépouillerai en moins de temps qu'il n'en faut pour le dire ! »... Vous en souvenez-vous ?

– Oui.

– Il vous faut donc admettre que ce rapport sera votre première et dernière chance de remplir votre promesse. Vous ne pouvez pas, vous ne devez pas vous pencher dessus tant que vous avez l'esprit dérangé par les anesthésiques ou obscurci par la dépression. Salviati vous a prévenu. Vous devez tenir compte de son avis. N'oubliez pas non plus que vous avez promis de convoquer un synode spécial pour étudier ce rapport. Avant d'affronter vos frères les évêques vous devez avoir parfaitement assimilé le document.

– En attendant, que me conseillez-vous d'en faire ?

– Recevez-le. Conservez-le *in petto*. Enfermez-le dans votre coffre-fort privé. Faites taire toute discussion. Faites savoir qu'il en coûtera sa carrière à quiconque rompra le silence, avant que vous n'ayez parlé. Sinon, la curie vous devancera, et lorsque vous viendrez faire votre déclaration, des batteries de pièges vous attendront.

– Répondez-moi, Malachy. Supposez que je ne survive pas à l'opération. Qu'arrivera-t-il ?

Monsignor O'Rahilly avait la réponse sur le bout de la langue.

– C'est élémentaire. Le camerlingue en prendra possession, comme il prendra possession de l'anneau, du sceau, de votre testament et de tous vos biens personnels. Et si on peut tirer un enseignement de l'histoire – et se fier à la clairvoyance de ma mère –, entre votre enterrement et l'installation de votre successeur, on aura égaré le document. On aura noyé le poisson bien plus profond que le *Titanic*.

– Et pourquoi ferait-on ça ?

– Parce qu'on est convaincu que vous avez commis une erreur en demandant cette étude. Je l'ai pensé moi-même – mais ce n'était pas à moi de le dire. Vous le savez bien, le plus grand mystère de l'Église catholique, apostolique et romaine n'est pas celui de la Trinité, ni de l'Incarnation, ni de l'Immaculée Conception, mais bien que nous soyons enlisés jusqu'au cou dans des affaires d'argent. Nous représentons peut-être la première maison de banque du monde. Nous y prenons de l'argent que nous prêtons au-dehors, nous le plaçons en actions et en obligations. Nous faisons partie de la communauté des gens d'argent. Mais l'argent sécrète ses règles propres, tout comme ses génies et ses escrocs – nous en savons quelque chose. La curie s'attendait à ce que vous compreniez cela – car elle vous avait vu avaler toutes sortes de trucs indigestes en rapport avec la vie même de l'Église. Et voilà que vous vous braquez sur cette affaire-là. Pour quelque raison, elle vous donne des haut-le-cœur. Mais ils ne veulent considérer qu'une chose : pour équilibrer votre budget, conserver des services en ordre de marche et faire fonctionner l'immense machine de l'Église, il vous faut continuer d'être banquier. Et si vous l'êtes, vous acceptez les règles du jeu et causez le moins d'embarras possible à vos collègues. Il y a beaucoup de bon sens là-dedans – et peut-être beaucoup de religion... Maintenant que j'ai récité mon petit discours, comment Votre Sainteté voudrait-elle que ma tête lui soit présentée – sur un plat d'argent ou bien fichée au bout d'une pique de la garde suisse ?

Pour la première fois, le pape sourit, sourire qui vira bientôt en rire étrange qui tenait de l'aboiement.

– C'est une tête fort sage que la vôtre, Malachie. Je n'ai pas les moyens de m'en priver maintenant. Quant à votre avenir, je suis bien sûr que vous n'ignorez pas que je pourrais fort bien ne pas être celui dont il dépendra.

– J'ai pensé à ça aussi, dit Malachie O'Rahilly. Et je ne suis pas sûr de désirer rester au Vatican – en admettant que l'on me le demande. Servir un seul pape, disent-ils, est déjà bien assez pour un seul homme.

– Et avoir servi jusqu'à présent Ludovico Gadda est déjà excessif ! C'est bien ce que vous voulez dire, Malachie ?

Malachie eut un petit sourire sardonique et haussa les épaules.

– Ça n'a pas toujours été facile ; mais pour un campagnard costaud comme moi, il n'aurait pas été très drôle de se mesurer à un poids plume – pas drôle du tout. On m'a dit qu'il ne fallait pas rester trop longtemps auprès de vous. Aussi, si vous ne voyez plus rien à quoi je puisse vous être utile, prendrai-je congé de Votre Sainteté.

– Allez-y, Malachie. Et n'oubliez pas ce que je vous ai demandé.

– Je vais m'y mettre aujourd'hui même. Que Dieu garde Votre Sainteté. Je dirai demain ma messe pour vous...

– Dieu soit avec vous, Malachie.

Le pape ferma les yeux et s'appuya à ses oreillers. Il paraissait étrangement démuni, épave humaine dansant sans remède à la surface d'un océan vaste et vide.

Sortant de la clinique, Malachie O'Rahilly s'arrêta à la réception, adressa à la fille qui s'y tenait son plus aguichant sourire irlandais et demanda :

– La jeune femme qui est morte ici la nuit dernière...

– La signora de Rosa ?

– C'est ça. Il me faudrait prendre contact au plus vite avec son mari. Auriez-vous son adresse ?

– Eh bien, Monseigneur, il se trouve qu'il est ici. Il parle avec la signora Lundberg. Les pompes funèbres viennent d'emporter le corps de sa femme. On va l'enterrer à Pistoja. Si vous voulez bien attendre... Je suis sûre que ça ne sera pas long.

O'Rahilly était coincé. Il ne pouvait plus s'en aller sans se couvrir de ridicule. Pourtant la dernière chose à faire était bien de se trouver confronté à ce mari blessé. Au même instant, la mémoire lui revint. De Rosa Lorenzo, de Pistoja en Toscane, mais ils avaient été ensemble à l'université grégorienne ! C'était un superbe chenapan, brûlant d'intelligence, d'ardeur et de charme ; et débordant d'une telle inconsciente arrogance que ses amis comme ses maîtres étaient tous persuadés qu'il finirait cardinal ou hérésiarque.

Au lieu de quoi, il était là, empêtré dans une sordide tragédie matrimoniale qui ne lui faisait honneur en rien non plus qu'à l'Église – et d'où le pape lui-même ne pourrait pas le tirer maintenant. Et ce ne fut pas la première fois que Malachie O'Rahilly remercia la bonne étoile qui lui avait fait donner une bonne éducation janséniste irlandaise, qui ne le protégeait peut-être pas tout à fait de la boisson, mais tout à fait des femmes.

Alors, cadavre ambulant, apparut Lorenzo de Rosa. Sa peau, pâle et transparente, était tendue comme celle d'un tambour sur les os d'un visage classique. Il avait le regard mort et les lèvres exsangues. Il avançait comme un somnambule. O'Rahilly l'aurait laissé passer, mais la réceptionniste actionna le piège.

– Signor de Rosa, un monsieur voudrait vous parler.

Hagard, de Rosa s'arrêta net. O'Rahilly se leva et lui tendit la main.

– Lorenzo, vous souvenez-vous ? Malachie O'Rahilly de la grégorienne. Venant voir quelqu'un ici, j'ai appris la perte que vous venez de faire. Laissez-moi vous présenter mes condoléances.

La main qu'il avait tendue flottait devant lui comme une feuille d'automne. Il la laissa retomber. Un long silence s'ensuivit, chargé d'hostilité. Le regard morne l'observait de la tête aux pieds comme s'il eût été quelque être nuisible. Puis les lèvres exsangues s'entrouvrirent, il en sortit une voix sans timbre.

– Oui, O'Rahilly, je me souviens de vous. J'aimerais mieux ne jamais vous avoir connu. Vous êtes des imposteurs et des hypocrites, tous autant que vous êtes. Et le dieu que vous colportez est le pire imposteur de tous. Si je ne m'abuse, vous êtes à présent secrétaire du pape, n'est-ce pas ? Alors allez dire à votre maître de ma part que j'ai hâte de cracher sur sa tombe !

Et il disparut là-dessus, sombre et spectrale silhouette échappée d'anciennes légendes. Malachie O'Rahilly frissonna de tant de rage et de tant de désespoir. Il entendit de très loin la voix de la réceptionniste, qui se voulait apaisante.

– Monseigneur, ne vous frappez pas. Le pauvre homme a reçu un terrible coup ; son épouse était une femme si charmante... Ils ne vivaient que pour eux-mêmes et leurs enfants.

– Je n'en doute pas, dit Malachie O'Rahilly. C'est bien triste.

Il fut sur le point d'aller dire au pape ce qui s'était passé. Mais il se posa la question classique : *Cui bono ?* A quoi cela servirait-il ? Le mal avait été fait des siècles auparavant, lorsque la loi avait été décrétée au mépris de la charité la plus élémentaire et que les âmes souffrantes étaient considérées comme les victimes d'une croisade sans fin contre les folies de la chair.

Le reste de la journée du pape ne fut qu'une lente préparation à la miséricordieuse obscurité qu'on lui avait promise. Il se promena seul dans le jardin embaumé par les premiers arbres en fleurs, l'odeur de l'herbe coupée et de la terre fraîchement retournée. Il s'assit sur la margelle de marbre de la fontaine, qui, apprit-il du jardinier, avait été élevée à l'emplacement d'un ancien sanctuaire de Diane, et où le nouveau roi des bois se lavait après le meurtre rituel. Il grimpa sur la hauteur dominant le domaine pour avoir une vue plongeante sur le lac Nemi ; mais il y arriva essoufflé et étourdi, et sentit dans sa poitrine cette constriction maintenant familière. Il s'appuya contre le tronc d'un pin jusqu'à ce que la douleur fût passée et qu'il fût en mesure de regagner sa chambre, où l'attendait le secrétaire d'État.

Le numéro d'Agostini était, comme toujours, parfaitement au point. Il n'apportait que de bonnes nouvelles : les vœux de têtes couronnées et de chefs d'État, les prières de membres du Sacré Collège et de la hiérarchie... les réponses qu'il avait rédigées et soumettait à l'approbation du pape. Tout le reste fonctionnait selon la volonté de Sa Sainteté. Il refusa catégoriquement de parler d'affaires ou de politique.

Restait une question importante. Si Sa Sainteté souhaitait passer une partie de sa convalescence en dehors du territoire du Vatican, dans la république italienne, cela ne posait pas de problème, dans la mesure où sa sécurité serait assurée ; le Vatican était prêt à régler les frais d'un contingent supplémentaire de forces de sécurité. La république se réservait le droit d'en approuver le lieu, et les autorités provinciales et communales demandaient à être consultées d'avance sur les problèmes de circulation en raison de l'affluence populaire.

Le secrétaire d'État comprenait très bien que Sa Sainteté ne souhaitât pas prendre de décision avant l'opération, mais il pourrait en décider plus tard. Le pape le remercia.

– Y a-t-il des commissions personnelles que je puisse faire pour Votre Sainteté ?

– Aucune. Merci, Matteo. Je suis bien ici. J'ai accepté que mon avenir ne dépende pas de moi. Je suis là, calme – mais seul.

– Pourrait-on faire quelque chose, rendre la solitude un peu plus supportable ?

– Impossible, mon ami ; mais la surprise n'est pas totale. On dirait qu'il y a un mécanisme dans l'esprit et dans le corps qui nous prépare à ce moment. Puis-je vous dire quelque chose ? Jeune prêtre, je prêchais plein de conviction sur les consolations des derniers sacrements, sur la confession, l'onction, le viatique... Tout cela avait un sens très particulier pour moi, car mon père, que je chérissais, était mort sans elles. Il était tombé mort derrière sa charrue. Je crois en avoir été choqué. C'était un homme bon, qui méritait mieux. J'avais le sentiment qu'il avait été privé de quelque chose qu'il avait vraiment mérité...

Agostini attendait en silence. C'était la première fois qu'il voyait le souverain pontife d'humeur mélancolique.

« ... Comme vous le savez, avant que je ne vienne ici, mon chapelain m'a administré les derniers sacrements. Je ne sais pas ce que j'attendais – un sentiment de soulagement, d'excitation peut-être, analogue à ce qu'on éprouve dans une gare avec tous ses bagages en attendant le train qui doit vous emmener dans quelque lieu exotique... Rien de tel. J'ai éprouvé – comment dire ? – un sentiment de routine, quelque chose de parfait mais d'une certaine façon superflu. Quoi qu'il subsistât, entre moi-même et le Tout-Puissant, cela demeurait définitif et sans appel. Il me tenait, comme précédemment, dans la paume de Sa main. Je pouvais m'en échapper, si je le voulais ; mais tant que je décidais de rester, j'étais là. J'y étais, j'y suis. Je dois m'en contenter. Est-ce que je vous gêne, Matteo ?

– Non. Mais vous m'étonnez quelque peu.

– Pourquoi ?

– C'est peut-être que Votre Sainteté ne parle généralement pas de ses sentiments.

– Et n'est pas aussi sensible à ceux des autres ?

Matteo Agostini sourit et secoua la tête.

– Je suis votre secrétaire d'État, pas votre confesseur.

– Vous n'avez donc pas à me juger ; mais vous pouvez m'écouter encore quelques instants. Dans tout ce que nous faisons à Rome, dans les lois que nous prescrivons, demandez-vous ce qui est vraiment utile à la vie secrète de l'âme humaine ? Nous avons essayé pendant des siècles de nous convaincre, nous-mêmes et les fidèles, que notre juridiction conduit aux portes du paradis ou devant les herses de l'enfer. Ils ne nous croient pas. Au fond, nous ne nous croyons pas non plus. Est-ce que je vous choque ?

– Rien ne choque un diplomate, Saint-Père. Vous le savez. Mais je préférerais vous voir des pensées plus heureuses.

– Voilà, Matteo ! A chacun son agonie. Pour moi, elle consiste à comprendre en quoi j'ai failli, comme homme et comme pasteur, sans savoir si je survivrai pour réparer les dégâts. Rentrez chez vous maintenant. Écrivez à vos premiers ministres, à vos présidents et à vos rois. Envoyez-leur nos remerciements et notre bénédiction apostolique. Et pensez à Ludovico Gadda, qui va bientôt entamer sa nuit de veille à Gethsémani.

La nuit de veille fut précédée par une série de petites humiliations.

Pour apaiser les craintes de son patient, l'anesthésiste vint expliquer le déroulement des opérations et lui faire un cours sur le régime qu'il devrait suivre par la suite pour perdre du poids, augmenter sa dépense physique et éviter tout liquide dans les poumons.

Puis vint le barbier, volubile Napolitain, qui le rasa comme un œuf de la gorge à l'entrecuisse, lui promettant en riant toutes sortes d'exquises tortures, lorsque les poils repousseraient. Le barbier fut suivi d'une infirmière qui lui fourra un suppositoire dans le rectum et l'avertit qu'il irait souvent à la selle pendant une heure ou deux, et qu'il ne pourrait ensuite ingérer que des liquides – et rien après minuit.

Aussi Anton Drexel le retrouva-t-il dépouillé de sa dignité, le vendre vide et l'humeur aigre, lorsqu'il vint lui rendre la dernière visite autorisée de la journée. Drexel tenait un porte-documents de cuir, et ses salutations furent comme d'habitude brusques et directes.

– Je vois que la journée n'a pas été bonne, Saint-Père.

– J'en ai eu de meilleures. Ce soir, on va me donner un comprimé pour dormir. Tant mieux.

– Si vous voulez, je vais vous donner la communion et lire les complies avec vous avant de partir.

– Merci. Vous êtes un homme attentionné, Anton. Je me demande pourquoi il m'a fallu tant de temps pour vous apprécier.

Anton Drexel rit.

– Nous sommes tous deux obstinés. Il faut du temps pour nous faire entendre raison... Permettez-moi de bouger un peu votre lampe de chevet. J'ai quelque chose à vous montrer.

Il ouvrit son porte-documents et en sortit un grand album de photos en cuir repoussé, qu'il posa sur les genoux du pape.

– Qu'est-ce que c'est ?

– Regardez d'abord. Je vous expliquerai ensuite.

Drexel installa sur la table de nuit une nappe de lin, un ciboire, un petit flacon d'argent et une coupe. A côté, il posa son bréviaire.

Lorsqu'il eut fini, le souverain pontife avait feuilleté la moitié de l'album. Il était manifestement intrigué.

– Quel est cet endroit ? Où est-ce ?

– C'est une villa, à quinze minutes d'ici. Elle appartenait à Valerio Rinaldi. Vous avez dû le connaître. Il a servi sous votre prédécesseur, le pape Cyrille. Sa famille était de vieille noblesse, et assez fortunée, je crois.

– Je l'ai connu, mais pas très bien. L'endroit a l'air charmant.

– C'est peu dire. Il est prospère et rentable – champs, vignes et potagers.

– Et maintenant, à qui cela appartient-il ?

– A moi, fit Drexel, incapable de réfréner un geste théâtral. Et j'ai l'honneur d'inviter Votre Sainteté à y passer sa convalescence. Ce que vous regardez là est la villa d'invités. Il y a de la place pour un serviteur, si vous préférez avoir votre valet de chambre. Sinon mon personnel sera ravi de vous servir. Nous avons un kinésithérapeute et un diététicien à demeure. Le bâtiment principal est le logement de ma famille et de ceux qui s'en occupent...

– Je vois que vous avez une grande famille, coupa le pape sur un ton sec. Je suis sûr que Votre Éminence m'expliquera en temps voulu. J'espère aussi qu'elle m'expliquera comment un membre de ma curie peut entretenir pareille propriété.

– Ça, c'est facile, répondit Drexel, qui d'évidence était aux anges. Rinaldi me l'a vendue contre un faible versement et un long crédit, financé aux taux ordinaire par l'Institut pour les Œuvres Religieuses. Une clause prévoit qu'à ma mort, l'ensemble sera légué à une œuvre autorisée. La chance et un peu d'application m'ont permis d'honorer mes échéances sur les revenus de la ferme et mes revenus de prélat... C'est un luxe, je le sais, mais je savais ne pas pouvoir vivre à Rome sans un endroit où me retirer et être moi-même. En outre – il risqua ici une petite plaisanterie –, Votre Sainteté le sait, les Allemands ont une longue tradition de princes-archevêques ! J'aimais le style de vie de Rinaldi. J'admirais ce style d'autrefois. J'ai été assez complaisant envers moi-même pour me plaire à rivaliser avec lui. Et je l'ai fait, sans aucun mérite spirituel, mais avec beaucoup de satisfactions humaines, jusqu'à ce que je décide de fonder une famille.

– Et vous avez réussi jusqu'ici à garder le secret là-dessus envers nous tous ! Expliquez-vous, Éminence ! Expliquez-vous !

Drexel s'expliqua éloquemment et en détail, et Léon XIV fut

jaloux de la joie qui imprégnait sa voix, ses yeux, chacun de ses gestes, tandis qu'il racontait sa rencontre à Frascati avec la petite Britte et comment elle l'avait adopté pour grand-père. Elle avait seize ans à présent, annonça-t-il fièrement et un grand talent de peintre; elle peignait le pinceau entre les dents et ses toiles étaient vendues par une grande galerie de la via Margutta.

Les autres? Tove Lundberg lui avait présenté des parents de jeunes displégiques et la chose avait fait boule de neige. Anton Drexel s'était procuré de l'argent auprès de collègues plus riches des États-Unis, d'Amérique du Sud et d'Europe. Il avait amélioré la qualité de son vin et des produits de sa ferme, et en avait doublé les revenus. Salviati lui avait fait connaître des spécialistes du dysfonctionnement cérébral et des financiers qui l'aidaient à payer les professeurs et le personnel médical de la fondation.

– Ainsi, tout en vivant très proches les uns des autres depuis dix ans, nous avons formé des artistes, des mathématiciens, des auteurs de logiciels, mais nous avons surtout donné à ces enfants une chance d'humanité véritable, d'être dignes du modèle divin qui est le leur en dépit de leurs infirmités. Aussi vous invitent-ils autant que moi, Sainteté, à venir chez eux pour commencer de reprendre des forces. N'en décidez pas maintenant. Réfléchissez-y. Mais je peux au moins vous assurer que c'est une très heureuse famille.

La réaction du pape fut étrange. Un instant, il parut tout proche des larmes, puis son expression se durcit jusqu'à lui rendre son masque implacable de prédateur. Il répondit d'un ton âpre, accusateur et sèchement officiel:

– Il nous semble, Éminence, que quelle que soit la valeur de cette entreprise, vous ne nous ayez guère fait honneur en la dissimulant si longtemps. Nous désapprouvons, vous le savez, tout luxe chez nos frères évêques. Mais cela à part, il semble que vous soyez coupable d'une présomption certaine quant à notre fonction de Vicaire du Christ. Nous ne sommes pas si mal informés ni si sourds aux bavardages du palais que les gens l'imaginent quelquefois. Nous savons, par exemple, que le docteur Salviati est de race juive et de sympathies sionistes; que son conseiller le plus proche, la Signora Lundberg, a eu son enfant hors mariage et qu'il est bruit d'une liaison entre eux. Comme ils ne partagent ni l'un ni l'autre notre foi, leurs critères moraux privés ne nous concernent pas. Mais que vous ayiez formé avec cette enfant une relation aussi fictive, et par voie de conséquence, avec sa mère aussi, que vous l'ayez cachée aussi longtemps pour tenter enfin de nous y impliquer, quelle que soit l'excellence de vos raisons... Nous jugeons cela intolérable et très dangereux pour nous et notre fonction.

Anton Drexel avait entendu plusieurs tirades de Léon XIV, mais celle-ci les dépassait toutes. Le pontife y avait déversé toutes ses frayeurs, toutes ses frustrations et toutes ses fureurs, toutes les rages enfouies du jeune laboureur devenu prince. Après avoir donné libre cours à sa colère, il attendit, tendu et hostile, la contre-attaque. Mais Drexel répliqua avec calme.

– Votre Sainteté ouvre donc un procès contre moi. Ce n'est pas le moment de répondre. Permettez-moi seulement de dire que si j'ai offensé Votre Sainteté, j'en suis profondément désolé. J'offrais ce que je croyais être un service. Mais nous ne pouvons pas nous séparer ainsi. Ne pouvons-nous pas prier ensemble, comme des frères ?

Le souverain pontife ne répondit rien, mais prit ses lunettes et son bréviaire. Drexel ouvrit son livre et commença : « *Munda cor meum*... Purifie mon cœur, O Seigneur, que mes lèvres proclament Tes louanges... » Le rythme des psaumes ne tarda pas à les envahir, les apaisant comme la houle sur une mer sereine. Au bout de quelque temps, le visage du pape se détendit et l'hostilité s'effaça de ses yeux sombres. Lorsqu'il lut les mots : « Quand bien même je marcherai dans la vallée de la mort, Son bâton, Sa houlette me conforteront... » sa voix se brisa et il se mit à pleurer doucement. Drexel poursuivit seul la récitation du psaume et prit dans la sienne la main de son maître.

Une fois le dernier amen prononcé, Drexel se passa une étole autour du cou et donna la communion au pontife, puis il s'assit en silence, pendant qu'il faisait son action de grâces. Pendant près de quarante minutes, les seules paroles prononcées avaient été des prières. Drexel se mit à ranger ses affaires. Puis, comme l'exigeait le protocole, il demanda la permission de se retirer.

– S'il vous plaît !

Venant d'un homme fier, l'appel était poignant.

– S'il vous plaît, restez encore un peu ! Je suis désolé de ce que j'ai dit. Vous me comprenez mieux que quiconque. Il en a toujours été ainsi. C'est pourquoi je m'irrite contre vous. Vous m'ôtez toutes mes illusions.

– Savez-vous pourquoi ?

– Je voudrais l'entendre de votre bouche.

– Parce que nous ne pouvons plus nous permettre d'avoir des illusions. Le peuple de Dieu réclame le pain de vie. Nous le nourrissons de pierres.

– Et vous croyez que j'en suis responsable ?

– Posez-vous la question, Saint-Père.

– Je ne cesse de le faire – chaque jour, chaque nuit, depuis des mois maintenant. Je me la pose ce soir, avant qu'on ne m'emporte sur le chariot, qu'on ne me congèle, qu'on m'ouvre comme une carcasse de bœuf et qu'on mette ma vie en syncope... Je sais que les choses doivent changer et je dois être le catalyseur du changement. Mais comment, Anton ? Je ne suis que moi-même. Je ne peux pas retourner dans le ventre de ma mère pour renaître.

– J'ai entendu dire, dit doucement Drexel, par des gens qui ont subi cette opération, que c'est ce qui se rapproche le plus d'une renaissance. Salviati et Tove Lundberg me disent la même chose. C'est un nouveau bail – et, forcément, un nouveau genre de vie. La question pour moi, la question pour l'Église, est donc de savoir quel usage vous ferez de ce nouveau don.

– Et vous avez une ordonnance pour moi, Anton !

– Non. Mais vous la connaissez déjà. Elle revient sans cesse dans l'Écriture. « Mes petits enfants, aimez-vous les uns les autres »... « Par-dessus tout, qu'il y ait la charité... » Reste à savoir comment, dans l'avenir, vous allez interpréter la révélation, comment vous allez y répondre.

– Comment l'ai-je fait jusqu'à maintenant ?

– A la manière romaine ! Législation, admonition, *fiat !* Nous sommes les gardiens de la vérité, les censeurs de la morale, les seuls interprètes authentiques de la révélation. Nous lions et délions, nous sommes les hérauts de la bonne nouvelle. Frayez le chemin du Seigneur ! Aplanissez une route pour notre Dieu !

– Et vous n'êtes pas d'accord avec cela ?

– Non. Je ne suis pas d'accord. Je suis depuis cinquante-cinq ans prêtre dans le rite romain. J'ai été formé par le système et pour le système. Je suis resté fidèle à mes vœux et j'ai vécu en conformité avec les canons. J'ai servi quatre pontifes – deux en tant que membre du Sacré Collège. Votre Sainteté est témoin que, bien que j'aie souvent manifesté ouvertement mon désaccord, j'ai toujours obéi au magistère !

– C'est vrai, Anton, et je dois dire que je vous en respecte. Mais vous dites maintenant que nous avons échoué, que j'ai échoué.

– Tout le prouve.

– Mais pourquoi ?

– Parce que vous et moi, nous tous, curie et hiérarchie confondues, sommes les parfaits produits de notre système romain. Jamais nous ne nous y sommes opposés. Nous nous y sommes parfaitement conformés. Nous avons cautérisé nos émotions, durci nos cœurs, nous nous sommes faits eunuques à cause du Royaume des cieux ! – comme j'en suis venu à détester cette phrase ! – et en fin de compte, il y a longtemps déjà, nous avons perdu l'art d'aimer. Si vous y réfléchissez, nous autres prêtres célibataires, sommes des égoïstes. Nous sommes les vrais pharisiens de la Bible. Nous lions de lourds et insupportables fardeaux sur le dos des hommes et nous-mêmes ne levons pas le petit doigt pour les en soulager ! Aussi le peuple se détourne-t-il ; non pas vers des dieux étrangers, comme nous aimons à le croire ; non pas pour la débauche ni le sybaritisme, dont ils n'ont pas les moyens ; mais pour trouver la simplicité que nous, les gardiens, les censeurs et les directeurs, leur avons cachée. Ils réclament de la compassion et de l'amour et une main qui les aide à sortir du labyrinthe. La vôtre ? La mienne ? Je ne crois pas. Mais qu'il se trouve un homme honnête, ouvert et courageux sur le siège de Pierre, dont la première, la dernière, la seule pensée soit pour le peuple, eh bien, je pense qu'il y aurait une chance.

– Mais je ne suis pas cet homme ?

– Aujourd'hui, non. Mais plus tard, si l'on envisage un nouveau bail et la grâce d'en user au mieux, qui sait si Votre Sainteté n'écrira pas le grand message dont le peuple a faim et soif : le message d'amour, de compassion, de pardon. C'est un cri qui doit retentir haut et clair, comme le cor de Roland à Roncevaux...

Prenant conscience de sa propre exaltation, il s'arrêta.

– Quoi qu'il en soit, c'est pour cela que je vous invite à passer une partie de votre convalescence avec ma famille. Vous verrez l'amour en action jour après jour. Vous verrez des gens le donner, le prendre, grandir dans sa chaleur. Je peux vous promettre que vous n'en serez pas privé, et un jour vous serez assez riche pour le rendre... Vous avez besoin de ce temps ; vous avez besoin de cette expérience. Je vois bien l'effet qu'a cette fonction sur vous – sur tout homme ! Elle en tarit la sève, le dessèche comme un grain de raisin au soleil. Voici venue votre chance de renouveau. Saisissez-la! Pour une fois, soyez généreux envers Ludovico Gadda, banni de lui-même depuis si longtemps!

— Je me demande, fit le pape, pourquoi je ne vous ai pas nommé prédicateur de la Maison pontificale.

Drexel rit.

— Votre Sainteté sait très bien pourquoi. En moins d'une semaine, vous m'auriez envoyé au bûcher... Je devrais être couché depuis longtemps. Si Votre Sainteté m'autorise à prendre congé? ajouta-t-il de nouveau cérémonieux.

— Vous pouvez prendre congé.

— Je demande une nouvelle fois pardon de ma présomption. J'espère que la paix règne enfin entre nous.

— Oui, Anton. Dieu sait, il est fini le temps des querelles et des banalités. Je vous sais gré de votre conseil. Peut-être viendrai-je chez vous; mais comme vous le savez, d'autres considérations entrent en jeu : protocoles, rivalités de palais, souvenirs des mauvais moments de notre histoire. Je ne peux pas ignorer ces choses. Cependant, quand j'aurai franchi le tunnel, j'y songerai. Maintenant, rentrez chez vous, Anton! Allez retrouver votre famille et donnez-lui ma bénédiction!

Léon XIV consacra le temps qui lui restait avant l'arrivée de l'infirmière de nuit à écrire, pour la dernière fois peut-être, dans son journal. Et même s'il devait le rouvrir, ce serait un autre Léon qui prendrait la plume, un homme reconstruit, qui aurait été coupé de sa source vitale, puis remonté comme un jouet mécanique. Il ne pouvait donc laisser passer cet instant.

« ... Je me suis conduit comme un paysan. J'ai insulté un homme qui ne me voulait que du bien. Pourquoi? Pour dire la vérité, j'ai toujours été jaloux d'Anton Drexel. A quatre-vingts ans, il est beaucoup plus robuste, heureux et sage que je ne l'ai jamais été. Pour devenir ce que je suis, j'ai travaillé comme une brute tous les jours de ma vie. Drexel, quant à lui, est un bon vivant, dont le style et le talent l'ont conduit, pratiquement sans effort, aux toutes premières places de l'Église.

« A l'époque de la Renaissance, il aurait certainement été élu pape. Comme mon homonyme, Léon X, il se serait débrouillé pour goûter l'expérience. Quels que soient ses défauts de clerc, c'est un parfait diplomate. Il dira toujours la vérité, car c'est son maître et non pas lui qui en subira les conséquences. Il défendra une position dans les termes les plus fermes; mais il se pliera finalement à la décision de l'autorité. Pour pareil homme, Rome est l'endroit idéal.

« Ce soir, cependant, il m'a clairement offert de partager l'expérience d'amour qui a transformé sa vie et mis son sybaritisme au service du bien. Je n'ai pas eu le courage de lui dire combien j'envie son amour pour ses enfants adoptés, alors que tout l'amour dont je peux disposer est répandu et dilué sur la multitude humaine.

« J'avais pourtant le sentiment qu'il cherchait à me manipuler, à régler, même de façon indirecte, ce qui pouvait me rester de vie et d'autorité. Même cela, je pourrais le tolérer, parce que j'ai besoin de lui. Il a le luxe de pouvoir se tromper sans conséquence trop grave. Alors que je suis lié par toutes sortes de règles, conscient du moindre risque. Je suis le pouvoir personnifié, mais un pouvoir inerte, pétrifié.

« Voici les faits. Ma politique s'est révélée mauvaise. Un changement radical dans le gouvernement de l'Église est nécessaire, à tous les niveaux. Mais même si je survis, comment opérer ce changement ? C'est moi qui ai créé ce climat de rigorisme et de répression. C'est moi qui ai recruté des fanatiques pour imposer ma volonté. Si j'amorce un changement, ils s'entendront pour me mettre les bâtons dans les roues, en bloquant mes communications, en agitant devant moi des menaces de scandales et de schismes, en travestissant mes idées et mes directives.

« Je ne peux pas mener seul ce combat. On m'a déjà prévenu que pendant un certain temps je serai vulnérable, émotif, sujet à de soudaines dépressions. Comment pourrais-je alors monter une campagne qui pourrait tourner à la guerre civile?

« C'est un risque énorme; mais si je ne suis pas apte à le prendre, c'est que je ne suis pas apte à gouverner. Il me faudra alors envisager la question de l'abdication − ce qui comporte d'autres risques pour l'Église.

« Tandis que j'écris ces mots, me reviennent en mémoire mes années d'école. Mon professeur d'histoire essayait de nous expliquer la Pax Romana, cette période de prospérité que connut l'empire. Il l'expliquait ainsi : " Tant que les légions étaient en marche, tant que les routes qu'elles foulaient étaient entretenues et étendues, la paix se prolongeait, le commerce était prospère, l'empire se maintenait. Mais le jour où ils eurent construit le dernier camp, élevé les dernières fortifications et palissades, et qu'ils se furent repliés derrière, la Pax Romana était finie, l'empire était fini, les barbares étaient en route vers le cœur de Rome. "

« Tandis que j'écris ces lignes pour ne pas penser à demain, j'imagine le dernier commandant du dernier camp des marches extérieures. Je le vois faisant sa ronde de nuit, inspectant les postes de garde, pendant qu'au-delà du fossé, des palissades et du glacis, des hommes sous des masques d'animaux exécutent leur danse de guerre en invoquant les vieux dieux maléfiques des bois, de l'eau et du feu.

« Il n'y avait pas de retraite pour lui. Il n'y a pas de retraite pour moi. J'entends l'infirmière de nuit poussant son petit chariot le long du couloir. Elle viendra chez moi en dernier. Elle va contrôler mes signes de vie, pouls, température, tension. Elle va me demander si ma vessie et mes intestins ont fonctionné. Puis elle me donnera, avec la grâce de Dieu, un comprimé qui me fera dormir jusqu'à l'aube. Étrange, non, que moi qui ai toujours été un agité, attende avec tant d'impatience le sommeil, qui est le frère de la mort. Peut-être, au fond, n'est-ce pas si étrange, peut-être est-ce la dernière grâce mystérieuse, Dieu nous préparant à la mort avant que la mort ne soit prête à nous prendre.

« Il est maintenant temps de m'arrêter, de poser mon crayon et de refermer le livre. A chaque jour suffit sa peine. Ludovico Gadda, l'homme affreux qui vit dans ma peau, a eu son comptant de peurs, de colères et de honte... Pardonne-lui ses offenses, ô Seigneur, comme il pardonne à ceux qui l'ont offensé. Ne le laisse pas succomber à la tentation et délivre-le du mal – Amen. »

5.

Rentrant chez lui dans la cité du Vatican, Monsignor Malachy O'Rahilly téléphona à son collègue, Monsignor Matthew Neylan du Secrétariat d'État. Matt Neylan était un grand et bel homme, brun comme un gitan, au sourire oblique et à la démarche déliée et athlétique qui incitaient les femmes à se retourner deux fois sur lui et une troisième pour en fixer l'image dans leurs mémoires, se demandant à quoi il ressemblerait en laïc. Il était en titre *segretario di nunziature di prima classe*, ce qui le classait environ au vingtième rang de la hiérarchie. Ce qui lui donnait aussi accès à un grand nombre d'informations touchant un vaste éventail d'affaires diplomatiques. O'Rahilly l'aborda de son enjôleur :

– Matt, mon petit gars ! C'est Malachy ! J'ai une question à te poser.

– Eh bien, vas-y, Mal. Ne te gêne pas !

– Si je te proposais, très poliment, de dîner avec moi ce soir, que dirais-tu ?

– Cela dépend.

– De quoi.

– De l'endroit où nous mangerons et de qui payera – et de ce que me demandera O'Rahilly !

– Une réponse en trois, mon gars. Nous irons au Romolo, la note sera pour moi et tu me donneras un conseil.

– Quelle voiture prenons-nous ?

– Nous y allons à pied ! C'est à dix minutes de marche pour un unijambiste !

– Tope là ! On se retrouve à la Porta Angelica – oh, et prends du liquide ; ils n'aiment pas les cartes de crédit.

– Quel ami attentionné !

Da Romolo, près de la Porta Settimiana, avait été la maison de la Fornarira, maîtresse et modèle de Raphaël. Bien que la légende fût contestée, la nourriture était bonne, le vin honnête et le service – selon la tradition romaine – agréablement impertinent et négligent. L'hiver, on mangeait à l'intérieur, à la chaleur d'un feu de bois d'olivier qui flambait dans l'ancien four à pain. Au printemps et en été, on dînait sous une treille. Parfois un guitariste venait chanter des chansons en napolitain et en romanaccio. Il y avait toujours des amoureux, des vieux, des jeunes et d'autres d'âges intermédiaires. Le clergé y venait aussi, en tenue ou en civil, car ses membres font partie intégrante du décor romain, comme les amoureux, les musiciens ambulants et les coupeurs de bourse dans les ruelles du Trastevere.

Respectueux du style romain, O'Rahilly ne posa sa question qu'après les pâtes et le premier litre de vin.

– Dis-moi maintenant, Matt, te rappelles-tu un certain Lorenzo de Rosa à la Greg ?

– Oui, parfaitement. Beau comme Lucifer. Il avait une mémoire phénoménale. Il pouvait réciter d'un trait plusieurs pages de Dante ! Si je me souviens bien, il a été réduit à l'état laïc, il y a quelques années.

– Non. Il a négligé les formalités et s'est marié civilement.

– Eh bien, il a au moins eu la sagesse de couper carrément les ponts !

– Justement pas. C'est bien son problème. Il a essayé de mettre sa situation en ordre. Et bien évidemment, personne ne s'est montré très coopératif.

– Alors ?

– Alors, la nuit dernière sa femme est morte dans la clinique de Salviati, le laissant avec deux jeunes enfants.

– C'est dur.

– Plus que tu ne penses, Matt. J'étais ce soir à la clinique auprès de notre seigneur et maître. J'ai rencontré De Rosa au moment où il sortait. Nous avons parlé. Le pauvre diable est fou de douleur. Il m'a dit – je le cite : « J'ai hâte de cracher sur la tombe de votre maître ! »

– Oh, j'en ai entendu d'autres exprimer la même pensée – plus poliment, bien sûr.

– Il n'y a pas de quoi rire, Matt.

– Mais est-ce que je ris ? Qu'est-ce qui t'inquiète, Mal ?

– Je me demande s'il représente une menace pour le Saint-Père. Si oui, il faut que je fasse quelque chose.

– Par exemple ?

– Alerter notre service de sécurité. Qu'il s'entende avec les carabiniers pour surveiller de Rosa.

– Ils ne se contenteront pas de le surveiller, Mal. Ils le feront rôtir à la broche, pour lui faire peur. C'est un peu sévère pour un homme avec deux gosses et une femme à peine froide.

– C'est pourquoi je te demande ton avis, Matt. Que devrais-je faire ?

– Tout d'abord, rester dans la légalité. Il a proféré une malédiction, pas une menace. Il t'a parlé en privé. Il n'a donc pas commis de crime ; mais si ça les arrange, les gars de la sécurité n'hésiteront pas à faire en sorte que c'en ait toutes les apparences. De plus, ton rapport et leurs enjolivements iraient grossir son dossier – et y demeureraient jusqu'au jugement dernier. Toute sa vie serait alors relue à la lumière de cette seule dénonciation. C'est ainsi que fonctionne le système. Il est inadmissible d'accabler un innocent !

– Je sais. Je sais. Mais admettons le pire : le type est décidé à se venger d'une injustice faite à lui-même et à la femme qu'il aimait. Un beau jour d'été, il se rend à une audience publique, place Saint-Pierre, et tire sur le pape. Quelle tête est-ce que je fais alors ?

– Je ne sais pas, dit innocemment Matt Neyland. Comment l'Homme t'a-t-il traité ces derniers temps ?

Malachy O'Rahilly rit.

– Je ne lui décernerais pas de certificat de bonne conduite. Mais je ne souhaite pas non plus le voir assassiné. Il y a un risque, admets-le.

– Je n'admettrai rien de la sorte. Tu as rencontré de Rosa. Moi pas. En outre, si tu voulais éliminer toutes les menaces éventuelles qui pèsent sur ton personnage sacré, il te faudrait multiplier les arrestations préventives dans toute la péninsule. Personnellement, j'ignorerais toute l'affaire.

– Je suis son secrétaire, bon Dieu ! J'ai un certain devoir vis-à-vis de lui.

– Minute! Il y a peut-être un moyen simple, qui épargnerait tout le monde. Laisse-moi réfléchir, pendant que tu commandes une autre bouteille de vin. Un rouge buvable, cette fois. Ce Frascati est si léger qu'on pourrait y élever des poissons rouges.

Tandis que Malachy O'Rahilly faisait son petit numéro sur le vin, Matt Neyland sauça son assiette, puis prononça son verdict.

– Il y a un type qui travaille dans notre service de sécurité ici au Vatican. Il s'appelle Baldassare Cotta. Il m'est redevable, d'avoir fait engager son fils à la Poste. Il était enquêteur pour la guardia di Finanza et je sais qu'il travaille au noir pour une agence de détectives privés en ville. Je pourrais lui demander de se renseigner sur de Rosa. Ça te coûterait environ cent mille lires. Ne peux-tu pas prendre cette somme dans la petite cassette?

– Ne pourrait-il pas le faire gratuitement?

– Il le ferait, mais ce serait alors moi qui serais son débiteur. Allons, Mal! Combien vaut l'évêque de Rome?

– Ça dépend, dit Malachy O'Rahilly avec un large sourire. Mais c'est une bonne idée. Je trouverai cet argent quelque part. Tu es un type bien, Matt. Tu seras bientôt évêque.

– D'ici là, je ne serai plus ici, Mal.

Malachy O'Rahilly lui lança un regard intrigué.

– Tu as l'air sérieux.

– Tout à fait sérieux.

– Que veux-tu me faire comprendre?

– Que je songe à abandonner le jeu, à partir, comme notre ami de Rosa.

– Pour te marier?

– Que non! Uniquement pour partir! Je ne suis pas à ma place ici, Mal. Je le sais depuis longtemps. Mais ce n'est que dernièrement que j'ai eu assez de courage pour l'admettre!

– Matt, dis-moi honnêtement, y a-t-il une femme là-dessous?

– Ce serait sans doute plus facile s'il y en avait une – mais non. Et ce n'est pas non plus un homme.

– Veux-tu en parler?

– Après le steak, si tu n'y vois pas d'inconvénient. Je n'ai pas envie d'étouffer au beau milieu de mes adieux.

– Tu as l'air de prendre ça à la légère.

– J'y réfléchis depuis longtemps, Mal. Je suis très calme. Je sais exactement ce que voulait dire Luther lorsqu'il disait : « Je m'en tiens là, je ne peux rien de plus. » Quant à moi, j'essaye d'imaginer comment m'en sortir en faisant le moins possible de remous... Voilà la viande, et le vin. Savourons-les. Nous aurons tout le temps ensuite de parler.

Le steak à la florentine était tendre ; le vin, à la fois moelleux et riche. Pour un homme à la veille de changer radicalement de vie, Matt Neylan était singulièrement détendu. Malachy O'Rahilly dut refouler sa curiosité jusqu'à ce que les assiettes de viande aient été débarrassées et que le garçon ait consenti à les laisser choisir en paix leur dessert. Neylan n'aborda pas le sujet de front.

– ... Par où commencer ? C'est bien là le problème. Maintenant, tout me paraît si simple que j'ai du mal à admettre les angoisses par lesquelles je suis passé. Toi et moi, Mal, avons eu la même carrière : école chez les Frères à Dublin, séminaire à Maynooth, puis Rome et la Greg. Nous avons parcouru le même cursus : philosophie, études bibliques, théologie – dogmatique, morale et pastorale –, latin, grec, hébreu, exégétique et histoire. Nous pourrions élaborer ensemble une thèse, la défendre, la retourner comme une chaussette sale et en faire une hérésie qui serait réfutée dès la prochaine réunion de l'Aula. Rome était faite pour nous, nous étions faits pour Rome. Nous étions des garçons brillants, Mal. Nous étions issus du pays catholique le plus orthodoxe du monde. Il nous suffisait de gravir l'échelle, et c'est ce que nous avons fait, toi à la maison du pape, moi au Secrétariat d'État, attaché de deuxième classe... La seule chose que nous ayons négligée est précisément celle qui nous avait conduits à la prêtrise : le service pastoral, le souci du peuple, Mal ! Nous avons complètement oublié ce détail ! Nous sommes devenus des carriéristes, des abbés de cour. Je n'ai rien d'un prêtre, Mal. Je suis un diplomate – un bon diplomate, il est vrai, qui pourrait tenir sa place dans n'importe quelle ambassade du monde – mais j'aurais pu l'être sans renoncer aux femmes, au mariage et à la vie de famille.

– Nous y venons ! dit Malachy O'Rahilly. Je savais que tôt ou tard nous y viendrions. Tu es seul, fatigué de dormir seul dans un lit, tu en as assez de vivre au milieu de célibataires. Il n'y a pas de honte à cela, mon garçon. C'est le lieu qui veut ça. C'est une mauvaise période, c'est tout !

– Faux, Mal ! Faux, faux, il n'y a pas d'endroit plus commode que Rome pour s'accommoder de la chair et du mal. Tu sais parfaitement qu'ici on peut dormir pendant vingt ans à deux dans le

90

même lit, sans que personne le sache! La question – la seule vraie question, vieux – c'est que je ne crois plus.

– Veux-tu bien me répéter ça. J'aimerais être sûr d'avoir bien entendu, dit O'Rahilly, très calme.

– Tu as bien entendu, Mal. Quelles que soient les conditions nécessaires à la foi – la grâce, le don, la disposition, le besoin –, je n'ai rien de tout cela. Je ne l'ai plus. Et ce qui est étrange, c'est que je n'en suis pas du tout troublé. Je ne suis pas comme ce pauvre Lorenzo de Rosa, qui se bat pour obtenir justice d'une communauté, à laquelle il est toujours attaché, cœur et âme, puis se désespère parce qu'il ne l'obtient pas. Je n'appartiens pas à cette communauté, car je ne crois plus aux idées et aux dogmes qui l'étayent...

– Mais tu en fais toujours partie, Matt.

– Uniquement par courtoisie. Courtoisie personnelle! fit Matt Neylan avec un haussement d'épaules. En ne faisant pas de scandale, en poursuivant mon travail, jusqu'à ce que je puisse faire une sortie discrète, j'oblige tout le monde. Sortie qui prendra probablement la forme d'une conversation avec le cardinal Agostini au début de la semaine prochaine, d'une lettre de démission très polie et presto! Je disparais comme un flocon de neige.

– Mais ils ne te laisseront pas partir comme ça, Matt. Tu connais la musique : suspension volontaire *a divinis*, demande de dispense...

– Cela ne me concerne pas, expliqua Matt Neylan avec patience. La musique n'a de sens que si on y croit. Quelles armes ont-ils contre moi en dehors de sanctions morales? Et elles ne me concernent pas, puisque je ne souscris plus au *codex*. L'inquisition ne marche plus. Les sbires du Vatican ne peuvent pas venir m'arrêter à minuit. Aussi m'en vais-je à mon heure et à ma convenance.

– A t'entendre tu pars content, fit remarquer O'Rahilly sur un ton amer.

– Non, Mal. Il y a de la tristesse – une sorte de vague tristesse grise. J'ai perdu ou gâché une grande partie de ma vie. Les amputés, paraît-il, sont poursuivis par le fantôme de leur membre coupé; mais l'obsession s'arrête au bout d'un certain temps.

– De quoi vivras-tu?

– Pas de problème. Ma mère est morte l'année dernière. Elle m'a laissé une petite terre dans le comté de Cork. Et la semaine dernière, grâce à mon expérience de la diplomatie vaticane, j'ai signé avec un éditeur de New York un contrat pour deux livres qui me rapporte plus d'argent que j'ai jamais rêvé d'en avoir. Je n'ai donc pas de soucis financiers, et la possibilité de profiter de la vie.

— Et pas non plus de problème de conscience ?

— Je n'ai qu'un problème, Mal — et il est trop tôt pour savoir comment je le résoudrai –, comment me débrouillerai-je sans le credo ni le *codex*.

— Ce sera peut-être plus difficile que tu ne penses.

— C'est déjà difficile, dit Matt avec un sourire. Maintenant ! Entre toi et moi ! Tu fais partie de la communion des saints. Moi pas. Tu es croyant. Je suis un *miscredente*, un infidèle. Il n'en paraît rien, car nous portons tous les deux l'uniforme des officiers de la Barque de Pierre. Mais tu conduis toujours le pilote, alors que moi je l'ai laissé tomber pour diriger mon propre bateau ; ce qui est périlleux en eau peu profonde.

— Où songes-tu vivre ? Le Vatican ne voudra pas de toi dans les parages. Comme tu le sais, on peut te rendre la vie impossible.

— Ça ne m'avait pas effleuré l'esprit, Mal. Je vais d'abord aller en Irlande, régler la succession et m'assurer que la propriété est bien gérée. Ensuite je ferai le tour du monde pour voir à quoi il ressemble aux yeux d'un simple touriste à l'esprit neuf. Où que j'échoue, j'espère que nous serons toujours amis. Si c'est impossible, je le comprendrais.

— Bien sûr que nous serons amis, vieux ! Et pour le prouver tu vas m'offrir un énorme cognac — dont, après ce coup, j'ai fichtrement besoin !

— Je t'accompagne — et si ça peut te faire plaisir, je t'aurai le rapport sur de Rosa pour rien !

— Quelle générosité ! Je veillerai à ce que cela te soit rendu au jour du Jugement !

Pour Sergio Salviati, italien de naissance, d'origine et de tradition juives, chirurgien extraordinaire d'un pontife romain, le jour du jugement était déjà arrivé. Il se voyait confier un personnage sacré pour un milliard d'hommes. Et avant qu'il n'ait levé le scalpel, ce même personnage était menacé d'un danger aussi sérieux que celui d'un infarctus.

Il en fut informé par Menachem Avriel, ambassadeur d'Israël auprès de la république, lors d'un dîner chez Salviati.

– ... En fin d'après-midi, nos services m'ont informé d'une possible tentative d'assassinat contre le pape durant son séjour à la clinique.

Salviati soupesa un instant l'information, puis haussa les épaules.

– Ce n'est pas nouveau, je suppose. Et que vaut l'information ?

– Classe A-plus, première main. Elle vient d'un homme du Mossad opérant dans un groupe iranien, l'Épée de l'Islam. Le contrat serait le suivant : cinquante mille dollars tout de suite, cinquante mille une fois le pape mort. Il ne sait pas encore s'ils ont trouvé preneurs.

– Les Italiens sont-ils au courant ? Et le Vatican ?

– Les uns et les autres ont été informés ce soir à 6 heures.

– Leurs réactions ?

– Merci – nous prendrons des mesures appropriées.

– Je l'espère bien. Moi je ne peux rien. J'attaque à 6 heures du matin avec mon équipe. Je ne m'occupe de rien d'autre.

– A notre avis – ou plutôt à celui du Mossad –, la tentative pourrait avoir lieu pendant la convalescence et venir de l'intérieur de l'établissement – par l'altération des médications ou le sabotage des systèmes de survie.

– J'emploie près de cent personnes dans ma clinique, qui parlent huit, dix langues différentes. Je ne peux pas garantir leurs origines. J'en connais au moins trois qui sont des agents du Mossad !

Menachem Avriel rit.

– Vous pouvez vous féliciter de m'avoir laissé les placer là ! Ils connaissent au moins la musique et sauront diriger ceux que nous envoyons demain.

– Et peut-on savoir qui ils sont ?

– Oh, vous ne saviez pas ? L'Agenzia Diplomatica a reçu en fin d'après-midi une demande pour deux filles de salle, deux techniciens pour l'entretien électrique et deux infirmiers. Ils prendront leur service à 6 heures du matin. Issachar Rubin en sera responsable. Vous n'aurez à vous occuper de rien – le Mossad réglera la facture. Vous pouvez vous consacrer à votre distingué patient. Au fait, quels sont les pronostics ?

– Bons. Très bons. L'homme est obèse et en mauvaise condition physique, mais c'est un fils de fermier. En outre il a une volonté de fer qui lui est d'un grand secours.

— A nous, que nous vaudra-t-elle ?

— En quoi ?

— Le Vatican reconnaîtra-t-il l'État d'Israël ?

— Vous plaisantez ! répliqua Salviati, soudain irrité. La chose est claire depuis toujours : jamais ils ne soutiendront Israël contre le monde arabe ! Malgré toutes leurs déclarations officielles, nous sommes, par tradition, les assassins du Christ, maudits de Dieu. Nous n'avons pas le droit d'avoir une patrie, parce que nous avons rejeté le Messie, et qu'à notre tour nous avons été rejetés ! Rien n'a changé, croyez-moi. Nous étions plus à l'aise sous l'empire romain que sous les papes. Ce sont eux qui nous ont mis l'étoile jaune, des siècles avant Hitler. Pendant la guerre, ils ont enterré six millions de morts dans le Grand Silence. Si Israël était de nouveau rayé de la carte, ils rechercheraient là-bas les titres de propriété de leurs Lieux Saints.

— Et c'est vous, mon cher Sergio, qui allez offrir à cet homme un nouveau bail de vie ! Pourquoi vous ? Pourquoi ne pas le confier aux siens ?

— Vous savez pourquoi, mon ami ! Je le veux mon débiteur. Je veux qu'il me doive la vie. Je veux qu'il ne puisse regarder un juif sans se souvenir qu'il doit à l'un d'eux sa survie et à un autre son salut.

Prenant soudain conscience de sa propre véhémence, il sourit et tendit les mains en signe de capitulation.

— Menachem, mon ami, pardonnez-moi. Je suis toujours un peu énervé la nuit qui précède une opération.

— Êtes-vous obligé de la passer seul ?

— J'évite de le faire autant que je le peux. Tove Lundberg va venir plus tard. Elle passera la nuit avec moi et m'emmènera le matin à la clinique. Elle est bonne pour moi — elle est ce que j'ai de meilleur dans ma vie !

— Et quand allez-vous l'épouser ?

— Je l'épouserais demain si elle voulait de moi.

— Qu'est-ce qui l'en empêche ?

— Les enfants. Elle n'en veut plus. Elle a fait en sorte de ne plus en avoir. Elle trouve injuste d'imposer ça à un homme, même s'il est d'accord.

— C'est une sage ! Vous avez bien de la chance de disposer d'une femme pareille dans ces conditions-là. Mais si vous songez à vous marier et à fonder une famille...

– Je sais! Je sais! Votre Leah me trouvera une juive bien sous tout rapport, et vous nous enverrez tous les deux en voyage de noces en Israël. Oubliez ça!...

– On verra bien, car je ne vous oublierai pas. Où est Tove en ce moment?

– Elle s'occupe de James Morrison, le chirurgien que j'ai invité à être mon témoin.

– Est-elle au courant de l'Agenzia Diplomatica et de vos autres relations?

– Elle sait où vont mes sympathies. Elle sait quelles sont les personnes que vous m'envoyez. Pour le reste, elle ne pose pas de questions.

– Parfait! Comme vous le savez, l'Agenzia est très importante pour nous. C'est une des meilleures idées que j'aie jamais eues.

Menachem Avriel ne disait rien que la vérité. Bien avant qu'il obtînt son premier poste diplomatique, alors qu'il n'était encore qu'un agent opérationnel du Mossad, il avait eu l'idée d'une chaîne d'agences de placement, une dans chaque capitale, qui offriraient de la main-d'œuvre temporaire – cuisinières, maîtres d'hôtel, femmes de chambres, nurses, infirmières, chauffeurs – aux diplomates et aux familles détachés à l'étranger pour raisons professionnelles. Chaque candidat était soigneusement sélectionné et payé au tarif le plus élevé du marché. Les législations locales étaient scrupuleusement respectées; les impôts dûment payés. Les dossiers étaient en règle. La clientèle se recrutait sur recommandation. Les agents israéliens, hommes et femmes, étaient fichés, et le Mossad avait des yeux et des oreilles dans toutes les réceptions diplomatiques et professionnelles. Salviati lui-même réservait toujours des places au personnel temporaire de l'Agenzia, et s'il lui arrivait d'éprouver quelque gêne de son double jeu, il enterrait ses scrupules sous une avalanche d'amers souvenirs héréditaires: les décrets des papes médiévaux qui annonçaient Hitler et les lois de Nuremberg de 1935, l'infamie des ghettos, le Sabbat Noir de 1943, le massacre des Fosses ardéatines...

Il lui arrivait de se sentir déchiré par les forces qui jaillissaient du plus profond de son être – l'obsession qui faisait de lui un grand chirurgien et un réformateur de la médecine, le violent attachement de tout Latin pour son *paese*, la pression de dix mille ans de tradition tribale, la nostalgie de psalmodies qui étaient devenues la voix secrète de son cœur : « Si je t'oublie, Jérusalem, que ma droite se dessèche. »

– Je vais partir, dit Menachem Avriel. Il faut que vous vous couchiez tôt. Merci pour le dîner.

– Merci pour votre avertissement.

– Que cela ne vous trouble pas.

– Ne vous inquiétez pas. Lorsque j'opère, la mort surveille par-dessus mon épaule la vie qui est entre mes mains. Je ne peux me permettre aucune distraction.

– Il fut un temps, dit Menachem Avriel avec ironie, où un juif n'avait pas le droit de soigner un chrétien – et un médecin chrétien devait convertir le patient juif avant de le traiter.

Ce fut alors, et pour la première fois, que Sergio Salviati révéla le tourment qui le déchirait.

– Nous avons bien appris l'histoire, n'est-ce pas, Menachem ? Israël est devenu majeur. Nous avons maintenant nos propres ghettos, notre propre inquisition, nos propres cruautés ; et nos boucs émissaires, les Palestiniens ! Voilà le pire que nous aient fait les goyim. Ils nous ont enseigné à nous corrompre nous-mêmes !...

Dans son appartement, de l'autre côté de la cour, Tove Lundberg parlait de Salviati à son collègue anglais.

– ... Il est comme un kaléidoscope, en perpétuel changement. Il est si divers qu'il semble être vingt hommes à la fois, et on s'étonne de pouvoir s'accommoder de tant de personnalités – ou qu'il s'en accommode lui-même. Puis tout à coup, il est aussi limpide que l'eau. C'est ainsi que vous le verrez demain matin. Il sera parfaitement maître de lui. Il ne dira pas un mot inutile, ne fera pas un geste de trop. J'ai entendu les infirmières dire qu'elles n'ont jamais vu quelqu'un d'aussi respectueux du tissu humain. Il le manipule comme l'étoffe la plus délicate.

– C'est la marque d'un grand guérisseur, dit James Morrison en vidant son verre... Et pour le reste, comment se comporte-t-il ?

– Toujours plein de délicatesse. Mais il y a en lui beaucoup de colères que j'aimerais le voir s'épargner. Il m'a fallu venir en Italie pour comprendre combien profonds sont les préjugés contre les juifs – même contre ceux qui sont ici depuis de nombreuses générations. Très tôt, Sergio a voulu en connaître les racines et les causes. Il peut disserter là-dessus pendant des heures. Il cite des passages des docteurs de l'Église, des encycliques et décrétales papales, des documents d'archives.

« C'est une triste histoire, songez que le ghetto de Rome n'a été aboli qu'en 1870, par décret royal, et c'est alors seulement que le droit de vote a été accordé aux juifs.

« Malgré quelques apaisements et de timides réparations verbales, le Vatican n'a jamais renié son antisémitisme. Il n'a jamais reconnu au peuple juif le droit à une patrie... Ce sont ces choses qui troublent Sergio. Elles l'aident aussi, car elles le poussent à se dépasser, à se faire en quelque sorte le porte-étendard de son peuple... Mais d'un autre côté, c'est un homme de la Renaissance, qui voit tout et essaye désespérément de tout comprendre et de tout pardonner. »

– Vous l'aimez, n'est-ce pas ?

– Oui.

– Et alors... ?

– Alors, parfois, je pense que je l'aime trop. Mais je suis sûre d'une chose, le mariage serait une erreur pour l'un comme pour l'autre.

– Parce qu'il est juif et que vous ne l'êtes pas ?

– Non. Parce que...

Elle hésita longuement, comme si elle soupesait chaque mot.

– Parce que j'ai trouvé ma place. Je sais qui je suis, où je suis, ce dont j'ai besoin, ce que je peux obtenir. Sergio est toujours en route, en recherche, car il ira beaucoup plus loin et atteindra une position dont je ne saurais rêver. Viendra un moment où il aura besoin de quelqu'un d'autre. Je serai alors de trop... Je veux que ce moment soit aussi simple que possible, pour lui comme pour moi.

– Je me demande...

James Morrison se versa un autre verre de vin.

– Je me demande si vous savez combien vous représentez pour lui.

– Je le sais, croyez-le. Mais il y a des limites à ce que je peux offrir. J'ai donné tant d'amour à Britte, et il faudra encore que je lui en donne tant, qu'il ne m'en reste plus pour un autre enfant. Je n'en ai pas été avare ; mais mon capital est épuisé... Je ne pourrai bientôt plus avoir d'enfants – cet amour-là n'est plus en cause. Je suis une bonne amante et Sergio a besoin que je le sois, car comme vous le savez, James, les chirurgiens passent tellement de temps à penser aux corps des autres, qu'ils en viennent parfois à oublier celui qui partage leur lit. En outre, je suis danoise. Le mariage à la manière italienne ou juive n'est pas pour moi. Ai-je répondu à votre question ?

– Oui, merci. Mais cela en soulève une autre. Que pensez-vous de notre distingué patient ?

– J'aurais plutôt tendance à l'aimer. Ce qui n'a pas été le cas au départ. J'ai vu tous les travers que peuvent donner soixante ans d'éducation cléricale, de célibat professionnel et d'égoïsme – sans parler de la passion du pouvoir qui afflige certains célibataires vieillissants. Il est laid, il est grincheux, et peut se montrer assez grossier. Mais en lui parlant, j'ai perçu quelqu'un d'autre, l'homme qu'il aurait pu être. Vous allez rire, je le sais, mais cela m'a fait penser à ce vieux conte de fées, « La Belle et la Bête »... vous vous rappelez ? Si seulement la princesse avait le courage d'embrasser la Bête, celle-ci deviendrait un beau prince charmant.

James Morrison rejeta la tête en arrière et rit joyeusement.

– Quelle merveille ! Vous n'avez pas essayé ?

– Bien sûr que non. Mais ce soir, en rentrant chez moi, je suis passée le voir. C'était peu après 9 heures. On venait de lui donner les calmants pour la nuit. Il était à demi endormi, mais il m'a reconnue. Il avait une mèche de cheveux dans les yeux. Sans réfléchir, je l'ai écartée. Il m'a pris la main et l'a gardée l'espace d'un instant. Puis il a dit, avec tant de simplicité que j'en aurais pleuré : « Ma mère faisait toujours ça. Elle disait que c'était mon ange gardien, qui m'effleurait de ses ailes ».

– Quelle femme vous êtes, Tove Lundberg ! Et maintenant, je vais aller au lit, avant de me couvrir de ridicule.

Au palais apostolique, au cœur du Vatican, les lumières restèrent allumées tard dans la nuit. Le cardinal secrétaire d'État avait réuni en conférence les principaux membres de son Secrétariat ainsi que ceux du Conseil pour les Affaires publiques de l'Église. Toutes les relations extérieures de l'État du Vatican passaient par ces deux corps, qui veillaient de concert aux intérêts parfois contradictoires de l'Église. Il était, ce soir, question de la sécurité du souverain pontife et la réunion tenait du conseil de guerre.

Agostini résuma la situation :

– ... J'accepte l'authenticité de l'information provenant de l'État d'Israël. J'accepte, avec un grand soulagement, que des agents secrets du Mossad se mêlent au personnel habituel de l'unité de soins intensifs, et soient présents dans le pavillon occupé par Sa Sainteté. Mais il s'agit d'une intervention officieuse et irrégulière, que nous ne pouvons pas reconnaître officiellement. Nous comptons sur les forces de la république italienne – surtout sur le *Nucleo Centrale Anti-Terrorismo*, qui renforce en ce moment précis le périmètre de protection de la clinique et va placer des gardes en civil à l'intérieur même de l'édifice. Je ne vois pas ce que nous pouvons faire de plus pour la sécurité physique du pontife pendant son séjour à l'hôpital. Toutefois, après consultation, ce soir, de nos contacts diplomatiques, il ressort que les choses ne sont peut-être pas si simples qu'elles paraissent. Notre collègue Anwar El Hachem a quelque chose à dire sur l'aspect israélo-arabe de l'affaire.

El Hachem, maronite du Liban, donna son rapport.

– ... L'Épée de l'Islam est un petit groupe séparatiste d'Iraniens du Liban, qui opère à l'intérieur de Rome. Il n'appartient pas au principal courant de l'opinion palestinienne, mais il est en mesure de rassembler des fonds importants. En ce moment même des agents de la sécurité italienne arrêtent plusieurs de ses membres afin de les interroger. Les représentants des ambassades d'Arabie Saoudite et des républiques d'Afrique du Nord, de même que les émirats, affirment tout ignorer de la menace et offrent leur concours contre une opération de francs-tireurs qui ne peut que les desservir. Certains ont suggéré qu'il pouvait s'agir d'une provocation israélienne. Mais ce point de vue me semble sans fondement.

– Merci, Anwar. Est-il vrai que l'Épée de l'Islam ait offert cent mille dollars ? poursuivit le secrétaire d'État.

– Absolument. Mais l'homme qui a fait cette offre se cache.

– Les Américains ne savent rien, continua Agostini en parcourant sa liste. Les Russes prétendent n'être au courant de rien, mais seraient heureux d'échanger les informations qu'ils pourraient obtenir. Les Français consultent Paris. Et les Anglais ?

Les Anglais étaient du domaine de monseigneur Hunterson, archevêque titulaire de Syrte, haut dignitaire du Vatican depuis des années. Son rapport fut bref mais clair.

– L'ambassade de Grande-Bretagne s'est montrée consternée, a promis d'étudier la question et a repris contact vers 9 heures avec la même information qu'Answar, à savoir que l'Épée de l'Islam désigne un groupe issu du Liban et soutenu par l'Iran, dont les moyens financiers sont importants. Ce groupe finance des prises d'otages et des meurtres. En l'occurrence, Sa Sainteté représente une cible de choix.

– Ce qu'elle ne serait pas, dit le secrétaire suppléant, si nous étions allés à Salvator Mundi ou à Gemelli. Nous ne pouvons nous en prendre qu'à nous-mêmes de l'avoir placée dans un environnement hostile.

– Ce n'est pas le lieu qui est hostile, dit Agostini avec ironie. Ce sont les terroristes. Je ne pense pas que nous puissions lui assurer ailleurs une aussi bonne protection. Mais cela soulève une question importante. Sa Sainteté songe à passer sa convalescence en dehors du territoire de Vatican, dans une villa privée peut-être. Je ne crois pas que nous puissions le permettre.

– Pouvons-nous l'en empêcher ? demanda un Allemand, membre de l'Assemblée. Notre maître accepte mal toute forme d'opposition.

– Je suis convaincu, dit le secrétaire d'État, que la République ne tient pas à le voir assassiné sur son sol. Sa Sainteté, qui est italienne de naissance, ne tient pas non plus à embarrasser la République. Je me charge de cette affaire.

– Quand pourrons-nous le ramener chez lui ?

– Si tout se passe bien, dans dix-quatorze jours.

– Disons dix. Nous pourrions faire venir à Castel Gandolfo une équipe de sœurs infirmières. Je pourrais en parler à la mère générale de la Petite Compagnie de Marie. Elle peut même faire venir de l'étranger ses meilleurs éléments.

– Si je ne me trompe, dit l'archevêque Hunterson, la plupart des ordres soignants ont déjà du mal à assurer le service des hôpitaux qu'ils possèdent. La plupart font appel à du personnel laïc. A dire vrai, je ne comprends pas cette hâte. Dans la mesure où la sécurité est assurée, je le laisserais à la Villa Diana.

– La curie propose, dit Agostini, mais le pontife dispose – même de son lit d'hôpital ! On verra bien ce dont j'arriverai à le convaincre, pendant qu'il est encore maniable.

Ce fut à cet instant précis de la discussion que monseigneur Malachie O'Rahilly se présenta, en réponse à un appel du bureau central des communications, excité, hors d'haleine et légèrement – légèrement seulement – éméché par le vin blanc et le vin rouge et le cognac qu'il avait bus pour faire passer la défection de Matt Neylan.

Neylan fut aussi convoqué, car il était secrétaire de première classe des nonciatures et avait pour tâche de rédiger les communiqués et de les diffuser dans le rayon de sa juridiction. Ils saluèrent l'assemblée de prélats et s'assirent pour écouter avec respect Agostini les exhorter à la plus grande discrétion et leur exposer les menaces qui planaient sur le pape et leurs remèdes.

Monsignor Matt Neylan ne fit aucun commentaire. Ses fonctions étaient déterminées d'avance. On attendait de sa part la plus grande ponctualité dans leur accomplissement. Quant à O'Rahilly, il était, compte tenu de ce qu'il avait bu, enclin à se montrer loquace. En tant que secrétaire du pontife et porteur d'un mandat du pape sur la conduite de sa charge, son adresse à Agostini fut plus emphatique que discrète.

– ... J'ai la liste de ceux qui seront autorisés à se rendre à la clinique auprès de Sa Sainteté. Compte tenu des circonstances, ne devrait-on pas leur donner une carte d'admission ? Après tout, on ne peut pas demander aux agents de la sécurité de reconnaître les visages, et une soutane ou un col romain peut facilement cacher un terroriste. Il me faut une demi-journée pour les faire imprimer.

– C'est une bonne idée, Monsignore, approuva Agostini. Si vous voulez bien voir ça avec l'imprimeur, dès demain matin. Mon bureau se chargera de la distribution.

– Ce sera fait, Éminence.

Encouragé par cet éloge – rare et précieux au sein de la curie – O'Rahilly décida de tenter sa chance.

– J'ai parlé, dans la soirée, avec Sa Sainteté, et elle m'a demandé de me renseigner sur un certain Lorenzo de Rosa, ancien prêtre de ce diocèse, dont la femme – mariage civil, il s'entend – est morte hier dans la clinique de Salviati. De Rosa aurait demandé à plusieurs reprises, mais sans succès, sa réduction à l'état laïc et la reconnaissance de son mariage mais...

– Monsignore ! s'exclama le secrétaire d'État sur un ton glacial. Il semblerait que cette affaire ne concerne pas notre présent propos et ne soit pas opportune dans le contexte...

– Oh, mais justement, Éminence !

Une fois parti, O'Rahilly ne s'arrêterait pas si facilement. Dans un silence glacial, il décrivit sa rencontre avec de Rosa, puis sa conversation avec Monsignor Matt Neylan sur le sérieux qu'il convenait de donner à cette menace...

– ... Matt Neylan ici présent estime comme moi que le pauvre garçon était accablé de douleur et que le soumettre à un interrogatoire et à des tracasseries serait d'une grande et bien inutile cruauté. Cependant, après ce que nous venons d'entendre, je dois me demander – et demander à Vos Éminences – s'il ne conviendrait pas de prendre, au moins, quelques précautions.

– Sans aucun doute! s'écria Mikhaélovic, le secrétaire suppléant yougoslave très au fait des méthodes de sécurité. La sécurité du Saint-Père est de toute première importance.

– Voilà une proposition pour le moins douteuse, lança Matt Neylan, avec agressivité. Je soutiens, avec le plus grand respect, que tourmenter ce malheureux affligé en le soumettant à une enquête policière serait d'une absurde cruauté. Le Saint-Père lui-même craint que, dès avant son deuil, de Rosa n'ait pas obtenu toute la justice et la charité chrétiennes qui lui étaient dues. En outre, Monsignor O'Rahilly a omis de dire que j'ai déjà lancé une enquête privée sur l'affaire de Rosa.

– En quoi vous avez outrepassé votre pouvoir, coupa le cardinal Mikhaélovic. La moindre des précautions serait de dénoncer cet homme aux responsables de la sécurité. Ce sont eux les experts. Pas nous.

– Précisément, Votre Éminence! fit Neylan. Les groupes anti-terroristes ne sont pas tenus par les règles de police ordinaires. Des accidents surviennent pendant les interrogatoires. Certains suspects en sortent mal en point. Ou tombent par la fenêtre. Je tiens à vous rappeler qu'il y a aussi deux jeunes enfants.

– Les rejetons illégitimes d'un prêtre renégat!

– Oh, pour l'amour du Christ! Quel genre de prêtre êtes-vous pour parler ainsi?

Tous furent scandalisés par ce blasphème. Agostini réprimanda Neylan sur un ton glacial :

– Vous vous oubliez, Monsignore. Vous avez donné votre point de vue. Nous l'examinerons avec attention. Je vous verrai demain matin à 10 heures dans mon bureau. Vous pouvez êtes excusé.

– Mais Votre Éminence n'est pas excusée – aucun de vous n'est excusé – du devoir de compassion! Je souhaite le bonsoir à Vos Excellences!

Il salua l'assemblée et regagna en hâte son petit appartement du palais de la Monnaie. Il était ivre de fureur : contre Mal O'Rahilly, incapable de fermer sa grande gueule d'Irlandais, et ravi de faire le malin devant une brochette d'éminences et d'excellences vieillissantes ; lesquelles symbolisaient tout ce qui, année après année, l'avait détaché de l'Église : la dérision de la charité qui était le pivot de son existence.

Mandarins, princes impériaux, vêtus de vêtements somptueux, qui s'enfermaient dans un jargon ésotérique et dédaignaient de discuter avec le troupeau. Ce n'étaient pas des pasteurs, soucieux des âmes. Ce n'étaient pas des apôtres, impatients de répandre l'Évangile. C'étaient des fonctionnaires, des administrateurs, des hommes d'appareil, aussi privilégiés et protégés que n'importe lesquels de leurs homologues de Whitehall, de Moscou ou du Quai d'Orsay.

Pour eux, un homme comme Lorenzo de Rosa était un être de néant, excommunié, abandonné avec mépris à la grâce de Dieu, à jamais écarté de toute compassion humaine – à moins qu'il ne s'humilie, n'aille à Canossa. Il savait exactement ce qui allait se passer. Ils confieraient de Rosa aux services de sécurité. Quatre gros bras viendraient le chercher chez lui, l'emmèneraient en ville, et, après avoir confié ses enfants à une matrone de la police, ils le cogneraient pendant deux ou trois heures contre les murs. Ils lui feraient ensuite signer une déposition qu'il serait trop sonné pour lire. Sans jamais lui avoir voulu aucun mal.

Et qu'en était-il pour lui, Matt Neylan ? La sortie discrète qu'il avait envisagée était maintenant impossible. L'indicible avait été prononcé. Irrémédiablement. Et tout cela parce que Mal O'Rahilly ne tenait pas l'alcool et qu'il était allé traîner ses guêtres à une conférence de crise des plus gros bonnets de la Sainte Église romaine ! Mais n'en était-il pas toujours ainsi ? le conditionnement qu'ils subissaient tous produisait de parfaits clercs romains interchangeables. Les mots clés de la formule n'avaient pas changé depuis le concile de Trente – hiérarchie et obéissance. L'effet sur le simple prêtre ou sur l'évêque était toujours le même. Ils se voilaient la face, comme s'ils entendaient gronder le tonnerre sur la montagne de la Révélation.

Demain, Matt Neylan ferait ses bagages et s'en irait, sans le moindre regret, sans même en demander la permission. Le lendemain, il serait déclaré renégat comme de Rosa, son nom serait rayé du livre des Élus et il serait abandonné dans l'indifférence à Dieu son Créateur.

Il prit l'annuaire du téléphone de Rome et parcourut du doigt la liste des de Rosa... Il y en avait six avec l'initiale L. Il entreprit de les composer l'un après l'autre espérant que celui qu'il cherchait réagirait à la mention de la clinique Salviati. Il espérait que l'homme aurait la sagesse d'accepter l'avertissement d'un ancien collègue et que frère Renard serait en sûreté avant que la meute ne fût à ses trousses.

Autour de la maison de Salviati, la nouvelle lune brillait dans une mer d'étoiles. Dans les ombres du jardin un rossignol se mit à chanter. La lumière et la musique créaient une atmosphère magique dans la chambre voûtée où dormait Salviati, tandis que Tove Lundberg, appuyée sur un coude, veillait sur lui, telle une déesse protectrice.

Leur étreinte s'était déroulée comme d'habitude : long et tendre prélude, jeu, fulgurance de la passion, violents orgasmes, rappel alangui de plaisirs éteints, puis Sergio avait sombré dans le sommeil, ses traits classiques, jeunes et lisses sur l'oreiller, les muscles de ses épaules et de sa poitrine, figés dans le marbre, à la lueur de la lune. Tove Lundberg restait toujours éveillée après l'amour, se demandant comment pareille violence pouvait aboutir à un calme aussi magique.

D'elle-même, elle n'avait pas une image nette ; mais elle connaissait par cœur le rôle qu'elle était censée jouer durant ces nuits décisives. Elle était la servante de son corps, la parfaite hétaïre, se donnant entièrement à lui, ne demandant qu'à le servir. La raison, pour lui, en était enfouie au plus profond de son inconscient, et elle ne souhaitait pas la connaître. Sergio Salviati était l'éternel étranger. Il était devenu prince par conquête. Il lui fallait le butin pour attester sa victoire – l'or, les bijoux, les esclaves et le respect des puissants de ce monde.

Pour elle, la raison était différente, et elle pouvait la regarder sans honte. Comme mère, elle avait mis au monde un enfant anormal ; elle n'avait pas voulu renouveler l'expérience. Comme amante, elle savait pouvoir donner du plaisir, et, si le temps lui faisait perdre de ses charmes, il ne pouvait qu'accroître sa stature et son influence en tant que collègue. Mais plus important que tout était l'aveu de Sergio lui-même :

— Tu es le seul lieu calme de ma vie. Chaque fois que je viens à toi, je me trouve rafraîchi et renouvelé. Mais jamais tu ne me demandes rien. Pourquoi ?

— Parce que, dit-elle, je n'ai besoin de rien que je n'ai déjà : un travail que je fais bien, un endroit où ma Britte apprend à devenir une femme indépendante et talentueuse, un homme en qui j'ai confiance, que j'admire et que j'aime.

Aux petites heures qui précèdent l'aube, Léon XIV se mit à tourner la tête d'un côté et de l'autre sur son oreiller en marmottant fiévreusement. Il avait le gosier encombré de mucosités et le front moite. L'infirmière de nuit le changea de place dans son lit, lui essuya le visage et lui mouilla les lèvres avec de l'eau.

— Merci, fit-il à demi endormi. Je suis désolé de vous donner de la peine. Je faisais un mauvais rêve.

— Vous en êtes sorti maintenant. Fermez les yeux et rendormez-vous.

Il eut envie, l'espace d'un instant, de lui raconter son rêve, mais il n'osa pas. Il avait surgi, pareil à une nouvelle lune, des recoins les plus sombres de sa mémoire, et éclairait d'une lumière impitoyable un repli de sa conscience d'adulte.

Il y avait à son école un garçon, plus âgé et plus grand que lui, qui le rudoyait continuellement. Un jour il affronta son bourreau et lui demanda pourquoi il était méchant. La réponse résonnait toujours dans sa mémoire : « Parce que tu te tiens dans ma lumière ; que tu m'enlèves mon soleil. » Comment cela se pouvait-il, demanda-t-il, étant donné qu'il était beaucoup plus petit et plus jeune que lui. A quoi la brute répondit : « Même un champignon jette une ombre. Si elle tombe sur ma chaussure, je lui donne un coup de pied. »

Ce fut une leçon sévère, mais qu'il n'oublia pas, sur l'abus de pouvoir. Un homme qui se tenait devant le soleil devenait une ombre noire, menaçante et sans visage. Mais l'ombre était entourée de lumière, comme le halo d'une éclipse. L'homme-ombre devenait en quelque sorte une personne sacrée. Le défier était un sacrilège, un crime tout à fait condamnable.

Aussi, dans les dernières heures, avant qu'on ne lui administre des narcotiques et qu'on ne le roule jusqu'à la salle d'opération, Ludovico Gadda, Léon XIV, vicaire du Christ, pasteur suprême de l'Église universelle, comprend comment la leçon de la brute l'a conduit à la tyrannie.

Au mépris des injonctions bibliques, de la coutume historique, du mécontentement du clergé et des fidèles, il avait nommé archevêques, en Europe et dans les Amériques, des hommes de son choix, conservateurs purs et durs, défenseurs opiniâtres de bastions depuis longtemps abandonnés, sourds et muets à toute demande de changement. On les appelait les hommes du pape, la garde prétorienne de l'Armée des Élus. Ils n'étaient que les échos de sa voix, qui recouvraient les murmures du clergé mécontent et de la foule sans visage à l'extérieur des sanctuaires.

Le combat avait été âpre et la victoire enivrante. A ce seul souvenir, son visage reprenait son expression de prédateur. Les ecclésiastiques dissidents avaient été réduits au silence grâce à une double menace : la suspension de leurs fonctions et la nomination d'un administrateur apostolique extraordinaire. Quant au peuple, une fois les bergers réduits au silence, il devenait lui-même muet. Sans voix dans l'assemblée, il ne pouvait s'exprimer qu'au-dehors, parmi les hérétiques et les infidèles.

Ce cauchemar issu de son enfance remplissait de honte le pontife, l'obligeant à reconnaître le mal qu'il avait fait. Et le bistouri tout proche lui rappelait qu'il n'aurait peut-être jamais la chance de le réparer. Tandis que les premiers coqs de la ferme de la villa Diana chantaient, il ferma les yeux, se tourna vers le mur et fit sa dernière prière :

« ... Si ma présence cache Ta lumière, ô Seigneur, écarte-moi ! Raye-moi du livre des vivants. Mais si Tu me laisses ici-bas, donne-moi, je T'en supplie, des yeux pour voir, et un cœur pour sentir les terreurs de Tes enfants ! »

Livre deux

LAZARE RESSUSCITÉ

« ... Il cria d'une voix forte :
" Lazare, viens dehors ! "
Et le mort sortit,
les pieds et les mains attachés,
le visage enveloppé d'un suaire.
Jésus leur dit :
" Déliez-le, et laissez-le aller. " »

Jean XI, 43-44.

6.

Le même jour à la même heure, Monsignor Matt Neylan finit par joindre au téléphone Lorenzo de Rosa. Neylan s'expliqua sans détour :

— Des terroristes menacent le souverain pontife, qui est en ce moment hospitalisé à la Clinique Internationale. Les propos que vous avez prononcés hier devant Malachy O'Rahilly vous ont rendu suspect. Vous allez sûrement recevoir une visite de la brigade antiterroriste. Je vous suggère de quitter la ville au plus vite.

— Pourquoi prenez-vous cette peine ?

— Dieu seul le sait. Mais je ne crois pas que vous soit utile une visite des *squadristi*.

— Ils ne peuvent plus rien contre nous. Mais merci d'avoir appelé. Au revoir.

Matt Neylan demeura stupide, le récepteur inerte dans sa main. C'est alors qu'une noire pensée l'envahit ; il se rua vers sa voiture et fonça comme un fou dans le trafic matinal en direction d'EUR.

La maison de De Rosa était une villa modeste, mais bien tenue, au fond d'un cul-de-sac donnant dans la via del Giorgione. Il y avait une voiture dans l'allée et la grille n'était pas fermée à clé. Non plus que la porte d'entrée. Neylan appela, pas de réponse. Il entra. Au rez-de-chaussée, personne. En haut, dans la chambre d'enfants, deux petites filles étaient couchées dans leurs lits, le visage cireux. Neylan les appela doucement. Elles ne répondirent pas. Il leur toucha les joues. Elles étaient froides et sans vie. De l'autre côté du palier, dans le grand lit matrimonial, Lorenzo de Rosa était allongé à côté du corps de sa femme, vêtue comme pour une nuit de noces. Le visage de Rosa était figé dans un dernier rictus, un peu d'écume autour des lèvres.

Matt Neylan, incrédule tout neuf, se surprit à murmurer une prière pour toutes ces pauvres âmes. Puis la prière éclata en blasphème contre toute l'hypocrisie et la bêtise qui avaient causé cette tragédie. Il songea un instant à appeler la police, mais abandonna cette idée et sortit dans la rue déserte. Seul témoin de son départ, un chat errant. Il ne s'ouvrit de sa découverte qu'au cardinal secrétaire d'État, en même temps qu'il l'informait de sa décision de quitter l'Église.

En bon diplomate, Agostini accueillit la nouvelle avec calme. Inutile de discuter avec Neylan. Incroyant, il appartenait désormais à un ordre différent. Avec la police la situation était plus facile encore à régler. Les deux partis partageaient le même intérêt. Son Éminence s'en expliqua simplement.

– Vous avez bien fait de quitter la scène du drame. Sinon tout le monde aurait dû faire des dépositions et subir des interrogatoires. Nous avons avisé la police de votre présence dans la maison et de votre découverte des corps. Elle est prête à admettre que votre visite ait eu un caractère pastoral, soumis au secret du confessionnal. Vous ne serez pas davantage importuné.

– Ce qui permet de ne gêner personne.

– Épargnez-moi votre ironie, Monsignore! explosa Son Éminence. Je ne suis pas plus heureux que vous de cette triste histoire. Depuis le début, cette affaire sent mauvais. Je n'ai aucun goût pour les fanatiques et les bigots, aussi haut placés soient-ils au sein du Sacré Collège; mais je dois travailler avec eux, avec toute la tolérance et la charité dont je suis capable. Vous pouvez donner libre cours à votre colère. Vous avez choisi de quitter la communauté des croyants et de vous soustraire à ses obligations. Je ne vous blâme pas. Je comprends ce qui vous a conduit à prendre cette décision.

– Ce n'est pas une décision, Éminence. C'est une autre manière d'être. Je ne crois plus, j'ai changé d'identité. Je n'ai pas de place dans une assemblée chrétienne quelle qu'elle soit. C'est pourquoi je m'en vais aussi discrètement que possible. Je quitterai mon bureau aujourd'hui même. Mon appartement est loué à mon nom, il n'y a donc pas de problème de ce côté-là. J'ai un passeport irlandais, de sorte que je pourrai vous rendre mes papiers du Vatican. Ainsi, tout sera en ordre.

— Pour la bonne forme, dit Agostini avec une bonhomie étudiée, nous allons vous suspendre de vos fonctions sacerdotales et procéder immédiatement à votre réduction à l'état laïc.

— Je ferais respectueusement remarquer à Votre Éminence que ces procédures me sont totalement indifférentes.

— Mais vous ne m'êtes pas indifférent, mon ami. Je vois cela venir depuis longtemps. C'était comme assister à la lente mutation d'une rose classique en un roncier. La fleur a disparu, mais la plante est toujours vivace. Hier soir, je vous ai blâmé; mais je comprenais votre colère et j'ai admiré votre courage. Je dois dire qu'à ce moment vous ressembliez vraiment à un chrétien!

— Je suis curieux, dit Matt Neylan.

— De quoi?

— Nous savons l'un et l'autre que le Saint-Père a demandé un rapport spécial sur l'affaire de Rosa.

— Et alors?

— Comment réagira-t-il en apprenant leurs morts – assassinat ou suicide?

— Nous n'avons pas l'intention de le lui dire – avant qu'il ne soit assez fort.

— Et alors? Comment réagira-t-il? Regrettera-t-il sa dureté? Comment jugera-t-il de Rosa – et comment se jugera-t-il lui-même? Réformera-t-il le droit canon, ou bien en atténuera-t-il les peines?

— Vous posez là une question éternelle, dit Agostini avec un petit sourire glacial. L'Église change-t-elle lorsqu'un pape change d'avis ou de cœur? D'après mon expérience la réponse est non. L'inertie est trop forte. Le système ignore tout changement rapide. En outre – et là est l'essentiel –, l'Église est tellement centralisée que le moindre frémissement est amplifié et prend des allures de tremblement de terre. Un infime acte de tolérance peut tourner au scandale. La plus innocente des spéculations sur les mystères de la foi déclenche instantanément une chasse à l'hérésie. Vivre à cette altitude, dans ce lieu, ajouta-t-il lugubre, c'est côtoyer en permanence le vertige. La réponse à votre question, c'est que la moindre déclaration publique du pape est rituellement réglementée. En privé, il peut s'habiller d'un sac et se couvrir de cendres, se lamenter comme Job sur son tas de fumier; mais qui le saura? L'Église a sa loi du silence, aussi contraignante que celle de la Mafia.

— Et qu'adviendrait-il... commença Matt Neylan en riant. Qu'adviendrait-il si je décidais de briser ce mur de silence?

— Rien, fit Agostini en écartant cette pensée d'un geste. Absolument rien! De quelle autorité pourriez-vous vous réclamer? Vous seriez traité d'apostat, de prêtre renégat. Dans l'Église on se contenterait de prier pour vous et de vous ignorer. En dehors, on vous traiterait d'imbécile, qui s'est laissé berner la moitié de sa vie avant de s'en apercevoir.

— Est-ce un avertissement, Éminence?

— Seulement un conseil. J'ai appris que vous cherchiez à faire carrière dans la littérature. Vous n'allez pas, j'en suis sûr, la gâcher en répandant des ragots ou en trahissant des secrets professionnels.

— Je suis touché par votre confiance, dit Matt Neylan.

— Nous garderons tous de vous le souvenir d'un collègue discret et loyal. Nous prierons pour votre bien-être.

— Merci, Éminence, et au revoir.

Ainsi s'acheva toute une vie; il se retrouva dépouillé de son existence comme un serpent de sa peau. Il alla au palais apostolique pour dire au revoir à Malachy O'Rahilly, mais on lui apprit qu'il attendait à la clinique l'issue de l'opération.

Aussi, comme il avait besoin d'un seuil entre son ancienne vie et la nouvelle, et d'une arme aussi contre l'impitoyable rectitude de la bureaucratie vaticane, il téléphona à Nicol Peters et s'invita à prendre le café chez lui.

— C'est mon jour, dit Nicol Peters en glissant une nouvelle cassette dans son magnétophone. Deux grosses affaires, dont vous me donnez les tenants et aboutissants. Je suis votre débiteur, Matt.

— Vous ne me devez rien, fit Neylan emphatique. J'estime que l'affaire de Rosa est un scandale qu'on ne peut pas laisser ignorer... Vous pouvez vous charger de le dévoiler. Je ne peux pas le faire — en tout cas pas avant d'avoir acquis une nouvelle identité et une nouvelle autorité. Car, entre parenthèses, si on apprend que je suis votre informateur, votre histoire perdra toute valeur. Les déserteurs de ma sorte sont gênants.

112

Nicol Peters écarta l'avertissement d'un haussement d'épaules.

— Nous avons fixé des règles. Faites-moi confiance pour les respecter.

— Je vous fais confiance.

— Bon, reprenons. La menace d'assassinat est la première information. Je ne sais pas comment l'utiliser, si elle doit mettre en danger la vie d'un agent secret. Quoi qu'il en soit, c'est mon affaire, pas la vôtre. Voyons la suite des événements. Le Mossad est informé par l'un de ses agents. Les Israéliens transmettent ces renseignements au Vatican et aux autorités italiennes, qui se mettent d'accord pour renforcer la sécurité à l'intérieur et à l'extérieur de la clinique de Salviati. Les Israéliens ne peuvent pas y participer ouvertement, mais ils y sont manifestement impliqués jusqu'au cou.

— Manifestement.

— Jusqu'à présent le souverain pontife n'est au courant de rien ?

— De rien. Les nouvelles sont tombées hier en début de soirée. La réunion à laquelle j'ai participé a eu lieu très tard. Pour le pape, le compte à rebours avait déjà commencé. Il était inutile de l'inquiéter avec cette nouvelle. Jusque-là, très bien. Mais maintenant, allons un peu plus loin. L'assassin est identifié avant d'attenter à la vie du pape. Qui s'occupe de lui – ou d'elle ?

Matt Neylan se reversa du café avant d'émettre une hypothèse quelque peu parodique.

— La position du Vatican serait très simple. J'ai rédigé suffisamment d'articles sur le sujet pour vous la donner au mot près. Son seul souci est la sécurité de la personne sacrée de Sa Sainteté. Il laisse donc la république italienne s'occuper du criminel. Simple ! Mains propres ! Pas d'imbroglio avec le monde musulman. La position de la république est différente. Elle a le droit, le pouvoir, de s'occuper des criminels et des terroristes. Le souhaite-t-elle ? Surtout pas ! Cela ne ferait qu'entraîner détournements d'avions, prises d'otages, enlèvements, afin de faire libérer le ou les criminels. Conclusion : il ne l'admettra jamais, mais le Vatican serait enchanté que le Mossad s'occupe de l'affaire, vite et proprement, et que l'assassin soit enterré avant le lever du jour. Voudriez-vous que je le prouve ? Impossible. Voudriez-vous que je jure l'avoir entendu au palais apostolique ? Impossible ! Rien de tout cela n'a été dit. N'a jamais pu l'être !

– Il me semble, dit aimablement Nicol Peters, que j'ai suffisamment d'éléments pour construire mon histoire. Maintenant, venons-en à de Rosa. Le déroulement de l'affaire est là encore très simple. De Rosa se défroque, couche avec une fille et lui fait deux enfants. Ils sont heureux. Ils veulent régulariser leur union – situation qui n'est pas sans précédent et qui n'est pas impossible selon les canons...

– Mais tout à fait contraire à la politique actuelle, qui vise à rendre les choses le plus difficiles possible aux pécheurs et à décourager tout espoir de clémence.

– Arrêtez. C'est alors que la tragédie frappe. La femme meurt, sans s'être réconciliée. Le mari désespéré organise une réunion de famille macabre; il tue ses enfants avec des somnifères et se supprime lui-même avec du cyanure – tandis qu'il est considéré comme l'assassin potentiel du pape qui lui a refusé le secours canonique.

– Petite mise au point! Avant que je l'aie appelé, aux petites heures du jour, de Rosa ignorait être suspect. Il ne pouvait pas le savoir.

– Votre intervention a-t-elle pu précipiter sa décision de tuer ses enfants et de se tuer?

– Possible. Mais j'en doute. Le fait qu'il ait ramené chez lui le corps de sa femme semble indiquer qu'il avait déjà décidé cette sortie théâtrale... Mais qu'en sais-je? Tout cela est folie – résultat de l'obstination d'une brochette de bureaucrates qui a refusé toute compassion à une faiblesse humaine. Permettez-moi de vous dire quelque chose, Nico! Je tiens à ce que Sa Sainteté lise cette histoire, quel qu'en soit l'effet sur sa sacrée tension artérielle!

– Croyez-vous vraiment que ce qu'il en pensera ou en dira aura une importance quelconque?

– C'est possible. S'il en a la volonté et le courage, il peut changer en un instant la vie de beaucoup de gens. Il peut ramener la compassion et la clémence dans ce qui, croyez-moi, est devenu une institution rigoriste.

– Le croyez-vous vraiment, Matt? Moi, je vis dans cette ville depuis plus longtemps que vous, et je ne le crois pas une seconde. Dans l'Église catholique romaine, tout le système – hiérarchie, éducation du clergé, administration de la curie, collège électoral – est conçu pour perpétuer le statu quo et éliminer tout élément aberrant. L'homme qui se trouve au sommet est le représentant parfaitement conditionné de la majorité du collège électoral.

114

– Ce n'est pas faux, dit Matt Neylan avec un sourire. Moi-même je suis conditionné. Je sais combien l'empreinte est profonde, combien puissants deviennent les mots clés. Mais c'est bien là qu'est le hic, Nico. Le conditionnement s'est perdu. Je suis devenu une autre personne.

Nicol Peters le regarda longuement, puis dit doucement :

– Quelque chose m'échappe, mon ami. Voudriez-vous avoir la patience de m'expliquer.

– Ce n'est rien, Nico. Pourtant, dans un sens, c'est tout. C'est pourquoi ce qui est arrivé à de Rosa me met dans une telle colère. Agostini me l'a dit sans détour ce matin. Dorénavant, je suis étiqueté – je suis un apostat, un renégat, un transfuge, un imbécile. Mais là n'est pas l'essentiel. J'ai perdu quelque chose, une capacité, une faculté – comme on peut perdre la puissance sexuelle ou la vue. Je suis changé, irrévocablement. Je suis revenu au premier jour de la création, lorsque la terre était vide et que les ténèbres couvraient l'abîme... Qui sait ? Des miracles peuvent encore survenir, mais je ne les attends pas. Je vis dans l'instant. Seul existe ce que je vois. Ma connaissance s'arrête à mon expérience et – plus terrible que tout, Nico ! – ce qui sera est pour moi de l'ordre du hasard !... ce qui rend le monde bien morne, Nico. Si morne que la peur même n'y a pas sa place.

Nicol Peters attendit un long moment avant de dire :

– En tout cas vous entrez dans un monde nouveau. Qui n'est pas si nouveau. Nous sommes nombreux à y vivre, qui n'avons jamais été conditionnés et ne possédons pas les certitudes de la foi. Nous devons nous contenter de lumière fugitive, d'orage, de ce qu'il faut d'amour pour réprimer les larmes, de brefs éclairs de raison dans la folie du monde. Ne soyez donc pas si consterné, ami ! Vous entrez dans un vaste club – les chrétiens eux-mêmes en croient Dieu membre fondateur !

Tandis que le souverain pontife, froid et cyanosé, bardé de tubes et d'électrodes, était installé dans l'unité de soins intensifs, Sergio Salviati prenait le café avec James Morrison et rédigeait son premier communiqué à l'intention du Vatican :

« Sa Sainteté le pape Léon XIV a subi aujourd'hui avec succès un pontage, consécutif à une angine de poitrine. L'opération, au cours de laquelle trois greffes de veine ont été insérées dans la circulation coronaire, a duré deux heures cinquante minutes et elle a été pratiquée à la Clinique Internationale sous la direction du professeur Sergio Salviati, assisté de M. James Morrison du London College of Surgeons, et du médecin du pape, le professeur Carlo Massenzio. Sa Sainteté se trouve maintenant dans l'unité de soins intensifs, son état est satisfaisant. Le professeur Salviati et le médecin assistant prévoient une convalescence sans complication. »

Il signa d'un grand trait de plume et tendit le document à sa secrétaire.

— Envoyez-en deux exemplaires au Vatican, l'un au secrétaire d'État, l'autre à la Sala Stampa. Vous allez ensuite taper le texte suivant que notre standard devra utiliser mot pour mot pour répondre aux questions concernant le pontife. Voici le texte : « L'opération de Sa Sainteté s'est déroulée avec succès. Sa Sainteté se trouve toujours en soins intensifs. Pour plus de détails, adressez-vous à la Sala Stampa, cité du Vatican, qui publiera tous les bulletins de santé ultérieurs. »

— Autre chose, professeur ?

— Oui. Demandez au chef du personnel de l'hôpital et aux deux officiers de sécurité de venir me trouver ici dans une demi-heure. C'est tout pour le moment.

Lorsque la secrétaire fut partie, James Morrison donna libre cours à son enthousiasme.

— Chapeau, Sergio ! Vous avez une équipe formidable. Jamais je n'ai travaillé avec une aussi bonne équipe.

— Merci à vous, James. Je suis content de vous avoir eu avec moi. Ce n'était pas une mince affaire.

— La vieille buse a de la chance d'être tombée entre vos mains ! Salviati rejeta la tête en arrière et rit.

— C'est vrai, c'est une vieille buse. Ce grand nez crochu, ces paupières lourdes, ces yeux hostiles. Mais c'est un oiseau coriace. Il est probablement reparti pour dix ans.

— Le monde ou l'Église vous en remercieront-ils ? Là est la question.

— Vrai, James ! Tout à fait vrai ! Mais nous avons en tout cas honoré le serment d'Hippocrate.

— Je me demande s'il vous offrira une décoration vaticane.

— A un juif ? J'en doute. Et je ne pourrais pas l'accepter. De toute façon il est beaucoup trop tôt pour parler de succès, encore moins de récompense. Il faut encore le garder en vie jusqu'à la fin de sa convalescence.

— Êtes-vous à ce point préoccupé par la menace d'assassinat ?

— Oui, je le suis! Personne n'entre ou ne sort de l'unité de soins intensifs sans subir un contrôle d'identité. Tous les médicaments administrés au pape proviennent de bouteilles scellées et sont administrés par du personnel désigné. Les femmes de ménage elles-mêmes sont fouillées, et aussi les éboueurs!

— Mais j'ai remarqué que vous et Tove entrez et sortez de la clinique sans garde du corps. Est-ce bien sage ?

— Nous ne sommes pas les cibles.

— Vous pourriez être des cibles secondaires.

— James, si je devais m'inquiéter de tous les dangers de ce métier, je m'enfermerais dans une cellule capitonnée... Pour changer de sujet, quels sont vos projets maintenant ?

— Je vais monter par petites étapes vers le nord pour voir mes parents italiens, puis je rentrerai à Londres.

— Comment souhaitez-vous être payé ?

— En francs suisses à Zurich, si c'est possible.

— L'argent vient du Vatican, tout est donc possible. Quand partez-vous ?

— Dans deux jours, trois peut-être. L'ambassadeur de Grande-Bretagne m'a invité à dîner. Il veut exploiter ma présence – ce dont je ne le blâme pas, puisqu'il me nourrit avec l'argent de mes impôts. Mais je voudrais, avant mon départ, vous inviter, Tove et vous. Choisissez l'endroit, c'est moi qui paye.

— C'est un événement. Voulez-vous venir avec moi, nous allons jeter un coup d'œil à notre malade ? Il doit être installé maintenant. Et le monsignore irlandais, son secrétaire, tient absolument à me dire un mot...

Monsignore Malachy O'Rahilly était fatigué et déprimé. La douce chaleur de l'alcool qui l'avait soutenu pendant la réunion du Secrétariat avait laissé place au remords. Il était arrivé à la clinique au moment où le souverain pontife était transporté dans la salle d'opération, et il avait passé trois longues heures à errer dans le parc sous l'œil vigilant d'hommes armés. Avant même que Salviati ait rédigé son communiqué, il avait téléphoné au secrétaire d'État pour lui annoncer le succès de l'opération. Son Éminence l'avait alors informé brièvement de l'affaire de Rosa et lui avait recommandé de veiller à ce qu'aucun compte rendu de presse ne tombe entre les mains de Sa Sainteté, tant que sa guérison ne serait pas en bonne voie. O'Rahilly interpréta cette recommandation comme un reproche à son indiscrétion.

Aussi, lorsqu'il se retrouva au chevet du souverain pontife avec Salviati et Morrison, il se sentait nerveux et mal à l'aise. Il commença par émettre une banalité :

– Le pauvre homme a l'air tellement... tellement vulnérable.

– Il est en pleine forme, le rassura gaiement Morrison. Tout s'est passé comme sur des roulettes. Il n'y a rien à faire dans l'immédiat, sinon contrôler l'écran et alimenter le goutte-à-goutte. Il ne reprendra pas conscience avant un jour et demi. Si j'étais vous, je rentrerais chez moi et laisserais les gens du professeur Salviati s'occuper de lui.

– Vous avez évidemment raison. Je pensais que nous pourrions passer en revue avec vous les dispositions de sécurité, professeur Salviati ; pour que je puisse rassurer le secrétaire d'État et la Curie.

– Impossible, Monsignore ! lança Salviati catégorique. La sécurité n'est ni votre affaire ni la mienne. Laissons cela aux professionnels !

– Je pensais seulement que...

– Par pitié ! Nous sommes tous fatigués. Je ne vous dis pas comment rédiger les lettres du pape. Ne me dites pas comment je dois mener ma clinique. Je vous en prie, Monsignore ! Je vous en prie !

– Je suis désolé, fit Malachy O'Rahilly nullement découragé. J'ai passé moi aussi une mauvaise nuit. Je suis convaincu que la sécurité ne peut pas être mieux assurée. Je n'ai pas pu faire vingt mètres dans le jardin sans me trouver nez à nez avec un canon. Quand Sa Sainteté pourra-t-elle recevoir des visites ?

– Quand vous voudrez. Mais elle ne reprendra pas conscience avant au moins trente-six heures. Même alors, son pouvoir d'attention sera limité et elle aura du mal à maîtriser ses émotions. Il ne faut pas trop en attendre et veiller à ce que les visites soient courtes.

– Comptez sur moi. Il y a une chose que j'aimerais que vous sachiez...

– Oui ?

Il n'en fallut pas davantage à Malachy O'Rahilly pour raconter le suicide de De Rosa, le meurtre de ses enfants et la cérémonie macabre qu'il avait organisée dans sa maison.

Morrison et Salviati l'écoutèrent en silence; puis Salviati les précéda dans le couloir. Il était profondément choqué, mais sa réaction fut volontairement modérée :

— Que dire? C'est une histoire tragique et un gâchis de vies humaines.

— Nous tenons absolument, reprit Malachy O'Rahilly, à ce que Sa Sainteté n'apprenne pas cette nouvelle, en tout cas pas avant qu'elle ne soit assez forte pour l'entendre.

Salviati haussa les épaules.

— Je suis sûr qu'elle ne l'apprendra pas de notre personnel, Monsignore.

— Et, ajouta James Morrison, elle ne sera pas capable avant plusieurs jours de tenir un journal, sans parler de concentrer son esprit dessus.

— Je vous conseille donc, Monsignore, dit Salviati en se dirigeant vers l'ascenseur, de veiller aux bavardages de votre entourage. Veuillez nous excuser. Nous avons eu une matinée chargée; et elle n'est pas finie.

Anton Drexel avait, lui aussi, une matinée chargée; mais beaucoup plus détendue. Il s'était levé tôt, s'était livré à sa méditation matinale, avait célébré la messe dans la minuscule chapelle de la villa avec pour répondant son maître de chai et tous ceux de sa maison qui voulaient y assister. Pour son petit déjeuner il avait pris du café avec des petits pains maison et du miel de ses ruches. A présent, vêtu comme un paysan avec un grand chapeau de paille sur sa tête blanche et un panier au bras, il faisait le tour du potager, coupant des artichauts et des laitues, arrachant des radis, ramassant des tomates rouges, des pêches blanches et de gros kakis jaunes.

Son compagnon, garçon maigre et lymphatique, souffrant d'hydrocéphalie, s'agenouillait au milieu des rangs de haricots, en s'agrippant à un magnétophone dans lequel il murmurait de temps à autre des sons incompréhensibles, qui venaient nourrir le compte rendu d'une expérience mendélienne sur l'hybridation de la *fave*, ces fèves qui poussent dans les sols friables des contreforts. Tonino n'avait que quinze ans, mais étudiait déjà sous la tutelle d'un botaniste de l'université de Rome la génétique des plantes.

Avec Tonino, la communication verbale était difficile, comme avec la plupart des enfants de la villa, mais Drexel avait mis au point une technique d'écoute patiente et un langage de sourires, de gestes et de caresses approbatives, qui semblaient satisfaire ces petits génies mutilés dont la portée d'entendement était, il le savait, à des années-lumière en avant de la sienne.

Tout occupé qu'il était par ces tâches simples et agréables, Drexel réfléchissait aux paradoxes, humains et divins, qui se présentaient à lui chaque précieux jour de l'été indien de sa vie. Il se voyait clairement comme le pivot d'une Église en crise, comme un homme dont la vie arrivait à son terme, et qui devrait bientôt rendre compte de ce qu'il avait fait et de ce qu'il avait négligé de faire.

Son principal talent avait toujours été celui de navigateur. Il savait impossible de naviguer contre le vent et de traverser les mers en ligne droite. Il fallait prendre le large et louvoyer, s'abriter parfois et se réjouir d'arriver.

Il avait toujours refusé de se mêler aux querelles des théologiens, car pour lui la vie était un mystère, la Révélation, le flambeau permettant de l'explorer, et la foi, le don qui rendait le mystère acceptable, tandis que l'amour mettait de la joie au sein même de l'ignorance. Il ne croyait pas en l'efficacité de la *Romanita*, cette ancienne coutume romaine, qui prétendait apporter à chaque problème humain une solution juridique bénéficiant du label sacré du magistère.

Il savait s'accommoder de cette *Romanita* sans trahir sa conscience. Il exprimait clairement, mais dans le plus grand respect du protocole, ses réserves, il plaidait sa cause sans passion, puis se soumettait au verdict du pontife ou de la majorité de la curie. Et si on lui avait demandé de justifier cette attitude, il aurait répondu qu'un conflit ouvert n'aurait rien valu ni à l'Église ni à lui-même, et que s'il était prêt à donner sa démission et à devenir curé de campagne, il refusait d'abdiquer et encore plus de se rebeller. Dans sa vie officielle, il avait adopté la devise de Grégoire le Grand : « *Omnia videre, multa dissimulare, pauca corrigere.* » Tout voir, beaucoup dissimuler et peu corriger !

Mais dans sa vie privée à la villa, avec les enfants, leurs parents et leurs maîtres, il n'avait plus le luxe ou la protection du protocole et de l'obéissance. Dans un sens, il était le patriarche de la famille, le berger du petit troupeau, vers qui chacun se tournait. Il ne pouvait plus approuver l'interdiction du contrôle artificiel des naissances, ou affirmer que tout mariage béni par l'Église était, par nature, chrétien, c'est-à-dire contracté dans le ciel, et donc indissoluble. Il n'était plus disposé à prononcer de jugement éthique définitif sur le devoir du médecin confronté à une naissance monstrueuse, ou à peser sur la conscience d'une femme désireuse de se faire avorter pour en éviter une. Il était furieux de voir censurés ou réduits au silence les théologiens et les philosophes qui tentaient d'entraîner l'Église à une compréhension plus indulgente du monde. Il menait une guerre d'usure contre les injustices du système inquisitorial, qui survivait toujours dans la Congrégation pour la Doctrine de la Foi. Il revendiquait de plus en plus la liberté d'une conscience éclairée, la compassion, la charité et le pardon.

Il cherchait à persuader ses amis de la hiérarchie de la nécessité de ces changements et se préparait à tenir le même langage au pape, quand il viendrait séjourner à la villa avec les enfants – s'il venait. C'est à cette intention qu'il offrait sa messe quotidienne et ses prières du soir. C'est à cela qu'il rêvait dans le jardin, en ramassant les fruits, et il tirait de cette cueillette une méditation pour les enfants et leurs maîtres, rassemblés sur la pelouse pour le café du matin.

– ... Voyez-vous, même dans les cataclysmes il y a un ordre. Il fut un temps où le lac Nemi, tout là-haut, était un volcan en activité. Cette terre était alors recouverte de cendre, de ponce et de lave noire. Aujourd'hui elle est belle et fertile. Nous n'avons pas assisté au changement. Y aurions-nous assisté que nous n'aurions pas compris ce qui se passait. Nous aurions essayé d'expliquer le phénomène par des mythes et des symboles... Aujourd'hui, toutes nos connaissances ne nous empêchent pas d'avoir du mal à démêler ce qui appartient à l'histoire de ce qui appartient aux mythes, car les mythes eux-mêmes font partie de l'histoire... C'est pourquoi nous ne devons jamais avoir peur de la spéculation intellectuelle – et ne jamais, jamais craindre ceux qui nous poussent à envisager d'apparentes impossibilités à chercher de nouvelles significations dans des formules anciennes. Croyez-moi, nous sommes plus sûrement trahis par nos certitudes que par nos doutes et nos interrogations. La moitié selon moi des hérésies et des schismes n'aurait jamais existé si les chrétiens avaient consenti à s'écouter les uns les autres avec patience et charité, et n'avaient pas essayé de transformer les mystères divins en théorèmes géométriques qui ne se pouvaient enseigner qu'avec un compas et une équerre... Écoutez, mes amis, ce que les pères du concile de Vatican II disent de nos dangereuses certitudes : « ... Si l'influence des événements ou des temps a entraîné des erreurs dans la discipline de l'Église ou dans la formulation de la doctrine (qui doit être clairement distinguée du dépôt de la foi lui-même) ces erreurs devront être corrigées en temps utile. »... Mais, en fait, qu'est-ce que j'essaie de dire ? Je suis un vieil homme. Je reste attaché à la foi apostolique. Jésus est le Seigneur, le Fils du Dieu Vivant. Il a pris chair. Il a souffert et il est mort pour notre salut, et le troisième jour Dieu l'a ressuscité. Tout ce que je vois dans ce jardin est symbole de cette naissance, de cette mort et de cette résurrection... Toutes les vérités enseignées dans l'Église en découlent. Tout le mal qui a pu être fait dans l'Église est contradiction de cet événement salvateur... Alors ne me demandez pas de vous juger, mes enfants, ma famille. Permettez-moi seulement de vous aimer, comme Dieu nous aime tous...

L'entretien s'acheva aussi brusquement qu'il avait commencé. Drexel s'approcha de la grande table à tréteaux, où l'une des femmes lui offrit du café et un biscuit. C'est alors qu'il aperçut Tove Lundberg, qui se tenait à quelques pas de là avec James Morrison. Tove Lundberg le présenta à Drexel. Morrison le félicita.

— Voilà des années que je suis incapable d'écouter un sermon, Éminence. Celui-ci m'a profondément touché.

Tove Lundberg expliqua leur présence.

— Sergio voulait que vous soyez sans plus tarder informé du succès de l'opération... Et j'ai pensé que James serait heureux de voir ce que vous faites ici pour Britte et les autres.

— C'est gentil, fit Drexel soulagé. Cela veut dire, monsieur Morrison, qu'il n'y a pas eu d'imprévus – attaque, atteinte cérébrale...

— Rien à craindre pour l'instant.

— Dieu merci ! Et bravo à vous, messieurs !

— Nous avons malheureusement une triste nouvelle à vous apprendre.

Tove Lundberg lui raconta l'affaire de Rosa.

— C'est affreux ! Comment pareille tragédie a-t-elle pu se produire ? Je verrai la question avec les dicastères concernés et avec le Saint-Père, lorsqu'il sera suffisamment bien. Les bureaucrates, ajouta-t-il en se tournant vers James Morrison, sont maudits de Dieu, monsieur Morrison. Ils consignent tout et ne comprennent rien. Ils inventent des critères faux, qui réduisent le facteur humain à zéro... J'imagine, conclut-il en s'adressant à Tove Lundberg, que le professeur Salviati est bouleversé.

— Plus qu'il ne veut bien l'admettre, même à moi. Il a horreur de voir gaspillées des vies humaines.

— Allons ! dit brusquement Anton Drexel. Oublions un instant tout cela. Je vais vous faire faire le tour de la villa et du vignoble — et ensuite, monsieur Morrison, je vous ferai goûter un des meilleurs vins de la région. Je l'appelle Fontamore, et il se boit mieux que le Frascati. J'en suis très fier...

La réunion de Sergio Salviati avec les responsables de la sécurité dura près d'une heure. Il fut essentiellement question du contrôle du personnel : de l'appel des équipes de relève, de la vérification des laissez-passer, de l'accès aux médicaments et aux instruments chirurgicaux, des itinéraires et horaires à respecter par certains personnages clés pour pénétrer dans les zones sensibles, de la surveillance mobile des points stratégiques à l'intérieur et à l'extérieur du bâtiment. Tout le personnel de la clinique avait été recensé ; et rien d'anormal n'avait été constaté. Quant aux visiteurs on pouvait les surveiller sans trop de tracas. Les fournisseurs seraient accueillis par des gardes armés et les livraisons passées au détecteur et fouillées avant d'être entreposées dans les magasins. Jusque-là fort bien. Les hommes de la sécurité affirmèrent au professeur qu'il pouvait dormir sur ses deux oreilles.

Le visiteur suivant fut moins réconfortant ; il s'agissait d'un type maigre et blafard vêtu de la blouse blanche des infirmiers. C'était l'un des hommes du Mossad, attaché à la clinique, silhouette mystérieuse que l'on voyait partout, mais dont le nom n'apparaissait sur aucune liste. Ses premiers mots furent énigmatiques :

— Allocations et bourses.

— Que voulez-vous savoir ?

— Vous en donnez un certain nombre à des non-Italiens. Comment sont-elles attribuées ?

— Sur titre et sur recommandation. Nous n'acceptons que des candidats ayant obtenu les diplômes d'infirmier de leurs pays d'origine sur références de leurs consulats ou de leurs ambassades à Rome. Nous leur offrons deux années de stage en chirurgie cardiaque et traitement post-opératoire. Les bourses sont annoncées dans les consulats et les journaux professionnels de Tunisie, d'Arabie Saoudite, d'Oman, d'Israël, du Kenya et de Malte. Nous offrons le logement et la nourriture, les uniformes, l'enseignement et les soins médicaux. Les candidats et les pays qui les parrainent doivent accepter la règle du jeu. Ça marche bien. Nous recevons des jeunes avides d'apprendre, et les pays qui les envoient récupèrent ensuite un personnel qualifié capable de transmettre son savoir.

– Les candidats sont-ils soumis à des contrôles de sécurité ?

– Vous savez bien que oui. Ils doivent obtenir des visas et des permis de séjour pour étudiants. Les Italiens ont leur propre système de contrôle, auquel nos agents ajoutent un contrôle officieux. Il ne devrait donc pas y avoir de surprise.

– En effet. Mais en voici une fort désagréable. Vous la reconnaissez ?

Il jeta sur le bureau une petite photo d'identité représentant une jeune femme. Salviati la reconnut immédiatement.

– Myriam Latif. Elle est ici depuis un an. Elle vient du Liban. Elle travaille au service d'hématologie. Et elle est extrêmement efficace. Que pouvez-vous bien avoir contre elle ?

– Son petit ami. Il s'appelle Omar Asnan ; et se dit négociant de Téhéran. Il fait le commerce du tabac, des peaux, du pétrole et de l'opium pharmaceutique. Il dispose aussi de beaucoup d'argent liquide et Myriam Latif n'est pas seule à jouir de ses faveurs. Il est connu pour être un des trésoriers de l'Épée de l'Islam.

– Et alors ?

– Et alors, le moins que l'on puisse dire c'est qu'il a une amie, une alliée, assassin éventuel dans la clinique... Et si vous y songez, le service d'hématologie n'est pas mal choisi.

– Je ne marche pas, dit Sergio Salviati en secouant la tête. La fille est ici depuis douze mois. L'opération du pape n'a été décidée qu'il y a quelques jours. Le projet d'assassinat n'a pu être conçu qu'à cette occasion.

– Et pourquoi, demanda l'homme du Mossad, pourquoi place-t-on des gens en embuscade comme en hibernation, sinon pour profiter de situations imprévues ? Pourquoi diable pensez-vous que je suis ici ? Songez à toutes les personnalités qui passent par cette clinique. C'est une scène, où le drame est imminent... Et Myriam Latif pourrait être la vedette d'une tragédie.

— Alors qu'allez-vous faire?

— La surveiller. L'entourer d'un anneau magique de sorte qu'elle ne puisse même pas aller aux toilettes sans que nous le sachions. Le temps presse. Quand pensez-vous renvoyer votre patient?

— Sauf complications, dans dix jours, quatorze au pire.

— Il leur faut donc faire vite. Mais maintenant que nous sommes alertés, nous pouvons agir plus vite encore.

— Les Italiens sont-ils au courant?

— Non. Et nous n'avons pas l'intention de les informer. Nous ferons le nécessaire. Rappelez-vous seulement une chose. Si la fille ne se présente pas à son travail, je compte sur vous pour faire tout un cinéma : interrogez le personnel, prévenez la police, appelez son ambassade, tout le tralala!

— Et je ne vous demande pas la raison de cette façon de faire?

— Exactement, fit l'homme du Mossad. Vous êtes un malin, qui n'entend, ni ne voit, ni ne dit rien de mal.

— Vous pourriez vous tromper sur Myriam Latif...

— Nous l'espérons, professeur. Personne ne veut de sang! Personne ne veut s'exposer aux représailles qui pourraient suivre la perte d'un agent.

Sergio Salviati se sentit soudain sombrer dans les eaux sombres de la peur et du dégoût de soi. Il était suspendu impuissant à l'attente d'un meurtre. Le message était clair comme le jour.

Comme il était près de midi, il se rendit au service de réanimation pour jeter un coup d'œil à la cause de tous ses problèmes, Léon XIV, *Pontifex Maximus*. Tout montrait qu'il allait bien; la respiration était régulière, les fibrillations demeuraient dans des limites normales, les reins fonctionnaient et la température du corps s'élevait lentement. Salviati eut un sourire acerbe et apostropha silencieusement son patient :

— Quelle terrible vieillard vous êtes! Je vous donne la vie et que me donnez-vous? Le chagrin et la mort... Morrison avait raison. Vous êtes un oiseau de mauvais augure... Et pourtant il me faut encore, avec l'aide de Dieu, vous garder en vie!

7.

Les effets de l'anesthésie commençaient à s'atténuer, et rien, ni les longues heures incertaines où il dérivait entre la veille et le sommeil, ni la procession entr'aperçue de visiteurs du Vatican murmurant des politesses, ni les nuits chaotiques où son thorax le faisait abominablement souffrir et où il devait sonner pour que l'infirmière le change de position et lui redonne un somnifère, rien ne parvenait à masquer l'essentiel : il avait été démonté, et remonté comme une pendule et il avait survécu. C'était exactement ce qu'avait prédit Salviati. Il était comme Lazare sortant du tombeau, vacillant ébloui dans la lumière du jour.

Dorénavant, chaque jour serait don nouveau ; chaque pas, nouvelle aventure ; chaque parole, découverte des rapports humains. Nouveauté parfois si poignante qu'il se retrouverait petit garçon à La Mirandole, quand la première poussée du printemps enflammait d'un seul coup tous les arbres à la fois. Il aurait voulu partager cette expérience avec tout le monde : avec le personnel, avec Malachy O'Rahilly, avec les cardinaux qui venaient en courtisans lui baiser les mains et le féliciter.

Chose étrange, lorsqu'il essaya d'exprimer à Salviati son émerveillement et sa gratitude, les mots lui manquèrent. Salviati se montra courtois et encourageant ; mais après son départ, Léon le pontife eut le sentiment que quelque chose de très important lui avait échappé.

Ce sentiment de perte le plongea alors, sans crier gare, dans une profonde dépression et provoqua une crise de larmes qui le remplit de honte. Tove Lundberg apparut alors et s'assit à son chevet ; elle lui prit la main, l'enleva à ce noir précipice et le ramena sur des rivages ensoleillés. Il se laissa faire avec reconnaissance, sachant vaguement qu'il avait besoin de cette main pour ne pas sombrer dans la folie. Elle se servit de son mouchoir pour essuyer ses larmes.

– ... N'ayez pas honte, lui dit-elle doucement. Il en est toujours ainsi : exaltation, puis désespoir. Vous venez de subir un viol très profond. Salviati prétend que le corps réagit en pleurant. Il dit aussi autre chose. Nous nous croyons tous immortels et invulnérables. Puis un incident survient et l'illusion de l'immortalité est à jamais brisée. Nous pleurons alors nos illusions perdues. Mais les larmes font partie du processus de guérison. Alors, laissez-les couler... Jésus, nous rappelait mon père, pleurait par amour autant que par chagrin...

– Je le sais. Pourquoi, alors, suis-je si mal préparé, si pauvre ?

– Parce que..., commença Tove Lundberg pesant ses mots. Parce que, jusqu'à présent, vous avez toujours été en mesure de diriger votre vie. Il n'est personne dans le monde qui ait une position plus élevée et plus sûre que la vôtre, parce que vous êtes élu à vie et que personne ne peut vous contredire. Tous vos titres affirment, sans conteste, votre autorité. Votre caractère vous pousse à en profiter.

– Sans doute.

– Vous le savez. Mais maintenant, vous n'êtes plus maître de vous-même ni des événements. A la fin de sa vie, mon père, malade, nous citait un passage de l'évangile de Jean. Le Christ s'adresse, je crois, à Pierre... Attendez... « Quand tu étais jeune, tu attachais toi-même ta ceinture et tu allais où tu voulais...

Léon le pontife lui donna la suite du texte :

– « Mais quand tu seras vieux, tu étendras les mains et un autre te ceindra et te mènera où tu ne voudrais pas. » Pour un homme comme moi, la leçon est dure.

– Comment pouvez-vous l'enseigner, si vous ne l'avez pas apprise ?

Une ombre de sourire effleura ses lèvres exsangues.

– Il y a tout de même un changement ! dit-il doucement. Voilà que le pape reçoit un enseignement doctrinal d'une femme, d'une hérétique !

– Sans doute seriez-vous beaucoup plus sage si vous écoutiez à la fois les hérétiques et les femmes! fit-elle avec un rire qui atténua son audace. Il faut que je m'en aille maintenant. J'ai trois autres malades à voir avant le déjeuner. Demain, nous nous promènerons dans le jardin. Nous prendrons une chaise roulante, de façon que vous puissiez vous reposer quand vous vous sentirez fatigué.

– J'en serai très heureux. Merci.

En geste d'adieux, elle humecta d'eau de Cologne un gant de toilette et lui en tapota le front et les joues. Ce geste lui fit éprouver une émotion inconnue. La seule femme qui l'ait ainsi apaisé était sa mère. Tove Lundberg lui passa le doigts sur la joue.

– Vous êtes hérissé comme un chaume. Je vais vous envoyer quelqu'un qui vous rasera. Le pape ne peut pas recevoir mal rasé ses importants visiteurs.

– S'il vous plaît, avant que vous ne partiez.

– Oui?

– Le jour de mon arrivée, une femme est morte ici. Le nom m'échappe, mais son mari était prêtre. J'ai demandé à mon secrétaire de s'informer sur lui et sa famille. Jusqu'à présent il ne m'a rien dit. Pouvez-vous m'aider?

– Je vais essayer.

Elle eut une infime hésitation, qui parut échapper au pape.

– Il y a des règles de discrétion à respecter. En tout cas, je verrai ce que peux faire. A demain donc.

– A demain. Et merci, signora.

– Votre Sainteté voudrait-elle me faire plaisir?

– Si c'est dans mes possibilités.

– Eh bien, appelez-moi simplement Tove. Je ne suis pas mariée, bien que j'aie un enfant. Je ne suis donc pas non plus une signorina.

– Pourquoi, demanda-t-il d'une voix douce, pourquoi avez-vous cru bon de me dire cela?

– Parce que si je ne vous l'avais pas dit, d'autres s'en seraient chargés. Si je dois vous aider, il faut que vous me fassiez confiance et que vous ne soyez pas scandalisé par ce que je suis ou ce que je fais.

– Je vous en sais gré. Je sais déjà qui vous êtes par le cardinal Drexel.

– Bien sûr! J'aurais dû y penser. Britte l'appelle encore Nonno Anton. Il joue un rôle très important dans nos vies.

– Comme vous en ce moment dans la mienne.

Il prit ses mains dans les siennes et les garda un long moment, puis levant le bras il lui fit du pouce le signe de croix sur le front.

– La bénédiction de Pierre pour Tove Lundberg. Elle n'est pas différente de celle de votre père.

– Merci.

Elle hésita un instant, puis s'aventura à demander :

– Il faudra un jour que vous m'expliquiez pourquoi l'Église romaine ne permet pas à ses prêtres de se marier. Mon père était un bon mari et un bon pasteur. Ma mère l'aidait dans son apostolat... Pourquoi un prêtre n'aurait-il pas l'autorisation de se marier, d'aimer comme les autres hommes... ?

– C'est une vaste question, dit Léon XIV. Si vaste que je ne peux y répondre maintenant... Mais nous pourrons certainement en parler une autre fois... Dans l'immédiat, permettez-moi seulement de vous dire que je vous suis reconnaissant de ce que vous faites pour moi. J'ai besoin de cette aide à un point que vous ne soupçonnez sans doute pas. Je prierai pour vous et pour votre fille... Maintenant, je vous prie de m'envoyer le barbier et de demander à l'infirmière de m'apporter un pyjama propre. Un pape mal rasé ! C'est intolérable !

La tendresse qu'elle lui avait manifestée et l'émotion qu'il en avait ressentie, donnaient tout son sens à la question de Tove Lundberg sur le célibat des prêtres et le ramenait à son enquête sur Lorenzo de Rosa. Tous cela trahissait les problèmes qui le hantaient et qui empoisonnaient depuis plus de quinze cents ans l'existence de l'Église.

La règle du célibat ecclésiastique s'était révélée pour le moins sujette à caution, sinon fléau sournois pour la communauté des croyants. Le célibat obligatoire assorti de chasteté était voué à l'échec et ne pouvait produire que toutes sortes de maux, jusqu'au sein du clergé lui-même. Interdits de mariage, certains prêtres avaient recours à des liaisons clandestines, d'autres à l'homosexualité, d'autres enfin, les plus nombreux, à l'alcool. Bien souvent, de prometteuses carrières avortaient en dépressions nerveuses.

Au milieu des années soixante, après le concile Vatican II, la discipline s'était relâchée, permettant aux affligés d'abandonner la prêtrise et de contracter des mariages valides. Les demandes de dispenses s'étaient alors multipliées.

Des dizaines de milliers de prêtres avaient abandonné leur ministère. Le nombre des vocations avait diminué dangereusement. La triste vérité s'était révélée au grand jour : les prêtres n'étaient pas une troupe de frères joyeux au service du Seigneur, mais des hommes solitaires, menacés par une vieillesse plus solitaire encore.

La pieuse rhétorique sous laquelle on avait prétendu noyer le problème avait échoué lamentablement. La politique rigoriste du pape avait d'abord paru réussir, amenant chaque année à la prêtrise un petit nombre de fanatiques. Mais Léon XIV lui-même devait admettre dans le secret de son cœur que le remède n'était qu'un placebo. Il avait bon aspect et bon goût, mais n'avait aucun effet sur la santé du corps mystique. Il y avait trop peu de bergers pour le vaste troupeau. Les fanatiques, dans lesquels il reconnaissait le jeune homme qu'il avait été, n'étaient pas en phase avec la réalité. Le peuple avait besoin de la Parole qui sauve.

Que pouvait-il faire ? Il n'avait pas l'intention – en tout cas dans l'immédiat – de passer à l'histoire comme le pape qui mettrait fin à mille ans d'interdiction du mariage des prêtres. Il ne pouvait rien faire d'autre qu'attendre et prier pour que la lumière éclaire son esprit obscurci et que la force revienne à son organisme exténué.

Un barbier blafard et taciturne qu'il n'avait encore jamais vu arriva armé d'un coupe-chou ; il le rasa aussi net qu'une boule de billard, sans prononcer plus d'une douzaine de mots. Une infirmière lui apporta un pyjama propre et le conduisit à la douche, où elle l'aida à se laver, car sa poitrine et son dos le faisaient toujours souffrir. Il n'était plus ni humilié ni même fâché de cette dépendance ; mais il se prenait à comparer sa situation à celle de tout vieux prêtre, obligé de dépendre de femmes qui avaient été bannies de sa vie par décret. Rasé de près, habillé et l'esprit plus léger, il regagna sa chambre, s'assit dans son fauteuil et attendit les visites.

Comme d'habitude, son premier visiteur fut Monsignor Malachy O'Rahilly, qui apportait la liste de ceux qui demandaient à venir présenter leurs devoirs à Sa Sainteté, afin de ne pas en être oubliés. Car ils avaient toujours reconnu en lui un traditionaliste italien de la vieille école, attaché au protocole, aux convenances et à l'étiquette.

Voyant que son maître avait récupéré ses esprits, Malachy

O'Rahilly se sentait lui-même un autre homme, pétillant de bonne humeur.

– ... Et j'espère qu'on vous traite bien, Sainteté. Avez-vous besoin de quelque chose ? Seriez-vous tenté par quelque douceur ? Dans une heure, je peux faire venir ce que vous voulez. Vous le savez.

– Je le sais, Malachy. Merci. Mais je n'ai besoin de rien. Qui avez-vous sur votre liste pour aujourd'hui ?

– Quatre personnes seulement. J'en limite le nombre, car dès qu'ils auront aperçu votre regard brillant, ils voudront parler affaire – et c'est *verboten !* Le premier de la liste est le secrétaire d'État. Il faut qu'il vous voie. Puis le cardinal Clemens de la Congrégation pour la Doctrine de la Foi. Il danse toujours d'un pied sur l'autre à propos de la Pétition de Türbingen. On en parle de plus en plus dans la presse et à la télévision. Son Éminence voudrait que vous l'autorisiez à prendre des mesures disciplinaires immédiates à l'encontre des théologiens qui ont signé le document... Vous connaissez ses arguments : c'est un défi direct à l'autorité du pape, qui remet en question votre droit à nommer des évêques dans les églises locales...

– Je connais les arguments.

Son regard de prédateur le transforma instantanément en combattant.

– J'ai dit à Clemens que nous prendrions notre temps pour réfléchir avant de répondre. Nous avons besoin de lumière, et non de passion, dans cette affaire. Très bien. Je le verrai à 16 h 30. Un quart d'heure. Pas plus. S'il s'attarde, venez m'en débarrasser. Qui d'autre ?

– Le cardinal Frantisek de la Congrégation des Évêques. C'est une visite de courtoisie de la part de la hiérarchie. La visite sera brève. Son Éminence est un modèle de tact.

– Que n'en avons-nous davantage comme lui, Malachy ! 17 h 15.

– Enfin, le cardinal Drexel. Il est à Rome aujourd'hui et demande s'il peut passer vous voir entre 19 et 20 heures, avant de rentrer chez lui. Je dois téléphoner à son bureau si vous êtes d'accord.

– Dites-lui que je serai enchanté de le voir.

– Et c'est tout, Sainteté. Ce qui ne veut pas dire que je n'aie rien fait. Mais le secrétaire d'État aura ma tête si je vous cause la moindre fatigue.

— Je lui dirai moi-même que vous êtes un chambellan modèle, Malachy. Maintenant, je vous avais chargé de vous renseigner sur une jeune femme, morte la nuit de mon arrivée ici. Celle qui était mariée à un prêtre du diocèse de Rome.

Malachy O'Rahilly se trouvait pris entre l'enclume et le marteau. Le souverain pontife exigeait des renseignements. Le secrétaire d'État avait juré de le plonger dans l'huile bouillante s'il divulguait quoi que ce soit. Fidèle à sa nature, Malachy O'Rahilly décida qu'il devait, s'il ne voulait pas perdre sa place, obéir à l'évêque de Rome plutôt qu'à ses adjudants de la curie. Il avoua ; mais ne fit pas mention des coupures de presse qu'il avait dans sa serviette, ni de la conférence sur la sécurité au Palais Apostolique, ni de l'intervention passionnée de Matt Neylan.

Lorsqu'il eut terminé, le souverain pontife resta un long moment silencieux, figé dans son fauteuil, les mains cramponnées aux accoudoirs, les yeux fermés, les lèvres serrées dans un visage de craie. Puis il parla dans un murmure. Des paroles heurtées, simples et définitives comme les morts qui les avaient inspirées.

— Ce que j'ai fait est terrible. Puisse Dieu me pardonner. Puisse-t-Il pardonner à chacun de nous.

Puis il fut pris de sanglots convulsifs, torturé par la souffrance et par la peine. Malachy O'Rahilly, le parfait secrétaire, se tenait muet, incapable de faire un geste ou de prononcer une parole de réconfort. Il sortit donc sur la pointe des pieds et appela une infirmière qui passait par là pour lui dire que son patient avait besoin d'elle.

— Des explications, s'il vous plaît, professeur.

Comme toujours laconique, l'homme du Mossad poussa une tablette à travers le bureau de Salviati.

— J'ai mon idée, mais je voudrais examiner avec vous quelques points de détails.

— Dites.

— Voici un exemplaire de la feuille qui est accrochée au pied du lit de chaque patient, c'est bien ça ?

— C'est bien ça.

— D'où viennent ces feuilles ?

— Du photocopieur de la clinique.

— Maintenant, voulez-vous lire les rubriques ?

— Heure. Température. Pouls. Tension sanguine. Traitement administré. Médicaments administrés. Observations de l'infirmière. Observations du médecin. Traitement prescrit. Médicaments prescrits. Signature.

— Maintenant, jetez un coup d'œil à la feuille qui est devant vous. Regardez à la date d'hier. Combien de signatures voyez-vous ?

— Trois.

— Pouvez-vous les identifier ?

— Oui. Carla Belisario, Giovanna Lanzi, Domenico Falcone.

— Fonctions.

— Infirmière de jour, infirmière de nuit, médecin de service.

— Maintenant, regardez les observations. Combien de signatures différentes remarquez-vous ?

— Six.

— Comment expliquez-vous cela ?

— Très simple. Les infirmières signataires sont responsables du malade. Chacune en suit plusieurs. La température, le pouls et la tension sont pris par des aides soignantes. Les médicaments sont administrés par le personnel de la pharmacie, le traitement peut être, par exemple, prescrit par un physiothérapeute. Le système est tout ce qu'il y a de simple. Le médecin prescrit, l'infirmière supervise, les autres travaillent sous leur direction... Maintenant, vous allez peut-être me dire ce que vous cherchez.

— Je cherche des failles, dit l'homme du Mossad. Comment tuer un pape, ni vu ni connu, dans une clinique juive.

— Et en avez-vous trouvé une.

— Je n'en suis pas tout à fait sûr. Regardez encore cette feuille. Où est-il question d'hématologie ?

— Tout à fait au début, dans la phase préopératoire de ce malade. Il est prescrit toute une série d'analyses sanguines.

— Expliquez-moi exactement comment cela doit se dérouler.

— Les analyses sont indiquées sur la feuille. Le service de l'étage prend contact avec l'hématologie, qui fait faire une prise de sang ; le sang est ensuite apporté au laboratoire pour y être analysé.

— Ce quelqu'un qui fait la prise de sang. Quel équipement a-t-il ? Comment procède-t-il ?

— C'est en général une femme, dit Salviati avec un sourire. Elle est équipée d'un petit plateau où se trouvent de l'alcool, des tampons d'ouate, de petits rubans adhésifs, des tubes bouchés et étiquetés au nom du patient avec le numéro de la chambre et une aiguille hypodermique stérile dans un sachet en plastique scellé. Plus un garrot en caoutchouc pour bloquer la circulation et gonfler la veine. C'est tout.

— Comment procède-t-elle ?

— Elle identifie la veine à la saignée du bras, nettoie l'endroit avec de l'alcool, introduit l'aiguille, tire le sang et le transfère dans les tubes. Elle applique un tampon de coton sur l'emplacement de la piqûre, puis le colle avec un ruban adhésif. Ça ne dure pas plus de deux minutes.

— Personne d'autre ne se trouve dans la pièce durant l'opération ?

— Habituellement non. Pourquoi y aurait-il quelqu'un d'autre ?

— Exactement. Voilà la faille, non ? La fille est seule avec le patient. Elle transporte une arme meurtrière.

— Quelle est-elle ? Précisez.

— Une seringue vide, avec laquelle il est possible d'extraire du sang, ou d'introduire dans la veine une bulle d'air mortelle !

— Voilà quelque chose à quoi je n'avais pas pensé. Mais il lui faut d'abord franchir un gros obstacle. Notre distingué patient n'a plus d'analyses de sang à subir. Qui va prescrire de nouvelles analyses sur sa fiche ? Qui va appeler le service d'hématologie ?

— C'est la deuxième faille, dit l'homme du Mossad. Selon votre système, professeur, les tablettes où sont fixées les feuilles de soins sont rapportées au bureau à chaque changement d'équipe et accrochées à des crochets. L'infirmière de service les examine les unes après les autres avant de faire sa tournée. N'importe qui peut passer et y écrire quelque chose. Je l'ai déjà vu faire. La fille qui prend la température des malades avait oublié d'inscrire la fréquence du pouls ou la tension sanguine. Vous savez que cela arrive, et comment cela se passe. Combien de fois une infirmière a-t-elle été obligée de vous demander s'il fallait ou non continuer tel traitement ?

Salviati repoussa l'idée d'un geste de la main.

— Je n'y crois pas – pas un traître mot ! Vous faites du roman pur et simple ! C'est ce qu'on appelle sortir un assassin de son chapeau. Cette fille fait partie de mon personnel. Je ne vous laisserai pas l'accuser de la sorte.

L'homme du Mossad demeura impavide. Il annonça platement :

– Je n'ai pas tout à fait fini, professeur. Je voudrais vous faire écouter quelque chose.

Il posa sur le bureau un petit magnétophone de poche et y brancha un écouteur qu'il tendit à Salviati.

– Myriam Latif est sur écoutes depuis plusieurs jours – nous avons placé des micros dans sa chambre, dans sa blouse de travail, dans la reliure de son calepin. Elle utilise toujours un téléphone public, aussi doit-elle avoir des *gettoni*. Son calepin ne la quitte pas. Ce que vous allez entendre est une série de brèves conversations avec Omar Asnan, son petit ami. Elles sont en farsi, il faut donc que vous me fassiez confiance pour ce qui est de leur signification.

Salviati écouta quelques minutes, puis, exaspéré par son incapacité à suivre le dialogue, il retira l'écouteur et le lui rendit.

– Traduction, si vous voulez bien.

– Le premier appel émane d'un bar du village. Oui, dit-elle, l'arrangement est possible. Pour quand ? demande Asnan. Encore quelques jours. Pourquoi ? Pour une question de logique. Qu'entend-elle par logique ? Elle ne peut pas lui répondre tout de suite. Elle essayera de le lui expliquer au prochain appel... L'explication vient un peu plus loin sur la bande. Elle explique que personne n'a le droit de s'approcher de l'homme sans passer par un écran de contrôle. Il ne serait pas logique de prescrire une analyse de sang en pleine convalescence. La chose serait plus normale juste avant le départ du patient. Voilà qui complique tout, dit Asnan. Il devra trouver autre chose. La réponse de Myriam confirme nos soupçons. « Fais attention, dit-elle. L'endroit est infesté de vermine, et je ne les ai pas encore tous identifiés. »

– Est-il sûr qu'elle soit l'assassin ?

– Absolument.

– Alors ?

– Ne me demandez rien. Nous sommes muets.

– Et si j'envoyais le patient à Gemelli ou à Salvador Mundi ?

– Comment s'en trouverait-il ? demanda l'homme du Mossad, apparemment disposé à envisager cette solution.

– Ce n'est pas souhaitable, mais il s'en remettrait.

– Alors, à quoi bon, professeur ? Pour Myriam Latif, ça ne changerait rien. C'est une tueuse, nous en sommes sûrs. Le Vatican s'en désintéresse. Comme elle n'a pas encore opéré, les Italiens se contenteraient de la renvoyer au Liban. Nous ne voulons pas l'y voir revenir. La conclusion est évidente, non ?

– Pourquoi, demanda Sergio Salviati, pourquoi diable a-t-il fallu que vous m'en parliez ?

– C'est dans la nature des choses. Vous faites partie de la famille. Nous vous protégeons, vous et les vôtres. Et puis, à quoi bon se mettre martel en tête ? Vous êtes médecin. Vos guérisons les plus spectaculaires finissent quand même au cimetière !

Puis il partit, fantôme sinistre d'un monde clandestin dont les gens ordinaires soupçonnaient à peine l'existence. Sergio Salviati en faisait maintenant partie, il se trouvait pris dans un réseau de conspirations comme une guêpe dans une toile d'araignée. Lui, le guérisseur, serait le témoin muet d'un meurtre; mais s'il refusait de se taire, il y aurait d'autres assassinats. L'Italien qu'il était ne se faisait pas d'illusion sur les dessous de la République; juif et sioniste, il savait l'âpreté de la lutte pour la vie dans le Croissant Fertile.

Bon gré mal gré, il faisait depuis longtemps partie du jeu. Sa clinique était un poste d'écoute et un refuge d'agents dormants. Lui-même, qu'il le veuille ou non, jouait un rôle politique; il ne pouvait donc pas jouer en même temps les innocents. En outre, si la personne du pape était directement menacée, est-ce que les gardes du vatican retiendraient leur feu ? Il savait bien que non. On ne lui demandait pas de presser la détente, on ne lui demandait que de se taire, pendant que les hommes de l'art faisaient leur boulot. Que la cible fût une femme ne devait pas compter. Les femmes sont aussi dangereuses que les hommes.

Tandis qu'il méditait de la sorte, on lui apporta l'invitation de M. et Mme Nicol Peters à dîner avec Tove Lundberg au Palazzo Lanfranco.

Le secrétaire d'État était aussi ordonné que rusé. Il détestait avoir son agenda bourré de vétilles et tenait à s'en débarrasser avant de s'attaquer à des choses plus importantes. Aussi, arrivant à la clinique, s'entretint-il d'abord avec Salviati, qui l'assura que l'état du souverain pontife était satisfaisant et qu'il pourrait sans doute sortir d'ici cinq ou six jours. Il s'adressa ensuite brièvement aux agents de la sécurité italienne et à ceux du Vatican, en se gardant d'aborder les questions qui auraient pu le faire soupçonner d'avoir autre chose en tête que la prière. Puis il se présenta au souverain pontife et gagna avec lui un coin abrité du jardin, tandis que l'aide-soignante attendait discrètement à quelque distance avec le fauteuil roulant. Sa Sainteté en vint tout de suite au cœur du sujet.

— Je suis malade, mon ami, mais je ne suis pas aveugle. Regardez autour de vous ! On dirait un camp retranché. Je ne peux pas faire un mouvement sans me sentir gardé. Que se passe-t-il ?

— Vous êtes menacé, Sainteté – des terroristes en veulent à votre vie.

— Qui ?

— Un groupe extrémiste arabe, qui se fait appeler l'Épée de l'Islam. L'information est à prendre au sérieux.

— Je n'y crois pas. Les Arabes savent que notre politique favorise l'islam au détriment d'Israël. Que gagneraient-ils à me tuer ?

— Les circonstances sont particulières, Sainteté. Vous êtes soigné dans une clinique dirigée par un éminent sioniste.

— Qui soigne aussi de nombreux Arabes.

— Raison de plus pour donner à chacun une bonne leçon. Mais quelle qu'en soit la logique, la menace est réelle. Il y a de l'argent en jeu – beaucoup d'argent.

— Je sors dans quelques jours – moins d'une semaine, selon toute probabilité.

— Ce qui m'amène à mon second point, Sainteté. La plupart d'entre nous à la Curie sommes fortement opposés à votre projet de séjour chez Anton Drexel. Cela impliquerait un nouveau et très coûteux dispositif de sécurité, des risques pour les enfants et – permettez-moi de vous le dire en toute franchise – des jalousies au sein du Sacré Collège.

— Dieu m'assiste ! A qui ai-je affaire ! Une bande de collégiennes ?

— Non, Sainteté. Ce sont des hommes adultes, qui comprennent la politique du pouvoir – et ils ne sont pas tous amis d'Anton Drexel. Je vous prie, Sainteté, de bien vouloir considérer attentivement cette question. Quand vous sortirez d'ici, rendez-vous directement à Castel Gandolfo. On y sera aux petits soins pour vous, vous le savez. De là, vous pourrez aller voir Drexel et sa petite tribu quand bon vous semblera...

Le pontife resta un long moment silencieux, observant Agostini avec des yeux hostiles.

– Il y a autre chose, n'est-ce pas ? finit-il par dire. Je veux savoir, maintenant.

Agostini aborda le cœur de la question.

– Nous connaissons tous, Sainteté, le souci que vous causent les divisions de la communauté des croyants. Ceux d'entre nous qui sont proches de vous sentent depuis quelque temps que vous traversez une période de... enfin, de doute et de remise en question de la politique que vous avez si vigoureusement poursuivie pendant votre pontificat. Cette incertitude a été accrue par votre maladie. Il y a ceux – et je me hâte de dire que je n'en suis pas – qui pensent que cette même maladie peut faire prendre à Votre Sainteté des décisions précipitées, qui, au lieu d'améliorer la situation de l'Église, ne feraient que la détériorer. Voici mon point de vue : si progrès il doit y avoir, vous aurez besoin du soutien de la curie et de la hiérarchie des Églises nationales. Vous êtes bien placé pour savoir comment fonctionne le système et comment on peut l'utiliser pour neutraliser le plus déterminé ou le plus rusé des papes... Vous faites confiance à Drexel. Moi aussi. Mais il est au soir de sa vie ; il est allemand ; il ne supporte pas nos folies romaines. A mon avis, il est un obstacle à vos plans ; et si vous lui en parliez, je suis sûr qu'il en conviendrait.

– Lui en avez-vous parlé, Matteo ?

– Non.

– Et quelle est votre position ?

– Elle n'a pas changé. Je suis un diplomate. Je m'intéresse aux possibles. Je me méfie des décisions hâtives.

– Drexel vient me voir ce soir. Avant de décider quoi que ce soit, j'en discuterai avec lui.

– Bien sûr... Il est une affaire, pour laquelle j'aurais besoin de l'autorité personnelle de Votre Sainteté, si on ne veut pas qu'elle traîne pendant des mois d'une congrégation à l'autre. Nous avons perdu cette semaine un des meilleurs hommes du Secrétariat, Monsignor Matt Neylan.

– Perdu ? Que voulez-vous dire ?

– Il nous a quittés.

– Une femme ?

– Non. D'une certaine façon, j'aurais préféré. Il est venu me dire qu'il n'avait plus la foi.

– Tristes nouvelles. Bien tristes.

– De notre point de vue, il s'est parfaitement bien conduit. Il serait préférable de le réduire à l'état laïc sans faire d'histoire.

– Faites, et faites vite.

– Merci, Sainteté.

– Je vais vous dire un secret, Matteo.

Le souverain pontife parut soudain se retirer dans un monde privé.

– Je me suis souvent demandé quel effet cela ferait de se réveiller un matin sans la foi qu'on a professée toute sa vie. Les connaissances seraient intactes, mais n'auraient plus de sens... Quelle est cette phrase dans *Macbeth* ? « C'est une histoire, pleine de bruit et de fureur, racontée par un idiot, et qui ne signifie rien. » Autrefois, nous nous serions détournés d'un homme comme lui, nous l'aurions traité comme un lépreux, comme s'il était responsable de cette perte. Comment peut-on le prétendre ? La foi est un don. Ce don peut être retiré, comme ceux de la vue ou de l'ouïe. Cela pourrait aussi bien nous arriver, à vous comme à moi... J'espère que vous vous êtes montré bienveillant envers lui. Je sais que vous avez été courtois.

– Je crains, Sainteté de ne pas l'avoir rendu très heureux.

– Pourquoi ?

La question les amena directement au destin fatal de Lorenzo et de sa famille, dans lequel le Vatican avait joué un rôle déterminant. Il semblait cependant que le souverain pontife fût, cette fois, vide d'émotion.

– Nous en perdons trop, Matteo. Ils ne sont pas heureux dans la famille des croyants. Il n'y a pas de joie dans notre maison, parce qu'il s'y trouve trop peu d'amour. Et c'est nous, les aînés, qui sommes à blâmer.

Une fois par semaine, Sergio Salviati inspectait impromptu la clinique ; il appelait ça « faire sa visite en gants blancs ». Il avait emprunté cette expression à un vieux parent qui exaltait les jours fastes des voyages en mer sous pavillon britannique, lorsque le capitaine, accompagné du commodore et de l'officier mécanicien, enfilait des gants blancs et inspectait le navire de la proue à la poupe. Les gants blancs trahissaient la poussière et la saleté, et protégeaient les mains de l'autorité.

Sergio Salviati ne portait pas de gants blancs, mais son chef du personnel une tablette sur laquelle était agrafée la photocopie du plan de l'établissement, afin d'y noter tout ce qui clochait et d'y remédier le plus rapidement possible. Le procédé n'avait rien de latin ; mais pour Salviati l'enjeu était trop important pour s'en remettre aux imprécisions d'une équipe polyglotte. Il vérifiait tout : les instruments, le linge, la pharmacie, les dossiers, l'élimination des déchets chirurgicaux, les cuisines, les salles de bains. Il allait même jusqu'à faire des prélèvements dans les installations d'air conditionné, qui pouvaient, pendant les chauds étés romains, abriter de dangereuses bactéries.

Les inspections avaient toujours lieu en fin d'après-midi. Une fois terminées opérations et visites. A cette heure-là, le personnel était plus détendu et ouvert : la journée était presque achevée, les critiques partaient mieux et les louanges aussi. Ce fut ce même jour, peu après cinq heures, qu'il arriva au service d'hématologie, où le sang et le sérum étaient apportés pour y être analysés.

En général, il y avait trois personnes dans le laboratoire. Ce jour-là, il n'y en avait que deux. Salviati voulut en connaître la raison. On lui dit que Myriam Latif avait demandé son après-midi pour convenance personnelle. On l'attendait le lendemain. Elle s'était arrangée avec le bureau du chef de service.

De retour dans son bureau, Salviati fit venir l'homme du Mossad et lui demanda des explications. L'homme du Mossad secoua tristement la tête.

— Pour un homme intelligent, professeur, vous êtes plutôt lent. Votre personnel vous a dit tout ce que vous aviez besoin de savoir. De surcroît, ils vous ont dit la vérité. C'est elle qui a demandé son après-midi. Restez-en là !

— Et la menace qui pèse sur notre patient ?

— Son absence la supprime. Sa présence la rétablirait. Nous attendons et observons, comme toujours. Ce soir, au moins, vous pouvez dormir sur vos deux oreilles.

— Et demain ?

— Oubliez demain ! fit l'homme du Mossad avec impatience. Vous devez, professeur, prendre une décision aujourd'hui – tout de suite !

— A quel propos ?

— Sur le rôle que vous voulez jouer : l'honorable guérisseur qui fait son boulot au milieu d'un monde mauvais, ou le touche-à-tout qui ne peut pas s'empêcher de fourrer son nez dans les affaires des autres. Quel que soit votre choix, nous nous en accommoderons. Mais si vous entrez dans le jeu, vous y entrez totalement et vous respectez nos règles. Suis-je clair ?

– Quel que soit mon choix, dit Salviati, j'ai l'impression d'être manipulé.

– Bien sûr que vous l'êtes ! fit l'homme du Mossad avec un sourire aigre. Mais il y a une grosse différence : en tant que professeur Salviati, vous êtes manipulé en toute innocence et sans le savoir. Dans l'autre alternative, vous faites ce qu'on vous dit, sans rien voir ni rien dire. Si nous voulons mentir, vous mentez. Si nous voulons tuer, vous tuez – en dépit du serment d'Hippocrate. Pouvez-vous l'assumer, mon ami ?

– Non. Je ne le peux pas.

– N'en parlons plus, dit l'homme du Mossad. Ce soir, vous allez bien dîner et vous dormirez d'un sommeil beaucoup plus serein.

– Tu ne dors pas ! le gronda tendrement Tove Lundberg. Tu n'aimes même plus faire l'amour ; parce que tu as perdu ton innocence, que tu le sais et que tu es rongé par un sentiment de culpabilité.

Assis sur la terrasse de la maison de Salviati, ils buvaient un verre en regardant le ciel étoilé, voilé par les émanations de Rome : la brume montant de la rivière, les gaz d'échappement, la poussière et les exhalaisons d'une cité qui s'asphyxiait lentement. Tove Lundberg résuma la situation :

– ... Le problème, mon amour, c'est que tu en sais trop peu et que tu demandes trop.

– Je sais que Myriam Latif va mourir – si elle n'est pas déjà morte.

– Tu n'en sais rien. Ce n'est qu'une hypothèse. Tu ne sais même pas si demain elle manquera à l'appel.

– Alors que dois-je faire ?

– Que ferais-tu s'il s'agissait de quelqu'un d'autre ?

– Je l'apprendrai après tout le monde. Le bureau du chef du personnel se serait de lui-même enquis de son absence. Si, au bout d'un certain temps, elle ne réapparaissait pas, on me demanderait à la remplacer. Je conseillerai probablement d'appeler la police et les services d'immigration, car la clinique s'est portée garante de la fille durant son séjour en Italie en lui assurant un emploi. Après, ce n'est plus de notre ressort.

– Ce qui correspond à peu près à ce que t'a dit l'homme du Mossad.

— Mais ne vois-tu pas... ?

— Non! Je ne vois pas. Au-delà de la routine que tu viens d'évoquer, je ne vois rien. A qui d'autre vas-tu en parler ? Au pape ? Il sait que sa vie est menacée. Il est au courant des mesures de sécurité. Il consent, tacitement au moins, à tout ce qui pourrait en découler. Si la fille est vraiment une terroriste, elle a accepté les risques du métier.

— Justement, lança Salviati avec colère. On n'a contre elle que des preuves indirectes. Ce sont pour l'essentiel des preuves négatives, dans ce sens que le Mossad n'a pas trouvé de meilleur suspect. Aussi a-t-elle été condamnée et exécutée sans jugement.

— Peut-être.

— D'accord. Peut-être!

— Une fois de plus, que peux-tu y faire, dans la mesure où le gouvernement italien renonce à son autorité légale en faveur d'une action directe des Israéliens ? C'est bien ce qui se passe, n'est-ce pas ?

— Et le Vatican s'en tient aux clauses du Concordat. Les gardes du corps du pape peuvent le protéger par la force des armes, si nécessaire; mais le Vatican ne peut pas intervenir dans la justice de la République.

— Alors, pourquoi se lamenter ?

— Parce que je ne sais plus très bien qui je suis; je ne sais plus envers qui exercer ma loyauté. Le pape est mon patient. L'Italie est mon pays. Les Israéliens sont mon peuple.

— Écoute, mon amour! fit Tove Lundberg en lui prenant la main. Ce genre de discours ne te ressemble pas. Rappelle-toi ce que tu me disais quand je suis arrivée : « La chirurgie cardiaque comporte des risques. Elle implique un libre choix, l'acceptation de certaines conditions, clairement définies par le chirurgien. Si un facteur inconnu bouleverse ces conditions, il n'est plus possible de renverser la vapeur! » Dans le cas de Myriam Latif, tu es dans la situation que tu évoquais. Elle a été désignée pour tuer le pape. Un choix a été fait : la neutraliser sans provoquer de représailles. Le choix, ce n'est pas toi qui l'as fait. Ton identité n'est pas contestée, elle serait plutôt confirmée. Tu es un guérisseur. Le reste n'est pas ton affaire. Ne t'en mêle pas!

Sergio Salviati dégagea sa main et se leva brusquement. Il avait la voix rauque et pleine de colère.

— Alors, dit-il. Nous y voilà enfin. Ça ne rate jamais à Rome.

Ma loyale conseillère est devenue jésuite. Elle s'entendrait très bien avec Sa Sainteté.

Tove Lundberg resta un long moment assise sans rien dire, puis elle lui répondit avec froideur :

– Il y a longtemps, mon cher, nous avons fait un marché. Nous ne pouvions partager ni nos destins ni nos traditions. Nous n'y tenions pas. Mais nous étions décidés à nous aimer aussi longtemps que possible, et quoi qu'il arrive, de rester amis. Tu sais que je n'ai ni goût ni talent pour les jeux cruels. Je sais que la frustration ou la crainte t'y poussent parfois, mais j'ai toujours cru que tu avais trop de respect pour moi pour m'y entraîner... Je vais donc rentrer chez moi. Lorsque nous nous reverrons demain matin, j'espère que ce vilain moment sera oublié.

L'instant d'après elle était partie, vague silhouette dans le crépuscule se hâtant vers sa voiture. Sergio Salviati ne fit rien pour la retenir. Il resta cramponné, telle une statue de pierre, à la balustrade croulante, plus seul et affligé qu'il ne l'avait jamais été. Le vaillant de Sion l'avait rejeté avec mépris. Une goï avait sondé le vide de son cœur. L'un et l'autre avaient reconnu en lui un guérisseur, lui imposant tous les deux un impossible défi : la reconstruction de son être.

Ce soir-là, le souverain pontife s'attarda à parler avec Anton Drexel. Après une journée agitée, il avait besoin de la sérénité de Drexel. Sa réponse aux objections soulevées par un éventuel séjour dans sa villa était caractéristique de l'homme.

– ... Si cette idée soulève des problèmes, oubliez-la. Mon intention était de vous offrir une détente bénéfique et non un surcroît de tension nerveuse. En outre, Votre Sainteté a besoin d'alliés et non d'adversaires. Lorsque tout ce brouhaha se sera apaisé et que les risques d'attentat sur votre personne auront diminué, vous pourrez venir voir les enfants. Vous pourrez aussi les inviter à vous rendre visite...

– Et vos projets me concernant, Anton ? Et ma nouvelle éducation politique ?

Drexel rit de bon cœur.

– Mes projets dépendent de l'action de l'Esprit, Sainteté. Seul, je ne pourrais pas vous faire plier d'un millimètre. De plus, votre secrétaire d'État a raison – comme presque toujours d'ailleurs. Je suis trop vieux pour être un véritable agent du pouvoir au sein de la curie. C'est ainsi que Votre Sainteté a gagné contre Jean-Marie Barette. Vous avez rassemblé les Latins contre les Allemands et les Anglo-Saxons. Je ne me risquerais pas à user une seconde fois d'une telle stratégie.

Ce fut au tour du pontife de rire – rire douloureux, teinté d'une pointe d'amusement.

– Quelle est donc votre stratégie, Anton ? Et qu'espérez-vous gagner de moi et par moi ?

– Ce que vous espérez sûrement – une renaissance parmi l'assemblée des croyants, un changement dans l'esprit juridique qui est le plus grand obstacle à la charité.

– Facile à dire, mon ami. L'œuvre de toute une vie – et je sais maintenant combien elle peut être courte et fragile.

– Si vous songez à décomposer les problèmes, alors vous avez raison. Vous ne ferez que multiplier les débats, les querelles et les casuistiques. Et finalement, la lassitude s'installe, et cette espèce de désespoir rampant dont nous souffrons depuis le concile Vatican II. Le feu de l'espoir, allumé par Jean XXIII, n'est plus que cendres. Les conservateurs – dont vous n'êtes pas le moindre, Saint-Père – ont remporté sur les croyants toute une série de victoires à la Pyrrhus.

– Eh bien, donnez-moi votre remède, Anton.

– Un seul mot, Saint-Père : décentralisez.

– Je vous entends, mais je ne suis pas sûr de comprendre.

– Je vais essayer d'être explicite. Nous n'avons pas besoin de réforme, mais de libération, d'un acte d'émancipation par rapport à tout ce qui nous entrave depuis le concile de Trente. Rendez aux églises locales l'autonomie qui leur appartient de droit apostolique. Commencez à démanteler l'édifice croulant de la curie, ses tyrannies, ses secrets et ses sinécures pour prélats médiocres ou ambitieux. Ouvrez la voie à des consultations libres avec vos frères les évêques... Affirmez dans les termes les plus clairs le principe de la collégialité et votre volonté de l'appliquer... Un seul document suffirait, une encyclique écrite par vous seul, et non élaborée par un comité de théologiens et de diplomates, puis émasculée par les latinistes avant d'être purgée de son sens par quelque commentaire conservateur...

– Vous me demandez d'écrire un projet de révolution.

– Si je ne me trompe, Sainteté, le sermon sur la montagne est un manifeste révolutionnaire.

– Les révolutions devraient être faites par des hommes jeunes.

– Les vieux écrivent les documents, les jeunes les traduisent en actes. Mais il leur faut d'abord briser les barreaux de la prison où ils sont retenus. Donnez-leur la liberté de penser et de s'exprimer. Peut-être alors ne perdrions-nous pas les de Rosa et les Mathew Neylan.

– Vous êtes obstiné, Anton.

– Je suis plus vieux que vous, Sainteté. Il me reste moins de temps encore.

– Je vous promets de songer à ce que vous m'avez dit.

– Songez aussi à cela, Sainteté. La théorie pour la suprématie du pape l'a emporté après une lutte séculaire – et le coût de cette victoire est élevé. Tout le pouvoir est concentré en un seul homme, vous-même ; mais vous ne pouvez l'exercer qu'à travers l'oligarchie compliquée de la curie. Pour l'instant vous êtes pratiquement impuissant. Vous le resterez plusieurs mois encore. Pendant ce temps, les hommes à qui vous avez confié certains postes clés s'opposeront à toute nouvelle politique. C'est un fait. Agostini vous en a lui aussi averti. Est-ce une situation saine ? Est-ce l'image que doit donner d'elle-même l'Église dont le Christ est la tête et dont nous sommes les membres ?

– Non, répondit Léon XIV, qui trahissait des signes de fatigue. Mais, pour l'instant, nous ne pouvons rien faire, sinon méditer et prier. Rentrez chez vous, Anton ! Allez retrouver votre famille et vos vignes. Si vous saviez comme je vous envie... Je n'ai pas fait de *vendemmia* depuis mon enfance.

– Vous serez le bienvenu, dit Drexel baisant l'anneau du Pêcheur. Et une bénédiction papale ne pourra que faire merveille pour le vin de Fontamore.

Longtemps après le départ de Drexel, longtemps après que l'infirmière l'eut installé pour la nuit, Léon XIV, successeur du prince des Apôtres, restait à l'écoute des bruits nocturnes, s'efforçant de déchiffrer sa destinée dans les ombres projetées par la veilleuse.

L'argument de Drexel était d'une éclatante simplicité, mais on y notait une subtile distinction entre autorité et pouvoir.

Le concept de pouvoir papal avait reçu sa définition la plus extrême de Boniface VII au XIVe siècle et de Pie V au XVIe siècle. Boniface avait déclaré : en « raison du besoin de salut, chaque être humain se trouve soumis au pontife romain ».

Pie V avait énoncé le précepte avec une stupéfiante arrogance. Léon XIV, son moderne successeur, héritier de son inflexible volonté et de son caractère irascible, était capable de le réciter mot à mot :

« Celui qui règne dans les cieux, à qui est donné tout pouvoir dans le ciel et sur la terre, a soumis la Sainte Église catholique et apostolique, en dehors de laquelle il n'est pas de salut, à la pleine autorité d'un seul homme, Pierre, le prince des Apôtres, et à ses successeurs, les pontifes romains. Cet unique souverain, il l'a établi prince sur toutes les nations et tous les royaumes, pour arracher, détruire, dissiper, éparpiller, planter et construire... »

Telle était la prétention la plus scandaleuse d'une papauté impériale, depuis longtemps discréditée par l'histoire et par le bon sens, mais dont les échos traînaient encore dans les couloirs du Vatican. Le pouvoir demeurait la quête ultime et là résidait celui de diriger près d'un milliard d'individus, grâce à l'ultime sanction, *timor mortis*, la peur de la mort.

La proposition de Drexel impliquait l'abandon de positions conquises de vive force et maintenues pendant des siècles. Elle ne reposait pas sur un concept impérial, mais sur une notion beaucoup plus primitive et radicale, selon laquelle l'Église était une parce qu'elle possédait une seule foi, un seul baptême et un seul Seigneur, Jésus-Christ, dans lequel tous étaient unis comme des sarments à un cep. Elle n'impliquait pas le pouvoir, mais l'autorité – autorité fondée sur un consentement libre, une conscience libre, un acte de foi. Ceux qui étaient investis de l'autorité se devaient d'en user avec respect et pour servir. Ils ne devaient pas en faire un instrument de pouvoir. Pour en user avec justice, ils devaient non seulement la déléguer, mais en reconnaître la source. Hélas, privée de certaines satisfactions, la hiérarchie célibataire développait un goût prononcé pour le pouvoir.

Même s'il acceptait le projet de Drexel – et il faisait des réserves sur le projet et sur la personne de Drexel –, les obstacles à sa réalisation étaient énormes. Ce même après-midi, son entrevue d'un quart d'heure avec Clemens, de la Congrégation pour la Doctrine de la Foi avait duré près de quarante minutes. Clemens avait fortement fait valoir que sa Congrégation était le chien de garde du dépôt de la Foi – et s'il était interdit d'aboyer, sans parler de mordre, alors à quoi servait-elle ? Si Sa Sainteté voulait répondre directement aux protestataires de Tübingen, c'était son droit. Mais un mot du souverain pontife était difficilement repris ou réfuté.

On retombait dans le jeu du pouvoir, auquel le pape lui-même, tout diminué qu'il était, était assujetti. Quelle était la chance d'un évêque de campagne, à quinze mille kilomètres de Rome, envoyé par le nonce apostolique local ? Drexel pouvait se battre, parce qu'il était le pair de Clemens, un pair plus expérimenté et plus avisé. Cependant, ce détachement olympien en faisait un avocat quelque peu suspect.

Enfin l'homme qui acceptait le nom de Vicaire du Christ se voyait attribuer une place dans l'histoire. Ses paroles et ses actes constituaient des précédents dans les siècles et leurs conséquences pesaient pour lui dans la balance le jour du jugement. Il n'était donc guère étonnant que les rêves qui le hantaient cette nuit-là fussent un étrange kaléidoscope de scènes tirées de la fresque de Michel-Ange et d'hommes masqués et armés traquant leur proie dans un bois de pins.

8.

A l'extérieur de l'enclave de la Clinique Internationale, entre 5 heures de l'après-midi et 10 heures du soir, survinrent plusieurs faits insignifiants.

Une femme téléphona et laissa un message; une autre femme monta dans un avion qui arriva deux heures plus tard à destination. Une caisse sur laquelle était marquée « documents diplomatiques » fut chargée dans un autre avion pour une autre destination. Dans une villa de la via Appia Antica un homme attendit un coup de téléphone qui n'arriva jamais. Puis il appela son chauffeur et se fit conduire dans une boîte de nuit proche de la via Veneto. A l'aéroport de Fiumicino, un employé des Middle East Airlines fit une photocopie d'un billet, mit la photocopie dans sa poche et, la remit, en rentrant chez lui, au gardien d'un immeuble. Tous ces petits faits furent rapportés à la permanence de l'ambassade d'Israël à Rome. Avant de se rendre le matin à la clinique, l'homme du Mossad en apprit la signification.

Le coup de téléphone à la clinique fut passé à 7 heures du soir du hall de l'aéroport. La voix était déformée et pratiquement noyée par le bruit de fond, mais la standardiste de la clinique assura avoir compris le message et l'avoir fidèlement retranscrit. Myriam Latif ne se présenterait pas le lendemain matin à son travail, comme elle l'avait promis. Sa mère était très malade. Elle prenait le vol de nuit pour Beyrouth sur les Middle East Airlines. Si elle ne revenait pas le salaire qui lui était dû devrait être versé sur son compte à la Banco di Roma. Elle était désolée, mais espérait que le professeur Salviati comprendrait.

A 19 h 30, une femme voilée se présenta à l'enregistrement des Middle East Airlines. Elle avait un billet pour Beyrouth et un passeport libanais au nom de Myriam Latif. Elle n'avait que des bagages à main. Comme elle ne faisait que quitter la République, la police frontalière ne lui demanda pas de se dévoiler. Trois heures plus tard, la même femme débarquait à Beyrouth, présentait un passeport à un autre nom et disparaissait.

La caisse marquée « documents diplomatiques » fut chargée sur le vol de nuit d'El-Al à destination de Tel-Aviv. A l'intérieur se trouvait Myriam Latif, droguée, enroulée dans des couvertures thermiques et alimentée en oxygène par des trous d'aération et une bouteille à échappement lent. Lorsqu'elle arriva à Tel-Aviv, elle fut envoyée à l'infirmerie d'un centre de détention du Mossad et inscrite sous un numéro et une codification spéciale.

Dans la boîte de nuit proche de la via Veneto, Omar Asnan, le marchand de Téhéran, commanda du champagne pour la fille avec qui il était et fourra un billet de cinquante mille lires dans son décolleté. Le message enfermé dans le billet fut transmis dix minutes plus tard à deux hommes buvant du café dans une des alcôves fermées par un rideau. Le fait fut remarqué par la préposée aux cigarettes qui était un agent israélien parlant français, italien et arabe.

Son rapport mettait un point final à l'opération. Myriam Latif, l'assassin, avait été éliminée du jeu. Le Mossad était en possession d'un précieux otage et d'une source appréciable de renseignements. Omar Asnan et ses sbires de l'Épée de l'Islam ignoraient encore ce qui s'était passé. Ils savaient seulement que Myriam Latif n'était pas au rendez-vous. Il leur faudrait au moins vingt-quatre heures pour élaborer un scénario plausible. Il était peu probable qu'ils aient le temps de monter une autre tentative d'assassinat pendant la convalescence du souverain pontife.

Restait à rassurer Salviati et à s'accorder sur son témoignage. L'homme du Mossad s'en chargea avec son habituelle concision.

– Votre standardiste a pris le message de Myriam Latif ?

– Oui. Je l'ai ici.

– Est-elle précise et sûre ?

– Toutes nos standardistes se doivent de l'être. Elles touchent à des affaires médicales d'importance vitale.

– Qu'allez-vous faire de ses vêtements, de ses affaires personnelles ?

– J'ai demandé à sa camarade de chambre d'en faire la liste et de les mettre dans une valise. Nous les garderons en attendant de recevoir des directives de Myriam elle-même.

– Bon, je ne vois rien d'autre, dit l'homme du Mossad. Une chose encore. Je pense que vous devriez jeter un coup d'œil à ceci, pour apaiser votre conscience.

Il tendit à Salviati la photocopie du billet établi au nom de Myriam Latif. Salviati le parcourut du regard et le lui rendit.

– Vous n'avez évidemment rien vu, dit l'homme du Mossad.

– Ce n'est pas à un vieux singe qu'on apprend à faire la grimace, dit Sergio Salviati. Je suis sourd, muet et aveugle.

Mais l'homme du Mossad n'était pas aveugle. Il savait que la disparition de Myriam Latif allait provoquer de nouvelles manifestations de violence. L'opération contre le souverain pontife avait fait long feu, mais une somme d'argent avait été versée – une grosse somme – et les règles du jeu étaient très explicites : nous payons, vous exécutez. Ainsi, quelqu'un devait beaucoup d'argent à l'Épée de l'Islam. Et ce quelqu'un devait rendre l'argent ou livrer un corps.

Il n'y avait pas que de l'argent en jeu. Il y avait aussi l'honneur, la considération, l'autorité du mouvement sur ses membres. Si les règles n'étaient pas appliquées, si la victime promise n'était pas livrée, les membres se détacheraient du mouvement.

En fin de compte – et pour les professionnels c'était peut-être le plus dur – dès que serait confirmé l'enlèvement de Myriam Latif, le groupe terroriste se disperserait et tout le travail de pénétration, tous les risques pris pour le pénétrer, seraient anéantis du jour au lendemain.

L'homme du Mossad se trouvait maintenant confronté à des décisions délicates. Que dire aux Italiens ? Quel avertissement donner aux gens du Vatican ? Fallait-il protéger Salviati ? Il semblait sage de le faire. Il se passerait sans doute longtemps avant que le Mossad puisse disposer d'une couverture aussi efficace que la Clinique Internationale.

Dans un coin tranquille du jardin, abrité de la brise par un vieux mur et du soleil par une treille, Léon XIV était assis devant une table de pierre patinée et écrivait ses impressions sur son septième jour d'hôpital.

Il se sentait beaucoup plus fort. Se tenait plus droit, marchait plus longtemps. Bien qu'il fût toujours très émotif et facilement angoissé, son humeur était plus stable. Chaque jour, un kinésithérapeute lui faisait travailler le dos et les épaules, et bien que sa cage thoracique le fît encore souffrir, il pouvait dorénavant s'asseoir et s'allonger plus confortablement. Mais plus que tout le dérangeait d'être jour et nuit sous surveillance. Même s'il n'en disait rien, de peur de paraître grincheux.

C'est Salviati lui-même qui souleva la question, en venant prendre un café matinal avec son illustre patient. Le souverain pontife se montra touché par cette attention inaccoutumée. Salviati haussa les épaules en riant :

– Je n'avais pas d'opérations aujourd'hui. Je pensais qu'un peu de compagnie ne vous ferait pas de mal. Ces types...

D'un geste il engloba trois tireurs d'élite qui entouraient le périmètre.

– Ces types ne sont pas très bavards, n'est-ce pas ?

– En effet. Croyez-vous vraiment que j'en ai besoin ?

– On ne m'a pas demandé mon avis, dit Salviati. Ni le vôtre, j'imagine. C'est tout de même étrange, quand on y songe. Vous êtes le pape. Je dirige l'établissement. Mais il semble qu'il y ait toujours un moment où la garde du palais prend le dessus. De toute façon, vous n'êtes plus là pour très longtemps. Je vous renvoie bientôt.

– Quand.

– Dans trois jours. Samedi.

– Voilà une bonne nouvelle.

– Mais il vous faudra suivre un régime strict et faire de l'exercice.

– Je le ferai, croyez-moi.

– Avez-vous décidé de l'endroit où vous irez ?

– J'espérais aller dans la villa du cardinal Drexel ; mais ma curie n'approuve pas cette idée.

– Puis-je vous demander pourquoi ?

– On me dit que cela nécessiterait une nouvelle et coûteuse opération de sécurité.

– J'en doute. J'y suis souvent allé avec Tove Lundberg. L'endroit est facile à boucler. Le mur d'enceinte est bien visible de la villa.

– Ce n'est évidemment pas la seule raison. Le Vatican est une cour, comme l'a dit André Gide. Et les courtisans sont jaloux comme des enfants de leurs préséances et de leurs privilèges.

– Je croyais que les hommes d'Église étaient au-dessus de tout ça, dit Salviati avec un sourire malicieux.

Le souverain pontife rit.

– L'habit, mon ami, ne fait pas le moine.

– Et depuis quand le pape lit-il Rabelais ?

– Me croirez-vous si je vous dis que je ne l'ai jamais lu. Mes lectures ont toujours été plutôt limitées.

– Vous en avez retiré le maximum.

– J'ai plus appris pendant cette dernière semaine que pendant la moitié de ma vie – et c'est la vérité, *senza complimenti* ! Je vous dois beaucoup, et je dois aussi beaucoup à la sagesse et à la douceur de votre conseillère.

– Elle est très bonne. J'ai de la chance de l'avoir.

– Vous vous aimez beaucoup, ça se voit.

– Nous sommes très proches l'un de l'autre.

– Vous n'avez pas songé à vous marier ?

– Nous en avons parlé. Mais nous avons décidé que ça ne pouvait pas marcher... Mais parlons un peu de vous. Vous allez donc retrouver les tensions de votre maison. J'espérais que vous pourriez attendre d'être plus fort... Vous êtes vraiment très bien ; mais il faut que vous sachiez que ce sentiment de bien-être est très relatif. Aujourd'hui, vous allez mieux qu'hier, demain vous vous sentirez plus fort encore, mais vous n'avez guère de réserve et avez besoin des soins de notre personnel. Avec votre permission, j'aimerais en parler au cardinal Agostini. Franchement, je pense que votre santé est plus importante que les jalousies de vos cardinaux. Pourquoi ne pas passer outre et suivre mon avis ?

– Je le pourrais. Mais je ne préfère pas.

– Alors, laissez-moi me faire votre avocat. Au moins, personne ne pourra m'accuser de servir mes propres intérêts. Mon point de vue de médecin devrait avoir un certain poids. J'aimerais parler au cardinal Agostini.

– Faites-le.

– Je vais le faire.

– Je veux que vous sachiez, mon ami, combien je vous suis reconnaissant pour votre habileté et vos soins.

Salviati eut un sourire de collégien gêné.

— Je vous ai dit que j'étais un très bon plombier.

— Vous êtes bien davantage que cela. Je vois bien tout ce que vous avez fait pour cette clinique. J'aimerais discuter avec vous de ce que je pourrais faire pour vous aider – une donation peut-être, un équipement spécial. Vous me direz.

— Dès maintenant, vous pourriez quelque chose, dit Salviati avec force. Tove Lundberg et moi constituons une série de portraits psychologiques de récents opérés du cœur. Chez tous nos patients nous remarquons des changements psychologiques radicaux. Nous avons besoin de mieux comprendre ces phénomènes. Au cours de vos conversations, vous avez utilisé, pour décrire ces changements, différentes métaphores : un serpent qui mue, une greffe sur un arbre fruitier qui donne un fruit différent, Lazare sortant de son tombeau, un homme nouveau dans un monde nouveau...

— C'est la meilleure comparaison que j'ai trouvée jusqu'à présent. Je sais bien que je ne suis pas mort, mais...

— Vous n'en êtes pas passé loin, dit sèchement Salviati. Je ne chicanerai pas sur un battement de cœur. Mais voici ma question. Vous étiez mieux armé que beaucoup pour aborder cette situation. Vous aviez une foi claire, tout un bagage bien ficelé de philosophie, de théologie et de morale... Quelle part de ce bagage avez-vous abandonnée ? Quelle part avez-vous conservée ?

— Je ne sais pas encore, répondit lentement le pape, comme s'il soupesait chaque mot. Ce bagage n'est certainement pas parvenu entier au terme du voyage. Pour le reste, il est trop tôt pour savoir... Plus tard, peut-être, serai-je en mesure de vous en dire plus.

— Cela nous sera précieux à tous. Il vous suffit de regarder autour de vous pour voir que les fanatiques dominent le monde.

— Une partie du bagage que j'ai conservé, dit Léon le pontife, est un ensemble d'instructions de survie. Écrites par un juif, Saül de Tarse... « Maintenant restent la foi, l'espérance et la charité. Mais la plus grande de toutes, c'est la charité. » Je n'en ai pas toujours bien usé moi-même; mais j'apprends.

Sergio Salviati le regarda longuement, et un sourire vint adoucir ses traits sombres.

— Peut-être ai-je mieux travaillé que je ne pensais.

— En tout cas, ce n'est pas moi qui vous sous-estimerais, dit le pape. Que Dieu vous garde.

Il regarda Salviati traverser le jardin à grands pas. Il vit les gardes le saluer. Puis il ouvrit son journal et s'appliqua de nouveau à s'expliquer sa nouvelle personnalité.

« ... Lors de la discussion que j'ai eue hier avec le cardinal Clemens, ce dernier a fait ressortir les dangers de " la nouvelle théologie ", le rejet par certains érudits catholiques de ce qu'il appelle " les règles classiques de l'enseignement orthodoxe ". Je sais ce qu'il veut dire. Je comprends la méfiance qu'il éprouve devant la nouveauté, son souci de proposer aux étudiants des séminaires et des universités des concepts nouveaux de doctrines traditionnelles, avant qu'ils ne soient prévenus contre le Dépôt de la Foi, dont Clemens et moi sommes les gardiens et dont je suis l'ultime arbitre et interprète.

« Voilà! Je l'ai écrit! " Je suis l'ultime arbitre et interprète. " Le suis-je vraiment? Et pourquoi? Parce que j'ai été élu par le collège de mes pairs? Par une opération du Saint-Esprit, dont je n'ai personnellement aucun souvenir? En tant que pape, oserais-je même me mesurer avec un philosophe, un théologien ou un spécialiste de la Bible, qui enseignent dans les grandes universités? Je sais que j'en serais incapable. Je me ridiculiserais; parce que je n'aurais recours qu'à ces " règles classiques " et à leur expression traditionnelle, dont j'ai été imprégné en un autre âge. Je n'ai pas été élu pour mes connaissances intellectuelles ou l'étendue de mon intuition en matière spirituelle. Je ne suis ni Irénée, ni Origène, ni saint Thomas d'Aquin. Je suis et j'ai toujours été un homme d'appareil. J'en connais tous les détours, je sais comment servir le système, comment le faire fonctionner. Mais actuellement le système est démodé et je ne suis pas assez inventif pour le remanier. Je suis aussi insuffisant en matière sociale que je le suis en philosophie et en théologie. Aussi suis-je obligé d'admettre que mes arbitrages et mes interprétations sont inspirés par d'autres, et que je ne fais qu'y apposer le sceau de Pierre.

« Deuxième question : quelle est la véritable autorité de ceux sur lesquels je fais fond? Pourquoi les ai-je choisis plutôt que d'autres, davantage tournés vers l'avenir, plus à même de comprendre le langage, le caractère et le symbolisme de notre temps? La réponse, c'est que j'ai eu peur, comme tant d'autres, de laisser le souffle de l'Esprit pénétrer librement dans la Maison de Dieu. Nous nous sommes comportés en défenseurs d'une citadelle en ruine, craignant d'en sortir et de se trouver confrontés au monde qui avance sans se soucier de nous.

« Lorsque j'ai quitté la maison pour entrer au séminaire, j'ai été tout surpris de découvrir que les affaires du monde ne se traitaient pas dans le dialecte de ma région natale. Il me fallait avant tout apprendre la langue d'un monde plus vaste et les coutumes d'une société moins rustique. Toutefois, dans le gouvernement d'une Église qui se dit universelle, j'ai essayé de me rattacher à la langue et aux concepts des siècles passés, comme si, par magie, l'antiquité pouvait assurer la sécurité.

« Notre Seigneur utilisait le langage et les métaphores d'un peuple rural, mais son message est universel. Il embrasse toutes les créatures, comme la mer embrasse tous les habitants des profondeurs. J'ai essayé de le réduire à un abrégé statique, d'étouffer toute spéculation sur ses innombrables significations.

« Je commence, lentement, à comprendre ce que voulait dire l'un de mes critiques les plus virulents, lorsqu'il écrivait : " Ce pontife fait penser à un scientifique essayant de faire coïncider le troisième millénaire avec la physique de Newton. Le cosmos n'a pas changé, mais la compréhension que nous en avons est plus vaste et différente... Nous avons tous pénétré un peu plus avant dans le mystère divin. De sorte qu'au milieu des confusions et des menaces du monde moderne, la pédagogie du passé ne nous suffit plus. Nous avons besoin d'un maître qui parlera le langage du monde dans lequel nous vivons. "

« J'ai été indigné en découvrant ces lignes. Venant d'un laïc, j'ai pris ça pour un affront. Maintenant, je vois les choses différemment. On me demande d'explorer avec audace les mystères d'un temps nouveau, à la lumière d'une vérité ancienne, avec la certitude que la lumière ne fera pas défaut... »

Une ombre recouvrit la page, et il leva les yeux pour découvrir Tove Lundberg à un ou deux pas de lui. Il lui adressa un sourire et l'invita à se joindre à lui. Mais à cet instant, il fut traversé par une douleur dans le dos qui lui arracha une grimace. Tove Lundberg se plaça derrière lui et se mit à lui masser le cou et les épaules.

— Lorsque vous écrivez, votre position n'est pas bonne. De sorte que lorsque vous vous redressez, vous êtes pris d'un pincement... Essayez de vous tenir droit.

— Mon vieux maître me disait la même chose. Il disait que je donnais l'impression de vouloir rentrer dans le papier comme un ver.

— Mais maintenant vous écoutez, parce que vous avez mal!

— C'est vrai, ma chère Tove. C'est vrai!

— Ça va mieux?

— Beaucoup mieux, merci. Puis-je vous offrir de l'eau minérale?

— Vous pouvez m'offrir un conseil.

— Volontiers.

— Est-ce que vous étendez aux incroyants le secret de la confession?

— Plus qu'à quiconque. Qu'est-ce qui vous trouble?

— Sergio et moi, nous nous sommes disputés.

— J'en suis navré. C'est sérieux?

— Je le crains. Depuis, nous n'avons fait qu'échanger des politesses. Cela touche à la racine de nos relations. Aucun de nous deux n'est disposé à revenir sur ses positions.

— Et quelles sont vos positions?

— D'abord, nous avons été pendant longtemps amants. Vous le savez probablement.

— Je l'ai deviné.

— Mais vous n'approuvez pas, bien sûr?

— Je ne peux pas lire dans vos consciences.

— Nous avons souvent parlé de mariage. Sergio veut m'épouser, mais moi je ne veux pas.

— Pourquoi?

— Mes raisons sont très claires. Je ne me sens pas prête à prendre le risque d'une nouvelle naissance. Je ne peux pas non plus condamner mon homme – tout homme – à un mariage sans enfant. Britte termine ses études à la colonie; mais elle ne pourra pas y rester toujours, et je devrais alors la loger et m'occuper d'elle. Je ne veux pas la mettre dans une institution. Elle est trop intelligente pour cela. Voilà donc un autre fardeau que je ne voudrais pas imposer à un mari. Dans le cas d'un amant, le contrat est plus juste, bien que provisoire...

— Et Sergio Salviati? Qu'en pense-t-il?

— Il l'accepte. Je crois même qu'il en est soulagé, car il a aussi ses problèmes, qui sont plus enracinés que les miens, mais aussi plus difficiles à définir. D'abord, il est juif – et vous, plus que quiconque, devez savoir ce que signifie être juif, même maintenant, dans ce pays. Deuxièmement, il est un sioniste passionné, qui a des scrupules, parce qu'il est ici à acquérir argent et réputation, pendant que son peuple se bat pour sa survie en Israël. Dans le même temps, sa position l'entraîne à toutes sortes de compromis. Vous êtes l'un d'entre eux. Vous êtes le pontife régnant, mais vous refusez toujours de reconnaître l'État d'Israël. Les cheiks arabes qu'il soigne ici en sont un autre – de même le fait que cet établissement soit un poste d'observation secret pour les agents du Mossad opérant en Italie. Les Italiens le savent et en profitent. Les Arabes le savent et se trouvent protégés de leurs propres factions. Mais tout cela déchire Sergio, et lorsqu'il est contrarié, il devient cruel, et je ne peux pas le supporter. Voilà pourquoi nous nous sommes disputés.

– Vous ne m'avez toujours pas donné la raison de votre dispute.

– Sommes-nous toujours protégés par le secret de la confession ?

– Absolument.

– Il s'agissait de vous.

– Raison de plus pour me le dire.

– Vous l'ignorez, mais la personne qui devait vous assassiner était une femme, un agent iranien qui travaillait dans cette clinique. Les agents du Mossad l'ont identifiée, enlevée et... enfin, personne ne sait ce qui s'est passé ensuite. Pour des raisons de juridiction le Vatican n'a pas été mêlé à l'affaire. Par crainte des représailles, les Italiens ont été trop contents de laisser faire les Israéliens. Sergio se sent coupable parce que la fille était une de ses employées ; il la connaissait et l'appréciait. Il trouve que les preuves contre elle n'étaient pas suffisantes. Quoi qu'il en soit, il ne pouvait pas intervenir. J'ai essayé de l'apaiser en lui faisant valoir que vous-même deviez jouer un rôle passif. Vous avez accepté des gardes armés, ce qui impliquait que vous acceptiez qu'ils tuent quelqu'un pour vous protéger. Cela non plus n'a pas plu à Sergio. Il a dit... ce qu'il a dit n'a pas d'importance. C'était pénible et, en quelque sorte, définitif.

– Dites !

– Il a dit : « Nous y voilà enfin. Ça ne rate jamais à Rome. Ma loyale conseillère est devenue jésuite. Elle s'entendrait très bien avec le pape. »

Elle était au bord des larmes. Le pontife lui prit les mains et lui dit avec douceur :

– Ne soyez pas trop dure avec lui. La culpabilité est une potion amère. Je viens d'essayer d'en avaler de quoi remplir toute une vie... Quant à la cruauté, je me souviens que lorsque j'étais petit garçon, mon chien s'était fait prendre par un piège qui lui avait cassé la patte. Pendant que je le libérais, il m'a mordu la main. Mon père m'a expliqué qu'un animal qui souffre mord n'importe qui. Que vous dire de plus ? Votre homme doit beaucoup souffrir.

– Et moi alors ? Ne croyez-vous pas que je souffre aussi ?

– Je sais que vous souffrez ; mais vous guérirez plus vite. Vous avez appris à voir au-delà de vous-même, votre fille, vos patients. A chaque fois que votre Sergio entre au bloc opératoire, il se trouve engagé dans un duel personnel avec la mort. Lorsqu'il en sort, il retrouve toutes les peurs qu'il avait laissées derrière la porte.

– Que me conseillez-vous de faire ?

– Embrassez-le et réconciliez-vous. Soyez bons l'un pour l'autre. Il y a si peu d'amour dans le monde. Il ne faut rien en perdre... Maintenant, avez-vous le temps de m'accompagner jusqu'à la pinède ?

Elle lui donna le bras, ils prirent l'allée dallée et gagnèrent lentement l'abri des pins. Vigilants et tendus, les gardes se déployèrent pour les encercler. Monsignor Malachie O'Rahilly, qui venait d'arriver pour sa visite matinale, fut tenté de les suivre. Mais les voyant, animés et détendus, comme un père et sa fille, il préféra s'asseoir à la table de pierre pour attendre le retour de son maître.

Le dîner de Katrina Peters eut lieu sur la terrasse du Palazzo Lanfranco avec pour toile de fond les toits de Rome et une treille en guise de dais. Ses maîtres d'hôtel venaient de la meilleure agence, et elle avait emprunté la cuisinière d'Adela Sandberg, qui faisait des reportages sur la mode italienne pour les magazines de mode new-yorkais les plus prestigieux. Ses invités avaient été choisis en fonction de son goût pour les rencontres exotiques et du talent de son mari à en tirer la matière de ses articles.

Outre Sergio Salviati et Tove Lundberg elle avait invité l'ambassadeur d'Union soviétique et sa femme. L'ambassadeur était un excellent arabisant qui avait passé cinq ans à Damas. Sa femme, une pianiste réputée. Pour Matt Neylan – qui, selon

Nicol, avait bien mérité sa place à table – elle avait invité la dernière venue à l'Académie américaine, une séduisante jeune femme de trente ans, qui venait d'écrire une thèse très bien accueillie sur le statut de la femme dans les religions. A ceux-là, elle avait joint Adela Sandberg pour les potins amusants, et Menachem Avriel, parce que sa femme se trouvait en Israël et qu'Adela Sandberg l'amusait. Pour faire bonne mesure, elle avait ajouté Pierre Labandie, dessinateur humoristique au *Canard enchaîné*, et Lola Martinelli, spécialiste en mariages riches et divorces avantageux.

La soirée commença sur du champagne et un tour de terrasse pour admirer la vue, identifier les coupoles et les tourelles, noires sur l'horizon. Durant ce prélude, Katrina Peters s'employa à créer des liens entre ses convives et à animer les conversations.

Elle n'y eut guère de mal. Matt Neylan, exercé à la diplomatie, se montra agréable et bavard. Le Russe était cordial. Ils s'occupèrent de Tove Lundberg et de la dame de la thèse, qui s'exprimaient l'une et l'autre avec aisance.

Nicol Peters put évoquer rapidement avec Salviati et Menachem Avriel la menace terroriste.

– J'ai appris que Castelli était transformé en camp retranché.

– Nous sommes protégés, dit Salviati, essayant d'éluder la discussion. Nous sommes tenus de l'être, menace ou pas menace.

– La menace est réelle, dit Avriel, qui savait s'y prendre avec la presse. Le groupe a été identifié.

– Entre nous, le Mossad a déjà pénétré le groupe.

– Je n'en dirai pas plus, fit Avriel.

– Je n'en comprends toujours pas les implications politiques. Les relations entre l'islam et le Vatican sont pour le moins stables. Que gagneraient-ils à assassiner le pape?

– Un exemple, fit Menachem Avriel avec un grand geste. Israël est un fléau. Tout contact ou compromis est synonyme de mort.

– Pourquoi ne pas supprimer Salviati? C'est lui le propriétaire. C'est un sioniste bien connu.

– Où en serait l'utilité? Sergio soigne de nombreux Arabes riches. Il possède la meilleure clinique entre Karachi et Londres... Pourquoi se priver de ses services? Pourquoi se faire des ennemis des financiers arabes?

– Ça tient debout; mais je sens qu'il y a quelque chose qui ne va pas dans cette logique.

Menachem Avriel rit.

— N'avez-vous pas appris qu'il manque toujours quelque chose à la logique Farsi ? Si clair que soit le point de départ bien vite on délire sur la Montagne Magique !

— Je ne sais pas si je préfère notre logique à nous, dit Sergio Salviati.

— Qui se soucie de logique ? intervint Adela Sandberg. Entre l'amour et la logique sort par la fenêtre ! Embrassez-moi, Menachem ! Vous pouvez aussi m'embrasser, Sergio Salviati !

A l'autre bout de la terrasse, l'ambassadeur d'Union soviétique était en grande conversation avec Tove Lundberg.

— Vous travaillez avec ce pape... Comment est-il ? Comment se comporte-t-il avec vous ?

— Je dois dire qu'il est, même maintenant, un homme formidable. Je le compare parfois à un vieil olivier, noueux et tordu, qui donne toujours des feuilles et des fruits... Mais à l'intérieur de l'arbre se trouve un homme vulnérable et bon, qui s'efforce de se libérer avant qu'il ne soit trop tard. Avec moi il est très humble, et reconnaissant du moindre service. Mais, sourit-elle en haussant les épaules, c'est comme jouer avec un lion assoupi. J'ai le sentiment que s'il se réveille de mauvaise humeur, il pourrait ne faire qu'une bouchée de moi !

— J'ai appris qu'on en voulait à sa vie.

— C'est vrai. La clinique est gardée jour et nuit.

— Ça le gêne ?

— Ça le gêne pour le personnel, pour les autres patients, mais pas du tout pour lui.

— Vous devez comprendre quelque chose, Excellence, intervint Matt Neylan. Léon XIV est un archétype, un homme du passé, qui refuse tout dialogue avec le monde d'aujourd'hui.

— Je ne suis pas d'accord, lança Tove Lundberg avec brusquerie. Je ne suis pas croyante, bien que fille d'un pasteur luthérien. Mais je vois l'homme tous les jours. Je le trouve ouvert, il se pose des questions, il est préoccupé par le changement dans l'Église.

— Je vous crois, dit Mat Neylan sur un ton suave. Avez-vous quelques notions de latin ?

— Un tout petit peu, dit Tove Lundberg.

— Mon mari est un excellent latiniste, dit la pianiste. Il parle couramment dix langues.

— Alors il n'aura pas de difficulté à comprendre ce petit proverbe : « *Lupus languebat, monachus tunc esse volebat; sed convaluit, lupus ut ante fuit.* »

L'ambassadeur rit et traduisit le proverbe en anglais.

– « Lorsque le loup fut malade, il voulut être moine. Lorsqu'il fut guéri, il se retrouva loup... » Et vous prétendez, monsieur Neylan, que c'est ce qui arrivera à votre pape?

– Je suis prêt à le parier.

– Pardon?

– Je suis pratiquement sûr à cent pour cent qu'il redeviendra exactement ce qu'il était.

– Je vous parie cinq mille lires que vous vous trompez, dit Tove Lundberg.

Matt Neylan sourit.

– Si c'est vous qui gagnez, je vous inviterai dans le meilleur restaurant de la ville.

– Difficile de nos jours de trouver un restaurant de première classe, dit Katrina Peters, arrivant sur ces entrefaites.

– C'est encore beaucoup plus difficile de trouver un homme de première classe! dit Lola Martinelli.

– Tenez bon, Lola, dit Katrina Peters. Matt Neylan ici présent vient d'arriver sur le marché – tout neuf et remarquablement policé!

– Il est déjà en main, dit la dame de la thèse. Et en plus nous travaillons dans le même domaine!

Les douze convives s'installèrent autour d'une table ronde recouverte d'une nappe florentine, sur laquelle étincelaient des verres vénitiens, de l'argenterie de Bucellati et de la porcelaine de Ginori. Nicol Peters porta un toast de bienvenue:

– Vous êtes chez vous ici. Nous sommes entre amis, et ce qui sera dit ici le sera dans une atmosphère de confiance mutuelle. *Salute!*

Puis on apporta les mets, et la conversation se fit plus bruyante et plus libre à mesure que la soirée avançait. Nicol Peters observait, écoutait, et ne manquait pas de relever ce qui lui servirait pour sa rubrique, « Vue de ma terrasse ». Il était payé pour ça. N'importe quel imbécile était capable de rapporter que le pape avait lavé des pieds le jeudi saint, que le cardinal Clemens avait encore censuré un théologien allemand. Mais il fallait un type brillant et libre comme Nicol Peters pour interpréter les mouvements de l'échelle de Richter et annoncer un tremblement de terre le vendredi suivant.

L'homme de Moscou était à la fois habile et amusant. Il s'intéressait surtout à Matt Neylan, qui, lancé au milieu de femmes à la mode, déployait tout son charme irlandais.

– Je voudrais, monsieur Neylan, avoir votre opinion... Quel rôle accordez-vous à l'Église orthodoxe russe dans la politique de la prochaine décade ?

– A l'extérieur de la Russie, dit Matt Neylan, dans les communautés chrétiennes de l'Ouest, elle se doit de jouer un rôle dans le débat théologique, philosophique et sociopolitique. Ce ne sera pas facile. Sa vie intellectuelle s'est arrêtée au grand schisme du XIe siècle. Sur le plan politique, vous la tenez captive depuis la révolution... malgré cela, elle demeure proche de l'esprit des pères d'Orient. Elle a beaucoup à offrir à l'Ouest. Pour vous, elle est, sans doute, le plus solide butoir à l'expansion de l'islam à l'intérieur de l'Union soviétique... Vous connaissez certainement les chiffres qui traduisent cette expansion.

– Vous vous occupiez de cette question au Secrétariat d'État ?

– Pas personnellement. Pas directement. Le *peritus* dans ce domaine est Monsignor Vlasov, que vous avez sans doute rencontré...

– Non, mais j'aimerais bien le rencontrer.

– En d'autres circonstances, je vous aurais arrangé ça. Mais maintenant, voyez-vous, je ne fais plus partie du club.

– Vous le regrettez ?

– Regretter quoi ? fit la dame de la thèse en tapotant la main de Neylan. Ne dit-on pas que ce sont les vendanges tardives qui donnent les vins les plus doux !

Au moment du dessert, Nicol Peters se retourna soudain vers Menachem Avriel et dit à brûle-pourpoint :

– Cette question de logique me préoccupe.

– Et... ?

– Je crois tenir la proposition manquante.

– Quelle est-elle ?

– Pensée double, jeu double. Ce que vous appeliez « délirer sur la Montagne Magique ».

– Expliquez-moi ça lentement, Nico.

– Admettons – ce que vous ne pouvez pas confirmer – que le Mossad ait pénétré l'Épée de l'Islam.

– Et alors ?

– Le scénario suivant devient possible. Le groupe met au point un plan bidon. Le Vatican, la République, le Mossad, tous prennent des dispositions pour agir en conséquence. Peut-être même leur fournit-on un assassin bidon qui est arrêté ou tué. Ils n'ont alors plus besoin du pape ni de Salviati. Ils ont ce qu'ils veulent – un *casus belli*, le motif d'une opération spectaculaire, enlèvement ou détournement d'avion. C'est une éventualité, non ?

– Extrêmement désagréable, dit Sergio Salviati.

Menachem éluda d'un haussement d'épaules. C'était, après tout, un diplomate exercé au mensonge. Nicol Peters laissa tomber le sujet et se concentra sur son cognac. Il était journaliste, et n'ignorait pas que la vérité se trouvait le plus souvent au fond de la mare et qu'il fallait fouiller dans la boue pour l'atteindre.

Lorsqu'il se levèrent de table, il entraîna Sergio Salviati à l'écart.

– Je ne vais pas tourner autour du pot. Je lis tous les jours les bulletins de santé du pape. Pourriez-vous les compléter sans trahir votre éthique ?

– Je n'ai pas grand-chose à ajouter. Il fait des progrès satisfaisants. Ses facultés intellectuelles sont intactes – c'est ce qui vous intéresse, j'imagine.

– Sera-t-il en mesure de reprendre pleinement ses fonctions ?

– S'il suit un régime, oui. Il fonctionnera probablement mieux que dans le passé proche.

– Différemment ? – j'ai surpris une bribe de conversation entre Tove et Matt Neylan.

– Là-dessus, je ne veux pas être cité.

– Je n'ai pas l'intention de le faire.

– Tove a raison. L'homme a beaucoup changé. Je pense que ce changement sera durable.

– Peut-on parler de conversion au sens religieux du terme ?

– C'est une question de sémantique. Je préfère en rester au vocabulaire médical... Puis-je à mon tour vous poser une question ?

– Allez-y.

– Votre scénario de l'assassin bidon, vous y croyez ?

– Je crois que c'est plausible.

– Supposez, dit Salviati, que l'assassin ait déjà été identifié.

– Et éliminé ?

– Supposez-le, si vous voulez.

– Que pourrais-je supposer d'autre ?

– Que l'Épée de l'Islam n'ait pas réagi.

Nicol Peters laissa échapper un long sifflement de surprise.

– Dans ce cas, je dirais, attachez vos ceintures. Il risque d'y avoir des turbulences! Si vous apprenez quelque chose, faites-le moi savoir.

– Vous le saurez probablement avant moi, dit Sergio Salviati. Avec la vie que je mène, je n'ai jamais le temps de lire les journaux du matin!

Ensuite, place au divertissement. Comme la brume nocturne montait du Tibre, ils rentrèrent dans le salon. Matt Neylan s'installa au piano et chanta des chansons napolitaines de sa chaude voix de ténor. Pour ne pas être en reste, la femme de l'ambassadeur déversa sur l'assemblée un torrent de musique – Chopin, Listz, Tchaïkovski. Même Katrina Peters, la plus critique des hôtesses, dut admettre que la soirée avait été réussie. Nicol Peters était préoccupé. Son instinct lui disait que quelque chose allait se rompre. Mais il était incapable d'en dire plus.

9.

La villa d'Omar Asnan le long de l'ancienne Voie Appienne lui avait coûté les yeux de la tête. Située dans la section la plus chère de cette route antique, entre le tombeau de Cecilia et l'embranchement de Tor Carbone, c'était un mélange de constructions échelonnées de l'ère romaine au XXe siècle.

Un haut mur aveugle, hérissé de tessons de bouteilles, la cachait de la route comme de la campagne qui commençait derrière elle. Le jardin, sa piscine et ses bacs à fleurs étaient ombragés par de grands cyprès et des pins parasols. La nuit y patrouillaient un gardien armé et deux dobermans.

L'un des éléments les plus caractéristiques de l'ensemble était une tour de guet carrée, bâtie autour d'une cheminée, qui permettait de surveiller la Voie Appia dans les deux sens, les bergers et leurs troupeaux dans la campagne et, par-dessus les toits des autres villas, on avait vue sur les immeubles de l'EUR.

La seconde singularité de cette maison, heureuse surprise pour Omar Asnan, était sa cave voûtée, de pierres maçonnées en appareil réticulé, qui avait été construite en même temps que le cirque tout proche de Maxence. La cave en soi n'avait rien d'extraordinaire, mais une dalle mal jointoyée du sol y avait révélé une volée de dix marches qui conduisait à un tunnel. Ce souterrain, creusé dans un tuf friable, filait sur cinquante mètres sous la campagne et débouchait dans une vaste pièce circulaire où étaient disposées de grandes jarres qui avaient servi autrefois de silos à grain. L'air y était renfermé, mais d'une remarquable sécheresse et rien n'avait été plus simple que d'y installer un système de ventilation dont l'entrée et la sortie étaient dissimulées dans les buissons du jardin.

Et c'était ainsi qu'Omar Asnan – Allah soit loué, le juste, le miséricordieux – s'était trouvé disposer d'un entrepôt idéal où stocker des marchandises telles que fusils, grenades et drogues diverses, d'une salle de conférence abritée de tout regard indiscret et d'une maison forte où loger amis ou ennemis. Ce fut là qu'il convoqua ses quatre lieutenants les plus sûrs pour discuter de la disparition de Myriam Latif de la Clinique Internationale.

Ils prirent place sur des coussins disposés de part et d'autre d'un tapis, deux de chaque côté, Omar Asnan présidant. C'était un petit homme brun, à la silhouette très précise de mannequin articulé, aux mains éloquentes et au sourire facile. Il s'exprimait sans un mot de trop, d'un ton professionnel.

– Voici ce que nous avons pu vérifier en vingt-quatre heures. A 3 heures de l'après-midi, j'ai appelé Myriam moi-même à la clinique pour lui fixer rendez-vous ici. Elle m'a assuré pouvoir facilement disposer du temps nécessaire à la fin de sa journée. Elle avait prévu d'aller faire des courses à Rome et de me voir en rentrant. Tu t'en souviens, n'est-ce pas, Khalid? Tu étais avec moi, dit-il en se tournant vers l'homme qui était à sa droite.

– Je m'en souviens.

– Nous avions prévu de dîner ici, à la villa. Elle n'est jamais arrivée.

– Il ne fait pas de doute qu'elle a...

– Je vous en prie! fit Asnan levant la main. Restons-en à ce que nous savons, non pas à ce que nous croyons savoir. Myriam n'est jamais arrivée ici. Vers 22 heures, je suis allé au club, prévenir que l'opération était sans doute manquée. Ce message, vous l'avez eu, n'est-ce pas?

Un murmure d'approbation s'éleva.

– Maintenant je vais vous dire ce que nous avons pu établir grâce à nos contacts au sein de la police et à l'aéroport. La voiture de Myriam a été retrouvée dans le parking longue durée de Fiumicino. L'hôpital affirme – j'ai vu le message noté par la standardiste – qu'elle a appelé de l'aéroport à sept heures, pour l'informer que sa mère était très malade et qu'elle quittait Rome immédiatement pour Beyrouth à bord d'un appareil des Middle

East Airlines. J'ai personnellement vérifié la chose au bureau de la compagnie. Une femme disant s'appeler Myriam Latif a pris un billet, présenté un passeport libanais et s'est fait enregistrer à bord de l'avion. Mais cette femme était voilée. Jamais Myriam Latif n'a porté de voile... En outre, j'ai obtenu confirmation de Beyrouth que personne n'a présenté là-bas de passeport au nom de Myriam Latif, non plus que de carte de débarquement. Myriam elle-même n'a pas pris contact avec ses parents, qui se portent tous les deux comme des charmes... Alors, mes amis, que pouvons-nous conclure ?

Celui qui se faisait appeler Khalid répondit pour tous.

— Pour moi, ça crève les yeux. Elle était sous surveillance. On l'a interceptée et enlevée en chemin vers Rome. Et quelqu'un d'autre au volant de sa voiture s'est présenté sous son nom à l'aéroport et a pris un billet pour Beyrouth.

— Mais pourquoi se donner tant de mal ?

— Pour retarder ce que nous commençons à faire – la recherche de Myriam.

— Est-elle morte ou bien vivante ?

— Je la croirais plutôt vivante.

— Pourquoi ?

— Pourquoi se donner tant de mal à l'aéroport ? Il était bien plus simple de la tuer et de faire disparaître son cadavre.

— Alors, qui la détient ?

— Le Mossad, ça ne fait pas de doute.

— Dans quel but ?

— Pour l'interroger. Ils connaissent notre existence. Ils ont dû avoir vent de nos plans ; sinon pourquoi la sécurité de la clinique aurait-elle été renforcée à ce point ?

— Comment auraient-ils pu savoir ?

— Parce qu'on les a informés.

— Il y aurait donc un traître parmi nous ?

— Oui.

— Et pour démasquer ce traître, poursuivit Omar Asnan, il a fallu sacrifier Myriam Latif. A mon très grand regret.

Un silence de mort s'établit dans la pièce. Les quatre adjoints d'Asnan se regardaient les uns les autres, puis regardaient leur chef, lequel, parfaitement serein, savourait leur désarroi. Enfin il tira d'une poche de sa veste un stylo et un petit carnet à couverture de cuir. Il ouvrit ce carnet et reprit :

– ... Vous savez comment nous fonctionnons. Nous sommes cinq ici. Nous commandons à des groupes de trois. Dont les membres ignorent les autres groupes. Les contacts intergroupes sont organisés de telle sorte que leurs membres ne connaissent jamais qu'un seul agent des triades avec lesquelles ils sont amenés à travailler. Si bien que les défections ne peuvent pas avoir de conséquences trop graves. Un seul d'entre vous savait que j'avais convoqué Myriam Latif ici et ce que nous attendions d'elle. Un seul d'entre vous savait que je l'avais convoquée ici...

Comme par jeu, Omar Asnan braqua son stylo sur la tempe de Khalid.

– Toi seul le savait, Khalid, ami de mon cœur!

Il pressa l'agrafe du capuchon. Il y eut un petit bruit sec et Khalid s'effondra. Un mince filet de sang sourdait du trou qu'il avait à la tête. Omar Asnan dit sèchement :

– Enlevez-le. Mettez-le dans la grande jarre, celle qui est vernie avec un couvercle. Scellez le couvercle au ciment. Et vaporisez la pièce. Ça pue le juif ici! Quand vous aurez fini, retrouvez-moi là-haut.

Sergio Salviati était en conférence avec le cardinal Matteo Agostini, secrétaire d'État, dans son bureau à la clinique. Une nuit presque blanche et la mauvaise tournure d'une opération bénigne avaient épuisé ses réserves de patience.

– Comprenez-moi, Éminence. Je m'exprime en praticien soucieux du bien-être de son patient. Il m'a dit qu'il se soumettrait à votre jugement... Je sais que vous avez d'autres soucis que les miens, mais ce n'est pas mon affaire.

– Sa Sainteté n'a nul besoin de mon consentement pour faire quoi que ce soit.

– Elle désire votre approbation, votre soutien contre d'éventuelles critiques.

– L'affaire est-elle du ressort médical?

– Tout à fait! A ce stade de la convalescence cardiaque, tout est médical – toute tension superflue, le moindre choc, la moindre inquiétude ont des suites. Si vous ne me croyez pas, je peux vous montrer comment les choses se passent sur l'écran de contrôle.

– Je vous crois, professeur. Agostini était tout à fait détendu. Je vais prendre immédiatement les dispositions nécessaires au transfert de Sa Sainteté dans la villa du cardinal Drexel. C'est nous qui nous chargerons là-bas de sa sécurité. En ce qui concerne la surveillance médicale, vous continuerez de l'assurer, n'est-ce pas ?

— Le médecin particulier de Sa Sainteté le verra tous les jours. Quant à moi, je me tiendrai prêt à toute éventualité. Je le verrai de toute façon à la fin du mois. Tove Lundberg passe très souvent à la villa. Cependant, je conseille l'engagement d'un bon kinési-thérapeute qui veillera aux exercices quotidiens de rééducation de Sa Sainteté. Je peux vous en recommander un.

— Merci. Maintenant, j'aimerais poser quelques questions. Sa Sainteté est-elle capable de reprendre ses obligations ?

— Elle le sera à la fin de sa convalescence.

— Quelle en sera la durée ?

— Il faut compter huit semaines avant la cicatrisation du tho-rax. Six mois au moins de repos, avec reprise graduelle de l'acti-vité. Il n'est pas jeune, vous savez. Mais comme il n'a pas à four-nir d'efforts physiques, il pourra certainement reprendre ses fonctions. Aux conditions suivantes : éviter les longues cérémonies, s'abstenir de porter la croix autour du Colisée, éviter en général ce genre de choses... Je sais qu'il lui faut de temps en temps appa-raître en public, mais arrangez-vous pour que ces apparitions soient le plus brèves possible. Il lui faudra aussi s'abstenir de longs voyages aériens pendant au moins six mois.

— Nous ferons ce que nous pourrons pour prendre soin de lui, dit Agostini. Et son moral ? Sera-t-il stable ? Dieu sait qu'il n'a jamais été facile, mais le voilà aujourd'hui émotif et fragile.

— Fragile, c'est vrai. Mais il a conscience de l'être et sera rai-sonnable. Tove Lundberg est pleine d'admiration pour lui. Elle est décidée à s'occuper de lui aussi longtemps qu'il en aura besoin.

— Trois dernières questions. A-t-il changé ? Jusqu'à quel point ? Le changement est-il durable ?

— Il a changé, cela ne fait pas de doute. Autrefois, on disait que le patient passait par « l'expérience du dieu » – état d'âme qui cor-respondait au paroxysme du choc opératoire. Quelle que soit la cause de ce traumatisme, il s'accompagne d'angoisse et même de terreur. Votre homme est passé par là... Je ne voudrais pas dra-matiser mais...

— Je comprends qu'il s'agit bien d'un drame, dit Agostini sans se départir de son calme. Et je me demande quelles en seront les conséquences lorsqu'il s'agira d'apparaître en public.

— Je crains bien à ce sujet de ne rien pouvoir pour vous, répondit Salviati, étendant les mains en signe d'impuissance. Je ne suis qu'un plombier; la prophétie, c'est le domaine de l'Église.

— Donc, Anton, pour le meilleur ou pour le pire, je vais être votre hôte.

— Je ne peux pas vous dire combien j'en suis heureux, Sainteté.

Ils étaient assis dans un coin favori du jardin, sous la treille, et sirotaient de la limonade glacée que Tove Lundberg leur avait fait servir. Drexel était rouge de plaisir. Le pape paraissait quelque peu inquiet.

— Ne vous emballez pas, ami! Je ne serai pas seul. Il y aura tout un arroi. Gardes, domestiques, un kinésithérapeute, des visiteurs que je ne pourrai pas refuser de recevoir. Êtes-vous bien sûr de pouvoir vous arranger de tout ça?

— Absolument sûr. Vous serez logé dans la villetta, petite maison dans le bas de la propriété. Elle est confortable, isolée, dispose d'un jardin et d'un verger. Elle est facile à surveiller. Les responsables de votre sécurité l'ont visitée, ils en approuvent le choix. Votre valet y sera logé aussi. Votre appartement, outre la chambre, se compose d'un salon, d'un bureau et d'une salle à manger. Vous disposerez de ma cuisinière que je fais venir de Rome.

— Anton, on dirait vraiment que tout ce tintouin vous amuse.

— Bien sûr! Savez-vous que le dernier pape à être venu dans cette villa est Clément VIII, Ippolito Aldobrandini, en 1600? C'est son neveu Piero qui construisit ce grand palais à Frascati... Imaginez ce que devait être une visite papale en ce temps-là — les carrosses, l'escorte à cheval, les valets, les hommes d'armes, les courtisans et leurs femmes... dit-il en riant. Si j'avais disposé d'un peu plus de temps, j'aurais organisé pour vous quelque cavalcade.

— La peste soit de la pompe, dit le pape, écartant cette idée d'un geste. Je viens chez vous pour me retrouver paysan. Je mettrai ma tenue blanche au placard, revêtirai des habits de travail et m'occuperai à des tâches simples, soigner les tomates et vérifier la bonne croissance des cœurs de laitue. Je n'aurai pas besoin de secrétariat, car je n'ouvrirai ni un livre ni une lettre. J'aimerais juste écouter un peu de bonne musique.

— Cela vous sera possible. Je ferai installer dans la maison une chaîne avec des bandes et des disques.

– Et je voudrais aussi parler avec vous, Anton. J'aimerais que nous nous parlions comme deux amis, passer en revue les années passées et envisager aussi l'avenir, réfléchir sur le monde dont les enfants vont hériter. J'aimerais m'intégrer à votre famille, encore que cela m'effraie... Je ne suis pas sûr de posséder l'habileté et l'énergie nécessaires envers eux.

– Je vous en prie! Ne vous inquiétez pas de ça! Pensez à vous d'abord. A votre arrivée, je vous les présenterai, ils vous souhaiteront la bienvenue. Vous leur donnerez votre bénédiction. Le tout prendra cinq minutes, pas une de plus. Puis vous les oublierez... Et vous vous apercevrez comme moi qu'ils sont tous très intellignts, très attachés à ce qu'ils font. Lorsqu'ils seront prêts à se rapprocher de vous, ils le feront d'eux-mêmes et ils iront beaucoup plus vite que vous ne pourriez le faire. Votre sourire et votre contact leur suffiront, ils les rassureront. N'oubliez pas cela. Le contact est très important. Ils sont ultra-sensibles au moindre signe de répulsion et même de timidité. Sans être eux-mêmes timides le moins du monde. Ils sont courageux et forts et très intelligents.

– Et ils ont un Nonno qui les aime.

– Cela joue aussi, je suppose. Mais ils donnent plus qu'ils ne reçoivent.

– J'ai une confession à vous faire, Anton. Je suis soudain effrayé de partir d'ici. Ici, je suis à l'abri de la douleur et de l'inconfort. On veille sur moi comme sur un novice. Si quelque chose n'allait pas, je sais que Salviati saurait exactement quoi faire... Vous comprenez?

– Je crois comprendre. (Drexel semblait s'arracher les mots du plus profond de lui-même.) La nuit, je veille et je me demande comment notre sœur la Mort m'apparaîtra. Je prie pour que le rendez-vous se passe bien, sans désordre ni comédie. Mais si elle en décide autrement – bof... – vers qui pourrais-je me tourner? Les enfants sont hors de cause. Les chambres des femmes sont loin de la mienne... On verra! Je sais ce que vous éprouvez : la solitude de l'âge et de la souffrance. Mais comme nous avons reçu beaucoup plus que beaucoup, nous devons supporter nos épreuves avec d'autant plus de bonne grâce.

– Je n'ai pas de chance, dit Léon, avec un humour acide. La prochaine fois, je me trouverai un confesseur plus complaisant.

– Vous êtes mieux placé que personne... répliqua Drexel sur le même ton.

– J'ai besoin maintenant d'un conseil, repartit le pontife, déposant sur la table deux petits paquets enveloppés de papier de soie. Ce sont des cadeaux que je destine à Salviati et à Tove Lundberg. J'aimerais que vous me disiez ce que vous en pensez. Salviati m'a fait beaucoup réfléchir. C'est quelqu'un de très brillant, et de hanté en même temps. Je voudrais lui donner quelque chose qui lui apporte un instant de joie.

Ce disant, il défit le premier paquet qui révéla, sur un coussinet de soie dans une boîte en velours, un ancien *mezuzah* en argent.

– C'est O'Rahilly, mon diligent secrétaire, qui l'a choisi pour moi. C'est du xvie siècle et cela viendrait de Jérusalem. L'origine est mentionnée là, en hébreu. Pensez-vous que ça lui fasse plaisir ?

– Sans aucun doute.

– Et voici pour Tove Lundberg, dit-il, exhibant un disque en or battu, gravé de caractères runiques et muni d'une chaîne d'or. D'après O'Rahilly, poursuivit-il, cet objet vient d'Istamboul et il proviendrait des Vikings qui rallièrent la Turquie en empruntant les fleuves russes.

– O'Rahilly a très bon goût et, d'évidence, une grande connaissance des antiquités.

– En la matière, il se repose sur le sous-préfet du musée du Vatican, qui est irlandais comme lui ! Je me suis laissé dire qu'ils buvaient ensemble de temps en temps.

– On m'a dit à moi, répondit Drexel, qu'il lui arrivait trop souvent de boire trop. Aujourd'hui, cela pourrait être plus dangereux pour Votre Sainteté que pour lui.

– C'est un homme de valeur et il a beaucoup de bonté. Et c'est un très bon secrétaire.

– Qui n'est pas pour autant discret. Compte tenu de vos projets, il se pourrait que vous dussiez vous interroger là-dessus.

– Comme sur tous ceux qui m'entourent. N'est-ce pas ce que vous voulez dire, Anton ?

– S'il me faut être brutal, Sainteté, oui. Nous sommes tous remplaçables – même vous. Et voici où je veux en venir. Lorsque vous aurez retrouvé vos forces et que vous entamerez le combat pour reconstruire la cité de Dieu, vos ennemis déclarés seront moins à craindre que les attentistes et les indifférents qui ne vous combattront pas, mais se contenteront d'attendre, en sybarites sereins, votre mort.

– Et comment faire avec ces gens-là, Éminence ?

– Comme tout bon paysan, Sainteté. Tracer le sillon, semer et attendre que Dieu pourvoie à la moisson!

Le départ du pontife de la clinique fut bien plus cérémonieux que son arrivée. Il y eut cette fois trois limousines : une pour lui, une pour le secrétaire d'État, une troisième pour les prélats de sa maison. Les hommes de la Vigilanza, dans leurs voitures rapides, encadraient ce convoi et la Polizia Stadale avait fourni une escorte motocycliste. Des barrières avaient été dressées le long de la route qui menait de la clinique à la villa de Drexel et des tireurs d'élite postés aux points sensibles de cet itinéraire tortueux.

Ce fut dans l'intimité de sa chambre que le pape fit ses adieux à Salviati et Tove Lundberg. Ses cadeaux leur firent grand plaisir à tous deux. Salviati lui dit qu'il placerait le *mezuzah* dans la maison qu'il projetait de se faire construire à l'emplacement d'une vieille ferme qu'il venait d'acheter près d'Albano. Tove Lundberg avait baissé la tête et demandé qu'il lui passât lui-même le talisman runique autour du cou. Après quoi, il leur serra la main et leur fit ses adieux.

– Je ne me suis jamais de ma vie senti aussi pauvre qu'à présent, leur dit-il. Je ne trouve même pas les mots pour vous remercier. Le mieux que je puisse faire est de vous faire le don de Dieu lui-même : que la paix soit avec vous. *Shalom!*

– *Shalom aleichem*, répondit Sergio Salviati.

– Vous n'en avez pas encore fini avec moi, dit Tove Lundberg, il faut encore que je vous présente ma fille.

Puis elle l'installa dans son fauteuil roulant et le poussa dans les couloirs jusqu'à la sortie qui donnait sur la route, où le personnel s'était rassemblé pour lui dire au revoir.

Quand le convoi franchit les grilles et s'engagea sur la route, une soudaine émotion étreignit son cœur. C'était vraiment le jour de la résurrection. Lazare était sorti du tombeau et, libéré de son linceul, il passait parmi les vivants qui se pressaient le long de la route, agitant des drapeaux, des fleurs et des branches arrachées aux haies. Ils ne poussaient qu'un seul cri : « *Eviva il papa* », « Vive le pape! » Et le pape espérait ardemment que leur vœu se réalise.

En raison de la menace qui planait sur le pape, que chacun connaissait, la police imposa un train très rapide au convoi, dont les chauffeurs durent négocier en force les virages qui accompagnaient la colline. Les réactions brusques de sa voiture provoquèrent une douleur dans le dos du pontife et dans les muscles de sa poitrine, si bien que le temps d'arriver à la villa de Drexel, il était en nage, au bord de la nausée. Comme on l'aidait à descendre de sa limousine, il chuchota à son chauffeur :

— Ne me laissez pas. Restez avec moi. Soutenez-moi.

Le chauffeur lui tint le bras tandis qu'il respirait à longs traits l'air de la montagne et accommodait le regard sur les alignements des vergers et des vignes et sur les grands cyprès qui faisaient songer à des piquets en marche à travers les collines. Toujours plein de tact, Drexel se tint en arrière jusqu'à ce qu'il eût récupéré, puis l'entraîna dans une brève visite aux femmes de l'établissement : mères, professeurs et soignantes.

Puis on lui amena les enfants. Étrange et chancelante procession. Les uns étaient en fauteuil roulant, d'autres marchaient normalement, d'autres s'aidaient de béquilles ou de cannes. Il redouta un instant que sa fragilité émotive ne le trahisse, mais il parvint à se contenir et, manifestant une tendresse dont Drexel lui-même devait s'étonner, il étreignit chacun d'eux, leur touchant les joues, les embrassant, se laissant mener à leur guise de l'un à l'autre. Le dernier lui fut présenté par Drexel lui-même :

— Et voici Britte. Elle m'a chargé de vous dire qu'elle aimerait faire votre portrait.

— Dites-lui, dites-lui...

La voix lui manqua à la vue de ce ravissant visage de femme-enfant sur un corps d'araignée.

— Dites-lui vous-même, répliqua Drexel d'un ton de commandement quasi militaire. Elle comprend tout.

— Je poserai pour vous tous les jours, ma chère Britte. Et quand le portrait sera fini, je l'emporterai au Vatican et l'accrocherai dans mon bureau.

Puis il tendit les bras et l'attira vers lui, souhaitant avoir assez de foi pour obtenir le miracle qui la rendrait aussi belle de corps que de visage.

Sur la terrasse du palais Lanfranco, Nicol et Katrina Peters prenaient le café. Nicol examinait les dépêches qui s'étaient accumulées pendant la nuit.

– ... Le pape est sorti de clinique ce matin. Il va bien. Son médecin personnel suivra sa convalescence... Rien de neuf là-dedans... Tiens voici quelque chose de curieux, en provenance de l'agence de presse arabe. Reprise par Reuter et Associated Press. Voici ce qu'ils disent : « Mystérieuse disparition. Enlèvement probable d'une jeune femme musulmane. Myriam Latif, jolie préparatrice de vingt-quatre ans, attachée à la clinique du professeur Salviati à Castelli, où le pape Léon XIV vient d'être opéré. Mardi dernier, elle a demandé son après-midi pour faire des courses à Rome et dîner avec un ami.

« Elle ne s'est pas rendue à son dîner. A 7 heures du soir, la clinique a reçu un appel téléphonique d'une femme qui a dit être Myriam Latif. Cette femme a déclaré se trouver à l'aéroport de Fiumicino où elle était sur le point de prendre l'avion pour Beyrouth où sa mère était gravement malade.

« La police confirme qu'une femme a bien pris un billet pour Beyrouth au nom de Myriam Latif, sur les Middle East Airlines et que cette même femme, voilée, a présenté au contrôle le passeport de Myriam Latif et pris l'avion. Une fois à Beyrouth, elle a présenté un autre passeport à la douane et au service d'immigration, puis elle a disparu. Les parents de Myriam Latif, qui habitent Byblos, au nord de Beyrouth, ont pu être touchés. Ils sont tous deux en parfaite santé. Ils ne savaient rien des mouvements de leur fille et n'ont pas eu de ses nouvelles.

« Dans la soirée d'aujourd'hui, la police de l'air a découvert la voiture de Myriam Latif au parking longue durée de Fiumicino. Le véhicule a été confié pour examen à des experts. D'après le professeur Sergio Salviati, directeur de la clinique, Myriam Latif est une praticienne très compétente, qu'il apprécie beaucoup. Tout le personnel de la clinique, dit-il, prend parfois quelques heures pour aller à Rome faire des courses ou pour motif personnel. La chose est admise, à condition de prévenir et de se faire remplacer. La compagne de chambre de Myriam et ses amis de la clinique la disent consciencieuse et de caractère ouvert. Le docteur Salviati ne connaît aucune activité politique à Myriam Latif et précise qu'elle a subi un contrôle des autorités italiennes, avant d'être autorisée à suivre la formation dispensée à la Clinique Internationale.

« L'ami de Myriam Latif, M. Omar Asnan, avec qui elle devait dîner le soir de sa disparition, est très abattu et reconnaît éprouver de grandes craintes pour elle. M. Asnan est sujet iranien. Il dirige une prospère maison d'import-export entre l'Italie et le Moyen-Orient... »

– Voilà qui m'apprend ce que je voulais savoir, dit Nicol Peters.

– Pourrais-tu m'expliquer ? demanda Katrina.

– Ici même à notre dîner, Salviati, on aurait dit, marchait sur des œufs, multipliait les hypothèses... Tout est là ! Nous savions que le pape était menacé d'assassinat. D'évidence l'Épée de l'Islam avait un agent dans la clinique – Myriam Latif. Le Mossad l'en a enlevée, morte ou vive, qui sait ? Et maintenant l'Épée de l'Islam entame le processus « mystère et martyre ».

– Quel bénéfice en attendent-ils ?

– Une certaine protection de leurs activités et l'instauration d'un climat favorable aux représailles qu'ils projettent. Car, crois-moi, des représailles il y en aura !

– Mais toi, que vas-tu faire ?

– Comme d'habitude. Voir tout le monde : les Italiens, les Israéliens, Salviati, le Vatican, tous les ambassadeurs musulmans, y compris l'Iranien. Et aussi ce M. Omar Asnan, l'amant éploré.

– Fais attention, tout de même.

– Serais-je si écervelé ? Je voudrais un peu plus de café.

Katrina le servit, puis se lança dans son propre rapport, les affaires dont elle s'occupait, soutenait-elle, étaient bien plus importantes que le terrorisme et la théologie. L'expérience que Nicol avait acquise de la Rome éternelle, l'inclinait à penser que sa femme n'avait pas tort.

– Nous sommes invités à dîner le 25 à l'ambassade soviétique. L'ambassadrice aimerait que je l'aide à choisir ses tenues d'automne et d'hiver. Je ne perdrai pas mon temps !... Salviati a envoyé un mot charmant. Il nous remercie beaucoup. Tove Lundberg a envoyé une porcelaine danoise, c'est vraiment charmant de sa part, et inattendu. J'aime cette femme !

– Le compliment est rare dans ta bouche !

– Mais je ne suis pas sûre d'aimer Micheline Mangos-O'Hara !

– Qui est-ce donc que celle-là ?

– La dame mystérieuse de l'Académie américaine. Ce nom me semble incroyable. Sa mère serait grecque et son père irlandais.

– Comme les parents de Lafcadio Hearn ?

– Qui c'est celui-là ?

– Un journaliste, comme moi, mais qui a vécu dans une époque plus généreuse. Il avait épousé une Japonaise. Oublie-le. Que vient faire ici cette Mangos-O'Hara ?

– Elle nous invite à une conférence sur les religions révélées.

– Refuse !

– C'est ce que j'ai fait. Mais elle soutient que Matt Neylan est le mâle le plus intéressant qu'elle ait vu depuis des années. Dans son mot, il déclare l'avoir trouvée très drôle et songer à lui demander d'emménager avec lui le reste de son séjour à Rome !

– Cela me paraît précipité, mais il a du temps à rattraper...

Nicol pensait à autre chose, il reprit :

– Il m'a téléphoné. Les Russes lui font la cour, en raison évidemment de sa connaissance du Vatican. Ils l'ont invité à déjeuner à l'ambassade et l'ambassadeur avance l'idée d'un voyage à Moscou qui lui permettrait de rencontrer des membres de la hiérarchie orthodoxe. Matt n'est pas chaud. Il dit qu'il en a soupé des affaires de Dieu et qu'il aimerait bien boire un bon coup du vin de la vie. Je lui souhaite bien du plaisir. Il a beaucoup à apprendre.

– Et un tas de femmes n'ont qu'une idée : lui apprendre à vivre...

– Pourquoi pas ? Il est intelligent, il est drôle, il chante très bien – toutes ces années sous la soutane n'en ont pas fait un castrat.

– Lola Martinelli a jeté son dévolu sur lui.

– Comment le sais-tu ?

– Elle m'a appelée pour me demander si à mon avis un emploi à ses côtés de secrétaire particulier intéresserait Matt. Je lui ai conseillé de le demander elle-même.

– Et alors ?

– Alors elle l'a fait et il lui a répondu, le plus suavement du monde : « Chère Madame, je ne suis pas sans rien, je n'ai pas besoin d'argent. Je ne manque pas de talents, mais je ferais très certainement un exécrable secrétaire. Mais si vous avez quoi que ce soit d'autre à me proposer, je serais très heureux d'en discuter avec vous, à dîner par exemple, où et quand il vous conviendra. »

– *Si non e vero, e bene trovatto.* En tout cas, ça lui ressemble. Et qu'a répondu Lola ?

– Elle l'a envoyé au diable. Après quoi elle m'a rappelée pour me dire qu'il n'était que l'un de ces défroqués qui pètent plus haut que leur cul.

– A la bonne heure !

– C'est bien ce que j'ai pensé. Mais ne rayons pas Matt de nos tablettes. En échange de son dîner il peut toujours chanter.

– Je ferais bien maintenant de me mettre au travail pour trouver l'attaque de l'histoire de Myriam Latif.

La première personne à saluer le pape dans son nouveau logis fut son valet, Pietro, et une jeune femme aux joues rebondies qui portait le voile bleu des Petites Sœurs de Marie. Elle souriait facilement, manifestait de l'humour et se présenta comme sœur Pauline.

– Son Éminence, dit-elle, m'a fait venir de Rome pour m'occuper de vous. Je suis australienne, cela explique mon mauvais italien. La première chose que vous allez faire, c'est vous mettre au lit et vous reposer deux bonnes heures. Vous êtes tout pâle et votre pouls est beaucoup trop rapide... Pietro va vous déshabiller. Je reviendrai vous installer et vous donner un médicament... D'après Son Éminence, vous ne seriez pas commode ; c'est vrai, n'est-ce pas ? Je connais un remède infaillible pour guérir les malades difficiles. Je prends la parole et je ne m'arrête plus...

– Je me rends, dit le pape, levant la main. Vous pouvez vous taire. Je vais me coucher.

Dix minutes plus tard, il était au lit dans la bonne odeur des draps propres, et il écoutait le vacarme des cigales dans le jardin. Les derniers mots qu'il perçut furent ceux de sœur Pauline, qui assurait à Pietro :

– Bien sûr que je saurai le manier ! On dirait un petit chat. Le vieux curé de notre paroisse n'en aurait fait qu'une bouchée. Celui-là était une vraie terreur !

Quand il s'éveilla, c'était le soir. Il se sentait détendu, rasséréné, avide d'explorer cette fraction d'un monde d'où il était exclu depuis tant d'années. Sur la table à côté de son lit, il y avait une clochette d'argent. Il l'agita, Pietro apparut, muni de serviettes, d'une robe de chambre, de pantoufles – et d'instructions supérieures.

– La sœur m'a dit de vous raser, de vous aider à prendre une douche et à vous habiller, puis de vous faire faire un tour.

– Allons-y, Pietro, dit-il, impatient comme un collégien. Monseigneur O'Rahilly m'a dit que vous m'aviez apporté des vêtements civils.

— J'en ai pris, Votre Sainteté, répondit Pietro, l'air un peu sceptique. Ils vous iront, car j'ai donné vos mesures à Monseigneur. Quant au style, il est de son fait.

Il étala ces vêtements sur le lit pour les soumettre à l'inspection de son maître – pantalon de coton, chemise ouverte, mocassins et chandail sport. Le pontife hésita un instant, puis se résolut à rire.

— Qui aurait dit, Pietro ! Mais si cela fait scandale, nous en blâmerons Son Éminence.

— Attendez de voir comment il s'habille, Sainteté. On dirait un vieux paysan.

— C'est peut-être ce que nous devrions faire, Pietro, transformer tous nos princes, moi-même compris, en paysans.

Quand il se trouva au grand air, dominant la pente des terres fertiles, il fut soudain frappé d'avoir passé la plus grande partie de sa vie dans des cloîtres, des salles du chapitre et des corridors qui sentaient l'eau de javel et la cire, et dans des chapelles qui puaient l'encens refroidi. Pis encore lui fut-il de constater qu'il avait gaspillé un temps précieux en paperasses et en disputes usées jusqu'à la corde par des siècles de vains débats. Au Vatican et à Castel Gandolfo, il était prisonnier. Captif dont les seules sorties étaient des cérémonies et des prétendus voyages apostoliques, où le moindre de ses gestes était prévu, comme tous les mots qu'il devait prononcer...

Et le voilà tout à coup à flanc de colline près de Castelli. Il domine les rangs du vignoble, où mûrissent les grappes. Pietro le soutenant, il descend lentement la succession des terrasses, à la limite desquelles ils s'arrêtent.

Le spectacle était si vivant, si plein d'humanité, que le pape s'absorba longtemps dans la contemplation de la simple merveille qu'il représentait. Lui comparant la morne futilité de sa propre existence. C'était en pareils lieux qu'il fallait chercher le peuple de Dieu. On le trouvait occupé à des tâches semblables, tâches quotidiennes qui rythmaient l'existence laborieuse du monde.

Lui, Léon XIV, évêque de Rome, jadis Ludovico Gadda, qu'avait-il fait ? Oh certes, il avait dirigé l'Église, cela signifiait qu'il avait passé la plupart de son temps à son bureau, à recevoir des gens, à lire des papiers, à en écrire, à prendre part aussi à de grandes cérémonies, à prononcer tous les dimanches une homélie place Saint-Pierre que tout le monde entendait, mais à laquelle personne ne comprenait rien, l'écho et les bruits parasites rendant toute la chose ridicule... Autant ne pas perdre un instant de cette merveilleuse journée...

Pietro le soutenant pour descendre les marches qui séparaient les terrasses, il alla lentement se mêler aux vendangeurs, qui le saluaient à son passage, sans interrompre leur tâche, car c'était sérieuse besogne qui leur vaudrait salaire. L'un des hommes lui offrit de boire un coup de vin. Il prit la bouteille tendue, l'éleva à ses lèvres et but avec plaisir. Puis il s'essuya la bouche du dos de la main et rendit la bouteille.

L'homme sourit et se remit au travail.

Au bout de la troisième rangée, ils arrivèrent auprès de Drexel, assis au volant d'un tracteur, attendant que fût rempli le tombereau dont il irait décharger les grappes. Il descendit de son siège pour saluer le pape.

— On dirait, Sainteté, que vous allez mieux.

— Rien d'étonnant, Anton. Je me suis merveilleusement reposé cet après-midi. Et merci pour l'infirmière.

Drexel se mit à rire.

— Je connais sœur Pauline depuis son arrivée à Rome. Elle a un vrai tempérament. Elle m'a dompté moi-même! Quand j'ai visité pour la première fois sa communauté, elle m'a demandé quelles étaient les fonctions exactes d'un cardinal protecteur. Elles sont de protéger les intérêts de la congrégation, lui dis-je. Alors elle m'a regardé droit dans les yeux et dans son exécrable italien, elle m'a dit : « Eh bien, pour commencer, voici toute une liste de domaines où nous ne sommes pas du tout protégées, et une seconde liste où nous le sommes très mal! » Elle avait raison. Dès cet instant nous avons été amis.

— En quoi pourrais-je me rendre utile ici?

— Pour l'instant, en rien. Regardez et détendez-vous. Vous pourriez monter avec moi sur le tracteur, mais les secousses seraient trop fortes. Pietro, pourquoi ne pas emmener Sa Sainteté au verger cueillir des fruits pour le dîner? Ce soir nous aurons un repas rustique... Autre chose! Il faut que vous voyiez Rosa, elle a une pleine poche de médailles qu'elle voudrait vous faire bénir. Notre dîner dépend de la qualité de vos bénédictions!

En rentrant il broncha un peu et Pietro le gronda doucement :

— Sainteté, je vous en prie! Nous ne disputons pas une course olympique. Vous n'avez pas à faire l'athlète. Vous ne l'avez jamais été et ne le serez jamais. Alors allez doucement, *piano, piano*! Un pas à la fois.

A quelques pas, Britte, perchée devant son chevalet, peint, le pinceau entre les dents. Totalement concentrée, comme si la posture compliquée qu'elle était contrainte d'adopter ne lui permettait aucune distraction. Le tableau qui prenait forme sous son pinceau était d'une force et d'une couleur extraordinaires. Sa tête oscillant de la palette à la toile lui donnait l'air d'un oiseau grotesque, soudain saisi par le génie de la peinture. A peine conscient de ce qu'il disait, Pietro murmura : « Pourquoi ? Pourquoi faut-il que pareilles choses arrivent ? »

En d'autres lieux, Léon XIV se serait senti tenu de lui reprocher ce blasphème, ou du moins de lui lire quelque épître sur les voies mystérieuses du Tout-Puissant. Mais là il se contenta de hocher tristement la tête.

– Je ne sais pas, Pietro. Pourquoi à un vieil âne comme moi est-il accordé de survivre, tandis que cette enfant est condamnée à la séquestration mentale et à une mort prématurée ?

– C'est ce que vous allez leur dire dimanche ?

Le pape se tourna vivement vers lui.

– Que voulez-vous dire ?

– Rien, Sainteté, sinon que dimanche les gens d'ici s'attendent que vous direz la messe pour eux et que vous leur adresserez un petit sermon. Quelques mots seulement, bien sûr – Son Éminence a été très claire là-dessus.

Et voilà que s'imposait la coutume de l'Église dans toute sa simplicité – le premier test imposé à l'homme nouveau, à Lazare ressuscité. C'était la plus simple et l'une des plus anciennes coutumes chrétiennes : l'évêque visiteur présidait la table eucharistique, prononçait l'homélie, affirmait l'unité de tous les frères où qu'ils soient dans la foi commune. Il ne pouvait s'en dispenser.

Mais c'était la question de Pietro qui était allée le plus loin en lui. Son auditoire entier, femmes, thérapeutes, enfants, faisait face au même paradoxe. Ils attendaient tous de lui – infaillible interprète de la vérité révélée ! – qu'il le leur explique, le leur fasse accepter, le leur rende fécond.

Pourquoi, Sainteté ? Pourquoi, pourquoi, pourquoi ? Nous vivons dans la foi et dans l'espérance, nous sommes les donneurs d'amour. Pourquoi ce tourment nous accable-t-il, nous et nos enfants ? Et comment osez-vous, vous et vos acolytes célibataires, nous demander de donner la vie au hasard ou de vivre seuls, inconsolés, au nom d'un Dieu qui joue avec ses créatures un jeu de dés aussi cruel ?

– Dites-moi, Pietro, demanda le pape avec une rare humilité. Que pensez-vous que je doive leur dire ?

– La vérité, Sainteté. Comme vous me l'avez dite à moi. Dites-leur que vous ne savez pas, que vous ne pouvez pas savoir. Dites-leur que Dieu leur donne parfois davantage de lumière et de compréhension qu'à vous-même, et conseillez-leur d'obéir sans crainte à cette lumière.

Une manière polie, pensa le pape, de lui rappeler que nul n'est grand homme pour son valet.

Omar Asnan reçut son invité dans le jardin de sa villa de la Via Appia Antica. Il lui offrit du café avec des douceurs et ne lui cacha rien de ce qu'il savait.

– Premier point, monsieur Peters, Myriam Latif est une amie, une très chère amie. Je suis bouleversé par ce qui est arrivé. Et si j'ai accepté de vous parler, c'est que je crois qu'il faut donner à tout cela le plus grand retentissement.

– Vous ne mettez pas en cause, je le remarque, le récit de la disparition qu'a donné le docteur Salviati.

– Non, je ne le mets pas en cause. Autant que je sache, ce récit est exact.

– Voudriez-vous dire qu'il en sait plus qu'il ne dit ?

– Exactement ! Il était – il est toujours – dans une situation très difficile. Juif, il soigne le pape ; lequel, comme tout homme public, est voué à vivre menacé. Le personnel de sa clinique est des plus mélangés : on y trouve des chrétiens, des musulmans, des juifs, originaires du bassin méditerranéen tout entier. J'admire ce parti pris. Je serai clair : cette politique de contacts est salutaire. Pourtant, l'atmosphère de menace, de crise, qui a prévalu à la clinique dès l'arrivée du pape, a valu au personnel lui-même de se sentir menacé, au moins dans sa vie privée.

– Comment cela, monsieur Asnan ?

– Eh bien, vous le savez, c'est un fait, que la clinique s'est trouvée placée sous la garde permanente des services de sécurité du Vatican, de l'Italie – et, j'en suis persuadé – d'Israël.

– Ignoreriez-vous, monsieur Asnan, que les agents israéliens sont officiellement interdits de séjour en Italie ? Les agents du Vatican eux-mêmes sont soumis à des règlements très stricts.

– Cela n'empêche pas, monsieur Peters, que vous et moi

sachions qu'en toute logique, il est impossible que des agents israéliens n'aient pas été mêlés à l'affaire.

– Voudriez-vous dire mêlés à l'enlèvement de Myriam Latif?

– Sans aucun doute.

– Mais pourquoi? Le professeur Salviati tient Myriam Latif en très haute estime. Autant qu'il sache, dit-il, il ne lui connaît pas d'activité politique.

– Moi non plus, je ne lui en connais pas. Mais il lui est arrivé de beaucoup trop parler. Son frère a été tué lors d'un raid israélien sur Sidon. Elle ne l'a ni oublié ni pardonné.

– Pourtant elle a accepté une bourse qui impliquait qu'elle soit formée dans un hôpital juif.

– C'est moi qui l'ai pressée de l'accepter. Je lui ai dit qu'il y avait deux façons de considérer la chose. Comme méthode de guérison, ou bien comme règlement partiel d'une dette de sang. Elle a choisi le second point de vue.

– Il est donc possible qu'elle ait été identifiée – à tort ou à raison – comme un agent de l'Épée de l'Islam?

– C'est bien ce que je veux dire.

– Où pensez-vous qu'elle puisse être?

– J'espère qu'elle est toujours en Italie. Sinon, cette affaire pourrait se compliquer très dangereusement.

– Comment cela, monsieur Asnan?

– C'est très simple, j'en ai peur. Si Myriam Latif ne réapparaît pas, des violences s'ensuivront. Que personne ne souhaite, et moi moins que personne, car je mène ici une existence très paisible. Mes affaires marchent bien et j'ai de bonnes relations italiennes. Je ne voudrais pas qu'elles soient gâchées, mais, mon cher monsieur Peters, je ne contrôle pas les événements.

– Moi non plus, dit Nicol Peters.

– Mais vous les influencez par ce que vous publiez et même par les informations que vous faites circuler entre vos différentes sources. Je sais qu'en sortant d'ici, vous vous servirez de ce que j'ai dit pour obtenir autre chose de quelqu'un d'autre. Je n'y ai pas d'objection. Je n'ai rien à cacher. D'autant que vous pouvez contribuer à arranger les choses... Mais n'oubliez pas, il se prépare quelque chose!

– Je m'en souviendrai. Dernière question, monsieur Asnan. Avez-vous des liens personnels avec l'Épée de l'Islam? Vous savez de quoi il s'agit.

Omar Asnan, souriant, éluda la question d'un haussement d'épaules.

— J'en connais l'existence. Sans avoir aucun lien avec ce groupe, monsieur Peters. Comme Myriam Latif, comme tant d'autres de mes compatriotes, je suis un expatrié. Je m'efforce de vivre à l'aise en respectant les lois du pays qui m'a reçu. Je ne crois pas au terrorisme — et, souvenez-vous, le seul acte de terreur commis jusqu'ici a été l'enlèvement de Myriam Latif. Il n'est pas impossible que toute l'histoire de l'Épée de l'Islam ait été inventée par les Israéliens. Avez-vous songé à ça ?

— On y a certainement songé, répondit Nicol Peters, très cordial. Je suis, comme vous, un observateur neutre.

— Je ne voudrais pas qu'il y ait malentendu, monsieur Peters. J'ai dit que je m'efforçais de respecter les lois du pays qui m'a accueilli. Mais je suis blessé par ce qui est arrivé à Myriam Latif et je ne veux pas le cacher.

Ces derniers mots, devait noter Nicol Peters, représentaient ce qui pouvait se rapprocher le plus d'une déclaration de guerre. Il retrouva ce sentiment dans tous ses contacts musulmans à Rome. Les Italiens comprenaient cette colère et, au moins officiellement, lui exprimaient une certaine sympathie, attachés qu'ils étaient à maintenir de bonnes relations tout autour de la Méditerranée. Le pape posait certes problème, mais ils traitaient depuis des siècles avec les papes. Les imams et les ayatollahs, c'était une autre paire de manches.

Les Israéliens se montrèrent beaucoup plus pragmatiques. Menachem Avriel écouta le récit de ses autres interviews, puis le mit en présence d'un individu efflanqué, d'allure militaire, dont le regard froid et le mince sourire proclamaient son appartenance au Mossad. Il s'appelait — au moins pour la circonstance — Aaron ben Shaul et il avait une proposition à faire.

— Je vais vous donner quelques informations, monsieur Peters. La plupart d'entre elles sont impubliables ; mais elles vous éclaireront comme vous ne pourriez pas l'être autrement. Je vous dirai ensuite ce qui risque d'arriver très bientôt. Après quoi je demanderai conseil au vieux résident romain bien informé que vous êtes. D'accord ?

— D'accord.

— Premièrement, Omar Asnan est le chef de l'Épée de l'Islam à Rome.

184

– Je m'en serais douté.

– Myriam Latif est l'un de ses agents. Elle est en Israël, entre nos mains. Pour l'instant, nous n'avons pas l'intention de la relâcher. Elle nous a coûté trop cher pour que nous la rendions maintenant.

– Là, je ne comprends pas.

– Nous avions infiltré un homme à nous dans l'Épée de l'Islam. Il était très proche d'Omar Asnan. Quand nous avons décidé d'enlever Myriam Latif, sa couverture a sauté. Osnan l'a tué dans la cave de sa villa.

– Comment pouvez-vous en être sûr ?

– Nous avons enregistré la scène. Notre homme avait un micro dans le bouton de col de sa chemise. Il en avait placé deux autres, l'un dans le jardin de la villa, le second dans son salon. Nous détenons donc des fragments de conversations récentes entre Omar Asnan et plusieurs membres de son groupe. Ces éléments nous ont appris deux choses : le projet d'assassinat du pape a pris de l'importance ; affaire d'occasion, c'est devenu une affaire d'honneur. Le pape est aujourd'hui le Grand Satan que les Fils du Prophète se doivent d'éliminer. Enfin, un otage féminin doit servir de contrepartie à la libération de Myriam Latif. Cet otage, nous savons son nom.

– Qui est-ce ?

– Tove Lundberg, la maîtresse de Salviati.

– Dieu du ciel ! Les avez-vous prévenus ?

– Pas encore. Nous les avons mis sous protection et nous ne pensons pas qu'Asnan soit encore prêt à agir.

– Comment le savez-vous ?

– Parce qu'un fragment d'enregistrement nous laisse penser qu'Asnan aura recours pour enlever la fille à la pègre locale, calabraise ou sicilienne... Puis il sait que nous le surveillons et son propre salut passe avant ses autres soucis.

– Vous pourriez vous en prendre à lui ?

– Évidemment. Nous étudions la question de façon à entraîner le moins de représailles possible. Nous savons qu'il a commis un meurtre. Nous savons où se trouve le corps. Mais si les Italiens l'accusent officiellement de l'assassinat d'un agent israélien, ils se trouveront très impopulaires et nous aussi quand la vendetta se déclenchera.

– Et le pape ?

— La secrétairerie d'État aura aujourd'hui entre les mains la preuve de cette nouvelle menace.

— Et qu'est-ce que je viens faire dans tout ça ?

— De tout ce que je vous ai dit, la seule chose que vous ne puissiez imprimer est le nom d'Omar Asnan. Le reste – copie des enregistrements, précisions de détail, tout – faites-en ce que vous voulez. Nous aimerions que vous enregistriez ces éléments le plus vite possible.

— A quoi cela vous servira-t-il ?

— A faire bouger les choses. Le Vatican fera pression sur les Italiens, et les Italiens devront bien agir contre Asnan et son groupe. Et vous leur prêterez main-forte en entonnant le vieux cri de guerre : « Pas de négociation sous la menace ! »

— Et Myriam Latif ?

— Nous la garderons aussi longtemps que nécessaire.

— Salviati ?

— C'est lui qui a le moins à craindre. Personne ne veut sa peau. Pas même Asnan.

— Et Tove Lundberg ? Elle a une fille infirme.

— Nous le savons. Cela ne simplifie pas les choses. Il va falloir l'écarter de la scène au moins un certain temps. Elle n'a qu'à disparaître...

Le samedi après-midi, une conférence de crise se réunissait dans le jardin du pavillon. Y assistaient le pontife en personne, le secrétaire d'État, Drexel, Monseigneur O'Rahilly et le chef de la Vigilanza du Vatican. Le secrétaire d'État lut les rapports reçus des Israéliens et des Italiens. Le pape se tint très droit dans son fauteuil, l'air plus rapace que jamais. Il s'exprima avec âpreté.

— La chose ne fait aucun doute pour moi : je ne peux me permettre un séjour qui vous expose au moindre risque. Je passerai la nuit ici, dirai la messe comme promis pour les enfants et les parents de la colonie. Puis j'irai à Castel Gandolfo où je resterai jusqu'à la fin des congés d'été... Je suis navré, Anton. Vous vous êtes donné tant de mal... je ne saurais vous dire combien je suis déçu...

Drexel eut un geste de résignation.

— Une autre fois, peut-être, Sainteté.

— Peut-être. Eh bien, Messieurs ! Voici que le pape s'enferme dans ses remparts...

Il rayonnait d'autorité et il leur sembla qu'il gagnait en force sous leurs yeux.

– ... laissant derrière lui une femme qui, à cause de son dévouement à sa personne, se trouve en danger, non pas seulement dans son être mais dans celui de son enfant! La menace, n'est-ce pas, n'est pas surestimée?

La question s'adressait d'abord au secrétaire d'État.

– A mes yeux non, Sainteté.

Le chef de la Vigilanza confirma ce verdict.

– La menace, Sainteté, est bien réelle.

Le pontife posa une autre question:

– Est-il impossible aux autorités italiennes, dont les ressources et l'habileté nous sont bien connues, d'assurer protection à cette femme et à cette enfant?

– Ce n'est pas possible, Sainteté. Aucune police ne pourrait l'assurer.

– Leur est-il impossible de mettre un terme à cette menace par quelque action expéditive? L'arrestation, par exemple, et la détention, des conspirateurs repérés?

– Cela ne serait pas impossible, si le gouvernement italien en avait la volonté, mais ce gouvernement lui-même est très gêné par sa vulnérabilité au terrorisme. Même si la loi était suspendue pour permettre ou tolérer quelque intervention exceptionnelle, les conséquences n'en seraient pas infailliblement contrôlables. Nous le voyons bien dans le cas présent...

– Merci. Je m'adresse à vous, Anton. Est-ce que Tove Lundberg a été informée de cette menace?

– Oui. Elle a téléphoné aujourd'hui pour me demander conseil à propos de Britte.

– Où est-elle à présent?

– A la clinique où elle travaille comme d'habitude.

– Voudriez-vous l'appeler et lui demander de passer ici avant de rentrer chez elle?

Drexel hésita un instant puis s'en alla. O'Rahilly voulut intervenir.

– Puis-je me permettre, Sainteté...

– Non, Malachie. Taisez-vous!

– A vos ordres, Sainteté.

Le pape transpirait à présent. Il s'épongea la figure avec son mouchoir. O'Rahilly lui tendit un verre d'eau. Lorsque Drexel revint, sœur Pauline l'accompagnait. Elle marcha droit au pape, lui tâta le pouls et déclara d'un ton ferme :

— La réunion est terminée. Mon patient doit aller se coucher.

— Un instant, ma sœur, dit le pontife, qui se tourna vers les autres et dit très simplement : Je suis responsable de ce qui est arrivé, au moins en partie. Le danger pour Tove Lundberg et sa fille est réel. La protection qu'on peut leur offrir est dérisoire. Jusqu'à la fin de cette menace, ou du moins jusqu'à sa réduction significative, je désire qu'elles viennent toutes deux habiter au Vatican.

Il se tourna vers le secrétaire d'État.

— Nos charitables sœurs leur feront de la place et veilleront à leur confort. Il poursuivit pour Drexel : « Vous êtes le Nonno de la famille, Anton. Tâchez de les persuader.

— Je ferai de mon mieux, Sainteté, c'est tout ce que je peux promettre.

Du geste impérieux qui lui était familier, le pontife les congédia tous.

— Merci à tous. Vous pouvez vous retirer. Sœur Pauline, je suis à vous.

Comme il descendait lentement les marches qui menaient à la maison, sa vieille mélancolie le submergea comme un nuage noir. Oublieux de sœur Pauline, il se murmura à lui-même.

— Je ne peux pas le croire. Je n'arrive pas à le croire. Le monde n'a tout de même pas toujours été comme ça, n'est-ce pas ?

— Je suis bien sûre qu'il était autrement, dit sœur Pauline. Notre vieux curé disait toujours que les fous s'étaient emparés de l'asile, mais qu'ils s'en fatigueraient vite et le rendraient bientôt.

Dans la chapelle de la villa du cardinal Drexel – œuvre de Giacomo della Porta, d'après la tradition –, toute la colonie était assemblée. Les jeunes devant, les parents et les maîtres derrière et, relégués contre le mur du fond, les quelques membres de la Curie à qui Drexel, vieux renard, avait fait signe en même temps qu'il éprouvait leurs sympathies. Il y avait là Agostini, et Clemens, de la Doctrine de la Foi, et MacAndrew, de la Propagation de la même Foi, et – à bonne distance des plus puissants – Ladislas, de la Congrégation pour les Églises orientales. Si peu nombreux qu'ils étaient, ils avaient causé un entassement dans la chapelle, en même temps que le protocole s'en trouvait renversé : le peuple était devant les princes.

Le pape fit son entrée, Drexel faisant office de diacre, sœur Pauline de lecteur, un garçon et une fille paralytiques étant les acolytes.

Quelques-unes des subtilités du rituel, mais non pas toutes, furent perdues pour Sergio Salviati et Tove Lundberg qui, Britte entre eux deux, étaient assis au premier rang de l'assemblée. Salviati portait son châle. Tove portait un voile et elle avait pris le vieux livre d'offices de son père. L'une des mères leur tendit un livre de messe. Salviati le feuilleta pour chuchoter à Tove : « Grand Dieu ! Ils nous ont presque tout volé ! » Réprimant un rire, Tove l'avertit : « Garde ton malade à l'œil. C'est sa première sortie publique. »

Ce n'était pas que ça. C'était beaucoup plus. C'était la première fois en trente ans qu'il allait dire la messe en simple prêtre. C'était la première fois qu'il allait parler cœur à cœur à un auditoire qu'il aurait pu toucher de la main.

Sachant combien il se fatiguait vite, il entama le rituel à bonne allure ; mais arrivé aux lectures, il fut heureux de s'asseoir. Sœur Pauline lut le premier texte dans son italien emphatique et vague et l'acheva sur l'exhortation de Paul aux Corinthiens :

« Vivants, chaque jour nous mourons pour le salut de Jésus de façon qu'à travers notre chair mortelle, la vie de Jésus puisse apparaître. »

Ensuite ils présentèrent le livre au pontife. Il l'embrassa et d'une voix forte et claire lut l'Évangile :

« Un jour de sabbat, Jésus traversait des champs de blé et, tout en marchant, ses disciples cueillaient des épis et les mangeaient. Et les pharisiens lui dirent : " Regarde, pourquoi font-ils ce qui est interdit le jour du sabbat ? " Et il leur dit : " Le sabbat est fait pour l'homme et non pas l'homme pour le sabbat... " »

Pâle mais serein, il s'avança pour faire face à la petite assemblée. Salviati l'observait d'un œil clinique, notant les lèvres exsangues et le blanchissement des jointures des phalanges comme il agrippait les bords du lutrin. Puis, dans un silence irréel, il commença à parler.

— J'ai attendu de me trouver parmi vous comme l'un des rares plaisirs de ma vie. Dès mon arrivée ici je me suis senti entouré d'amour. Et j'ai senti l'amour jaillir dans mon propre cœur, comme une source miraculeuse dans le désert. Et soudain, voici qu'il me faut m'en aller. Mon bref bonheur auprès de vous tire déjà à sa fin. J'ai veillé la nuit dernière, me demandant quel présent je pourrais vous laisser pour vous remercier, vous, Anton, mon vieil adversaire, devenu un ami cher ; vous, Sergio Salviati, mon déterminé mais consciencieux chirurgien ; vous, Tove Lundberg, qui sut se montrer sage conseillère auprès d'un homme qui en avait bien besoin ; vous, mes enfants ; vous tous qui vous occupez d'eux avec tant de dévotion et avez fait de moi pendant quelques jours un membre privilégié de cette famille. Puis je compris que le seul don que je pouvais faire est celui dont parle Paul, la bonne nouvelle que dans le Christ, avec le Christ, à travers le Christ, nous sommes tous – croyants et incroyants – membres de la famille de Dieu notre Père.

« C'est un don sans conditions. Je l'ai moi-même reçu tel. Je vous le transmets de même – à vous qui, déjà, l'avez partagé entre vous et me l'avez rendu. Tel est le mystère de notre communion avec le Créateur. Qui est étrangère aux lois, aux prescriptions, aux interdits. Et c'est sur quoi Notre Seigneur met lui-même l'accent lorsqu'il dit : " Le sabbat est fait pour l'homme et non pas l'homme pour le sabbat. " »

« L'une des grandes fautes de l'Église, répétée de siècle en siècle – parce que nous sommes des humains souvent stupides – est de multiplier les lois. Nous avons couvert de clôtures les pâturages du troupeau si bien que les brebis n'y sont plus libres. Nous l'avons fait, disons-nous, pour les protéger. Je le sais bien, je l'ai fait trop souvent. Mais les brebis ne sont pas protégées pour autant : elles languissent dans un confinement tout étranger à leur habitat naturel...

« Je suis prêtre célibataire depuis de nombreuses années, la plus grande partie de ma vie. Avant cela j'étais un garçon solitaire, élevé par sa mère. Que sais-je de la complexité et de l'intimité conjugale ? Rien, je l'avoue. Vous, vous savez. Vous vous conférez mutuellement le sacrement du mariage, vous en goûtez les joies, les peines, les difficultés. Que puis-je, que peuvent mes sages conseillers, mes frères évêques, vous dire là-dessus que vous ne sachiez déjà ? Je suis certain que mon frère Anton en tomberait d'accord. Il n'a pas légiféré pour fonder votre famille, il l'a créée, avec vous, par l'amour.

190

« Que suis-je donc en train de vous dire ? Vous n'avez pas besoin de moi, pas plus que du vaste édifice de Saint-Pierre, non plus de la complexe organisation dont la description occupe deux mille pages de l'Annuaire pontifical. Le Seigneur est avec vous, ici. Vous êtes l'une des lumières du monde, car vous vivez dans Sa lumière. Vous n'avez pas besoin de lois, car vous vivez dans l'amour. Et si vous trébuchez comme il nous arrive à tous, tombez comme nous le faisons tous, des mains aimantes sont là qui vous relèvent.

« Si vous demandez pourquoi les innocents parmi vous, les enfants, sont frappés, au nom de quoi il leur faut supporter à vie tel ou tel handicap, je ne peux pas vous répondre. Je ne sais pas. Le mystère de la souffrance, de la cruauté, des lois sauvages de la survie, ne nous a jamais été expliqué. Les secrets de Dieu demeurent les siens. Son Fils bien-aimé lui-même est mort sans comprendre, s'exclamant que Dieu l'avait abandonné. Comment pourrais-je me prétendre plus sage ou mieux informé que mon Maître ?

« C'est en cela, peut-être, que je suis le mieux votre frère : je ne sais pas. Je suis souvent dans les ténèbres. Je ne demande pas à qui est la main qui se tend pour me guider. Je la touche et du fond de mon cœur, je suis reconnaissant... Que Dieu vous garde tous ! »

— Merci, dit Tove Lundberg. Merci de cette offre ; mais Britte et moi sommes d'accord, nous resterons où nous sommes. Elle, ici à la colonie ; et Sergio et moi continuerons à travailler comme nous avons toujours fait.

Anton Drexel sourit et, résigné, haussa les épaules.

— Je ne peux pas m'en plaindre, j'aurais détesté voir s'éloigner ma petite-fille.

D'évidence, Sergio Salviati jugeait nécessaire de s'expliquer.

— J'ai d'abord pensé que l'idée était bonne de les mettre à l'abri. On nous le conseillait. Puis, à y repenser, nous retombions toujours sur la même question : pourquoi s'éclipser ? Pourquoi céder à ces menaces indignes ? Donc nous ne bougeons pas.

— Nous nous reverrons. Vous, mon irritable ami, avez pour tâche de me maintenir en vie ; Britte doit finir mon portrait ; quant à vous, ma chère conseillère, ma maison vous est toujours ouverte.

Il les embrassa tous les trois, puis Drexel eut à l'écart avec lui le bref échange suivant :

— Pendant que vous parliez, j'ai observé nos collègues. Clemens a désapprouvé, Ladislas aussi. MacAndrew a été surpris mais d'après moi, heureusement. Votre secrétaire était estomaqué. Il s'efforçait de capter les réactions des autres.

— Et Agostini ?

— Ni choqué ni surpris ; mais c'est dans son style. Dites-lui que le soleil ne s'est pas levé, il cherchera à négocier. Mais ne perdez pas de vue une chose : dès maintenant, en dehors d'une poignée de vieillards comme moi, tous les membres de la curie se considèrent candidats potentiels au trône de Pierre. Ce matin, vous aviez l'air très fatigué, il est donc naturel que les gens se demandent si vous ferez de vieux os... Et comme ils sont humains, ils vont commencer à se chercher des alliés en vue du prochain conclave. Il ne vous faut pas perdre cela de vue lorsqu'il vous faudra rassembler vos forces pour nettoyer la maison.

— Je m'en souviendrai. Mais vous ne m'avez pas encore dit ce que vous avez pensé de mon sermon ?

— J'en remercie le ciel. Je suis fier qu'il ait été prononcé dans ma maison. Et maintenant j'ai une faveur à demander à Votre Sainteté.

— Demandez, Anton.

— Laissez-moi partir, Sainteté. Relevez-moi de mes fonctions romaines. J'ai depuis longtemps dépassé l'âge de la retraite. Je désire désespérément finir mes jours ici au sein de ma petite famille. Il eut un petit rire d'embarras, reprit : « Comme vous le voyez, il y a beaucoup à faire ici. »

— Vous me manquerez beaucoup, mais, oui, c'est d'accord, vous êtes libre. Je vais me trouver bien seul, Anton.

— Vous en trouverez de plus jeunes et plus forts que moi. Maintenant je ne peux plus être qu'un obstacle sur votre voie.

— Et comment, Seigneur, pourrais-je toucher les jeunes ?

— Comme vous l'avez fait ce matin. Laissez parler votre cœur, faites que l'on vous entende vraiment. Vous le pouvez. Vous le devez.

— Priez pour moi, Anton. Et demandez aux enfants de le faire aussi.

Ils se serrèrent les mains, les deux vieux adversaires enfin réunis. Puis le pontife rassembla ses forces, se redressa, et, Drexel à ses côtés, s'en alla d'un pas ferme vers les prélats qui l'attendaient.

Livre trois

LAZARE MILITANT

« On aura pour ennemis les gens de sa famille. »
Matthieu, X, 36.

10.

Pendant les trois semaines suivantes, on n'entendit parler du pape que par les bulletins médicaux, les bavardages de son personnel à Castel Gandolfo et les sorties intermittentes de Malachy O'Rahilly.

Les bulletins étaient élaborés pour ne rien apprendre : le Saint-Père allait de mieux en mieux, mais sur le conseil de son médecin, il avait reporté à la fin du mois d'août sa première apparition publique. La messe de l'Assomption, le 15 août, à Saint-Pierre serait célébrée par le cardinal Clemens.

Les bavardages du personnel n'étaient guère consistants. Sa Sainteté se levait tard et se couchait tôt. Il disait sa messe le soir au lieu du matin. Il suivait un régime très strict et perdait rapidement du poids. Un kinésithérapeute venait, chaque jour, lui faire faire des exercices. Il recevait des visiteurs de 10 heures à 11 heures du matin, marchait, lisait, se reposait et se couchait à 21 heures. Tout le monde, en revanche, avait remarqué un changement en lui : il était moins irritable, moins exigeant et beaucoup plus affable. Tout le monde se demandait combien de temps cela durerait. Car une intervention comme celle qu'il avait subie diminuait la vitalité d'un homme.

Les sorties de Mgr O'Rahilly étaient beaucoup plus révélatrices. La vie à Castel Gandolfo était au mieux très ennuyeuse. Il y avait le château, le village et, dessous, le lac sombre. Misérables distractions pour un Celte jovial qui aimait la compagnie.

« ... Et l'humeur du vieil homme en fait un enterrement de première classe ! Il ne veut pas lire de lettres. Je dois tout reporter. Il est obsédé par ce qu'il mange et l'exercice qu'il prend ; j'aimerais bien maigrir de moitié aussi vite que lui. Cela dit, il est très calme. Envers ses visiteurs, il se limite à des phrases de politesse : " Merci, et comment va votre père ? " Des trucs de ce genre. Ce n'est pas de l'abrutissement, il pense à autre chose. Il me rappelle parfois Humpty Dumpty absorbé par le montage des pièces qui le constituent. Il n'est plus du tout gros. Les tailleurs du Vatican se surmènent pour le rhabiller avant son retour... Il lit beaucoup plus qu'avant, prie aussi beaucoup plus – cela ne saute pas aux yeux, on s'en aperçoit parce qu'il est ailleurs, si vous voyez ce que je veux dire. Comme s'il s'était imposé du recul, une solitude volontaire...

« Ce qu'il lit ? Eh bien, c'est intéressant. Il lit tous les auteurs qui ont eu maille à partir avec la Doctrine de la Foi – les Hollandais, les Suisses, les Américains. Un accès de hardiesse – ou un excès d'ennui – m'a poussé à le lui faire remarquer. Il m'a regardé de l'air le plus bizarre et m'a dit : " Malachie, quand j'étais jeune, j'avais coutume d'observer les pilotes d'essai qui survolaient la vallée du Pô et la mer. Je me disais qu'il devait être merveilleux de risquer sa vie pour faire avancer la connaissance, d'une machine ou de soi-même. Une fois ma vie tracée, j'oubliai cet émerveillement. Aujourd'hui qu'elle importe moins, je le retrouve... Il fut un temps où nous brûlions les hommes qui croyaient aux astronautes. Aujourd'hui, nous les condamnons au silence... Qu'en pensez-vous, Malachie ? "

« Un instant, j'en suis demeuré sans voix. Je ne voulais pas trébucher, aussi j'ai dit quelque chose comme : " Eh bien, Sainteté, on dirait qu'il y a là comme un principe d'éclairement progressif... " Il m'a répondu : " Malachy, ne vous faites pas plus bête que vous n'êtes. Ne jouez pas ce jeu avec moi. Je n'ai pas le temps ! " Inutile de dire que j'ai battu en retraite. Mais il n'a pas insisté. Il est difficile de savoir ce qu'il a en tête. J'aimerais jeter un coup d'œil à son journal. Il le tient tous les soirs avant de se coucher. Le reste du temps, il l'enferme dans son coffre... »

« ... Quand j'étais jeune évêque, on me demanda de bénir un bateau qui devait être lancé aux chantiers de La Spezia. Il y avait foule : les constructeurs, les propriétaires, les ouvriers et leurs familles. La tension était extraordinaire. J'en demandai la raison à l'un des ingénieurs des chantiers. Il me dit : "Une fois les cales abattues, lorsque la coque glisse vers l'eau, toutes nos vies l'accompagnent. Si nos calculs sont faux et qu'elle ne se comporte pas bien, nous sommes faits comme des rats... Aussi, Excellence, donnez-nous votre bénédiction la plus ardente, s'il vous plaît. " J'en suis là. Tous mes supports m'ont été enlevés – Drexel, Salviati, Tove Lundberg, le personnel de la clinique. Me voici à l'eau, je flotte. Mais je suis une coque nue, sans équipage, inerte dans son élément...

« L'isolement pèse sur moi comme une chape de plomb. Castel Gandolfo, le Vatican – voilà mon empire, et c'est ma prison. Je ne peux en sortir que sur autorisation. Mais ce confinement ne doit rien aux frontières, il tient à l'identité sous laquelle j'ai été élu évêque de Rome, successeur du prince des Apôtres, vicaire du Christ... et ceci et cela, chaque titre élève une nouvelle barrière entre le reste des hommes et moi. Et il y a un autre enfermement, le syndrome de Lazare. Je ne suis plus et ne pourrais jamais plus être semblable aux autres hommes. Je n'avais jamais compris jusqu'alors – comment l'aurais-je pu ? – le traumatisme que peut subir une jeune femme privée de l'espoir d'enfanter après une opération... non plus que la colère et le désespoir du soldat mutilé par une mine. Je les comprends maintenant : ils sont *autres*, irrémédiablement, comme je le suis devenu...

« Je ne peux confier ces pensées qu'à ceux qui sont passés par là, or ils ne me sont pas accessibles... Je ne me vois pas faisant le tour des hôpitaux et des prisons, tapotant des mains et susurrant des platitudes. Je ne me vois pas non plus comme par le passé, claquemuré avec Clemens à flairer les hérésies, décréter juste ceci et enterrer cela pour éprouver l'obéissance et la foi des condamnés au silence. Torture plus vive que le chevalet et les poucettes. Ce temps-là est fini pour moi...

« ... Voici le temps des difficultés. Clemens est à la place où je l'ai placé. Je l'y ai placé en raison de ce qu'il est et de ce que j'étais. Que vais-je lui dire, maintenant ? Que tout est changé, parce qu'une grande clarté m'est apparue. Il me tiendra tête, car il ne manque pas de courage. Il dira : " Cette hérésie est la plus ancienne de toutes. Vous n'avez pas le droit d'imposer votre gnose personnelle au peuple de Dieu. " Et ce langage me trouvera vulnérable, car je ne peux toujours pas expliquer ce qui m'est arrivé...

« Et voilà bien, Seigneur, la plus grande ironie de tout cela. J'ai obtenu la déposition de Jean-Marie Barette parce qu'il soutenait avoir reçu une révélation. Je ne peux ni avancer ni reculer tant que je n'aurais pas la certitude de ne pas être tombé dans le piège du vieil orgueil de la connaissance personnelle. Contre ce mal-là, il n'est d'autre remède que la prière et le jeûne. Jeûner ? Dieu sait que je jeûne ! Mais pourquoi la prière refuse-t-elle de monter à mes lèvres ? Mon Dieu, je vous en prie, ne m'éprouvez pas par le délaissement. Je ne me crois pas capable de le supporter !

« ... A mon réveil, ce matin, la même peur me menaçait. Je n'ai personne ici à qui en parler comme j'en parlais à Tove Lundberg. Je suis seul pour me battre contre elle. Je suis revenu à cette merveilleuse épître de Paul aux Corinthiens, où il traite d'abord des offices et des fonctions dans la communauté : " ...Ceux que Dieu a établis dans l'Église sont premièrement les apôtres, deuxièmement les prophètes, troisièmement les docteurs... Puis il y a les miracles, puis les dons de guérison, d'assistance, de gouvernement... " Puis, ce qui transcende tout : " Quand je parlerais les langues des hommes et des anges, si je n'ai pas la charité, je ne suis plus qu'airain qui sonne et cymbale qui retentit... "

« Voilà ce qu'il me faudra me rappeler chaque jour quand, après l'été, j'entamerai avec l'Église des dialogues personnels. Je ne dois pas être fauteur de discordes. Je dois tâcher de guérir ses blessures... »

Pour Nicol Peters, l'été avait fini dans une somnolente routine. Oubliée l'affaire Myriam Latif. L'Épée de l'Islam ne faisait plus non plus les titres. Le pape était chez lui, sain et sauf. Omar Asnan menait la vie agréable d'un marchand prospère. L'ambassadeur d'Israël était en vacances. L'homme du Mossad, Aaron ben Shaul, était retourné à son impondérable grisaille et ne se montrait plus. Ainsi coulaient les jours dans le monde de l'information. On s'adaptait au rythme des événements. Les archives étaient tenues à jour, de manière à être utiles pour toute éventualité.

Katrina avait beaucoup à faire à la boutique. Les estivants étaient en force et la caisse, tous les jours, tintait joyeusement.

Selon un proverbe, seuls les chiens et les Américains – *cani* et *Americani* – pouvaient supporter l'été romain. Passer l'été à Rome était tout un art. On travaillait le matin. A midi, on allait se baigner et déjeuner à la piscine, où l'on entretenait en même temps ses relations. Travail encore de 5 à 8, puis soirée entre amis dans une taverne où l'on était assez connu pour se voir présenter des additions presque honnêtes.

L'amitié des Peters avec Sergio Salviati et Tove Lundberg mûrissait lentement. Les distances ne la facilitaient pas. Il fallait près d'une heure pour aller de Castelli en ville, et plus d'une heure aux heures de pointe. La menace terroriste planait toujours au-dessus de leurs têtes. Leurs allées et venues se faisaient à des heures toujours différentes, dans une Mercedes conduite par un ancien de la police des autoroutes, rompu à la conduite de fuite.

Le samedi, Tove travaillait à la colonie avec les autres parents. Elle consacrait ses dimanches à Salviati, plus occupé que jamais par sa clinique et de plus en plus dépendant des brefs moments de sérénité qu'ils passaient ensemble. Katrina décrivait en ces termes ce mode de vie : « Je me demande combien de temps ils vont tenir, si dévoués l'un à l'autre et maîtres d'eux-mêmes. J'ai l'impression devant eux d'être au cirque, lors d'un numéro de trapèze... Si l'un des partenaires manque son coup, les deux vont au tapis. Il m'arrive de penser qu'elle est plus solide que lui, bien que ce soit elle qui soit menacée. »

Matt Neylan faisait désormais partie de leurs vies. Ses relations avec la femme aux mystères avaient suivi un gentil petit bonhomme de chemin pour prendre fin à l'aéroport, sur de touchants adieux, après quoi Neylan était rentré à Rome pour dîner avec son éditrice new-yorkaise et la conduire à Porto Ercole où devait la retenir un week-end de travail.

Tout cela sans histoires, dans la meilleure humeur du monde, et son livre – essai grand public sur la diplomatie vaticane et son personnel – commençait à l'accaparer. Tandis que s'aiguisait sa conscience que ni son esprit ni son allure n'expliquaient tout à fait l'attention qu'on lui portait.

Un flot constant d'invitations passait par sa boîte aux lettres : à des réceptions diplomatiques, à des séminaires, à des expositions commanditées par tel ou tel comité culturel, à des projections de films confidentiels, appels aussi à contributions pour soulager les victimes de guerres exotiques ou de famines permanentes. Tout cela composait un bon antidote à l'ennui, à condition de ne pas être contaminé – comme Matt Neylan savait bien l'être – par le cynisme monolithique du ci-devant croyant. Une fois renoncé au Tout-Puissant et à ses prophètes, il était difficile d'accorder foi aux superficiels prosélytes des cocktails comme aux recruteurs douteux des réseaux de renseignements qui infestaient la ville.

Aussi, s'il profitait pleinement de la gratuité alimentaire – solide et liquide – que lui valait sa popularité, Matt consacrait la moitié de son temps à sa carrière d'auteur et l'autre à la chasse aux femmes. Parlant couramment cinq langues et se débrouillant bien dans trois autres, l'éventail qui s'offrait à ses choix était très large. Bizarrement, il se sentait tôt ou tard tenu de présenter ses élues à l'approbation de Katrina que la chose enchantait. Tandis que Nicol fronçait les sourcils.

– Ne te fais pas d'illusion, chérie. Matt est naïf, mais pas stupide. Pour lui, tu es une mère poule. Il compte sur toi pour son éducation sentimentale.

– Je trouve ça plutôt flatteur, Nico chéri.

– Je ne veux que t'avertir, chérie. Matt est un ami charmant, mais comme tant d'autres de sa sorte, c'est un profiteur. Il a toujours vécu en célibataire protégé. Jamais il n'a eu à se soucier de son prochain repas; toute sa carrière s'est faite dans le giron de l'Église, jamais il n'a eu à se battre. Les gens lui ont toujours témoigné le respect qu'on accorde au clergé et il n'a jamais eu à se salir les mains pour l'obtenir. Maintenant qu'il en est sorti – et sans grand souci d'aucune sorte –, il agit comme il l'a toujours fait : en pique-assiette, et cela jusque dans l'ordre des sentiments... Cela m'agace un peu de le voir faire et surtout de te voir impliquée là-dedans. Et maintenant je me tais! J'en ai assez dit!

– Je t'ai écouté très poliment, maintenant laisse-moi parler. Tout ce que tu as dit est vrai – non pas seulement de Matt, mais de la moitié des ecclésiastiques que nous rencontrons. Ils sont comme les profs d'Oxford, installés dans leurs confortables réduits, se moquant bien du sort du monde. Mais Matt a autre chose que tu oublies. Au centre de son être, il y a un grand trou. Il a perdu la foi sans avoir appris l'amour. Il se rue sur les femmes comme si elles allaient manquer; mais quand la fille rentre chez elle ou qu'il l'y renvoie – peu importe le scénario – il se retrouve avec cette brèche en lui. Alors ne soit pas trop dur avec lui. J'aimerais parfois t'étrangler de mes propres mains; mais je détesterais me réveiller sans toi!

Matt Neylan se débattait parmi d'autres soucis que ceux diagnostiqués par ses amis. Le travail auquel il s'était engagé, et pour lequel ses éditeurs lui avaient versé une avance substantielle, était facile à définir, mais le mener à son terme demandait de nombreuses recherches dont la source principale étaient les archives mêmes du Vatican, dont la consultation dépendait d'un classement minutieux en plusieurs degrés d'incommunicabilité. Mille ans de documents étaient conservés là. Lorsqu'il faisait partie de la maison, il y avait accès de droit; mais le renégat qu'il était devenu ne pouvait décemment revendiquer fût-ce le simple privilège des érudits et chercheurs de passage.

Aussi, rompu aux biais et stratagèmes de la diplomatie, il entreprit de se constituer un nouveau réseau d'alliances et de communication, avec de jeunes fonctionnaires du secrétariat d'État, avec des subalternes du service des archives et à la bibliothèque vaticane elle-même.

Il reçut dans cette affaire une aide inattendue. Après plusieurs feintes, l'ambassadeur d'URSS dévoila son jeu.

– Vous êtes, lui dit-il, citoyen d'une puissance neutre. Vous avez une grande expérience des affaires et de la diplomatie religieuse. Vous êtes libre. Et vous continuez à travailler dans le même domaine. Nous aimerions vous engager, le plus ouvertement du monde, avec un contrat en bonne et due forme comme conseiller de notre ambassade ici même. Les émoluments seraient généreux... Qu'en dites-vous, monsieur Neylan ?

– Je suis très flatté, naturellement. Il faut cependant que je réfléchisse soigneusement.

– Prenez tout votre temps. Parlez-en à qui vous voudrez. Comme je vous l'ai dit, la question est de première importance pour notre future politique européenne.

Ayant réfléchi, Matt décida de prendre l'ambassadeur au mot. Il demanda et obtint un rendez-vous avec le secrétaire d'État qui le reçut dans la sinistre salle de conférence affectée aux visiteurs banals. Neylan alla droit au fait.

– ... Je suis venu vous faire une faveur, Éminence. Il m'en faudrait une autre en retour.

– Jusqu'à présent... (Agostini joignit l'extrémité de ses doigts et lui sourit). Jusqu'à présent, vous êtes d'une clarté admirable. Que me proposez-vous ?

– Une information. Les Russes m'ont proposé un poste de

conseiller en ce qu'ils appellent la diplomatie politique et religieuse. Ils m'offrent beaucoup d'argent et un contrat officiel, pour
m'épargner sans doute d'apparaître en espion.

— Allez-vous accepter ?

— La proposition, je dois dire, est assez fascinante – mais non.
Je vais la refuser. Quoi qu'il en soit, je pense que votre département pourrait tirer parti de l'importance qu'accorde à ce domaine
la politique soviétique.

— Vous n'avez peut-être pas tort. Il se peut aussi que vous fassiez exactement en ce moment même ce à quoi ils s'attendaient.
Vous seriez alors un porteur de signal. Quoi qu'il en soit, me voilà
votre débiteur. Comment vous payer de retour ?

— Savez-vous dans quel travail je me suis embarqué ?

— Oui.

— J'ai besoin d'avoir accès aux archives – celui-là même qui est
accordé à n'importe quel érudit ou chercheur.

Agostini se montra surpris.

— Vous l'aurait-on refusé ?

— Non. Mais il m'a semblé plus convenable, si tôt après mon
départ, de ne pas le revendiquer.

— J'enverrai demain un mot au préfet. Commencez quand vous
voulez.

— Merci, Éminence.

— Merci. Comment allez-vous ? J'ai entendu dire de plusieurs
côtés que vous étiez très demandé dans le monde.

— Je m'amuse, répondit Neylan. Et Votre Éminence ? Ce doit
être pour elle un soulagement que de savoir Sa Sainteté sauve à
l'abri de ses remparts.

— Ce l'est. Mais je ne pense pas que la menace contre lui se soit
éloignée. Vous pourriez faire quelque chose pour moi. Si vous
entendiez quoi que ce soit, la moindre rumeur d'activités terroristes qui vous paraisse sérieuse, je vous serais reconnaissant
d'entrer en contact avec moi. Puis Sa Sainteté s'inquiète personnellement du sort de Tove Lundberg et de sa fille... Rome est
une petite ville. Nouvelles et rumeurs en font vite le tour. Merci
de votre visite, Matt.

— La prochaine fois, Éminence, fit Matt, narquois, ne pourriez-vous pas me recevoir dans votre bureau ? Je ne suis pas un
commis-voyageur.

— Je vous demande pardon, répondit Agostini, courtois comme

toujours. Mais reconnaissez qu'il est assez difficile de définir qui vous êtes.

La recherche de son identité sexuelle valut à Matt Neylan des découvertes qui étaient banalités pour les hommes qui avaient la moitié de son âge. La première fut que la plupart des femmes qu'il rencontrait dans des réceptions officielles étaient mariées, divorcées, ou berçaient des rêves d'unions durables, et se trouvaient donc exclues de la liste des numéros de téléphone d'un célibataire. Il découvrit aussi qu'il était parfois moins onéreux et moins fatigant de prendre un verre à l'Alhambra Club et d'y regarder le spectacle de la comédie humaine que de perdre toute une soirée à dîner à Piccolo Roma, avec une raseuse, un bas-bleu ou une évaporée.

L'Alhambra Club avait un autre avantage : Marta, la vendeuse de cigarettes, était toujours prête à bavarder et rire quelques instants lorsque son travail lui laissait quelque répit. Petite, brune et enjouée, elle se disait hongroise. Quand il lui proposa de sortir avec lui, elle se fit prier. Elle travaillait toutes les nuits au club. N'en sortait pas avant 3 heures du matin... Mais si un de ces jours il sentait l'envie de l'emmener déjeuner quelque part...

Ce qu'il fit, avec bonheur. Et il décidèrent de recommencer, le même jour, à la même heure, au même endroit, la semaine suivante.

Ce fut ainsi que Matt Neylan, ci-devant secrétaire aux Nonciatures, dans les services du Vatican, futur écrivain, héritier d'une prospère petite propriété d'Ould Sod, se mit à coucher une fois par semaine avec Martha Kuhn, agent du Mossad, affectée à la surveillance de l'Alhambra, lieu de rendez-vous des membres de l'Épée de l'Islam.

A 10 heures, par une chaude matinée d'été le souverain pontife prenait le café sur sa terrasse en cherchant une issue aux difficultés que lui causait le cardinal Clemens, qu'il avait nommé lui-même et qui avait ponctuellement rempli les devoirs de cette charge, mais qui était aujourd'hui un obstacle aux plans de son maître.

Un vol d'oiseaux passa au-dessus de lui, il leva la tête, pour voir un homme qui se risquait à quatre pattes sur la coupole qui abritait le télescope de l'observatoire du Vatican. Il reconnut le père John Gates, directeur de l'observatoire et supérieur de la petite communauté de jésuites qui en assurait le fonctionnement. Il l'invita à descendre et à prendre le café avec lui.

L'observatoire avait beau être perché dans les collines, au sommet du château lui-même, sa carrière touchait à sa fin. L'atmosphère au-dessus de Rome et de ses environs était si polluée que ses vieux équipements ne fonctionnaient plus guère. Gates et ses collègues passaient la plus grande partie de l'année à l'Institut d'astrophysique de Houston, au Texas.

C'était un homme costaud qui approchait de ses cinquante ans, le sourire prompt et l'esprit serein. Son italien était facile et précis. Il avait la forte présence d'un homme sûr de lui-même et de son savoir. Avide de compagnie, heureux d'être distrait de ses pensées noires, le pape l'assaillit de questions, d'abord polies et convenues, puis de plus en plus pressantes.

— Je me suis toujours demandé ce qu'un astronome pouvait bien penser du temps et de l'éternité, comment il pouvait concevoir la divinité ?

Gates examina un instant la question, puis, en bon jésuite, s'appliqua à la préciser.

— Si Votre Sainteté me demande si je pense différemment d'autres croyants, il me faut bien répondre oui. La science nous confronte sans cesse à de nouvelles révélations sur l'univers. Nous sommes bien obligés d'émettre des hypothèses nouvelles et d'inventer de nouveaux termes pour les exprimer. Nous ne cessons de nous heurter aux limites du langage et des mathématiques. « Je suis sorti des mathématiques ! », tel fut le dernier cri d'Einstein. Goethe exprimait la même chose en des mots différents. Vous me demandez comment je conçois la divinité. Je ne la conçois pas, j'en suis incapable. Je n'essaie même pas. Je me contente de contempler l'immensité de son mystère. Ma foi est acceptation de mon ignorance.

— Voudriez-vous dire que les formules traditionnelles d'expression de la foi n'ont pas de sens pour vous ?

— Au contraire. Elles ont plus de sens qu'elles n'en peuvent exprimer. Définitions humaines de l'indéfinissable.

— Prenons celle-ci, alors, le pressa le pontife. Qui est à la racine de notre foi chrétienne. « *Et verbum caro factum est.* » « Et le Verbe s'est fait chair et il a habité parmi nous. » Dieu s'est fait homme. Qu'est-ce que ça veut dire pour vous ?

– Ces mots ont le même sens pour moi que pour vous, mais ils signifient aussi beaucoup plus qu'ils ne le peuvent, sans quoi les mots humains seraient mesure de l'infini mystère de Dieu.

– Je ne suis pas sûr, Père, de vous avoir compris.

– La nuit, j'observe le firmament. Je sais que ce à quoi j'assiste c'est à la naissance et à la mort des galaxies, à des années-lumière de la nôtre. Je considère notre terre, ces collines, les eaux sombres qui coulent en dessous de nous. Et je vois un autre aspect du même mystère : Dieu, littéralement, se revêt de sa création, au sein de laquelle il travaille comme le levain dans la pâte, la renouvelant chaque jour et la transcendant toujours. Le Dieu qui s'est fait homme n'est qu'une partie de ce mystère. Je me vois m'éloignant toujours de l'ancien dualisme – corps et âme, matière et esprit – dans lequel continue de s'exprimer notre théologie. Plus reculent pour moi les limites du savoir, plus je me reconnais singulier.

Le pape lui jeta un coup d'œil appuyé et observa un instant de silence. Lorsque enfin il parla, ses mots furent bienveillants mais sa voix coupante.

– Pourquoi donc suis-je si mal à l'aise lorsque j'entends de ces raisonnements si personnels ? Je me demande comment les fidèles peuvent y reconnaître la simple révélation que nous sommes appelés à prêcher... Voulant adoucir le coup, il reprit : Je n'entends pas cela comme un reproche, je vous prie de le croire. Je vous ai demandé de parler. Votre franchise m'honore. Je ne cherche qu'à comprendre.

Le jésuite sourit, sortit son stylo et son carnet et griffonna une équation qu'il présenta au pontife.

– Sainteté, pouvez-vous me dire ce que cela signifie ?

– Non. Qu'est-ce que c'est ?

– C'est une représentation mathématique de l'effet Doppler, qui est le changement de longueur d'onde engendré par toute variation d'une source lumineuse le long de sa trajectoire.

Le pape sourit et ouvrit les mains en signe d'impuissance.

– Cette description elle-même n'a guère de sens pour moi.

– Je pourrais vous l'expliquer, mais comme vous n'avez pas fait de mathématiques, j'userai d'une métaphore. Ce qui est exactement ce que fit Jésus. Il n'a pas expliqué Dieu. Il a décrit l'action de Dieu et ce que Dieu est, se servant d'images familières à un peuple rural ancien. Vous et moi ne sommes pas de cette époque-là. Il nous faut nous exprimer et raisonner dans le langage de notre temps, faute de quoi nous sommes incompréhensibles. Voyez mon cas! Une partie de mon travail consiste en Amérique à l'entraînement d'astronautes, de voyageurs de l'espace. Leur imagerie est toute différente de la vôtre et de la mienne, comme de celle de Jésus lui-même. Est-ce une raison pour la récuser? Au nom de quoi, aujourd'hui, tenter de brider l'esprit humain?

— Pensez-vous vraiment que nous en soyons là?

Le père Gates haussa les épaules et sourit.

— Sainteté, je suis votre hôte.

— Vous en avez donc les privilèges. Parlez librement. Et souvenez-vous de ce que je suis supposé être : le serviteur des serviteurs de Dieu. Si je manque à l'être, je mérite des reproches.

— Qu'il ne m'appartient pas de vous administrer, répondit le jésuite avec une fermeté surprenante. Laissez-moi aborder autrement la question. J'ai beaucoup voyagé. J'ai vécu en Asie, en Amérique du Sud, en Afrique, ici en Europe. Et j'ai constaté que toutes les expériences humaines se rejoignent. Le cycle tragique — reproduction, naissance, mort — se complète toujours d'une métamorphose. Les tombes se couvrent de fleurs et des moissons prospèrent sur les anciens champs de bataille. Les techniques modernes de conservation et de réparation nous rapprochent d'une continuité analogue à nos notions de l'immortalité et même de la résurrection. Des beautés mortes reviennent à la vie à la télévision. Je me demande parfois — c'est un sujet délicat, je le sais — ce qu'auraient pu enregistrer des caméras de télévision fonctionnant en permanence dans le tombeau de Jésus.

Le pape émit un petit gloussement.

— Nous ne le saurons jamais, dit-il, c'est bien dommage.

— J'adopterai le point de vue opposé. Toute une vie de recherches scientifiques m'a rendu l'acte de foi beaucoup plus facile. Je veux toujours en savoir plus, mais j'attends bien plus encore de l'ignorance créatrice.

— L'ignorance créatrice! (Le pape semblait savourer l'expression.) J'aime ça. Notre ignorance nous pousse à la connaissance. L'obscurité où nous sommes plongés nous fait réclamer la lumière. Notre solitude, l'amour... Il me faut vous confesser, mon ami, qu'à l'instar de Goethe, j'ai grand besoin de lumière... J'envie vos astronautes. Il doit être facile de prier là-haut.

Le jésuite se détendit :

– Quand j'étais petit garçon, les doxologies n'avaient pas de sens pour moi – Gloire à Dieu au plus haut des cieux, etc. Ça me paraissait quelque chose d'analogue aux acclamations des spectateurs d'un match de football ; on flattait le Créateur en l'assurant de sa grandeur. Aujourd'hui, quand je regarde dans un télescope et que j'écoute les innombrables signaux qui nous viennent de l'espace, la louange est la seule prière dont je sois capable. Le gaspillage et l'horreur de l'univers, eux-mêmes, prennent à mes yeux une sorte de sens, bien que la présence obsédante du mal s'en exhale sans cesse comme les miasmes d'un marais... Mais je parle trop. Je vais laisser Votre Sainteté en paix. Merci pour le café.

– Merci de votre visite, Père. Et merci de vous être ouvert à moi.

Lorsqu'il fut parti, Léon XIV se demanda presque puérilement pourquoi il s'était si longtemps refusé le plaisir d'avoir de pareils hommes à sa table. Pourquoi il ne s'était pas accordé – le volant au besoin – le temps de se laisser enseigner par eux ? La dépression qui descendait sur lui ne lui fournit que cette triste réponse : le paysan qu'il était n'avait jamais su devenir prince.

Les déductions de Katrina Peters sur la situation de Tove Lundberg et de Sergio Salviati étaient très proches de la vérité. Pour des raisons différentes, ils vivaient tous deux sous tension permanente et cette tension n'épargnait pas la part de leur vie la plus intime.

Salviati était ulcéré de se voir une fois encore, dans son pays natal, menacé jusque dans ses proches pour le simple fait d'être juif. Il ne pouvait monter dans sa Mercedes, dire bonjour au chauffeur, contrôler les systèmes d'alarme de sa maison, vérifier les allées et venues de Tove, sans éprouver un furieux ressentiment. Ce n'était pas une vie que de vivre ainsi, traqué par un homme qu'il n'avait jamais vu, qui menait une vie de pacha et faisait de grosses affaires sous la protection du gouvernement italien.

Son ressentiment était d'autant plus grand qu'il le savait peser sur son travail. Dans le bloc opératoire, il demeurait froid technicien, totalement concentré sur son patient ; en dehors, dans la routine de la clinique et des inspections, il devenait nerveux.

Tove Lundberg s'en tourmentait assez pour un soir, à dîner, lui faire part de son inquiétude.

— Ça ne peut pas continuer comme ça, Sergio. Tu fais exactement ce que tu demandes à tes patients de ne pas faire. Tu tires sur tes réserves à coups d'adrénaline. Le personnel, qui ferait n'importe quoi pour toi, en est désarçonné. Arrête-toi un peu.

— Et comment le pourrais-je? Peux-tu me le dire?

— Demande à Morrison de venir. Il se précipitera. Adjoint-lui le jeune Gallico. Ils s'épauleront mutuellement. L'administration marche toute seule — et je peux toujours y jeter un œil pour toi.

— Tu ne viendrais pas avec moi?

— Non. Il faut que tu partes seul, que tu te sentes absolument libre. J'ajoute à tes soucis parce que je suis menacée et que tu te fais un devoir de me protéger. Protégée, je le suis, autant que possible. Si cela pouvait faciliter les choses, je pourrais décrocher moi aussi et travailler à plein temps à la colonie pendant ton absence... J'ai des problèmes personnels à résoudre.

— Mon amour, je sais combien je suis difficile à vivre...

— Tu n'es pas en cause. C'est à Britte que je pense. C'est une femme maintenant. Il me faut déterminer quel genre de vie elle peut mener et quel rôle y sera le mien. La colonie ne résout pas tout. Elle y aura pris un départ excellent, mais à l'intérieur d'un petit groupe élitiste. Quand Drexel disparaîtra, qui prendra la relève? La propriété est hypothéquée à l'Église. On pourrait certainement s'arranger avec elle, mais cela ne suffira pas. Il faut définir un plan de développement, trouver son financement, former de nouveaux maîtres.

— Tu te verrais t'occupant de ça?

— Non. Et c'est bien la question. Je songe à quelque chose de beaucoup plus simple — à trouver un foyer pour Britte et pour moi-même et à lui trouver un métier. Elle ne pourra jamais aller bien loin, mais elle est bon peintre.

— Et toi?

— Je ne sais pas encore. Je vis au jour le jour pour l'instant.

— Essayes-tu de me prévenir qu'un changement se prépare?

— Il le faut, tu le sais. Nous ne sommes libres ni l'un ni l'autre.

— Alors pourquoi ne pas faire ce que je suggérais : nous marier, unir nos forces, donner une famille à Britte?

— Parce que ce serait encore t'empêcher de fonder une famille à toi.

— Et si je l'accepte ?

— Alors un beau jour, il est certain que tu m'en voudras et que tu me prendras en grippe. Écoute-moi, mon amour, nous nous entendons merveilleusement, nous nous soutenons mutuellement. Continuons comme ça. Mais voyons les choses en face : l'avenir ne dépend pas de nous. Tu soignes dans ta clinique l'homme le plus important du monde. Pour toi, c'est un triomphe que personne ne te conteste. Du coup, nous ne pouvons plus nous déplacer sans gardes du corps ni pistolets sous nos sièges... Britte est trop grande pour être traitée en enfant. Et toi, mon amour, tu as tant donné de toi-même que tu te demandes ce qu'il en reste... Ça ne peut pas continuer comme ça !

Il persistait à ne pas l'admettre. On eût dit qu'il craignait de déclencher un tremblement de terre. Ils se trouvaient pourtant pris dans une situation intenable. Les douceurs de l'amour étaient loin, ne leur restait plus, semblait-il, que l'amer arrière-goût des illusions perdues.

Elle voulut s'en ouvrir à Drexel, que toute sa sagesse n'empêchait pas d'avoir ses caprices. Il s'accrochait à sa petite famille. Il ne voulait pas entendre parler, sa vie durant, d'aliéner son bien. Il se déclara très heureux de travailler avec Tove à l'expansion de la colonie ; mais alors il faudrait qu'elle s'y engage totalement... Et cela mettait de nouveaux obstacles à ce qui avait été entre eux relation libre et affectueuse.

Puis elle s'aperçut que Drexel devait faire face à d'autres difficultés, dont il n'avait même pas claire conscience. Maintenant qu'il était vraiment à la retraite, il se trouvait bien seul. La vie champêtre à laquelle il avait si ardemment aspiré ne suffisait pas à satisfaire son besoin d'activité et son goût secret des jeux d'un pouvoir qu'il avait pratiqués toute sa vie. Voilà pourquoi il avait élaboré la transparente stratégie qu'il avait exposée à Tove Lundberg.

— Britte a achevé le portrait de Sa Sainteté. Pourquoi ne lui ménagerais-je pas un rendez-vous avec le pape ? Je suis certain qu'il serait content de nous recevoir tous ensemble à Castelgandolfo.

La manœuvre devait bientôt s'avérer superflue. Le lendemain, un coup de téléphone lui annonçait la venue du pape avant midi.

— Lisez ça! lança le pontife, frappant du plat de la main l'*Osservatore Romano* ouvert devant lui. Lisez ça très soigneusement.

L'article était intitulé : « Lettre ouverte aux signataires de la déclaration de Tubingen ». C'était une meurtrière attaque, des plus circonstanciées, du contenu de ce document et de « l'arrogance et de la présomption des clercs responsable de l'éducation chrétienne ». Il concluait sèchement : « On ne peut s'autoriser d'une profusion d'arguments académiques pour miner la loyauté due par tous les catholiques au successeur de Pierre non plus que pour obscurcir le message de salut du Christ lui-même. » C'était signé Roderigo Barbo.

— Qui est Roderigo Barbo ? demanda d'abord Drexel.

— Je me suis renseigné. Et l'on m'a dit que c'était, je cite : « Un laïc. L'un des plus réguliers et respectés de nos collaborateurs. »

— Il faut reconnaître, observa Drexel, mi-figue mi raisin, qu'il a très bien assimilé la ligne officielle.

— C'est tout ce que ça vous inspire ?

— Non. Si Votre Sainteté désire que j'aille plus loin.

— Allez-y.

— Eh bien, je décèle — ou crois déceler — la belle patte gothique de Karl Clemens.

— Moi aussi. Vous le savez, je l'ai reçu à la clinique. Je lui ai dit qu'il importait de laisser refroidir les choses avant tout contact avec les signataires de la déclaration de Tubingen ou avant toute action contre eux. Il a exprimé son désaccord. J'ai exigé qu'il s'inclinât. Il a dû choisir cette méthode de tourner mes instructions.

— Pourriez-vous le prouver, Sainteté ?

— Je n'ai pas à le faire. Je vais lui poser la question directement. Devant vous. Il m'attend.

— Et qu'attend de moi Votre Sainteté ?

— Ce que le bon sens et l'équité vous commanderont. Prenez sa défense si vous estimez juste de le faire. Je ne veux pas me laisser influencer par la colère — et ce texte m'a rendu furieux ce matin.

210

Il pressa un bouton sur son bureau. Quelques instants plus tard, Monseigneur O'Rahilly annonça Son Éminence le cardinal Clemens. Après les salutations rituelles, le pape compléta :

— Anton se trouve ici à ma demande.

— Comme il plaira à Votre Sainteté, répondit Clemens, ferme comme un roc.

— Vous avez sans doute vu le morceau publié par l'*Osservatore Romano*, sous la signature de Roderigo Barbo.

— Je l'ai vu, oui.

— Qu'en pensez-vous ?

— Il correspond à la ligne d'autres éditoriaux publiés autour du monde par la presse catholique, à Londres, à New York, à Sydney en Australie, ailleurs encore.

— Êtes-vous d'accord avec ce texte ?

— Votre Sainteté sait bien que je le suis.

— Avez-vous contribué à sa rédaction ?

— Non, Sainteté. Il est signé de Roderigo Barbo et il a dû lui être commandé directement par le directeur du journal.

— Avez-vous quelque influence, directe ou indirecte, sur la commande des articles ou leur publication ?

— Oui, j'en ai. Comme Votre Sainteté désirait surseoir à toute prise de position officielle, il ne m'a pas semblé inopportun d'ouvrir le débat devant les fidèles — ce qu'ont fait pour leur part les auteurs du document original. Bref, j'ai estimé que la thèse opposée méritait au moins d'être entendue. J'estime aussi nécessaire de préparer les esprits aux décisions que pourrait prendre plus tard la Congrégation.

— Et vous l'avez fait en dépit de notre entretien à la clinique et de mes instructions qui étaient fort claires.

— Oui.

— Expliquez-vous.

— Le temps avait manqué à la clinique pour examiner toutes les faces de la question. Les instructions que vous m'aviez données étaient limitées, je les ai suivies à la lettre — pas de réponse ni de réaction officielle.

— L'*Osservatore Romano* n'a pas de caractère officiel ?

— Non, Sainteté. On y publie parfois des communications officielles. Mais ses opinions n'engagent personne.

Le pape demeura silencieux un long moment. Son étrange figure de rapace, amaigrie par la maladie et la diète, avait une expression concentrée et morose. Enfin il se tourna vers Anton Drexel.

– Qu'en pense Votre Éminence ?

– Seulement ceci, Sainteté : mon collègue Karl a été très franc. La position qu'il a prise peut ne pas plaire à Votre Sainteté, elle n'en est pas moins compréhensible, compte tenu de son caractère et de son souci du maintien de l'autorité traditionnelle. Je pense aussi que Votre Sainteté devrait le créditer des meilleures intentions, car il a voulu vous épargner tension et anxiété.

Clemens s'accrocha à cette bouée de sauvetage comme un homme qui se noie.

– Merci, Anton. Je n'aurais pas su me défendre avec autant d'éloquence. Je voudrais, Sainteté, éclaircir un dernier point. C'est vous qui m'avez nommé où je suis. Vous m'avez très clairement confié la mission de contrôler rigoureusement – le mot est de vous – tout individu et toute situation susceptibles de porter atteinte à la pureté de la foi. Vous m'avez cité les mots de votre distingué prédécesseur Paul VI : « La meilleure façon de défendre la foi est d'exalter la doctrine. » Si vous estimez que j'ai été inférieur à ma tâche, je serais heureux de vous offrir ma démission.

– Je prends bonne note de votre offre, Éminence. En attendant, abstenez-vous d'actionner la presse – sacrée ou profane – et interprétez nos instructions au sens large, selon leur esprit et non pas leur lettre. Nous comprenons-nous bien ?

– Oui, Sainteté.

– Vous pouvez vous retirer. (Il pressa le bouton pour appeler Malachy O'Rahilly.) Restez, Anton. Je désire discuter d'autres sujets avec vous.

A peine Clemens eut-il quitté la pièce, que l'expression du souverain pontife changea. Son visage se détendit. Il plia lentement le journal et le posa à l'écart. Puis il se tourna vers Drexel et, à brûle-pourpoint :

– Jugez-vous que j'ai été trop dur avec lui ?

Drexel haussa les épaules.

– Il savait le risque, il l'a pris.

– Je peux lui pardonner, mais je ne peux plus lui faire confiance.

– C'est à Votre Sainteté de décider.

212

Une ombre de sourire apparut dans le regard du pape.

– Quel effet cela fait-il de n'être plus que fermier, Anton?

– C'est moins intéressant que je ne l'avais espéré.

– Et les enfants?

– De ce côté aussi, je dois faire face à des difficultés que je n'avais pas prévues.

Il rapporta ses conversations avec Tove Lundberg et la question qui la hantait comme tous les autres parents : quel avenir pouvait-il offrir à ces enfants très brillants, mais à ce point handicapés?

– Je dois dire que je ne vois pas – et je crains en outre que ce pays ne dispose pas des moyens de leur en offrir un. Il nous faudra sans doute nous tourner vers l'étranger...

– Et pourquoi pas, Anton? Pourquoi ne pas en charger Tove Lundberg? Je serais disposé à trouver quelques fonds dans ma cassette privée... Passons maintenant à autre chose. Vous êtes à la retraite et vous y resterez. Vous demeurez néanmoins membre – *in petto*, c'est-à-dire secret – de la famille pontificale... Aujourd'hui, tout va commencer à changer. Clemens a fait une bêtise et je suis très mécontent. Pourtant, plus j'y pense et mieux je vois qu'il nous a rendu un grand service. Il m'a fourni exactement ce dont j'avais besoin : les moyens du changement, le levier et le point d'appui qui pourront faire bouger l'Église. J'ai passé des heures la nuit dernière, à y réfléchir. Je me suis levé de bonne heure pour dire la messe du Saint-Esprit afin de l'implorer de m'éclairer. Je suis sûr d'avoir pris la bonne décision.

– J'espère que Votre Sainteté me permettra de réserver mon jugement jusqu'à ce que je l'ai entendue.

– Parlons-en ensemble.

Le pape se souleva de son siège et commença d'arpenter la pièce. Drexel se trouva stupéfait de le voir si maigre et alerte si peu de temps après son opération. Il avait la voix claire et forte et surtout sa diction était nette.

– Clemens s'en va. Il le faut. Sa défense est toute casuiste, c'est inacceptable. Il a défié notre autorité encore plus impudemment que les signataires de Tubingen qui ont publiquement déploré une soi-disant perversion de son exercice... Il nous faut donc trouver un nouveau préfet à la Congrégation pour la Doctrine de la Foi...

– Avez-vous quelqu'un en tête ?

– Pas encore. Mais nous savons tous deux que la Congrégation est l'instrument le plus puissant du pouvoir dans l'Église. Nous nous plions tous à ses exigences puisque sa raison d'être est la défense de la base même de l'Église – la pureté de l'enseignement que nous avons reçu du Christ et qui nous est transmis depuis les temps apostoliques... Clemens a cru que je plierais comme les autres, parce que je n'ai pas encore recouvré toutes mes forces et que je n'oserais pas aliéner l'héritage de l'ancienne foi. Il s'est trompé, comme s'est trompée la Congrégation, lourdement, si souvent pendant des siècles. Je vais la réformer, de fond en comble. Je vais la purifier de ses fautes passées, de la tyrannie de l'Inquisition, je vais supprimer le secret et anéantir l'iniquité de ses méthodes. La Congrégation est un instrument de répression; elle l'a toujours été. Je vais en faire un instrument de témoignage, par lequel non seulement notre doctrine, mais la charité qui devrait être celle d'une Assemblée chrétienne pourront être jugées, par tous.

Il s'interrompit, il était rouge et exalté. Puis il s'assit, se frottant les mains et le front. Drexel lui tendit un verre d'eau et lui demanda très uniment :

– Comment, Sainteté, comptez-vous y parvenir ?

– Par *motu proprio*. J'aurais besoin de vous pour l'élaborer.

– Vos besoins, Sainteté, ne s'arrêteront pas là, fit Drexel avec un petit rire. Quatorze cardinaux, huit évêques, dirigent la Congrégation. Vous ne pouvez pas les renvoyer tous. Et qu'allez-vous faire de Clemens ? Aux yeux de tous, il est votre homme. Vous ne pouvez quand même pas exposer sa tête au bout d'une pique à la porte Angelica !

– Je n'y pense pas. Je l'attirerai au contraire tout près de moi. Je lui donnerai votre place de cardinal camerlingue et le ferai en outre préfet de ma maison. Cela ne sonnera-t-il pas bien ?

– Cela fera le plus grand effet, répliqua Drexel narquois. Votre Sainteté, d'évidence, est tout à fait guérie.

– Ne vous en plaignez pas. (Le pape était redevenu morose). J'ai changé, Anton. J'ai changé jusqu'au tréfonds de moi-même. Je suis décidé à réparer les dommages que j'ai causés à l'Église. Mais il y a un point sur lequel je n'ai pas changé. Je demeure un paysan, une tête de lard. Je ne tiens pas à la bagarre; mais si l'on m'y force, je vaincrai ou me démettrai.

214

Anton Drexel estima prudent de changer de sujet. Il demanda :

– Avant que vous ne retourniez au Vatican, pourrais-je vous amener Britte et sa mère ? Votre portrait est fini. Il est très réussi...

– Demain à 11 heures, cela irait-il ?

– Nous y serons. Vous savez, Sainteté, Tove Lundberg traverse une mauvaise passe. Il serait bon que vous l'encouragiez à vous en parler.

– Je le ferai. Vous emmènerez Britte dans le jardin pour me laisser avec elle.

Sur le chemin de Castel Gandolfo à sa villa, Drexel passa en revue les événements de la matinée. Le plus significatif d'entre eux et le premier avait été la réapparition de l'ancien Léon XIV, l'homme qui n'ignorait rien du fonctionnement de la machine et savait quels centres nerveux actionner pour la contrôler. Il avait balayé ses doutes. Toute son ardeur lui était revenue. Il travaillerait sans relâche à atteindre le but qu'il s'était fixé. En avait-il décidé sagement ? C'était une autre affaire. Mais on ne pouvait nier qu'il obéissait au sens de l'histoire.

Avant le XVIᵉ siècle, les affaires de l'Église universelle, y compris en matière doctrinale, étaient du ressort de la Chancellerie apostolique. En 1542, Paul III – Alexandre Farnèse – avait fondé la Sacrée Congrégation de l'Inquisition. Dans ses commencements ce fut une institution provisoire, qui fut remplacée par des commissions séculières sous Pie IV, Grégoire XIII et Paul V. La stabilité lui fut donnée par Sixte Quint, qui avait été lui-même inquisiteur à Venise et qui se montra un pape d'une sévérité draconienne ; qui imposa la peine de mort pour le vol, l'inceste, l'adultère et la sodomie. Ce fut lui qui encouragea Philippe II à lancer contre l'Angleterre l'Invincible Armada, et, après la destruction de celle-ci, suspendit les règlements auxquels il s'était engagé envers son allié. Pie X en changea le nom en celui de Saint Office et Paul VI le rechangea en celui de Doctrine de la Foi.

Mais le caractère essentiel de l'institution ne changea pas. Elle demeura fondamentalement autoritaire, répressive, punitive, secrète et inéquitable par ses méthodes.

215

Au sein d'une institution comme l'Église catholique romaine, bâtie sur l'ancien modèle impérial centralisé, l'institution inquisitoriale ne disposait pas seulement d'un immense pouvoir, elle était le symbole de tous les scandales qui avaient affecté l'Église au cours des siècles : la chasse aux sorcières, la persécution des juifs, les bûchers de livres et d'hérétiques, les douteuses alliances avec les colonisateurs.

Dans le monde post-conciliaire, elle représentait la réaction, l'opposition aux réformes et aux progrès engagés par le concile. Léon XIV l'avait utilisée dans ce but. Il connaissait sa puissance. Son désir de réforme donnait toute la mesure du changement qui s'était accompli en lui.

Les moyens auxquels il songeait ne manquaient pas d'intérêt. Un *motu proprio* est un document publié par le pape à sa seule initiative et sous sa seule signature. C'est donc, en un certain sens, une directive personnelle. Qui l'exposait à l'opposition des Congrégations et des plus hautes instances de la hiérarchie, mais lui permettait d'engager toute son autorité en des matières où il possédait de fortes convictions.

La voiture qui le transportait n'avait pas encore tourné dans l'allée de sa villa que Drexel était persuadé qu'il y aurait de l'orage, mais que Ludovico Gadda avait des chances d'y survivre.

11.

Matt Neyland voyait s'approcher le terme d'une journée très satisfaisante : après avoir travaillé le matin à son livre, il avait déjeuné, joué au tennis et nagé, enfin dîné chez Romolo avec Malachie O'Rahilly, un dîner de réconciliation. Le secrétaire papal était toujours aussi éloquent mais une suite de combats au service du Seigneur et de son vicaire terrestre l'avait manifestement meurtri.

– ... Je demeure hanté par cette conférence de sécurité et la fin du malheureux Lorenzo de Rosa et de sa famille. Il faut vraiment que j'aie été fin saoul pour m'exhiber comme je l'ai fait devant toutes ces éminences... Et l'on ne me laisse pas l'oublier. Ce soir-même, comme j'arrivais en ville, j'ai eu droit à une admonestation du patron en personne... « Malachie, m'a-t-il dit, je n'ai pas à me plaindre personnellement de vous, mais mon petit doigt m'a dit certaines choses dont je sais qu'elles sont scandaleuses et dont vous savez qu'elles sont vraies. La perte des Latins, c'est la femme ; celle des Celtes, c'est l'alcool. Faites-donc attention, voulez-vous ? Et promettez-moi de ne jamais conduire sur ces routes de montagne en ayant bu plus d'un verre. » Ils sont après moi, Matt. Ou peut-être est-ce moi qui m'en veux à moi-même. Il est peut-être temps pour moi de changer ou de prendre contact avec les Alcooliques anonymes. Qu'en penses-tu ?

– Je ne fais plus partie du club, dit Matt Neylan fermement. Toi et moi raisonnons désormais dans des catégories différentes.

Mais la vieille règle est toujours valable : si la chaleur ne te conviens pas, sors de la chaudière. Si tu ne supportes pas l'alcool, ne bois pas.

– Es-tu heureux, Matt, à présent ?

– Oui. Très heureux.

– Quand vas-tu rentrer chez toi ?

– Je ne sais pas encore – probablement au début de l'automne. Le gérant s'occupe bien de la ferme et je suis content de travailler ici – au moins pour le moment.

– Vis-tu toujours... Es-tu toujours seul ?

– Je n'ai pas de concubine, si tu vas par là. Je me contente pour l'instant de secours temporaires... Et que se passe-t-il au Vatican ?

– Pour l'instant, rien. Mais je pense qu'il y aura du sport quand le Vieux va revenir. Il reprend force tous les jours. Hier, il a descendu Clemens. Tu le connais, ce n'est pas un tendre. Il ne l'a vu que cinq minutes et il en est ressorti avec une tête de condamné à mort. Drexel a pris sa retraite... Un orage s'annonce. Et on aimerait bien qu'il éclate. A propos, Drexel et le Vieux se font beaucoup de souci pour Tove Lundberg et sa fille. C'est elle qui...

– Je la connais, je l'ai rencontrée.

– D'après les gens de la sécurité, elle figurerait sur une liste d'otages éventuels. Elle est protégée en permanence. Le Vieux lui a proposé de s'installer au Vatican. Elles ont refusé. Je ne les en blâme pas. Que pourra-t-il leur arriver de bon dans notre citadelle de célibataires ? Mais j'ai une idée derrière la tête que je n'ai encore dite à personne... Ne pourrais-tu pas les héberger chez toi en Irlande, en paying-guests ? Jusqu'à ce que les choses se tassent, évidemment.

Matt Neylan jeta la tête en arrière et se mit à rire aux larmes.

– Malachie ! Vraiment, on lit en toi à livre ouvert ! J'entends d'ici le dialogue... « C'est une merveilleuse idée, Sainteté ! Elle m'est venue en dormant, comme les visions de Joseph. J'en ai parlé à mon vieil ami Matt Neylan – c'est une belle âme, bien qu'il ne croie même plus en avoir une – et il offre le vivre et le couvert à la mère et à l'enfant ! »

– Alors tu es d'accord ?

– C'est toi qui cherches un refuge, n'est-ce pas, Malachie ? Tu as peur qu'ils te renvoient à ton évêque et que celui-ci t'affecte pour changer à la pastorale ? C'est bien ça, n'est-ce pas ?

– C'est bien ça. A toi, je ne dirai pas le contraire.

– C'est bon. Je marche. Dis-le à Drexel. Dis-le à Sa Sainteté. Si par hasard je revoyais la dame, je le lui proposerais moi-même.

– Matt, tu es un seigneur !

– Je suis un triste renégat qui dispose de plus de temps et d'argent qu'il n'en a jamais eu. Mais un de ces jours, je me réveillerai... C'est toi qui paies la note, tu te souviens ?

– Comment aurais-je pu l'oublier ?

Quand Malachie O'Rahilly l'eut quitté, Matt Neylan passa le Tibre, flâna quelque temps piazza del Popolo et prit un taxi qui le déposa à l'Alhambra Club. C'était l'heure qu'il redoutait le plus dans sa nouvelle existence. L'heure où l'estomac est plein et où le lit est vide et où n'importe quelle femme convient pour le remplir. A l'Alhambra, il retrouvait tous les autres hommes qui se trouvaient dans le même cas. Il y avait, bien entendu, mille autres solutions. Les journaux du soir publiaient des pages entières de petites annonces : masseuses, manucures, secrétaires intimes y foisonnaient ; une douzaine d'autre boîtes offraient les mêmes possibilités que l'Alhambra, il y avait les tables qui s'alignaient le long de la via Veneto, devant Doneys et le Café de Paris. Il les avait tous essayés ; mais tous ces endroits étaient trop publics et les rencontres trop souvent malheureuses ou ennuyeuses. A l'Alhambra, il était connu. Les filles l'accueillaient d'un sourire, sollicitaient son attention – et Marta lui avait assuré, sans paraître plaisanter, qu'elles étaient saines, car la direction exigeait d'elles un examen médical hebdomadaire et celles à qui il adviendrait de « poivrer » un client régulier passeraient un mauvais quart d'heure. La garantie était peut-être hasardeuse ; mais il éprouvait là le sentiment de sécurité et de propriété que ses tardives émotions réclamaient.

La soirée était calme. Il prit le temps de bavarder à l'entrée avec Marta. Les filles attendaient par petits groupes, prêtes à surgir sitôt qu'il s'assoirait à une table, aussi il se percha sur un tabouret du bar et entama un dialogue avec le barman, chaleureux Tunisien qui savait y faire pour assurer la tranquillité d'un buveur généreux désireux d'être seul.

Neylan avait bu la moitié de son deuxième verre lorsqu'un homme s'installa sur le tabouret voisin du sien et demanda :

– Puis-je me joindre à vous ? J'ai besoin d'un répit avant d'affronter toutes ces femmes.

– Je comprends ça. Je vous invite. Que prenez-vous ?

– Un café, s'il vous plaît, et de l'eau minérale.

Il se présenta dans les règles :

– Je m'appelle Omar Asnan. Je vous ai vu souvent, mais nous ne nous sommes jamais parlé.

– Matt Neylan.

– Anglais ?

– Irlandais.

– Je suis moi-même iranien. Vous habitez Rome ?

– Depuis de nombreuses années. Je suis écrivain.

– Mon métier est beaucoup plus prosaïque. Je suis négociant, import-export. Quel genre de livres écrivez-vous, monsieur Neylan ?

– Je travaille en ce moment à une étude sur la diplomatie religieuse et politique, centrée sur celle du Vatican.

– Vous connaissez bien le Vatican ?

– Assez bien, oui. Mon travail m'amène à fréquenter ses archives.

– C'est passionnant. Je suis moi-même musulman, bien sûr. Mais j'aimerais beaucoup le visiter un de ces jours.

– Il y a des visites quotidiennes : Saint-Pierre, le musée, la routine, quoi. Mais il est possible d'obtenir l'autorisation de visiter la bibliothèque et d'autres endroits...

– Il faudra que j'y songe. Vous avez des contacts ici ? Vous en avez évidemment...

– J'en ai quelques-uns, oui.

– L'idée de société théocratique me fascine. Elle s'est imposée dans certains pays islamiques, à commencer par le mien.

– Je crois que je vais filer d'ici, dit Matt, qui souhaitait changer de sujet le plus vite possible. Je suis venu ici pour me distraire, mais la soirée s'annonce morne et pourrait se révéler chère. Je vais filer.

– Attendez! fit Asnan lui posant la main sur le bras. Vous vous ennuyez ? Moi aussi. Mais le remède est facile. Connaissez-vous un endroit appelé Il Mandolino ?

– Non.

– C'est dans une vieille maison qui donne sur une place minuscule derrière la Piazza Navona. On y voit un tas de gens. Deux garçons et une fille y font chaque soir de la musique, ils chantent des chansons populaires de tout le pays. On commande un verre, on s'installe dans un fauteuil ou sur un coussin, et on écoute. C'est tout ce qu'il y a de simple et très reposant... Bien sûr, ce n'est pas l'endroit où trouver une femme ; mais on s'y détend très bien en fin de soirée. Voulez-vous l'essayer ?

Après un bon dîner et deux cognacs, Neylan était tout disposé à suivre le conseil. La proposition lui sourit encore plus quand Asnan lui eut dit que son chauffeur l'attendait dehors et qu'il le ramènerait chez lui. Il s'arrêta en sortant dans le réduit de Marta pour acheter des cigarettes. Neylan lui souhaita discrètement bonne nuit et lui confirma de même la date de leur déjeuner.

Après leur départ, elle se dirigea vers le téléphone public de l'établissement et composa le numéro d'Aaron ben Shaul.

Le souverain pontife ne dormait plus que par intermittence ; c'était l'un des côtés les plus déplaisants de sa convalescence. Si fatigué qu'il fût en allant se coucher, il se réveillait trois heures plus tard et n'avait plus qu'à se mettre à lire en attendant que le sommeil le reprenne une heure plus tard, pour deux heures de plus. Salviati l'avait prévenu que la chose était courante après les interventions cardiaques, le mettant en garde contre l'abus des somnifères et la dépendance qui en résulterait. Il lui avait fortement conseillé de laisser se rétablir de soi-même le rythme naturel de son repos. Il avait sur sa table de nuit un livre et un carnet. Lorsqu'il s'embarquait, comme souvent, à ruminer sur son rôle futur, il s'obligeait à écrire ses pensées, comme si les préciser de la sorte pouvait excorciser la panique latente qu'elles nourrissaient en lui.

« ... Aujourd'hui, je n'ai pas été fier de moi. Je suis retombé, et Drexel s'en est bien aperçu, dans les vieux tics du pouvoir. Envers Clemens, j'ai agi sous l'empire d'une certaine frayeur. Il avait mal agi. Je me suis senti menacé, et vulnérable. J'ai riposté durement et brutalement, sachant que les forces me manqueraient pour un long combat. Je regrette moins le mal que je lui ai fait que mon propre échec à me conduire en chrétien, avec charité. Je suis loin, semble-t-il, d'avoir retrouvé mes forces. Je suis très loin de pouvoir reprendre le fardeau de ma fonction.

« ... Mais je suis toujours convaincu d'avoir déterminé le point de départ d'une réforme. J'ai affaire à une administration qui, au sein de l'Église, soulève depuis très longtemps désaccords et mécontentement. Il faut la remodeler. Si j'y parviens, j'aurai fait pour l'Église ce que Salviati a fait pour moi, j'aurai contourné un obstacle à l'écoulement vital du sang de l'Église.

« Je n'attaquerai personne. Je n'obscurcirai pas la doctrine essentielle de la foi. Je ne créerai pas la confusion en apparaissant contredire les décrets des papes antérieurs – ou ma propre politique de rigueur. Je me crois capable d'entamer le processus de la décentralisation, comme Drexel n'a pas pu le prévoir.

« ... Grandes espérances ? Certes ! Et je dois m'en méfier. Quoi qu'il en soit, je suis logique. Une fois changées les règles, une fois rendues impossible les dénonciations secrètes d'un homme ou d'une œuvre, dès lors que l'accusé aura pleine connaissance des charges retenues contre lui, dès lors qu'il aura droit à un défenseur compétent et à un procès public, dès lors que le libre exercice de ses fonctions lui sera garanti jusqu'à son jugement, alors tout changera.

« Les pièges médiévaux seront bannis des procédures judiciaires. Dans les affaires de mariage, le vieux principe qui faisait préférer l'engagement à la personne est foncièrement inéquitable. Encore que je doive confesser avoir jugé différemment. En certaines matières, dont l'urgence ne manquera pas, tôt ou tard, de s'imposer à l'Église – le mariage des prêtres, l'ordination des femmes, l'évolution de la doctrine – il devrait être au moins possible de discuter librement entre spécialistes compétents et autorités compétentes, et d'engager des débats ouverts dans les dicastères de l'Église.

« ... Voici où je me crois conduit : au chemin ouvert par Vatican II et par l'homme qui le convoqua, Jean XXIII. Je dois m'attendre comme lui à des résistances – et même à des complots – contre ce grand dessein. Je dois m'attendre de même à trouver en moi-même mon pire ennemi. Pourtant je dois aller de l'avant. Mais pas cette nuit ni même demain... »

La soirée de Matt Neylan à Il Mandolino fut une plaisante expérience. Le cadre en était un bâtiment du XVIe siècle, construit sur des voûtes romaines, les murs étaient décorés d'instruments de musique anciens. La salle où jouaient les musiciens ne pouvait contenir plus d'une trentaine de personnes, lesquelles disposaient de fauteuils confortables, d'alcôves et de banquettes garnies de coussins. Le trio était plein de talent et entraînait par sa musique dans un agréable voyage autour de l'Italie.

Omar Asnan lui-même était un compagnon plaisant, enjoué et discret. Il parlait avec beaucoup de vie des risques, des obstacles et des comédies du négoce avec le Moyen-Orient. Il expliqua à Matt Neylan le phénomène de la renaissance islamique et les conflits entre chiites et sunnites. Le rejet par Matt Neylan de sa propre foi l'intéressa, et il lui suggéra, avec diplomatie, de s'intéresser un jour à l'islam.

Neylan pour sa part lui proposa d'organiser pour lui une visite du Vatican grâce à l'un de ses amis, Peter Tabni, consulteur de la Commission pour les relations avec l'islam. Omar Asnan s'étonna de l'existence d'une telle organisation. Et se déclara enchanté à la perspective de cette visite.

Revenant chez lui dans la limousine d'Asnan, Matt Neylan éprouvait un grand sentiment de bien-être et la certitude d'avoir assisté à un rite – si mineur fût-il – de vraie civilisation dans une ville gagnée par la barbarie. Il nota d'appeler Peter Tabni, posa la carte d'Omar Asnan à côté de cette note et se prépara à se coucher. Cette nuit au moins, il n'aurait pas à s'inquiéter d'avoir attrapé autre chose de plus sérieux qu'un rhume. Et sa dernière réflexion fut pour se dire qu'il avait décidément gaspillé beaucoup de temps et d'argent à des aventures minables.

La plus importante des activités que releva Malachie O'Rahilly dans l'agenda du pape était son rendez-vous avec Tove Lundberg, Britte et le cardinal Drexel. Il en profita pour mentionner son dîner avec Matt Neylan. La réponse fut cordiale et le pape se montra intéressé.

– Vous faites bien de garder le contact avec lui, Malachie. Le cardinal le tenait en grande estime, malgré sa défection.

– C'est un homme brillant, Sainteté, et généreux. Je lui ai demandé la nuit dernière un grand service.

– Vraiment ?

– Nous parlions de Tove Lundberg et de la menace à laquelle elle est exposée. Il se trouve qu'il la connaît. Ils ont fait connaissance chez un journaliste de leur amis. Quoi qu'il en soit, il possède une petite ferme en Irlande. Je lui ai demandé s'il accepterait d'y héberger les Lundberg, si elles désiraient s'éloigner d'Italie.

Cela m'a semblé une alternative convenable à l'offre de Votre Sainteté. Il m'a répondu qu'il serait heureux de les y recevoir.

— C'est très avisé de votre part, Malachie, et très généreux de celle de Neylan. J'en informerai Tove Lundberg. Si la chose l'intéresse, elle en discutera elle-même avec Neylan. Et maintenant, Malachie, nous avons à nous parler.

— Très bien, Sainteté.

— Asseyez-vous. Depuis combien de temps travaillez-vous auprès de moi, Malachie ?

— Six ans, Sainteté ; trois ans comme assistant, trois ans comme premier secrétaire privé.

— Vous m'avez bien servi.

— Je m'y suis efforcé, Sainteté.

— Je n'ai jamais été un maître très facile... Vous m'avez dit, je me souviens, que vous aimiez vous battre... Je pense cependant que le temps est venu d'un changement pour nous deux.

— Vous n'êtes pas content de mon travail, Sainteté ?

— Votre travail est excellent, Malachie. Et j'ai grand plaisir à vous avoir auprès de moi. Vous avez beaucoup d'humour. Mais vous avez deux points faibles qui ont été malheureusement remarqués de certains membres importants de la curie Vous parlez trop et vous supportez mal l'alcool. Pris à part, ces défauts sont gênants. Conjugués ils sont dangereux – pour moi et pour vous.

Malachie O'Rahilly eut froid dans le dos. Ne trouvant rien à répondre, il considéra en silence le dos de ses grandes mains. Enfin, avec un sang-froid qui le surprit lui-même, il prononça :

— Je comprends, Sainteté. Je regrette de vous avoir mis dans la difficile obligation de me dire ça. Quand voulez-vous que je démissionne ?

— Pas avant que nous soyons rentrés au Vatican et que vous ayez eu le temps de mettre votre successeur au courant.

— Qui est-il ?

— Monseigneur Gerard Hopgood.

— C'est un homme bien et un linguiste excellent. Il fera très bien l'affaire. Je pourrais laisser la place une semaine après notre retour.

— Je voudrais vous trouver un travail agréable.

— Avec tout le respect que je vous dois, Sainteté, je préférerais que vous ne vous en occupiez pas.

— Vous avez quelque chose en tête ?

– Oui, Sainteté. Je désirerais prendre un congé de trois mois et suivre en Angleterre une cure de désintoxication, dans un endroit que je connais. Je verrais ensuite si je suis fait pour le sacerdoce et si je suis capable de l'exercer toute ma vie. Le choix sera difficile, après tant d'années et tout ce qu'il en a coûté pour faire de moi un secrétaire du pape. Mais il y a eu au moins une chose dont je suis sûr, je ne veux pas finir en prêtre alcoolique, la soutane couverte de taches de soupe, sans point de chute qu'un couvent de nonnes vieillissantes!

– Je ne me doutais pas que vous éprouviez rien de tel, Malachie. Pourquoi ne m'avez-vous jamais parlé? Après tout, je suis votre pasteur.

– Non, Sainteté, vous ne l'êtes pas! Avec tout le respect que je vous dois, je ne pense pas que vous soyez pasteur du tout. Vous êtes le successeur du prince des apôtres. Je suis le mignon du prince. Vous êtes le berger suprême, mais vous ne voyez pas les brebis. Vous ne voyez jusqu'à l'horizon qu'un immense tapis de dos laineux. Ce n'est pas votre faute. C'est la faute à ce qu'est devenue l'institution à travers les siècles. On parle des Russes ou des Chinois, mais c'est nous qui constituons la plus vaste communauté du monde! Et jusqu'à ce que vous tombiez malade et soyez ramené à vous-même, c'est ainsi que vous conceviez votre rôle. C'est bien pourquoi cette communauté se trouve aujourd'hui dans l'état précaire qui est... Pardonnez-moi! Je n'ai pas le droit de parler ainsi; mais il y va de ma vie, du salut de mon âme!

– Je ne vous blâme pas, Malachie. Dieu sait que j'ai assez de fautes à me reprocher. Mais je vous en prie, faites-moi confiance si vous le pouvez. Est-il quelque chose que je puisse faire pour vous?

– Oui. Il y en a une.

– Dites.

– Si, à la fin de ma cure, dont la perspective ne m'attire pas du tout, je m'apercevais que je ne puisse plus supporter ma condition, j'aimerais que vous me laissiez partir – vous, personnellement, parce que vous en avez le pouvoir. Je ne veux pas avoir à composer avec des conseillers forcés, passer par la machine à broyer des tribunaux. Si je venais de bonne foi dans cet esprit, je voudrais un départ honorable. Votre Sainteté me le permettrait-elle?

– Pourquoi me le demandez-vous maintenant?

– Votre Sainteté le sait bien.

– Je veux vous l'entendre dire, Malachie.

– Parce que je veux faire cette fois un choix d'homme libre.

Pour la première fois, le souverain pontife accusa le coup. Il ne s'était pas attendu à une réponse aussi sèche. Il demanda encore :

– Voudriez-vous dire que vous n'étiez pas libre quand vous êtes devenu prêtre ?

– Voilà la question capitale, n'est-ce pas ? C'est pourquoi avant d'y répondre, je dois aller au désert. Mais, compte tenu de mes racines dans la Sainte Irlande, de toutes les pressions et de tout le conditionnement que j'ai subis depuis que des nonnes s'emparèrent de moi à l'âge de quatre ans pour faire mon éducation, je ne suis pas sûr de l'avoir été. Je sais bien que ce n'est pas là pour les tribunaux un témoignage de grande valeur, mais c'est la vérité. Il en est de même d'un tas de mariages qui tournent au drame, car ils sont faussés dès le départ. Et que faisons-nous ? Nous découplons nos juristes contre leurs victimes sans jamais leur manifester ce que nous sommes censés dispenser : la compassion du Christ ! Je ne suis pas sûr que ce que je dis ait le moindre sens pour vous. Je l'espère toutefois ; parce que je saigne. Vous venez d'agir comme agit toujours cette maudite bureaucratie. Vous m'avez renvoyé sur dénonciation anonyme. Je pense que je méritais mieux que ça.

Léon XIV fut d'abord stupéfait de la vigueur de l'attaque, puis la honte et le remords l'écrasèrent. Il venait, exactement, de rejeter sur ouï-dire un fidèle serviteur. Et, se rappelant sa propre enfance, combien tôt et rigidement on lui avait formé l'esprit, il sut qu'O'Rahilly avait raison. Il chercha les mots qui lui permettraient d'exprimer ses émotions confuses.

– Je vous comprends, Malachie. J'ai mal agi. J'espère que vous me pardonnerez. Je prierai chaque jour pour vous, pour que vous puissiez vivre en paix votre vocation. Si vous ne trouviez pas cette paix, alors je vous en libérerais par rescrit personnel. J'aurai appris cela durement : il ne doit pas y avoir d'esclaves dans la cité de Dieu.

– Merci, Sainteté. Voyez-vous autre chose ?

– Non, Malachie, vous pouvez disposer.

Ce fut un moment mélancolique. Affluèrent les souvenirs de Lorenzo de Rosa, de la défection de Matt Neylan et, au-delà de ces malheurs proches, et, loin au-delà et plus graves, ceux des séminaires vides, des couvents sans novices, des églises aux prêtres

226

âgés, des congrégations vieillissantes, des hommes et des femmes de bonne volonté dégoûtés du cléricalisme, qui se retranchaient en petites cellules à l'intérieur de la grande assemblée dont ils se défiaient parce que le *fiat* et non pas la foi la menait.

La visite de Tove Lundberg et de Britte ne le rasséréna pas. Le portrait lui plut beaucoup. L'adolescente fut heureuse de l'en voir heureux, mais la communication était difficile et il fut soulagé quand Drexel l'emmena pour lui montrer le château. Tove, pour sa part, dépeignit sa situation avec un humour noir.

— Je suis traquée par des mollahs fous, mais à part ça, je suis la fille la plus chanceuse du monde. Un premier homme veut m'épouser ; un second me propose une ferme en Irlande ; un troisième – Nonno Drexel – veut m'envoyer faire des études en Amérique. Et Votre Sainteté me propose de l'argent. Enfin ma fille s'estime armée pour quitter la maison. Je me demande pourquoi je ne suis pas heureuse ?

— Vous êtes très en colère, n'est-ce pas ?

— Oui.

— Pourquoi ?

— Parce que tout le monde veut agir pour moi et que personne ne s'interroge sur ma volonté propre.

— N'allez-vous pas un peu loin ? Nous nous faisons tous beaucoup de souci pour vous et pour Britte !

— Je le sais, Sainteté. Et je vous en suis reconnaissante. Mais ma vie m'appartient. Britte est ma fille. Et c'est à moi de décider ce qui vaut le mieux pour nous deux. Je me vois à présent tirée à hue et à dia comme une poupée de son. Je ne peux pas supporter ça. Je ne peux pas.

Et soudain elle fut en larmes et le pape, près d'elle, lui caressa les cheveux et la réconforta, comme elle l'avait réconforté lui, avec des paroles apaisantes.

— Allons ! Tout ne va pas si mal que ça ! Il ne faut pas repousser ceux qui vous aiment. C'est vous qui m'avez dit ça, tout au début. Je vous ai crue. Ne pouvez-vous pas me croire, si peu que ce soit ? Pourquoi rejeter cette proposition irlandaise – vous pourriez être en vacances là-bas ?

Un sourire incertain apparut derrière les larmes, et, s'essuyant les yeux, elle lui dit :

— Je ne sais pas si ce serait bien raisonnable...

— Où est le risque ?

– Comment, Sainteté ? Vous ne savez pas ? Les Vikings ont brûlé Dublin, il y a des siècles, et les Irlandais ne l'ont jamais oublié !

Un autre visiteur était inscrit dans son carnet de rendez-vous : l'abbé du monastère byzantin de Saint-Neilus ; distant de quelques kilomètres, il s'élevait à Grottaferrata. L'abbé Alexis qui faisait fonction d'évêque aux alentours de son couvent, était un vieil homme, robuste encore et vif d'esprit, qui irradiait une sérénité extraordinaire. Sa visite annuelle à Castel Gandolfo se faisait en voisin, sur un mode presque intime.

Le monastère avait mille ans. Son origine remontait aux premières communautés helléniques de Calabre et d'Apulie. Le premier apport grec était mélangé d'Albanais et d'autres ethnies de l'ancienne Illyrie qui, en dépit de difficultés et de frictions constantes, avaient réussi à préserver leurs rites, leurs coutumes et leurs privilèges, ainsi que leur union avec Rome, cela malgré le Grand Schisme.

Les moines contemporains étaient presque tous italo-albanais mais ils étaient de rite grec. Leur bibliothèque contenait des manuscrits de valeur. Ils dirigeaient un séminaire de formation de prêtres du rite byzantin, une école de paléographie, d'enluminure et de restauration. Léon XIV avait toujours vu dans cet établissement l'une des étapes possibles sur le long chemin de la réunion avec les Églises orthodoxes d'Orient. Sans cependant avoir trouvé le moyen d'en utiliser les ressources. Peut-être était-il trop tard, mais il était aujourd'hui prêt à admettre qu'à leur première rencontre, il avait estimé un peu trop acéré l'humour de l'abbé.

Comparant les avantages du clergé marié de l'église orthodoxe et ceux du clergé célibataire de la romaine, l'abbé avait remarqué : « Notre option est, je le pense, la meilleure. Tant qu'à vouloir des ouvriers à la vigne, autant ne pas les empêcher d'apporter leur déjeuner. » Quant à la passion romaine de légiférer, elle lui inspirait cet aphorisme : « Ce n'est pas l'Église qui mène le peuple de Dieu. C'est Dieu qui l'attire à Lui, par l'Église quelquefois, quelquefois en dépit d'elle ! »

Devenu vieux, l'abbé était devenu contemplatif et son pouvoir de lire dans les cœurs humains et de leur apporter la paix était devenu légendaire. Déprimé par ses derniers entretiens, le pape

228

fut soulagé de le voir. Il avait apporté un cadeau – édition fac-similé du bien le plus précieux du monastère qui était un *typikon*, ou compendium liturgique du XIe siècle. Une belle dédicace tirée de l'épître de Jean accompagnait ce don : « Très cher, je souhaite que tu prospères à tous égards et que ton corps se porte aussi bien que ton âme. »

Ils se promenèrent dans le jardin et, comme Tove Lundberg lui avait appris à le faire, Léon XIV s'ouvrit sans contrainte de ses soucis.

– Il y a beaucoup d'ironie dans ma situation. Je vois toutes les fautes que j'ai faites. Et je vois encore plus clairement combien peu il me reste de temps pour les réparer.

Le vieil homme rit, d'un rire clair et léger comme celui d'un enfant.

– Ayez donc confiance en Dieu. Ne veille-t-il pas sur ses enfants ?

– Si les choses étaient si simples !

– Elles le sont. Que nous disent d'autre les paraboles : « Voyez les lys des champs, ils ne travaillent ni ne filent... » C'est notre rage d'action qui nous détruit tous. Nous sommes si affairés à administrer, organiser, légiférer que nous perdons de vue les desseins de Dieu pour nous-mêmes et notre planète. Vous êtes encore fragile. Plus fragile que moi qui ai quinze ans de plus que vous. Donnez-vous davantage de temps avant de reprendre le collier. Ne vous laissez pas enterrer sous les détails, comme votre entourage a tendance à le faire. Un seul mot de votre part, au bon moment, en fera davantage qu'une semaine d'agitation dans les congrégations.

– Malheureusement, les mots ne me viennent pas comme ça. Et plus il les faudrait simples, plus il m'est difficile de les dire.

– C'est peut-être, fit doucement l'abbé, que vous voulez parler deux langages à la fois, celui du cœur et celui de l'autorité.

– Et, seigneur abbé, lequel aimeriez-vous entendre de ma part ?

– M'autorisez-vous quelques suppositions, Sainteté ?

– Je vous en prie.

– La même question se pose à moi tous les jours, d'une façon dont vous ne pouvez avoir idée. Je suis un vieil homme. Je n'ai plus guère de forces. Considérez ma situation. Avec les monastères de Lungro, de San Demetrio, de Terra d'Otrante et quelques autres, nous constituons un petit groupe de survivants ethniques –

issu des colonies grecques et des tribus dispersées des Balkans. Prêtres et moines, nous sommes les gardiens de l'identité culturelle de nos peuples, de ce qu'il reste de leurs langues, de leurs traditions, de leurs iconographies. Aux yeux de Rome – autrefois au moins – ce devoir était considéré comme un privilège. Pour nous, c'était un droit autant qu'un devoir et ce l'est toujours. Exercer ce droit implique de le mériter et de démontrer que nous le méritons. Aussi, en tant qu'abbé, il me faut maintenir au sein de notre communauté une discipline telle qu'elle nous place vis-à-vis du Vatican au-dessus de toute critique. Ce n'est pas toujours facile. Mais je me suis rendu compte, au fil des années, qu'il vaut mieux persuader qu'imposer. La différence entre vous et moi, c'est que je peux toujours dialoguer d'homme à homme avec ceux dont j'ai la charge. En dehors de votre résidence, cela vous est impossible. Vos propos sont interprétés par des rhéteurs officiels et traduits par des journalistes. Votre voix authentique n'est jamais entendue. Regardez-nous, tous deux ! En dehors de l'heure trop brève que nous passons aujourd'hui ensemble nous pourrions aussi bien vivre sur des planètes différentes...

– On m'a donné le conseil, dit lentement le pape, d'entamer une décentralisation, de rendre aux évêques leur autorité apostolique. Qu'en pensez-vous ?

– En théorie, c'est possible et désirable. Nous autres byzantins en sommes un exemple. Nous reconnaissons l'autorité du pape et nous préservons notre identité et notre autorité d'église apostolique. Ça marche, parce que les barrières des langues et des coutumes nous protègent des ingérences romaines. Mais si vous essayiez de faire de même avec les Anglais, les Français, les Allemands, vous soulèveriez les oppositions les plus inattendues. Considérez ce qui se passe en Hollande depuis des années ! Les Hollandais ont revendiqué les libertés reconnues par les décrets de Vatican II. Aussitôt les prophètes de malheur se sont mis à crier sur les toits. Et Rome a serré la vis. L'Église de Hollande s'est trouvée déchirée et il s'en est fallu de peu qu'un schisme n'éclatât. Je dis toujours à mes moines : « Avant d'entamer une révolution, pensez à ce que vous mettrez à la place de ce que vous détruisez – sinon vous créerez un vide que sept démons s'empresseront de remplir !

Leur marche les avait amenés près d'une petite tonnelle sous laquelle il y avait un banc et une table de pierre. Un jardinier travaillait à quelques pas de là. Le pape l'appela et lui demanda de commander du café et de l'eau minérale à la cuisine. Lorsqu'ils furent assis, il demanda simplement :

– Seigneur abbé, m'entendriez-vous en confession ?

Le vieil homme ne montra pas de surprise.

– Bien sûr, si tel est le souhait de Votre Sainteté.

Ils étaient assis côte à côte, penchés sur la table. Léon XIV parlait, tantôt hésitant, tantôt par rafales de mots, se libérant des remords et des confusions qui s'étaient accumulées comme des feuilles mortes dans les replis de sa conscience.

Il parla sans réserve, car cette fois il ne demandait pas conseil et n'aurait pas d'avis à peser. C'était autre chose, c'était l'accomplissement de la *metanoia*, la purge de la culpabilité, l'acceptation de la pénitence et la résolution de repartir à zéro. C'était un acte anonyme, fraternel et secret ; un frère intercédant pour son frère auprès du Père commun. Quand il eut fini, le pape pénitent inclina la tête pour entendre le vieil homme prononcer en grec les mots de l'absolution.

A la fin de la même matinée, Matt Neylan appela monseigneur Peter Tabni, consulteur à la Commission pour les relations avec l'islam. Il exprima sa demande en termes très prudents.

– Peter, j'ai rencontré un type, un musulman iranien nommé Omar Asnan, qui se dit intéressé par une visite du Vatican. Il réside à Rome ; il fait du commerce, il a de l'argent et il est bien élevé. Je me demandais si vous accepteriez de lui consacrer une heure ou deux.

– Certainement ! Je serais ravi de lui donner une matinée. Comment voyez-vous la chose ?

– Je vais l'appeler pour lui dire que vous prendrez contact avec lui. Vous vous arrangerez tous les deux.

– Vous ne viendrez pas ?

– Il ne vaut mieux pas, Peter. On m'a donné accès aux archives. Je ne veux pas en faire trop.

– Je comprends. Tout va bien, à part ça ?

– Tout va bien pour l'instant. Dites-moi comment ça se sera passé avec Asnan. Je vous inviterai à déjeuner. *Ciao, caro!*

Puis il appela Omar Asnan qui le remercia avec effusion.

– Vous êtes quelqu'un de très ponctuel, monsieur Neylan. Je

n'oublierai pas votre gentillesse. Vous vous joindrez à nous, bien sûr ?

– Malheureusement non. Mais monseigneur Tabni s'occupera très bien de vous. Nous nous verrons très bientôt à l'Alhambra.

Alors Malachie O'Rahilly l'appela de Castel Gandolfo. Il était manifestement déprimé.

– Vous devez être devin, Matt.

– Comment ça ?

– Je suis viré. Exactement comme vous l'aviez prévu. Oh, avec beaucoup de gentillesse et de compassion. J'ai trois mois pour arrêter de boire et décider de la suite. Si après ça je ne veux plus continuer, on m'assure une sortie discrète par rescrit privé.

– Malachie, je suis navré.

– Ne le soyez pas. Je ne le suis pas. Je vais réintégrer le Vatican avec le Vieux, installer mon successeur et près ça je pourrai filer.

– Si vous souhaitez souffler quelques jours, installez-vous chez moi.

– Je ne dis pas non. Merci, en tout cas. Mais il y a autre chose : Tove Lundberg. On lui a transmis votre offre ce matin. Elle vous en est très reconnaissante, mais elle veut réfléchir. Elle vous appellera elle-même.

– Quoi de neuf, à part ça ?

– Le portrait du Vieux par Britte Lundberg est superbe. Nous avons eu la visite annuelle de l'abbé de Saint-Neilus – charmant vieil homme, d'une transparence de porcelaine ancienne. En partant, il s'est arrêté à côté de mon bureau, m'a fait un drôle de sourire en biais et m'a dit : « Oubliez votre colère, Monseigneur ! Sa Sainteté vous fait une faveur. » Et, le croiriez-vous, il a cité Francis Bacon : « Les princes sont comme les corps célestes qui influencent le temps en bien ou en mal et sont l'objet de beaucoup de vénération, mais ne connaissent pas le repos. »

– Je ne l'ai jamais rencontré, cet abbé. Il mérite, on dirait, qu'on l'invite à dîner.

– Invitez-moi à la place, Matt. C'est votre tour de le faire et j'ai besoin d'une épaule où m'appuyer pour pleurer.

Il était midi. Matt allait sortir lorsque la sonnette de la porte d'entrée retentit. C'était Nicol Peters. Et derrière lui Marta Kuhn avec un type efflanqué, l'air d'un renard, qu'il n'avait jamais vu. D'évidence, Peters faisait fonction de maître des cérémonies.

– Pouvons-nous entrer, Matt ? Nous avons à vous parler.

– Je m'en doute, dit-il, attendant un mot de Marta, qui ne vint pas.

Il s'effaça pour les laisser entrer. Lorsqu'ils furent assis il resta debout, les considérant tour à tour. Nicol Peters fit les présentations.

– Vous connaissez Marta Kuhn.

– Pas aussi bien que je le pensais, dirait-on.

– Aaron ben Shaul, attaché à l'ambassade d'Israël à Rome.

– C'est fort bien, Nico. Mais j'attends toujours une explication.

– L'explication, c'est moi, monsieur Neylan, déclara Aaron ben Shaul, prenant les choses en main. Je travaille pour les services de renseignement de mon pays. Miss Kuhn est l'un de mes agents. Une partie de notre emploi du temps est consacrée à l'anti-terrorisme. Vous fréquentez l'Alhambra Club. La nuit dernière, vous en êtes sorti avec un certain Omar Asnan, m'a rapporté Miss Kuhn. Ce matin, j'ai reçu un appel de la Clinique Internationale m'informant que vous aviez offert refuge à Tove Lundberg et à sa fille dans votre maison d'Irlande. J'en ai été troublé jusqu'à ce que je découvre que vous aviez fait sa connaissance chez M. Nicol Peters, qui m'a dit qui vous étiez. Cela m'a rassuré, mais j'ai encore quelques doutes.

– A quel propos ?

– A propos de vos sympathies politiques.

– Qui ne regardent que moi !

– Vos activités romaines concernent de fort près les autorités italiennes, le Vatican et nous-mêmes. Où êtes-vous allé la nuit dernière avec M. Asnan ?

– Nous sommes allés dans une petite boîte près de Monteverde Vecchio appelée Il Mandolino. Nous y sommes restés une heure. Après quoi il m'a déposé chez moi.

– Pourquoi avez-vous quitté l'Alhambra avec lui ?

– Compagnon de hasard lors d'une soirée ennuyeuse. Rien de plus.

– Vous fréquentez tous deux l'Alhambra.

– Nous nous y étions déjà vus, mais nous ne nous étions jamais parlé. Miss Kuhn peut sans doute le confirmer.

– Elle l'a déjà fait. De quoi avez-vous parlé ?

– De banalités. Je lui ai dit que j'écrivais un livre. Il m'a dit qu'il était négociant. Quand il a su que je travaillais aux archives du Vatican, il a exprimé le désir de le visiter. Ce matin, je lui ai arrangé un rendez-vous avec l'un de mes amis, Monseigneur Tabni, qui dirige la Commission pour les relations avec l'islam. Tabni lui fera faire la visite à dix dollars. Et c'est tout.

– Ce n'est pas tout, monsieur Neylan. Les choses ne font que commencer. M. Omar Asnan est le chef d'un groupe extrémiste musulman, l'Épée de l'Islam, sur lequel notre ami Nicol Peters a déjà pas mal écrit. J'ai le regret de vous dire, monsieur Neylan, que vous avez ouvert à un assassin la Cité du Vatican.

Matt Neylan s'empara de la chaise la plus proche et s'y laissa tomber.

– Dieu du ciel! Quel fin diplomate je fais! Je n'ai pas vu plus loin que le bout de mon nez!

– Ne vous accablez pas trop, monsieur Neylan, le reprit ben Shaul avec un mince sourire. Vous ne cherchiez qu'à vous amuser, tandis que nous, nous plongeons tous les jours dans la merde. Il y a tout juste un mois, Asnan a tué l'un de nos hommes. Nous n'avons encore rien fait car nous aurions compromis une opération très importante dont l'Alhambra est le centre. Marta est notre résident depuis plusieurs mois. Puis vous êtes apparu...

– Et elle s'est surpassée en faisant ma radioscopie intégrale, physique et mentale! Bravo, chérie!

– Du calme, Matt, lança Nicol Peters prenant part au débat. Vous, vous vous amusiez; elle risquait sa vie.

– Revenons aux choses importantes, reprit l'Israélien. Deux menaces se précisent: un, l'enlèvement d'une femme; deux, une tentative d'assassinat contre le pape. Vous pouvez nous aider à prévenir ces deux crimes. Le voulez-vous?

– Je n'ai pas le choix, il me semble?

– Si. Si vous tenez à rester en dehors de tout ça, nous obtiendrons des Italiens votre expulsion vers l'Irlande, comme étranger indésirable.

– Pour quel motif?

– Pour relation avec un terroriste notoire. Vous avez quitté la secrétairerie d'État du Vatican dans des circonstances peu claires. Rien ne nous empêche de les noircir encore. Nous pourrions aussi vous soupçonner de liens avec l'I.R.A. qui achète souvent des armes ici avec l'argent libyen. Qu'en dites-vous?

– Ce sont des âneries.

– Bien sûr, mais imaginez le scandale! Et vous savez bien à

234

quels ennuis on s'expose une fois fiché par les services de sécurité. D'un autre côté, il vous est loisible de vous joindre à notre charmant petit groupe et de nous aider à faire le ménage. Que choisissez-vous, monsieur Neylan ? La fierté blessée ou un juste combat ?

Matt Neylan ne put se retenir de rire.

– C'est le pire numéro de camelot que j'aie entendu depuis des années !... D'accord, je marche. Que voulez-vous que je fasse ?

12.

— Vous partez demain.

Avec son autorité habituelle, l'homme du Mossad énuméra les détails du voyage à Salviati et Tove Lundberg.

— Aer Lingus jusqu'à Dublin. Départ, 14 h 5 ; arrivée, 16 h 20, heure locale. La sécurité italienne se charge de votre déplacement d'ici à la colonie où vous irez chercher votre fille, puis de la colonie à l'aéroport. Vous serez conduites dans le salon des V.I.P. où les carabiniers prendront soin de vous jusqu'au départ. Vous y retrouverez M. Matt Neylan. Il voyagera avec vous. Vos billets vous seront remis à l'aéroport. Bon voyage et bon retour quand le terrain sera déblayé.

Après son départ, Tove Lundberg et Sergio Salviati se retrouvèrent seuls. Dans un vide étrange, toute dispute épuisée, toute passion bue. Chacun enfermé dans sa solitude. Enfin, Tove parla :

— T'ont-ils dit ce qui se passerait après mon départ ?

— Non. Tout ce qu'ils m'ont dit c'est que la situation arrivait au point de rupture et qu'il fallait t'éloigner.

— Et toi ?

— Je suis celui que tout le monde veut maintenir en vie. Les terroristes eux-mêmes, semble-t-il, ne peuvent pas se passer de plombier.

— J'ai bien plus peur de m'en aller que je n'avais de rester.

Elle frissonnait et semblait se draper dans un invisible manteau.

Salviati s'agenouilla devant elle et lui prit la figure dans les mains.

– Nous avons connu des instants merveilleux. Nous en connaîtrons d'autres.

– J'en suis sûre.

– J'écris à des collègues, en Europe et en Amérique, pour leur demander conseil et assurer à Britte le meilleur avenir possible.

– Voilà ce que je crains le plus : me trouver toute seule avec elle dans un endroit inconnu. C'est terrible de voir sourdre en elle tant d'élans, sans espoir de satisfaction. Je le vois jusque dans sa façon de peindre – elle agresse presque la toile!

– Elle va manquer à Drexel.

– Beaucoup de choses vont lui manquer. Mais il ne se plaindra jamais. Il est bien plus fier et passionné que tu ne pourrais l'imaginer – et en son temps il a eu beaucoup de pouvoir.

– Son maître m'intéresse beaucoup plus que lui. Je ne cesse de me demander quelle terrible espèce de mutant j'ai rendu au monde.

– Il n'est pas si terrible. Pourquoi le vois-tu toujours ainsi?

– Chérie, que voudrais-tu me faire croire? Que tes attentions en ont fait un ange?

– Non. Mais à certains moments, j'ai eu presque l'impression d'avoir affaire à mon père – l'affection refoulée, la compassion qui ne trouve pas de mots pour s'exprimer. Il faut que je parte, la voiture attend. J'ai encore une masse de choses à faire. Des bagages pour l'automne et pour l'hiver.

Elle étendit les mains, attira sa figure vers la sienne et l'embrassa.

– Et maintenant, mon amour, plus un mot. Séparons-nous net. On guérit plus vite. C'est toi qui me l'as appris.

Un instant après Salviati était seul et se demandait pourquoi il avait les yeux humides et les mains tremblantes et comment il parviendrait à réussir un triple pontage à sept heures du matin. Il n'avait pas encore repris tout le contrôle de lui-même lorsque revint l'homme du Mossad.

– Fin de l'acte un, dit celui-ci. Elles n'ont plus rien à craindre jusqu'à l'embarquement. Nous avons répandu dans Rome le bruit que vous aviez rompu et qu'elle était partie passer de longues vacances au Danemark dans sa famille. Nous avons fait disparaître sa voiture dans le garage de l'ambassade. Myriam Latif va être relâchée et rendue saine et sauve à ses parents à Byblos. Elle nous a donné toutes les informations qu'elle détenait et il lui faudra quelque temps pour se remettre du lavage de cerveau que nous lui avons fait subir. Là voilà donc hors jeu, comme Tove Lundberg. Cela oblige Asnan à concentrer ses forces contre le pape et nous laisse libres de concentrer les nôtres contre lui et l'Épée de l'Islam...

— Et moi, où en suis-je ?

— Eh bien, cher professeur, entretenez la fiction de votre rupture avec Tove Lundberg et feignez de commencer à vous intéresser à d'autres femmes. Cela confirmera les bobards que nous répandrons. Et tandis qu'Asnan peaufinera ses plans d'assassinat, nous resserrerons le filet autour de lui et de son groupe.

— C'est une course qui me paraît bien risquée. Qui dégoupillera sa grenade le premier ?

— J'userais d'une métaphore plus agréable, répliqua l'homme du Mossad. Mettons que nous jouions aux échecs. Les deux joueurs savent ce qui se passe. Tout l'art est de faire le bon mouvement et d'en anticiper toutes les conséquences.

Léon XIV élaborait déjà un jeu d'échecs tout différent. Demain dans l'après-midi, il regagnerait le Vatican. Le voyage aurait lieu en hélicoptère, faveur de l'aviation italienne. Ainsi le temps, le risque et la dépense d'un déplacement terrestre seraient épargnés. Le secrétaire d'État lui rendait compte de la situation :

— ... L'Épée de l'Islam prépare déjà un attentat contre la vie de Votre Sainteté. Nous mettons au point des mesures de protection en liaison avec le gouvernement italien et les Israéliens. Vous vous apercevrez à votre retour au Vatican que les impératifs de la sécurité intérieure y sont devenus plus contraignants. A part ça, vous ne trouverez pas de changement dans la routine administrative. La nomination d'un nouveau premier secrétaire et le départ de Monseigneur Malachie O'Rahilly ont été remarqués, et jugés le plus souvent fort sages.

— J'en suis heureux, répondit le pape sans chaleur. La décision m'a été pénible... Vous assisterez à d'autres changements après mon retour.

— Peut-être devrions-nous mettre en route dès maintenant la machinerie ?

Le secrétaire d'État ne pouvait être plus insidieux ni le pape plus abrupt, qui répliqua :

– Quelle machinerie, Éminence ?

– Si Votre Sainteté songe à un consistoire de curie – réunion de tous les cardinaux résidant à Rome –, il faudra envoyer des circulaires, préparer et communiquer un ordre du jour. Si elle pense à un synode, sa convocation demande douze mois de préparation.

– Matteo, je ne vous ai jamais pris pour un imbécile.

– Sainteté, je vous fais confiance.

– Alors soyons clairs. Je n'ai aucune intention d'avoir recours à ces procédures, qui servent si facilement d'excuses à différer d'agir. Je vis à crédit. Je n'ai pas une minute à perdre. Écoutez ! Nous disposons de tous les moyens modernes de communication. A moins que nos financiers ne nous mentent, nous avons fait des investissements substantiels dans les satellites de transmission. Je peux téléphoner ou expédier des lettres à tous les évêques du monde. Le contact est immédiat. Je me propose de travailler avec ces outils-là. Quant à la curie le choix que je lui offre est simple : ou elle travaille avec moi, ou elle attend de pouvoir élire un candidat plus complaisant. Je suis tout prêt à jouer franc-jeu avec les cardinaux, qu'ils y jouent de même avec moi.

– Et s'ils s'opposent à vous ?

– Je respecterai toute opposition loyale, examinerai leurs opinions et agirai selon ma conscience.

– Alors nous en revenons à l'absolutisme papal et adieu une fois pour toute à la collégialité !

– La curie la rejette déjà de facto !

Il était redevenu le rapace posté à la cime de l'arbre, prêt à plonger sur sa proie.

– La plupart de nos frères de la curie ont deux langages. Ils rendent hommage du bout des lèvres à la collégialité, au consensus de tous les évêques, successeurs apostoliques en union avec l'évêque de Rome. Mais ils n'en pensent pas un mot, Matteo. Ils ne songent qu'à maintenir l'oligarchie qu'ils constituent et perpétuent par cooptation, et qui concentre en elle-même tout le vrai pouvoir, le pape ne pouvant faire un seul mètre au-delà des barrières qu'ils élèvent autour de lui ! Vous le savez comme moi. Le jeu est bloqué. Je le jouerai donc tel qu'il se présente. Je suis le successeur de Pierre, souverain pontife et pasteur suprême. Ainsi suis-je qualifié ; j'agirai conformément à ces titres. Avec amour, car, Matteo, j'ai appris l'amour, et sans peur, parce que j'ai regardé notre sœur la Mort en face et je l'ai vue sourire. J'aimerais, j'aimerais tant que vous puissiez me comprendre!

– Je vous comprends, Sainteté, croyez-le. Je vous suis aussi loyal qu'au jour où, nouveau secrétaire d'État, je vous ai baisé les mains.

– J'ai des exigences à vous présenter, Matteo, à vous aussi.

– Je ferai de mon mieux pour les satisfaire; mais je ne suis que ce que je suis. Le seul art que je connaisse est celui du possible. Vienne le jour où vous voudriez me faire jurer que l'impossible est possible, je ne jurerais pas.

– Je ne vous demande pas plus et n'attends pas moins. Mais je vous le dis tout net : je redoute de retrouver ma tâche. Je me fais l'effet d'un prisonnier ramené à sa cellule après une heure au grand soleil.

Agostini lui jeta un bref regard scrutateur et prononça l'avertissement devenu familier :

– Salviati vous l'a bien dit, Sainteté. Vous n'en êtes qu'à la première étape de votre convalescence. N'essayez pas d'en faire trop.

– Ce n'est pas l'action, Matteo, qui pèse. Le vrai fardeau vient du savoir. Je sais mieux que personne comment fonctionne l'Église, certainement mieux que mes prédécesseurs immédiats. Et le problème est là : je le sais trop bien. La Cité du Vatican est certes le siège apostolique, le siège épiscopal de Pierre; mais c'est aussi le siège d'un pouvoir auquel nous ne cessons de vouloir conférer un caractère sacré, qui justifie nos erreurs et nos excès. Et il s'agit là de propagande et non pas de religion. C'est une ruse politique conjuratoire qui impressionne de moins en moins chaque année les fidèles. Regardez-moi! Regardez-vous! Je suis vêtu du blanc de l'innocence et vous de l'écarlate des princes. Notre Maître marchait dans la poussière de la Palestine, dormait à la belle étoile, prêchait d'un bateau de pêcheur. J'ai honte de ce que nous sommes devenus et d'y avoir contribué. Je sais bien ce que vous allez me dire. Je ne peux pas abaisser ma fonction. Je ne peux pas effacer deux mille ans d'histoire. Je ne peux pas évacuer la cité et la livrer aux Vandales. Il est cependant éclatant, Matteo, que nous ne pouvons pas continuer comme ça. Nous conduire en bureaucratie bouffie, criblée de jalousie et d'intrigues. J'en suis certain, l'audit que nous attendons depuis si longtemps sur l'état de nos finances nous dira la même chose en langage de banquier.

240

Et me voilà ramené au début de mon discours. Je me propose d'agir et non pas de présider aux débats d'une curie.

— Alors, Sainteté, permettez-moi de vous donner le conseil que mon père me donna. Il était colonel de carabiniers. Il disait toujours : ne mettez jamais un homme en joue sans être prêt à tirer. Et si vous tirez, ne le manquez pas. Vous n'avez qu'un seul coup.

C'était le même avertissement que lui avait donné, en d'autres termes, l'abbé Alexis : « C'est la passion de l'action qui nous détruit tous ! » Et il ne voyait pourtant pas d'autre moyen de rompre le blocus qu'il avait lui-même imposé. Expédient, inexpédient, opportun, inopportun – tels étaient les vocables majeurs du lexique gouvernemental de l'Église. Ils ouvraient les vannes à d'éternels débats ; pouvaient retarder toute décision jusqu'au Jugement Dernier, sous prétexte que les ultimes conséquences de toute décision n'avaient pas pu être encore envisagées.

Il n'en comprenait pas moins fort bien ce qu'Agostini lui avait dit. Plus nombreuses les questions laissées en suspens, moindre était le risque que vos erreurs soient épinglées pour des siècles. Et cela lui rappela une autre remarque d'Alexis : « Vous êtes interprété par des rhéteurs officiels et traduit par des journalistes. Votre voix authentique n'est jamais entendue ! » Il reprit la remarque à l'intention du secrétaire d'État, qui lui répondit :

— C'est vrai, mais comment pourrait-il en être autrement ? Comment garantir l'exactitude d'une traduction de votre italien dans toutes les langues de la terre ? Impossible. La comédie se répète auprès de la presse avec chaque nouveau pape : « Le Saint-Père est un grand linguiste. Il sait dire " Dieu vous bénisse " en vingt langues... Alors il prend de l'ambition et se lance dans des discours d'école Berlitz, trébuchants et chaotiques ! » Votre Sainteté a eu la sagesse de reconnaître ses limites !

Léon XIV rit. Cette triste histoire courait le Vatican depuis longtemps. Huit ou dix versions en langues différentes d'un *discorso* de six minutes étaient adressées aux pèlerins de la place Saint-Pierre, à seule fin de prouver que le Saint-Père avait le don des langues ! Une autre histoire le concernait lui-même. On avait suggéré, sagement suggéré, de lui faire enregistrer une série de cassettes sous-titrées à l'intention des télévisions mondiales. Mais il avait fallu reculer devant sa repoussante laideur et la permanente sévérité de son expression. Il s'amusait encore de l'embarras de ceux qui s'étaient vus obligés de l'en informer. Agostini profita de sa bonne humeur pour aller plus loin :

– Votre Sainteté le sait, une autre leçon nous a été donnée : l'inflation, l'usure de l'image d'un souverain pontife qui se montre à tout bout de champ pour mieux prouver son souci des affaires des hommes. Vos rapports avec la curie eux-mêmes doivent être mûrement médités ; votre première déclaration devant elle sera cruciale. La guerre se gagne ou se perd au premier coup de feu.

– Dites-moi, Matteo, jugez-vous que je puisse gagner ma guerre ?

– Si elle n'est que la vôtre, non. Vous la perdrez. Si elle est celle de Dieu, vous la gagnerez – mais peut-être pas comme vous l'espérez.

Cette déclaration éclairait d'une lumière nouvelle le caractère de Matteo Agostini, cardinal secrétaire d'État, tout dévoué à l'art du possible, songea le pape en s'y arrêtant.

Dans le salon des V.I.P. de Fiumicino, Matt Neylan prit en charge sa famille provisoire. Il s'efforça au naturel et à l'enjouement, mais le spectacle de Britte – ce corps disloqué, cette figure angélique, cette évidente intelligence et son incapacité à assembler les mots – l'émut étrangement. La nouveauté du décor effrayait et excitait à la fois l'adolescente, qui faisait de frénétiques efforts pour parler à sa mère, laquelle, occupée par ses propres soucis, était incapable de lui accorder l'attention qu'elle réclamait. Matt Neylan se sentait marcher sur des œufs. Il redoutait que le moindre geste fût inopportun envers la mère ou la fille et se demandait comment elles parviendraient à vivre ensemble dans une ferme du comté d'York, chaperonnées par une catholique à l'ancienne mode – déjà bouleversée par son abandon de la prêtrise ! Puis la petite main de Britte, qui rappelait les serres des oiseaux, lui caressa la joue et elle pressa contre lui son corps souffreteux. Alors les mots lui vinrent librement aux lèvres :

– Tu n'as pas peur, n'est-ce pas ? Là où nous allons, les choses te plairont beaucoup. Il y a des prairies vertes et de vieux murs de pierre et un sentier qui descend vers une plage blanche. Il y a des vaches, des chevaux et un verger de pommiers, et la maison est peinte en blanc et elle a un grand grenier où tu pourras peindre autant que tu voudras... La maison est assez grande pour que chacun y trouve sa place, et assez petite pour s'y sentir bien lorsque l'hiver viendra. Ta chambre et celle de ta mère donnent sur la mer. La mienne et mon bureau sont de l'autre côté. Il y a un salon, une salle à manger et une grande cuisine de ferme d'autrefois. Mrs. Murtagh et son mari habitent la maison voisine. Lui s'occupe de la ferme, elle tient la maison, et je pense qu'ils sont tous les deux très scandalisés que j'aie quitté l'Église. Mais ils s'y habitueront... J'ai commandé une voiture neuve qui me sera livrée à l'aéroport et il y a une Range Rover à la maison, donc tu pourras bouger et tu ne te sentiras pas isolée... J'espère, mademoiselle, que je me fais bien comprendre, car je ne sais plus bien ce que je dis...

— Vous vous faites très bien comprendre, monsieur Neylan. Ne vous donnez pas tant de mal. Nous vous sommes toutes les deux très reconnaissantes et nous vous faisons confiance.

— Dans ce cas, nous pourrions peut-être nous appeler par nos prénoms ?

— Nous en serons ravies toutes les deux.

Britte émit un son approbateur et tourna la tête pour l'embrasser. Neylan surprit l'ombre qui traversa l'expression de Tove. Il se leva, l'entraîna avec lui assez loin pour que l'adolescente ne puisse l'entendre et lui dit sèchement :

— Elle a peur. Elle a besoin d'être rassurée. Qui croyez-vous que je suis ? Un suborneur d'enfants ?

— Bien sûr que non ! Je n'ai jamais...

— Écoutez-moi ! Jusqu'à ce que vous soyez toutes les deux accoutumées à ce changement, nous allons vivre en famille dans la même maison. Je n'ai guère d'entraînement à la chose, mais je me suis beaucoup entraîné à prendre sur moi. Je bois peu et les hommes de ma famille ont la réputation de ne pas être mauvais envers leurs femmes. Alors, madame, détendez-vous, faites-moi tout simplement confiance... Si votre fille désire exprimer un peu de la tendresse qui s'accumule en elle, je suis sans doute l'homme le plus sûr envers qui elle puisse le faire. Ce que je ne garantirais pas en ce qui vous concerne ou envers toute autre femme... Si ce point-là était fixé, nous pourrions tous passer des vacances agréables.

Tove Lundberg lui adressa un pâle sourire et tendit la main.

— Message reçu. Reçu et compris. Je suis soulagée. J'ai cru un instant que vous alliez me reprocher l'incendie de Dublin !

— Je réserve ça pour l'hiver. Tous les soirs je vous réciterai la litanie des torts que l'Irlande a subis.

– Je préférerais que vous me chantiez des chansons.

– Pourquoi pas ? Il y a un piano dans la maison – qui a sans doute besoin d'être accordé. Nous ferons un *come-all-ye*.

– Qu'est-ce que c'est que ça ?

– Une fête irlandaise. La maison est ouverte : vient qui veut, les amis, tous les voisins, ceux qui passent par là. On verra qui se présente et ce qu'ils pensent du prêtre infidèle et de ses deux femmes ! Ce sera piquant.

Nicol Peters, assis sur sa terrasse, contemplait le tournoiement des martinets autour des coupoles de la vieille ville et apportait ses ultimes corrections à son dernier « Vu de ma terrasse ». Il s'agissait cette fois d'un papier quelque peu décalé par rapport à son genre ordinaire, car il avait accepté à la requête conjointe des Italiens et du Mossad, d'y insérer certains faits, dans un but de provocation :

« Myriam Latif, la jeune laborantine de la Clinique Internationale, disparue dans de mystérieuses circonstances, vient de réapparaître – aussi obscurément – au Liban. D'après certaines relations, elle s'est présentée tout simplement à la maison de ses parents, située à Byblos, rapportant qu'un homme et une femme l'y avaient accompagnée. Elle n'a pu fournir aucun récit cohérent de son aventure. Elle ne semble pas avoir été maltraitée et ses parents l'ont placée dans un établissement psychiatrique, sous observation, refusant d'en révéler l'adresse à la presse.

« A part ça, des services autorisés et le secrétariat d'État du Vatican confirment le sérieux des menaces terroristes contre le pape. Des mesures particulières de sécurité ont été prises. Sa Sainteté a regagné le Vatican dans un hélicoptère de l'armée. Le souverain pontife est paraît-il insensible au danger mais très irrité par les restrictions imposées à ses mouvements à l'intérieur même de la Cité du Vatican, sans compter ses apparitions publiques.

« Pendant ce temps, sa santé continue de s'améliorer. Il a perdu beaucoup de poids et fait de l'exercice une heure par jour sous le contrôle d'un kinésithérapeute. Bien que Sa Sainteté se ménage encore, de persistantes rumeurs font état de changement proches au Vatican. D'après les sources les plus fiables, le souverain pontife aurait été profondément affecté par ses récentes expériences au point d'adopter des thèses révisionnistes sur plusieurs points importants. Un prélat bien connu traduit ainsi les choses : " On nous a parlé de pontage, on dirait qu'ils lui ont changé le cœur. "

« Comme toujours en la matière, les preuves de cette nouveauté sont difficiles à obtenir, mais déjà deux importants changements ont eu lieu au Vatican : le cardinal Anton Drexel, camerlingue de Sa Sainteté a pris sa retraite à la campagne; on attend la nomination de son remplaçant. Mais Monseigneur Malachie O'Rahilly, premier secrétaire privé du souverain pontife, quitte Rome. Il sera remplacé par un Anglais, Monseigneur Gerard Hopgood.

« Pour le profane comme vous et moi, ce sont là matières cléricales, particulières à l'étrange monde sans femmes de ceux " qui se sont fait eunuques à cause du Royaume des Cieux ", mais ils pourraient annoncer des événements plus considérables au sein de l'organisation planétaire de l'Église.

« Les organes les plus importants de la bureaucratie de l'Église romaine sont les congrégations, qui fonctionnent comme les ministères d'un gouvernement civil. Cependant, à la différence des administrations séculières, les congrégations romaines sont organisées selon un système qui pourrait être qualifié de blocage croisé. Ainsi retrouve-t-on les mêmes noms à des postes variés. Le cardinal secrétaire d'État dirige le Conseil pour les Affaires publiques de l'Église. Un membre important de ce conseil appartient en même temps à la Congrégation pour la Doctrine de la Foi. Et le même homme siège à la Congrégation pour les Évêques. Ainsi, le remplacement de l'un de ces personnages clés a un effet analogue à celui que l'on obtient en tirant une maille de tricot – la pièce entière arrive à se défaire au regard étonné.

« Aussi, l'observateur romain doit-il interpréter non pas seulement l'apparence des événements, mais leur réalité. Il me paraît difficile à croire qu'un homme aussi déterminé que Léon XIV en vienne à adoucir la discipline que nous connaissons. Certes, il ne peut ignorer l'affaiblissement continu de l'Église – la désertion des fidèles, des clercs, l'hémorragie, même, de ses revenus.

« Les finances du Vatican sont dans un état précaire. Son déficit minimum est de cinquante millions de dollars par an. Il est sans cesse affecté par la hausse du coût de la vie et les dépréciations monétaires qui touchent tous les pays du monde. Ces finances ne se sont jamais remises des lamentables scandales d'une époque récente. Les donations des fidèles diminuent beaucoup. Le Saint-Père a demandé un audit à une société spécialisée internationale, qui doit le remettre sous peu. On ne s'attend pas qu'il laisse espérer d'amélioration immédiate.

« Pour en revenir à des sujets plus légers sinon plus gais, le professeur Sergio Salviati, chirurgien de Sa Sainteté, va sans doute perdre les services de sa collaboratrice la plus respectée, Mme Tove Lundberg, psychologue-conseil auprès des malades cardiaques. Mme Lundberg a quitté Rome avec sa fille Britte pour de longues vacances au Danemark.

« Le ci-devant Monseigneur Neylan – Matt Neylan – du secrétariat d'État du Vatican, devenu une vedette de Rome, vient de signer pour deux livres un contrat à six chiffres avec un éditeur américain. Sujet : les hommes et les politiques du secrétariat d'État... Matt Neylan ayant rompu tous ses liens non seulement avec la prêtrise mais aussi avec l'Église catholique, l'investissement consenti pourrait être rentable et l'éditeur comme les lecteurs s'y retrouver.

« Dernière information – et bonne nouvelle pour les touristes de l'automne – la Guardia di Finanza a déclenché une campagne anti-drogue. Ses hommes ont concentré, semble-t-il, cette semaine leurs opérations sur les boîtes de nuit les plus courues de la ville. L'Alhambra, luxueux établissement non loin de la via Veneto, a été la dernière à être passée au peigne fin. Sa clientèle est pour une grande part composée d'hommes d'affaires arabes et japonais et ses spectacles sont somptueux. La direction n'a pas été inquiétée outre mesure ; mais le personnel n'a pas été à la fête et la responsable du vestiaire et vendeuse de cigarettes a été arrêtée. Aux dernières nouvelles, elle serait toujours détenue pour interrogatoire... »

– Ils se foutent de nous !

Omar Asnan était furieux, mais un calme glacial masquait sa colère.

– La femme Lundberg a quitté Rome à bord d'un appareil d'Aer Lingus à destination de Dublin. Nos contacts à l'aéroport l'ont identifiée ainsi que sa fille, qui a été embarquée dans un fauteuil roulant. Myriam Latif a été rendue à ses parents bourrés de psychotropes, après lavage de cerveau. La descente à l'Alhambra n'est qu'une feinte, une manœuvre d'intimidation. Cette vendeuse de cigarettes n'a jamais rien vendu de plus fort que du tabac ! Mon

246

domestique m'a fait part de deux visites des électriciens de la société qui nous alimente, pour vérifier le compteur et la boîte à fusibles... Puis le Vatican m'a appelé pour annuler ma visite en raison d'un rhume dont souffrirait Monseigneur Tabni. Pour couronner le tout, mon ami Matt Neylan doit brusquement quitter Rome, mais trouve indispensable de me téléphoner, à moi avec qui il a passé une soirée dans sa vie... Ce détail m'a tracassé jusqu'à ce que je me décide à appeler l'aéroport. J'ai alors découvert que M. Matt Neylan avait pris le même vol que la femme Lundberg et sa fille...

Il se tut pour observer les trois hommes assis avec lui à l'arrière d'une limousine, garée sur une route boueuse dans les bois de pins près d'Ostie.

— La conclusion, mes amis, s'impose, reprit-il. Ils voudraient nous guider vers un piège, comme ces madragues qu'utilisent les pêcheurs le long de la côte et qui sont construites comme des nasses. Le poisson y entre, mais il ne peut plus en sortir. Et tout autour ils battent l'eau, dans l'attente du *matanza,* du massacre.

— Que faire?

— Abdiquer, répondit Omar Asnan très calme.

— Abandonner le projet?

— Non. Le sous-traiter.

— A qui?

— C'est ce que je cherche.

— Il faut nous le dire.

— Je vous le dirai en temps voulu. Mais puisque je garantis l'opération, je revendique le privilège de l'organiser comme je l'entends. En outre, si jamais l'un d'entre vous était enlevé comme l'a été Myriam Latif, nous serions tous les quatre compromis – et le plan avec nous.

— Voudrais-tu dire que tu tiendrais plus longtemps qu'aucun d'entre nous?

— Pas du tout. Mais je suis le dernier qu'ils viendront chercher. Ils nous connaissent tous par Myriam; mais ils en savent davantage sur moi : où j'habite, ce que je fais, mes comptes en banque et notamment le fait que je gagne beaucoup d'argent ici et que je ne vais pas m'en aller comme ça. Aussi, messieurs, faites-moi confiance et bon voyage à Tunis. Nous vous déposerons à Ostie. Vous pourrez y prendre un taxi pour l'aéroport.

Une heure et demie plus tard, il était de retour à Rome et dînait chez Alfredo's avec un homme d'affaires coréen qui achetait et vendait des conteneurs, finançait leurs cargaisons et fournissait à ses clients tous les services possibles aux quatre coins du monde.

La rentrée chez lui du souverain pontife était un événement régi par un protocole qu'il avait lui-même prescrit il y avait longtemps et qu'il regrettait maintenant, rongé d'une inquiétude presque puérile.

« ... Chez Drexel, il y avait des fleurs dans ma chambre et dans le salon. Dès le jour de mon élection, je les ai interdites ici. Je voulais imprégner toute ma maison d'austérité et de discipline. Et aujourd'hui les fleurs me manquent. Je comprends enfin que j'ai privé les sœurs qui prennent soin de moi du simple plaisir d'un geste de bienvenue. La plus jeune, fille sans malice de la campagne, l'a laissé échapper : " Nous voulions mettre des fleurs, mais la mère supérieure nous a dit que vous ne les aimiez pas. " Et cela m'a au moins fourni l'occasion d'un premier abandon de mes vieilles rigidités. Je lui ai répondu que c'était là l'illustration des torts auxquels le pape lui-même ne pouvait échapper. J'aimerais avoir des fleurs dans mon bureau et sur la table où je prends mes repas. Ce fut bien après que je me demandai quel plaisir je pouvais leur faire. Leurs existences sont bien plus confinées, bien plus surveillées que celles de leurs sœurs extérieures au Vatican. Elles portent encore l'habit ancien de leur ordre – selon mes ordres, une fois de plus! – et leurs tâches ménagères sont ennuyeuses à l'extrême. Avant de songer aux grandes réformes, en voici une qui est toute petite, mais très nécessaire, et dont la nécessité est sous mon nez, mon nez ponfitical! Et si je m'estime confiné – cette nuit, Grand Dieu, je me sens comme enfermé dans une boîte – combien davantage doivent-elles éprouver l'être, en ce royaume de célibataires professionnels.

« Malachie O'Rahilly les avaient déjà instruites des routines de ma convalescence. Mon bureau était en ordre, il leur avait laissé une liste de priorités. Et leur avait aussi présenté son successeur, Anglais blond, de mâchoire carrée, très réservé, très froid, tout à fait maître de lui-même. Son italien est plus raffiné que le mien. Il écrit le latin de Cicéron, le grec de Platon. Possède le français et l'espagnol, l'allemand et le russe, et il est docteur en histoire ecclésiastique.

248

« Pour entretenir la conversation, je lui ai demandé le sujet de sa thèse. C'était Jules II, Giulano della Rovere. Cette précision mit du liant dans notre premier entretien, car il existe une relation curieuse entre ce formidable pape guerrier et mon pays natal de La Mirandole. Au palais Chigi, à Rome, il y a un étrange portrait de Jules II en armure d'hiver, peint durant le siège qu'il mit devant La Mirandole en 1511.

« C'est un point dérisoire d'histoire, mais il adoucit pour moi la morosité de ce retour. Il m'encourage aussi à croire, qu'à la place de l'ultra-sociable Malachie O'Rahilly, j'ai peut-être recruté un jeune disciple impavide qui a le sens de l'histoire.

« A peine l'avais-je congédié, avec Malachie O'Rahilly, que je me sentis claustrophobe, incapable de repos. J'aurais voulu désespérément travailler, bien que je m'en sache incapable. Alors je suis allé dans ma chapelle et m'obligeai à demeurer en méditation pendant près d'une heure.

« Je me concentrai sur ces mots du psalmiste : " Si le Seigneur n'y met point la main, c'est en vain que travaillent les bâtisseurs de la maison. " Et je me rappelai aussitôt l'avertissement d'Agostini, si surprenant d'un pragmatique pareil : " Si votre guerre est celle de Dieu, vous vaincrez, bien qu'autrement, peut-être, que vous ne l'espérez. " Alors je m'aperçus soudain que toutes mes réflexions récentes avaient été conflictuelles et contradictoires. Enfin, tendres et insinuants comme les tintements d'une cloche lointaine, j'entendis les mots de Jésus : " C'est un commandement nouveau que je vous donne : aimez-vous les uns les autres, comme je vous ai aimés. "

« Comment pourrais-je, moi misérable, si longtemps possédé d'un esprit mauvais, gloser sur cette lumineuse simplicité ? Je ne peux que l'adopter telle quelle. Voilà le texte qui sera la base de mon premier colloque... »

L'ardente assurance de cette page de journal n'empêcha point le sommeil du pape d'être traversé de cauchemars. Il s'éveilla le lendemain matin dans un état de dépression presque suicidaire. Sa messe ne lui parut que stérile pantomime. La religieuse qui lui servit son petit déjeuner lui fit l'effet d'un personnage sorti d'un rudimentaire mystère moyenâgeux. L'empilement des papiers sur son bureau le fit vaciller. Puis, ne voulant pas plus longtemps donner l'image d'un homme diminué et incertain, il convoqua ses deux secrétaires et leur donna ses directives pour la journée.

– Monseigneur Hopgood, vous répondrez à tous les vœux qui m'ont été envoyés par la hiérarchie. Quelques lignes de bon latin pour remercier et avertir que l'on entendra très bientôt parler de moi. Vous étudierez aussi ces documents en provenance des dicastères. Vous me les résumerez, en italien, et me ferez des projets de réponse, en italien aussi. Si vous avez des difficultés, discutez-en avec Malachie. Si à vous deux vous ne pouvez les régler, je m'en chargerai. Pas de questions ?

– Pas encore, Sainteté ; mais il est encore très tôt.

Hopgood prit les corbeilles pleines de papiers et sortit de la pièce. Le pape alors se tourna vers Malachie avec beaucoup de bienveillance :

– Souffrez-vous toujours, Malachie ?

– Oui, Sainteté. Je ne demande qu'à partir le plus vite possible. Hopgood a pris les choses en main. Vous l'avez vu, il apprend vite et il est dix fois plus qualifié que moi. Votre Sainteté peut-elle donc me faciliter les choses ?

– Non, Malachie, je ne vous faciliterai rien !

– Mais pourquoi, mon Dieu ?

– Parce que Malachie, si vous partez blessé, vous ne reviendrez jamais. Vous vous fermerez l'esprit et le cœur et vous serez malheureux jusqu'à la fin de vos jours. Vous étiez fait pour être prêtre, Malachie – non pas un secrétaire du pape mais un pasteur, un cœur attentif à ceux qui pleurent, à ceux pour qui ce monde est trop dur. Peut-être sera-t-il trop dur pour vous aussi – je sais que c'est ce qui vous effraie – et alors ? Nous sommes tous deux des êtres imparfaits dans un monde imparfait. Vous n'allez peut-être pas me croire, mais je vous jure que c'est vrai. Quand j'eus fini de dire ma messe ce matin, j'étais si désespéré que je souhaitais avoir péri sous le bistouri de Salviati. Pourtant nous voici, vous et moi, et ce monde de désolation a besoin de nous. Et maintenant aidez-moi, s'il vous plaît, à écrire une lettre. La plus importante peut-être que j'écrirai de ma vie.

Un long silence s'écoula avant que Malachie O'Rahilly relève les yeux pour faire face à son maître. Enfin il acquiesça sans entrain de la tête.

– Je n'ai pas encore quitté mes fonctions, Sainteté ; me permettrez-vous pourtant de vous dire quelque chose ? Si je me tais maintenant je me tairai toujours et j'en serai toujours honteux.

– Allez-y, Malachie.

— Allez-y donc, pour le meilleur ou pour le pire! Vous venez de rentrer d'un long voyage, à la fin du temps, où vous avez failli disparaître. La nouveauté de cette incursion aux limites du temps et la peur que vous en avez ressentie vous impressionnent toujours. Vous êtes comme Marco Polo de retour de Chine, que démangeait le désir de partager ce qu'il avait éprouvé sur la Route de la Soie... Vous êtes convaincu, comme il l'était, d'avoir acquis un savoir qui pourrait changer la face du monde. Peut-être... sûrement. Mais ce changement ne s'opérera pas par la parole; parce que, comme Marco Polo s'en est aperçu et comme vous vous en apercevrez vous-même, bien peu nombreux seront ceux qui vous croiront, fût-ce parmi vos frères les évêques!

— Et pourquoi ne me croiraient-ils pas, Malachie?

Malachie O'Rahilly hésita un moment, puis il eut un rictus lugubre et un geste de désespoir.

— Savez-vous bien, Sainteté, ce que vous demandez? J'ai déjà la tête dans la gueule du lion!...

— Répondez à ma question, s'il vous plaît? Pourquoi ne me croiraient-ils pas?

— Vous comptez d'abord leur écrire une lettre, une lettre éloquente relatant votre expérience...

— C'est bien mon intention, oui.

— Eh bien, Sainteté, croyez-moi, vous êtes le pire épistolier du monde. Vous êtes trop terre à terre, trop... trop concret, trop rangé. Polir votre style demande un travail fou et malgré ça, il demeure administratif, documentaire... Il n'y passe jamais d'émotion ni d'éloquence. La langue des hommes et des anges lui est bien étrangère. Mais ce n'est pas tout... Il y a bien pire : vous êtes suspect. Vous le serez des mois encore. L'opération que vous avez subie est aujourd'hui banale. On en connaît toutes les séquelles. Tous vos frères évêques ont été informés qu'un certain temps au moins, ils auront affaire à une administration bancale. Vous ne trouverez trace nulle part de cet état d'esprit, personne ne reconnaîtra jamais avoir communiqué cette information; mais elle a produit son effet et tout ce que vous pouvez dire ou faire en est aujourd'hui affecté. Voilà, Sainteté, ce que je voulais vous dire, à tort ou à raison...

— Et vous avez toujours la tête sur les épaules, n'est-ce pas?

— Je l'y sens toujours, Sainteté.

— Je vous pose donc une question, Malachie. Je suis un suspect. Que puis-je y faire?

– Désirez-vous vraiment mon opinion, Sainteté?

– Bien sûr, Malachie.

– Eh bien voyons cela de l'extérieur. Vous avez été un pape de fer. Vous avez installé à la curie et au sein des Églises nationales des hommes de fer. Et soudain, votre Grand Inquisiteur, le cardinal Clemens, est frappé de disgrâce. Il ne s'est pas privé de le dire lui-même. Si bien qu'aujourd'hui, le doute plane. Tout le monde se demande ce qui va se passer maintenant. Très bien! Laissez-les conjecturer! Ne faites rien. Gerard Hopgood vous aidera à traiter les affaires courantes. Et la démonstration sera faite que vous n'avez rien perdu de votre efficacité. Pendant ce temps, travaillez au *motu proprio* qui exprimera et commandera tout ce que vous avez en tête et quand il sera prêt, convoquez à bref délai un consistoire plénier et publiez-le, tout à trac, à votre manière ancienne. Ainsi vous n'apparaîtrez point en Lazare émergeant ahuri du tombeau, mal assuré sur ses jambes! Notre assemblée très chrétienne déteste les novateurs – fussent-ils assis dans le fauteuil de Pierre. Un saint, on peut le boucler dans un couvent; un simple évêque, on peut le barrer; mais un pape réformateur, c'est une autre affaire!... Et maintenant, Sainteté, je vous en supplie, laissez-moi partir!

Quarante-huit heures plus tard, Monseigneur O'Rahilly quittait Rome, dix mille dollars en poche – présent de Sa Sainteté, tiré sur sa cassette personnelle. Le même jour, le Saint-Père convoquait pour le 1ᵉʳ novembre suivant, fête de la Toussaint, le Sacré Collège, assemblée des cardinaux, en consistoire privé. Le Souverain Pontife y procéderait à des nominations et prononcerait une allocution intitulée « *Christus Salvator Homo Viator* » – « Christ Sauveur, Homme Pèlerin ».

13.

L'été tourna rapidement à l'automne. Le *maestrale* cessa de souffler. La mer s'apaisa. Le brouillard apparut dans les vallées. On rentra les dernières vendanges et on laboura les chaumes. Les derniers vagues de touristes atteignirent Rome – voyageurs avisés qui s'étaient épargné la canicule de l'été et profitaient du tendre soleil d'automne. Le dimanche, les pèlerins envahissaient la place Saint-Pierre et le pape à sa fenêtre les bénissait et récitait l'Angélus, car ses gardes ne le laissaient plus descendre au milieu d'eux comme autrefois. La menace terroriste était toujours estimée « probable » par les services de renseignement.

Au Vatican, c'était l'été de la Saint-Martin. Sa Sainteté était un patient docile. Elle suivait toujours strictement son régime : diète, repos, exercices. Ses progrès satisfaisaient son médecin. Il se passerait six mois avant que son chirurgien ne la revoie. Les dossiers qui passaient par son bureau étaient promptement traités, et efficacement.

Le nouveau secrétaire était discret, serviable et, la rumeur s'en répandait, un linguiste extraordinaire qui pouvait rivaliser avec le fabuleux cardinal Mezzofanti. Et surtout, du pape lui-même émanait une impression de sérénité, d'optimisme et de bienveillante curiosité. Il était allé jusqu'à suggérer à la supérieure des nonnes qui l'entouraient qu'elles seraient plus confortables en costume moderne et qu'elles devraient disposer de davantage de temps libre hors de la cité.

Pour le reste, les routines du palais apostolique et de la maison papale avaient été rétablies. Sa Sainteté donnait audience aux dignitaires étrangers, recevait en visite *ad limina* les évêques qui lui présentaient leurs hommages et faisaient allégeance au nom de leurs ouailles au successeur de Pierre. Ces derniers le trouvaient amaigri, moins brusque qu'ils ne se le rappelaient, plus généreux de son temps, plus attentif à ses propres questions. Pouvait-on parler d'harmonie ? De vraie communication ? Il s'enquérait par exemple de l'état des relations entre ces mêmes évêques et les délégués apostoliques ou les nonces de leurs pays. Se sentaient-ils surveillés ? Recevaient-ils bien copie des rapports envoyés à Rome sur leurs églises et leurs clergés ? Se sentaient-ils parfaitement libres d'annoncer la Bonne Nouvelle, de l'interpréter hardiment pour leurs troupeaux, ou se sentaient-ils bridés par des menaces de délation ou de dénonciation à Rome ? Et comment Rome comprenait-elle leurs spécificités, les conditions particulières de leurs apostolats ? Et la dernière question était toujours la même : Qu'attendez-vous de nous ? Que pouvons-nous faire pour vous ?

Il arrivait que les réponses fussent insignifiantes ; et aussi presque brutales. Mais chaque soir le souverain pontife les notait dans son journal. Chaque jour il tâchait d'en tenir compte, page après page. Il avait l'impression de s'attaquer à un puzzle grand comme le monde. Comment rapprocher les problèmes de bioéthique, qui se posaient dans les sociétés prospères, des terribles bilans de famines qui ravageaient les abords des déserts ? Quelles définitions morales appliquer à la destruction des forêts et aux accapareurs de terre brésiliens ? Jusqu'où était-il prêt à aller lorsqu'il s'agirait d'évoquer le mariage des prêtres, les droits et le statut des femmes dans l'assemblée chrétienne et la question controversée de l'ordination des femmes ? Puis un beau jour, Gerard Hopgood lui apporta une pile de feuillets imprimés, qui représentait la compilation de ses notes manuscrites. Accident ou préméditation, il y trouva un morceau de papier où était noté, dans la très lisible écriture d'Hopgood : « Toujours tourner autour du pot ! Pourquoi ne pas le proclamer une fois pour toutes, clairement ? Nous possédons le message du salut, total, complet. Mais nous n'avons pas et n'aurons jamais les réponses à tous les problèmes moraux qui pourraient apparaître... »

Lorsque Hopgood lui apporta du courrier à signer, il lui tendit le morceau de papier avec ces mots :

– Vous avez perdu ça.

Toujours froid, Hopgood se contenta d'y jeter un coup d'œil, approuva de la tête et dit :

– En effet, merci, Sainteté.

Sa Sainteté signa ses lettres et sans lever la tête reprit :

– Que pensez-vous jusqu'ici de mon texte ?

– Jusqu'ici, répondit Hopgood en pesant ses mots, il semble que vous progressiez vers la composition d'un document dont vous êtes encore très loin.

– C'est aussi mauvais que ça ? reprit le pape, continuant de signer.

– Ce n'est ni bon ni mauvais. On ne peut pas en juger dans la forme présente.

– Monseigneur O'Rahilly m'a dit que j'étais le pire rédacteur du monde. Est-ce vrai ? Qu'en pensez-vous ?

– Je n'ai pas de commentaire à faire, mais si Votre Sainteté me permettait une suggestion...

– Allez-y.

– Écrire comme vous le faites, c'est un travail pénible. Pourquoi vous l'infliger ? Si vous m'accordiez une heure par jour et que vous m'exposiez ce que vous souhaitez dire, je l'écrirais pour vous en moitié moins de temps. Puis vous travailleriez ce texte jusqu'à ce qu'il vous convienne. J'ai l'habitude de ce genre de choses. A Oxford, j'ai écrit pour le théâtre et dirigé des pièces ; je n'aurais donc pas de problèmes... Puis je souhaite ardemment le succès de ce consistoire.

Le pape posa son stylo, se rejeta en arrière dans son fauteuil et scruta Hopgood sans ciller de ses yeux noirs.

– Qu'appelleriez-vous succès ?

Hopgood réfléchit quelques instants à la question et, à sa façon précise, professorale, répondit :

– Vous aurez pour auditeurs des hommes puissants dans l'Église. S'ils le décident, ils pourraient opposer la plus parfaite indifférence à tout ce que vous direz. Si cela ne leur plaît pas, ils ont mille moyens de faire obstruction. Mais si, ressortant place Saint-Pierre, ils considèrent le peuple et sentent s'établir une relation nouvelle avec lui et qu'ils en éprouvent un plus grand souci... alors votre allocution aura eu un sens. Sinon, toutes vos paroles se perdront, oubliées dans l'instant même où elles seront prononcées.

– Vous me paraissez un jeune homme plein de zèle, mais plutôt coupé du monde. Que savez-vous du peuple ?

Pour la première fois, Monseigneur Gerard Hopgood apparut embarrassé aux yeux du souverain pontife. Il rougit, se balança d'un pied sur l'autre et se lança dans cette surprenante confession :

– Je pratique la course à pied, Sainteté. Je m'entraîne quand je suis libre avec un club de la Flaminia. J'ai un ami qui est prêtre là-bas. Il a monté ce club pour détourner les garçons dont il s'occupe de la drogue et du vol. C'est pourquoi je rencontre beaucoup de monde.

– Êtes-vous un bon coureur, Monseigneur ?

– Pas mauvais... à propos : vous n'avez pas fait vos exercices ce matin, Sainteté. Vous ne devriez pas vous l'autoriser, c'est dangereux ! Si cela peut vous aider, je les ferais avec vous.

– Me voilà brimé jusque chez moi ! s'exclama Léon XIV. Et par mon propre secrétaire ! Qui en plus est un coureur !

– Courons avec endurance, répondit innocemment Monseigneur Hopgood, comme l'écrit saint Paul dans la lettre aux Hébreux. J'attends la décision de Votre Sainteté quant à son allocution – et quant à ses exercices. Personnellement, je m'attaquerais aux exercices, au moins ils vous maintiendront en vie. Puisque au bout du compte, c'est l'Esprit-Saint qui veille sur l'Église.

Le pape signa sa dernière lettre. Hopgood les rassembla dans son dossier et attendit son congédiement. Mais le pape lui désigna un siège.

– Asseyez-vous. Attaquons ce texte qui jusqu'ici...

Un autre automne baignait la ferme de Matt Neylan, chaud et brumeux du fait du Gulf Stream. Le ciel était nuageux la plupart du temps, l'air sentait le varech, la tourbe et l'herbe écrasée des prés où paissaient les vaches. C'était un endroit isolé, à mi-chemin entre Clonakilty et Courtmacsherry. La ferme comprenait une douzaine d'hectares de pâturages, un jardin potager, et la vue à travers la baie portait jusqu'à Galley Head.

La maison était plus vaste qu'il ne se l'était rappelé. Un rideau d'arbres la protégeait des vents d'ouest ; elle était équipée du chauffage central et dans son jardin clos de murs contre lesquels des pommiers et des poiriers étaient taillés en espaliers, poussaient des roses. Elle était impeccablement tenue. Les bibelots de sa mère étaient à leurs places, époussetés les livres de son père, aux murs les cadres étaient bien droits. Il y avait un Barry sur la cheminée et un David Maclise dans son bureau, aubaine inattendue.

L'accueil des Murtagh ressembla au temps : gris et tiède. Mais lorsque Neylan leur eut tout dit : comment cette femme courageuse avait soigné et conseillé Sa Sainteté et comment elle était maintenant menacée d'enlèvement et peut-être pis, et comment sa charmante fille était devenue la pupille et la petite-fille adoptive du grand cardinal Drexel en personne, alors ils s'épanouirent et Mrs. Murtagh tourna bientôt comme une mère poule autour des deux arrivantes, tandis que Neylan et Murtagh sirotaient à la cuisine du whisky irlandais.

Ne restait plus à liquider que la question de sa défection, laquelle ne tourmentait guère Murtagh, comme celui-ci le déclara lui-même, mais tracassait davantage sa femme, qui avait une sœur au couvent de la Présentation à Courtmacsherry. Cela dit – concéda-t-il après deux whiskies – les croyances d'un homme ne regardent que lui, puis n'accordait-il pas abri et protection à ces deux créatures en danger ? Ce qui amena cette autre question : Neylan pensait-il qu'on les poursuivrait jusqu'ici ? Neylan admit la chose possible mais quand même très improbable. Pourtant, il ne serait peut-être pas si bête de passer le mot dans le village qu'on leur serait reconnaissant de signaler tout étranger qui s'y montrerait. Il y avait dans la maison, révéla Murtagh, un fusil de chasse calibre douze et une carabine à balles qui avaient appartenu à son père et il serait bon de les tenir prêts, nettoyés et huilés. A propos, comment fallait-il l'appeler, maintenant qu'il n'était plus prêtre ? Et les dames ? Madame ou mademoiselle ? « Appelez-les par leurs prénoms », lui dit Matt Neylan.

Après ces précisions, la vie se trouva facilitée. Ils étaient nourris comme des princes. Britte était dorlotée. Ils explorèrent la côte de Skibereen à Limerick et jusqu'à Waterford. Ils mangeaient bien, buvaient de même et dormaient au chaud, quoique seuls. Il fallut les premières tempêtes pour qu'ils se regardent et se demandent ce que diable ils faisaient là et comment ils passeraient l'hiver ?

Deux coups de téléphone évacuèrent la question. Salviati leur intima l'ordre de ne pas bouger : « Restez tranquilles. Tout reste en suspens. » L'ambassade d'Israël fut encore plus nette : « Ne bougez pas. Soyez discrets. Nous vous dirons quand vous pourrez revenir ! » Pour faire bonne mesure, l'ambassade leur communiqua le numéro de téléphone d'une antenne du Mossad à Dublin, qui surveillait les passeurs d'armes, libyens et autres.

Britte se mit à peindre, Matt Neylan à écrire et Tove Lundberg se morfondait en silence, jusqu'à ce qu'elle lût dans le journal qu'un fabricant de produits pharmaceutiques allemand qui passait en Irlande des vacances « fiscales », avait décidé d'offrir à l'hôpital des sœurs de la Miséricorde de Cork une unité de traitement cardiaque. Dont l'installation exigerait un personnel spécialisé. Tove avait les meilleures références possibles. Britte n'éleva point d'objections. Matt travaillait chez lui. Les Murtagh tenaient la maison et la ferme. Qu'en disait Matt Neylan ?

— Que voulez-vous que je vous dise ? dit-il. Entre devenir folle ici et retrouver la vie là-bas – qui donc à Rome se soucie de Cork ? – allez-y. Il y a soixante-dix kilomètres d'ici à Cork. Ils vous donneront sans doute une chambre. Pourquoi ne pas postuler ?

— Ça ne vous ennuierait pas de veiller sur Britte ?

— Qu'aurais-je à faire ? Mrs. Murtagh la chouchoute et s'occupe de tout. Je la distrais et la promène quand elle ne peint pas. Elle semble à l'aise ici. Vous êtes la seule à qui se pose un problème d'adaptation.

— Et vous ?

— De quoi me plaindrais-je ? Je suis chez moi. Pour l'instant, je suis heureux. Mon travail avance.

— Est-ce tout ?

— Non. Un de ces jours, j'éclaterai, j'irai jusqu'à Dublin et prendrai l'avion pour n'importe où et je reviendrai quand je serai calmé. Les Murtagh s'occuperont de Britte. Vous-même ne serez pas loin. Cela ne vous poserait pas de problèmes ?

— Non, Matt. Mais vous, vous n'en avez pas ?

— Oh, si !

Soudain le prit le besoin de parler. Il reprit :

— Mais ils ne regardent que moi. Rien à voir avec vous ni Britte. J'ai longtemps désiré revenir ici – en un sens je n'en ai pas été déçu. La vie est confortable. Si les temps deviennent durs, c'est une bonne base de repli. Mais voilà : je n'ai pas d'avenir ici et je n'ai rien à y faire. Les racines ont été coupées. Je n'appartiens plus à la vieille Irlande catholique. Les nouveaux riches et autres amateurs de paradis fiscaux ne me séduisent pas. S'il m'advenait un jour de tomber amoureux et de vouloir m'établir quelque part avec une femme, je sais que ce ne serait pas ici...

– Je comprends ce que vous ressentez.

– Je vous crois.

– Vous le voyez bien. Nos vies sont parallèles. Nous avons l'un et l'autre abandonné de vieilles religions, de petits pays, des langues étriquées, des histoires sans grandeur. Nous nous sommes faits mercenaires au service d'étrangers. Je ne pourrais pas plus vivre au Danemark aujourd'hui que vous-même ici.

– C'est le pays qui veut ça. Et le mariage?

– Pour moi, hors de question.

– Et Salviati?

– Cela le laisse libre de refaire sa vie avec une femme nouvelle.

– Quelle noblesse de votre part!

– Je vous en prie! C'est un choix tout égoïste. Je ne peux demander à personne de partager la responsabilité de Britte. A mon âge, je ne veux pas prendre le risque d'avoir un autre enfant. Et en aurais-je un, cela réduirait Britte à une espèce d'exil permanent. J'ai vu ça dans de nombreuses familles. Les enfants normaux en veulent aux infirmes.

– Il me semble, dit doucement Matt Neylan, que toutes vos affirmations concernent un monde parfait, que nous savons tous deux ne pas exister. Pour la plupart d'entre nous, la vie est un sauve-qui-peut. Je suis certain que beaucoup de mes anciens collègues me considèrent comme un infidèle insouciant; à la vertu de chat de gouttière, décidé à se divertir avec toutes les femmes du monde. La vie que j'ai menée dernièrement ne me permet pas de les blâmer. Mais la vérité est différente. Je suis dans la situation du chamelier qui s'est endormi sous un palmier pour s'apercevoir à son réveil que la caravane est partie et qu'il est seul au milieu du désert. Je ne me lamente pas, j'essaie de me raccrocher à quelque chose.

– Qui est?

– Mes relations avec Britte. Nous nous entendons très bien. Nous parvenons à communiquer. Au moins suis-je utile dans le rôle d'un père pour remplacer Nonno Drexel. Dans cette tête ravissante et derrière ces bredouillements, il y a un esprit aussi aigu qu'un laser, dont je sais qu'il me perce à jour et m'examine sans cesse. En ce moment, nous envisageons une exposition dans une bonne galerie de Cork ou de Dublin.

– Je suppose que vous m'en parlerez à un stade quelconque?

– Bien sûr; mais c'est trop tôt. Pour autant que vous et moi

soyons concernés... Et puis merde! Comment en sommes-nous
arrivés là?

– Je ne sais pas; mais poursuivez, Matt.

Il se lança.

– J'irai vite et tant pis pour moi si ça ne vous plaît pas. Vous
êtes cent fois la bienvenue ici. Cette maison est la vôtre, que j'y
sois ou pas, et il ne sera jamais question de loyer entre nous!... La
nuit, je ne dors pas à force de vous désirer et de me dire que vos
conditions seraient les miennes, aussi longtemps, si brièvement ou
longuement que ce soit, que vous voudriez bien de moi, car vous
êtes une femme très singulière, Tove Lundberg, et si je pensais
que cela puisse vous rendre heureuse, je décrocherais les étoiles du
ciel pour les déverser dans votre robe! Voilà, c'est tout! Je ne dirai
plus rien. Accepteriez-vous de boire un verre avec moi, madame?
J'en ai grand besoin!

– Buvons, dit Tove Lundberg. Mais vous autres Irlandais vous
faites des montagnes d'une chose toute simple. Pourquoi ne
m'avez-vous jamais rien demandé, au lieu de perdre tout ce
temps?

A la fin du mois de septembre, Son Excellence Yukishege
Hayashi, ambassadeur extraordinaire auprès du Saint-Siège,
reçut une lettre de Tokyo. Pour informer Son Excellence qu'une
équipe de cinéastes indépendants visiterait Rome en octobre et
novembre. Une partie de leur mission consistait à réaliser pour la
télévision japonaise un documentaire de deux heures sur le Vatican et ses trésors. Il était demandé à Son Excellence de faciliter le
travail de cette équipe et de s'assurer les bons offices de la
Commission pontificale pour les Communications auprès de
laquelle il faudrait obtenir toutes les autorisations indispensables.

Copie d'une lettre de recommandation du pro-nonce apostolique, l'archevêque Paul Ryugi Arai, au président de la commission était jointe à cette missive.

Les commissaires recevaient tous les ans des centaines de lettres
semblables. L'origine de celle-ci n'était pas douteuse. Et il existait
de très bonnes raisons de faire plaisir aux Japonais. On assura à
Son Excellence que toutes les autorisations seraient délivrées dès
l'arrivée de l'équipe à Rome, sitôt qu'auraient été enregistrés les
renseignements habituels: effectif de l'équipe, sujets à photographier, équipement, moyens de transport, etc.

Sur ces entrefaites, le président de la commission écrivit à l'ambassadeur, pour lui signaler qu'à la Toussaint, le Sacré Collège au complet assisterait à la grand-messe pontificale qui serait célébrée à Saint-Pierre et que le corps diplomatique était invité à y assister. Cette cérémonie, particulièrement solennelle, ne pourrait manquer d'intéresser les cinéastes, d'autant plus que Son Excellence y serait présente en personne, représentant l'empereur.

Nicol Peters en fut informé par hasard, lors d'une discussion à la commission à propos du consistoire et de ses rapports avec la politique secrète du Vatican. Le président s'était montré là-dessus courtois mais vague. Aussi, désireux d'aller plus loin, Peters avait téléphoné au cardinal Drexel, pour s'entendre sur-le-champ inviter à déjeuner. Le vieil homme avait conservé toute son assurance et sa vigueur, mais il admit que quelque chose lui manquait.

– Britte me manque et sa mère aussi. Toutefois, je suis heureux de les savoir à l'abri et heureuses, à ce qu'il semble. Britte m'envoie des dessins et des aquarelles pleins de vie. Tove écrit régulièrement. Elle parle avec beaucoup de chaleur de votre ami Neylan et de ses attentions pour elles. Je ne le connais pas. Jamais en tant que prêtre il n'a causé le moindre scandale... Mais vous n'êtes pas venu pour m'entendre évoquer mes affaires de famille. Que voulez-vous savoir ?

– Ce consistoire... N'est-ce pas bien démodé, presque rétrograde ? Après Vatican II, le principe a toujours été de mettre l'accent sur la collégialité, le rôle des évêques. Jusqu'à présent, les synodes ont davantage travaillé pour la galerie, qu'à des résultats concrets. Au moins le principe était affirmé. Mais maintenant, ce consistoire privé, d'après ce que j'ai compris, doit se limiter aux membres du Sacré Collège, pourquoi ?

Drexel ne répondit pas tout de suite. Il se coupa un morceau de fromage et choisit une poire pour l'accompagner. Enfin il posa son couteau et lentement déclara :

– Je vous demande de ne pas citer ce que je vais vous dire. Cela causerait des jalousies et ferait du mal, parce que je suis à la retraite et que je ne dois pas apparaître me mêler des affaires de la curie. Je voudrais, d'autre part, que vous reteniez très exactement ce que je vais vous dire. C'est important. Vous le savez, le pape, par nature, est un homme d'autrefois. Il est changé, profondément ; mais loin de tenter de vouloir donner une image nouvelle de lui-même, il a choisi de poursuivre sa tâche sans rien altérer de son ancienne apparence dont par ailleurs – vous l'ignorez peut-être – il est souvent accablé. Il se voit comme un homme laid affligé d'une nature ingrate. Peut-être le fut-il longtemps. Quoi qu'il en soit, il a pris la décision, que je crois sage, de ne point se soucier de son image, mais des faits et de la vie de l'Église. Il tient aussi beaucoup au protocole. Un consistoire, par tradition, n'est pas une assemblée consultative. C'est une réunion convoquée par le souverain pontife pour procéder à des nominations, communiquer ses sentiments personnels, annoncer ses décisions. Un synode, c'est autre chose. C'est une assemblée délibérative des évêques du monde en union avec celui de Rome, qui a pouvoir de décision. Ses actes sont collectifs.

– Donc, déclara délibérément Nicol Peters, Léon XIV abroge la procédure collégiale pour en revenir à la promulgation pure et simple.

– C'est ce qu'ils croient. Car cela correspond exactement à son tempérament. Il va commencer par annoncer des changements et des nominations au sein de la curie.

– Avez-vous des informations là-dessus, Éminence?

– Quelques-unes, mais je ne peux pas en parler. Après ces annonces, Sa Sainteté prononcera une allocution, une adresse qui donnera les grandes lignes de ce qu'elle pense en plusieurs matières importantes. Cette adresse sera l'annonce d'un document officiel, le *motu proprio*, qui sera publié peu après.

– Y aura-t-il débat ou discussion après cette adresse?

– Cela dépendra entièrement du pape.

– L'allocution sera-t-elle communiquée à la presse?

– Non.

– Pourquoi pas?

– Le protocole, toujours. Le consistoire sera privé, non pas public. Mais Sa Sainteté peut très bien décider d'en faire publier un condensé par l'*Osservatore Romano* ou de le faire distribuer à la presse... Prenez un peu de ce fromage, il est excellent. Café?

– Oui, s'il vous plaît.

– Avez-vous d'autres questions?

– Je voudrais avoir avec vous une conversation particulière.

– Allez-y.

– La politique de rigueur de Léon XIV a semé la discorde.

– Je ne vous répondrai rien là-dessus.

– Va-t-il en prendre le contre-pied?

— Il va essayer de le faire.

— Pourra-t-il réduire les divisions de l'Église ?

— Il en réduira quelques-unes, oui. Mais pas toutes. Quoi qu'il en soit, rien ne se fera en vingt-quatre heures. Vous le savez, mon ami, l'Église se définit elle-même comme une, sainte, catholique et apostolique. Nous sommes tout cela et rien de tout cela. C'est un paradoxe et un mystère. Par le Christ et en son sein, nous sommes un, saints, frères et sœurs d'une famille mondiale et la parole que nous prêchons est celle qui fut prêchée par les premiers apôtres qui l'avaient entendue de la bouche du Seigneur lui-même. Mais en dehors de Lui, sans Lui, réduits à nous-mêmes, qui sommes-nous ? Les enfants perdus d'un minuscule système planétaire errant dans les profondeurs de l'espace.

— Comment Votre Éminence considère-t-elle les millions d'êtres humains, qui ne partagent pas, ne peuvent pas partager, sa foi ? Et comment Sa Sainteté les considère-t-il ?

— Je ne peux répondre qu'en mon nom, dit le cardinal. L'époque que nous traversons est un pont entre deux éternités. La lumière qui nous éclaire a voyagé un nombre d'années incalculables avant de nous parvenir. Les langues que nous parlons, nos symboles, sont des inventions humaines, impropres à quoi que ce soit sinon à un usage immédiat, sans pour autant que nous renoncions à exprimer l'ineffable mystère d'un Dieu qui nous contient, nous maintient, nous soutient tous. En prenant de l'âge, mon cher Nico, les différences entre les hommes importent bien moins que leur identité. Mettez-nous en terre, nous y devenons tous narcisses !

— Cela m'amène à ma dernière question, Éminence. C'est un groupe islamique qui menace le pape d'assassinat. Serait-il assez haï pour que l'un des siens se chargeât de le tuer ?

Le cardinal connaissait trop son homme pour éluder la question. Il fronça les sourcils et dit :

— Nous nous connaissons depuis trop longtemps, Nico, pour jouer à ces jeux-là. Qu'avez-vous en tête ?

— La menace terroriste a fait l'objet d'une grande publicité. Je me demande si un autre groupe, ou même un seul individu, étranger au groupe initial, ne pourrait pas en profiter pour agir de son côté.

— C'est possible. Tout est possible en ce monde déboussolé. Vous avez une idée ?

– Vous souvenez-vous de Lorenzo de Rosa?

– Je ne m'en souviens que trop bien.

– J'étais l'autre jour plongé dans mes dossiers et je me suis aperçu que je ne m'étais jamais soucié de suivre cette histoire. De Rosa, sa femme, leurs enfants étaient morts. La police avait classé l'affaire. Basta! Fin de l'histoire.

– Pas tout à fait. Sa Sainteté s'apprête à des réformes que cette affreuse affaire aura accélérées.

– Bien! Mais ce n'est pas ce à quoi je pensais. Plusieurs familles sont impliquées là-dedans, des parents, des tantes, des oncles, des cousins. Lorenzo était toscan, sa femme sicilienne, d'une vieille famille de Palerme, très étendue.

– Auraient-ils menacé...

– Non. Mais au Club de la Presse nous avons tous eu connaissance de telle ou telle manifestation d'hostilité. Celle-ci était épinglée au tableau des messages.

Il fouilla dans son portefeuille pour en tirer l'une de ces cartes mortuaires, à croix noire et bordure noire, que les amis et parents d'un défunt placent dans leurs livres de prière. Y figurait une photo de Lorenzo de Rosa avec sa femme et ses enfants, la date de leur mort et le lieu de leur enterrement, avec l'inscription suivante : « Dieu n'oublie pas. Il exige d'être payé. Puissent ceux-là reposer en paix. »

Drexel rendit la carte et dit, d'un ton presque implorant :

– C'est assez d'avoir une fois évoqué les fantômes. Voyez ce qui est arrivé. Oubliez ça, mon ami! Déchirez ça et oubliez-le! Nous savons d'où vient la vraie menace. Il s'agit là d'un alibi dont pourraient se servir des gens qui voudraient s'épargner des ennuis avec l'Islam. Nous ne pouvons pas nous incliner devant la terreur, quels que soient ceux qui la pratiquent.

Dans la pièce la mieux protégée de l'ambassade d'Israël, Menachem Avriel tenait conférence avec celui qui se faisait appeler Aaron ben Shaul. Ils avaient une décision à prendre. Aaron en posa les éléments :

– Traitons-nous nous-mêmes avec l'Épée de l'Islam, ou laissons-nous faire les Italiens?

– Sommes-nous certains qu'ils agiront dans le sens que nous souhaitons?

– Non.

– Même si le Vatican fait pression ?

– Pas davantage.

– Reprenons, s'il vous plaît, l'affaire depuis le début.

– Un. Omar Asnan est le chef de l'organisation en Italie. Deux. Ses trois lieutenants ont quitté le pays. Deux d'entre eux sont à Tunis, le troisième est à Malte. Les autres membres du groupe, ceux que nous avons identifiés à l'Alhambra et ailleurs, n'ont pas bougé, mais ils ne font rien. Ce qui nous amène au point trois. Il est très improbable qu'Omar Asnan ait abandonné son projet, il a sans doute sous-traité. Vous le savez, c'est une pratique courante. Activité internationale, le terrorisme brasse de grosses affaires, qui se monnaient en armes, en liquide, en drogue et par échange de loyaux services.

– Avec qui Asnan est-il en contact ?

– Avec cet homme, répondit Aaron ben Shaul, poussant une photo à travers la table. Il s'appelle Hyun Myung Kim, c'est un Coréen qui vend de l'espace sur des bateaux de commerce et négocie leurs cargaisons n'importe où dans le monde. Il est sans cesse en mouvement, avec la réputation d'être très dur en affaires, mais de ne jamais manquer de parole. Omar Asnan a déjeuné avec lui chez Alfredo's, le jour même où ses adjoints s'envolaient pour Tunis... Nous n'avons pas pu l'écouter, mais nous l'avons filmé. Comme vous le voyez, de l'argent a changé de main.

– Les Italiens sont informés ?

– Bien sûr. Nous jouons le jeu. Ils n'ont demandé qu'une chose : que pourrions-nous produire devant un tribunal ? Alors je leur ai fait entendre les bandes enregistrées dans la maison d'Asnan. Leur sens ne leur a pas échappé, mais une fois de plus ils ont demandé : comment cela peut-il tenir devant un tribunal ? Nous avons bien dû admettre qu'il s'agissait de montages et, sachant les risques de représailles contre le trafic aérien, le trafic maritime, les citoyens italiens de passage en pays islamiques, les Italiens ne feront rien sans disposer d'un cas en béton : l'assassin, arme fumante, devant sa victime. Ils veulent bien expulser discrètement Asnan, mais cela ne nous mène nulle part. Il nous faut le tenir et lui faire dire ce qu'il sait.

– Asnan est donc indemne.

– A moins que nous ne nous occupions nous-mêmes de lui.

– Et comment diable feriez-vous ? Il est résident permanent, proche de son ambassade, dépense beaucoup d'argent...

– Il a aussi tué l'un de nos hommes et fait disparaître son cadavre avec beaucoup d'efficacité.

– Ce n'est pas étonnant dans le quartier archéologique qu'il habite, qui comprend trois grandes catacombes et toute une série d'autres galeries qui n'ont jamais été ouvertes au public. L'une d'elles est même nommée la Catacombe des Juifs, si ça vous intéresse !

– Ça m'intéresse beaucoup, répondit Aaron ben Shaul. Ça m'intéresse tellement que j'ai provoqué une panne de courant chez M. Asnan et que j'y ai envoyé deux électriciens pour contrôler le câblage. Ils ont découvert un dispositif de climatisation inversé beaucoup trop important pour une maison de cette taille. Quant au câblage, il ne correspond pas au plan officiel...

– Alors ?

– Alors avant d'aller revoir les Italiens, ou que vous décidiez d'agir sans eux, j'aimerais m'occuper pour de bon de la villa de M. Asnan.

– Qu'entendez-vous par là ?

– Un bon vieux cambriolage. Endormir les chiens et le personnel, emporter les valeurs. L'Appia Antica est très vulnérable et il y a près de trois mois qu'il ne s'y est rien passé !

– Et pendant ce temps, où sera Omar Asnan ?

– Bonne question, monsieur l'ambassadeur. Quand j'en aurai la réponse, je vous la ferai connaître.

– Je vous en prie, n'en faites rien, répondit Avriel. Je ne veux pas même savoir ni le jour ni l'heure.

– Je ne me réjouis pas de cette séance, dit le pape. (Il était assis à son bureau et pianotait nerveusement sur les documents qu'Hopgood venait de déposer devant lui). Clemens sera là à 10 heures précises. Veillez à ce qu'on ne le fasse pas attendre.

– Combien de temps voulez-vous accorder à cet entretien, Sainteté ?

– Autant de temps qu'il durera. Quand il arrivera, commandez du café, et n'entrez qu'à mon appel.

– Puis-je me permettre, Sainteté ?

– Allez-y.

– Le volume relié en cuir que vous avez sous la main est le rapport sur l'état des finances de l'Église. Trois cent cinquante pages de chiffres, de graphiques et de commentaires exhaustifs.

– Je ne peux même pas commencer à y penser aujourd'hui.

– Excusez-moi, Sainteté, mais je pense qu'il vaudrait mieux que vous en lisiez les dix dernières pages avant l'arrivée du cardinal Clemens. Elles contiennent des conclusions et des recommandations et confirment dans leurs grandes lignes les arguments que vous allez présenter à Son Éminence.

– Qui d'autre que vous a pris connaissance de ce document?

– Des exemplaires en ont été déposés hier soir à l'intention de Votre Sainteté, de la Préfecture pour les Affaires économiques du Saint-Siège, de l'Institut pour les Œuvres de la Religion et de l'Administration du Patrimoine du Saint-Siège. Personne n'a eu le temps de le lire, a fortiori de le condenser. Il me semble que Votre Sainteté devrait s'assurer l'avantage d'un premier regard. Il y a un vieux proverbe anglais qui se traduit très bien en italien : « Celui dont la cause est juste est armé deux fois ; et trois fois celui qui frappe le premier coup. »

– Et cela, je vous le rappelle, mon cher Hopgood, ressort du langage de l'affrontement, ce qui est exactement ce que nous cherchons à éviter.

– Avec tout le respect que je vous dois, Sainteté, je doute que vous parveniez à l'éviter ce matin.

– Quand le cardinal Clemens arrive-t-il?

– Dans quarante minutes.

– Je vais jeter un œil à ce rapport et je sonnerai quand je serai prêt.

Les auteurs de l'expertise pratiquaient le style sec et froid de tous les financiers du monde et cela donnait à leur conclusion une sinistre éloquence.

« ... Il est difficile de ne pas conclure que les congrégations catholiques qui s'accroissent le plus vite sont celles du tiers monde et que ce sont les plus nécessiteuses, tandis que celles qui stagnent ou ne croissent que très lentement sont les plus prospères et les moins généreuses en termes classiques.

« ... Dans les pays dits catholiques d'Amérique du Sud, en Espagne, en Italie, aux Philippines, où se maintient une classe de privilégiés, riches par tradition, encore loyale à l'Église, il existe une disparité souvent terrifiante entre ces privilégiés et les démunis, les exploiteurs et les exploités. Les privilégiés utilisent leurs surplus à améliorer ou défendre leurs positions. On n'y constate aucune augmentation sensible des sommes disponibles pour l'éducation, les œuvres de charité ou le progrès social.

« ... Il faut dire aussi que dans ces diocèses et paroisses qui publient des comptes et détaillent leurs dépenses le niveau des donations est sensiblement plus élevé qu'ailleurs. L'administration centrale souffre et souffrira encore de sa discrétion pathologique et des conséquences de scandales bien connus comme de ses liens avec des délinquants célèbres.

« ... Enfin, la multiplication de conglomérats diversifiés rend de plus en plus difficiles à ceux qui gèrent les fonds de l'Église les investissements neutres — d'investir par exemple chez des fabricants de produits chimiques qui ne produisent pas de substances toxiques, des industriels nets de toute liaison avec la fabrication d'armes ou d'équipements militaires, des firmes pharmaceutiques qui ne fabriquent pas de produits anticonceptionnels, dont l'usage est formellement interdit aux catholiques... La meilleure volonté du monde permet difficilement d'échapper au scandale ; mais surtout, le secret engendre le soupçon et le soupçon entraîne un tarissement rapide des sources de la charité... »

Ce n'était pas tout. Le rapport en contenait bien davantage de la même veine, le tout des plus argumentés, avec notes explicatives. Tout concordait. Les besoins allaient croissant et les moyens déclinaient. Les sources traditionnelles de financement s'asséchaient. Les anciennes méthodes de levée de fonds auprès des grandes congrégations perdaient leur efficace, car dans les pays prospères, ces congrégations s'étiolaient.

Pourquoi ? Tel était le fond du problème. Les financiers n'en avaient abordé que la surface ; ils ne pouvaient aller plus loin pour des raisons qui tenaient au cœur. Jadis, quand les fidèles cédaient à l'indifférence et que leurs offrandes diminuaient, l'évêque dépêchait des prêcheurs, ardents, éloquents, qui se campaient sur les places de marché et tonnaient l'enfer et la damnation et proclamait l'amour de Dieu. Certains se convertissaient, d'autres changeaient pour un temps, personne ne restait indifférent et neuf mois plus tard, les naissances augmentaient brusquement. Tout cela était révolu et le plus éloquent des hommes avait bien du mal à éveiller les regards brouillés, les imaginations engourdies et la raison atrophiée d'une génération d'esclaves de la télévision, victimes de la saturation médiatique.

Lui-même était confronté à la même difficulté. Toute la splendeur qui l'entourait et tout le prestige de la foi antique qui le revêtait, ne le préservaient pas d'attirer moins d'attention que tel pitre vociférant avec sa guitare ou telle bagarre d'ivrognes lors d'un match de football.

Hopgood introduisit Son Éminence le cardinal Karl-Emil Clemens. Ils se saluèrent cordialement. Le temps avait passé. Les émotions s'étaient apaisées. Clemens ouvrit le feu sur un compliment :

– Votre Sainteté est en bonne forme. Elle paraît quinze ans plus jeune.

– C'est que je m'entraîne comme un footballeur, Karl ! Et que je mange comme un oiseau. Pas de graisse, pas de viande rouge... Ne me parlez jamais de la vie pénitentielle. Je suis acculé à la vivre. Et vous ? Comment allez-vous ?

– Bien. J'ai quelquefois un peu de goutte. Ma tension est un peu trop haute, mais d'après mon médecin, je serais un hypertendu.

– Vous a-t-il dit où cela pouvait mener ?

– Oui. Il m'a donné les avertissements d'usage.

– Si vous n'en tenez pas compte, Karl, vous finirez comme moi. A votre âge, on ne peut pas se permettre de jouer avec sa santé... Et cela m'amène au sujet de notre entretien. Je vous enlève à la Congrégation pour la Doctrine de la Foi et vous nomme chef de ma maison, cardinal camerlingue. Vous conserverez vos responsabilités auprès des congrégations pour les Églises orientales et pour la Propagation de la Foi. J'annoncerai ces changements au consistoire du 1ᵉʳ novembre. J'espère que cela vous est agréable ?

– Ce n'est pas agréable, Sainteté, mais je m'incline devant les désirs de Votre Sainteté.

– Vous avez le droit d'en connaître la raison.

– Je ne l'ai pas demandé, Sainteté.

– Je vous la donnerai quand même. Je me propose de procéder à certains changements radicaux dans la constitution et les fonctions de la congrégation. Vous ne les approuverez pas. Il serait très désobligeant de vous demander de les mettre en œuvre. De plus – je veux que vous le sachiez –, je vous ai nommé parce que je voyais en vous un reflet de l'homme que je croyais être moi-même : le gardien inébranlable de notre foi commune. Vous l'avez été. Vous avez exactement rempli la tâche que je vous avais confiée. Votre erreur dans l'affaire de l'*Osservatore Romano* m'a irrité, mais cela n'aurait pas suffi à me faire prendre cette décision. Le fait est, Karl, que je crois m'être mépris sur mon devoir et vous avoir chargé d'une tâche erronée !

L'expression de Clemens était celle de l'incrédulité la plus totale.

– Votre Sainteté voudrait-elle dire que son devoir n'est plus de veiller au Dépôt de la Foi ?

– Non, Karl, je ne veux rien dire de tel. Ce que je veux dire, c'est que la Congrégation, dans sa forme présente, n'est pas l'instrument approprié de cette sauvegarde. En fait et cela est historique, elle ne l'a jamais été. Et je pense qu'elle ne peut pas l'être.

– Je ne vois pas cela du tout.

– Je sais bien, Karl, et c'est pourquoi je vous en retire, mais vous allez me laisser m'expliquer, car je vais remonter très au-delà des circonstances actuelles. Suivez-moi.

Et le Saint-Père déposa sur son bureau le lourd volume des *Acta Apostilicae Sedis* pour l'année 1971...

– Qu'arrive-t-il lorsqu'est dénoncé comme contraire à la foi tel livre ou telle publication ?

– Il faut d'abord que la dénonciation soit sérieuse et qu'elle soit signée. Si l'erreur est manifeste et – maintenant je cite – si l'ouvrage « contient certainement et clairement une erreur touchant la Foi et que la publication de cette opinion soit dommageable aux fidèles », alors la Congrégation peut demander à l'évêque ou aux évêques d'en informer l'auteur et de l'inviter à corriger cette erreur.

– Arrêtons-nous là un instant. Il me faut être très clair. A ce stade, l'auteur ne sait rien. Quelqu'un l'a dénoncé, la Congrégation a jugé qu'il se trompait et lui a demandé de se corriger.

– Exactement.

– Il n'a pas été entendu. On ne lui a pas offert de droit de réponse. Il est déjà présumé coupable.

– Oui, c'est vrai. Mais il n'en est ainsi que dans le cas d'une erreur évidente, immédiatement perceptible.

– Bien. Allons un peu plus loin. Admettons que soit publiée une opinion controversée. On demande à la Congrégation de décider de son orthodoxie et là je cite : « en harmonie avec la révélation divine et le magistère de l'Église ». Il me semble que nous-mêmes, et non pas seulement l'auteur, tombons dans l'embarras... La révélation divine est une chose. Le magistère, l'autorité générale de l'Église, c'est tout à fait différent. Sous cette autorité peuvent se produire et se sont produites des choses tout à fait contraires à la révélation divine : chasse aux sorcières, condamnation des hérétiques au bûcher. Vous voyez le problème ?

– Je remarque, dit Clemens très rigide, que ces anomalies ont existé pendant longtemps et que Votre Sainteté n'a jamais jugé nécessaire de s'élever contre elles.

– C'est exactement ce que je disais, Karl. Je les vois maintenant sous une lumière différente. Je me propose d'user de mon autorité pour y porter remède. Mais continuons. L'auteur est-il averti des doutes jetés sur son ouvrage ?

– Pas encore. Mais nous lui désignons un porte-parole, dont vous trouverez mention dans les Actes en tant que *relator pro auctore !* Sa fonction est décrite aussi : « Indiquer dans un esprit de vérité les mérites et les aspects positifs de l'ouvrage ; aider à faire comprendre la vraie signification des opinions de l'auteur... », etc.

– Mais ce porte-parole, dit doucement le pape, est complètement inconnu de l'auteur. En fait, il lui est défendu de communiquer avec lui. Comment pourrait-il donner un compte rendu exact de ses opinions, de ses mérites, de tout le reste ?

– Il peut le faire, Sainteté, car il est dans la même position que n'importe quel lecteur. Il s'appuie sur le texte.

Le pape ne répondit pas directement. Il présenta deux livres qui se trouvaient sur son bureau. Le premier était intitulé *La nature de la Foi,* le second *Le Verbe fait Chair.*

– Vous en êtes l'auteur, Karl ?

– Je le suis.

– Et vous me les avez aimablement dédicacés. Je les ai lus avec intérêt. Je ne trouve rien à y redire, mais j'ai noté certains passages qui m'ont paru obscurs, ou que l'on pourrait juger pas tout à fait orthodoxes... Maintenant, je vous le demande : aimeriez-vous voir ces œuvres jugées selon les mêmes critères et les mêmes méthodes secrètes et inquisitoriales que l'on emploie aujourd'hui ?

– Si Votre Sainteté le requérait, je l'accepterais.

– Et estimeriez-vous que justice a été faite ou pourrait être présumée faite ou tenue pour faite ?

– Il y a, je l'admets, des points faibles...

– Auxquels mes prédécesseurs et moi-même avons trouvé des excuses, mais que je n'autoriserai pas plus longtemps. Si vous le souhaitez, nous pouvons aller plus loin. J'ai une longue liste d'objections. Voulez-vous que je les énumère ?

– Ce n'est pas nécessaire, Sainteté.

– Mais il vous est nécessaire à vous, Karl, de mieux comprendre ceci : nous – vous et moi – avec nos frères évêques, nous sommes la Cité sur la montagne. Nous ne devons rien cacher. Nous avons pour mission de témoigner devant le monde – et si nous ne témoignons pas pour la vérité, la justice, la libre recherche du sens de Dieu dans le monde de Dieu, alors on nous traitera de menteurs, d'hypocrites et l'on se détournera de nous. Nous allons vivre très proches l'un de l'autre, vous et moi. Ne pourrions-nous pas être amis ?

– Votre Sainteté me demande de renier quelque chose à quoi j'ai cru toute ma vie.

– Et quoi donc, Karl ?

– Que la doctrine dont nous sommes dépositaires est un trésor sans prix. Nos martyrs sont morts pour lui. Rien ni personne ne devrait être autorisé à le corrompre.

– J'en suis venu par un long chemin à un point de vue différent, Karl. La vérité est invincible. Nous le confessons tous les jours. Mais s'il n'est pas d'yeux pour la voir, d'oreilles pour l'entendre, de cœurs pour la recevoir... alors ? Mon cher Karl, lorsque Notre-Seigneur a appelé ses premiers apôtres, il leur a dit : « Venez avec moi et je vous ferai pêcheurs d'hommes ! » Et non pas théologiens, Karl ! Non plus qu'inquisiteurs ou papes ou cardinaux ! Pêcheurs d'hommes ! La grande tristesse de ma vie est de l'avoir compris si tard.

Un long et mortel silence s'établit dans la pièce. Puis le cardinal Karl-Emil Clemens se leva et fit sa propre profession de foi.

– Je suis en toute conscience le serviteur de Votre Sainteté et de l'Église. Au-delà de ce qu'elle autorise, que Dieu m'éclaire ! Je prie Votre Sainteté de me laisser prendre congé.

– Vous êtes libre, dit le souverain pontife. Et ce disant il se demandait combien d'autres s'éloigneraient et le laisseraient à sa solitude.

14.

L'ancienne voie Appienne avait été une route impériale qui filait jusqu'à Naples et, à travers les Appenins, jusqu'à Brindisi. Les Romains l'avaient bordée de monuments funéraires que le temps et les envahisseurs divers avaient mutilés et partiellement démolis. Les Beaux-Arts avaient fini par déclarer « zone archéologique » les terrains qui l'avoisinaient, et l'on n'y pouvait construire qu'à partir de structures existantes. Entre les monuments délabrés, les pins étaient hauts et l'herbe luxuriante, aussi les amoureux romains en avaient fait un havre d'amour, qui chaque matin était jonché de capotes anglaises, de Kleenex, de sous-vêtements assortis et d'autres déchets. Ce n'était pas l'endroit convenable où se promener ou pique-niquer avec des enfants, mais la population qui s'entassait dans la promiscuité d'appartements exigus y trouvait un lieu idéal pour faire l'amour. La police elle-même s'y faisait discrète et les voyeurs se voyaient vivement expédiés.

Ce fut là, juste en face de la villa d'Omar Asnan, de l'autre côté de la route, que Marta Kuhn et un collègue du Mossad passèrent dix nuits de veille, observant les mouvements des domestiques, des chiens et du maître de maison. Asnan rentrait chez lui tous les soirs à 19 h 30, conduit par son chauffeur. Les portes du garage s'ouvraient et se fermaient électriquement. Un peu plus tard, le gardien sortait, deux grands dobermans en laisse. Il ne les promenait pas au pas mais courait avec eux sur la bordure herbeuse de la route à travers Érode Attico, descendant l'Appia presque jusqu'au périphérique. Puis il rebroussait chemin. C'était une affaire de quinze à vingt minutes. Puis il rentrait par la grille principale, à l'aide d'une clé. Omar Asnan ressortait généralement entre 22 h 30 et 23 heures et rentrait entre 1 et 2 heures du matin. Les agents qui le surveillaient à partir de la Porte Latine rapportèrent qu'il se partageait entre deux endroits, l'Alhambra Club et une luxueuse maison de rendez-vous fréquentée par des touristes du Moyen-Orient, à Parioli. Le personnel de la maison se composait du chauffeur, de la femme de charge et du gardien qui semblait être son mari. Tous étaient enregistrés dans les dossiers des carabiniers comme résidents italiens de nationalité iranienne, munis de permis de travail spéciaux et payant tous les impôts de la république.

Armé de ces informations et d'autres encore, Aaron ben Shaul s'en alla voir Sergio Salviati à la Clinique Internationale. Il avait une requête particulière à lui présenter.

— Je voudrais m'assurer pour une nuit vos compétences médicales.

— Pour quoi faire ?

— Pour contrôler un interrogatoire. Sans violence, nous utiliserons un nouveau dérivé du pentothal produit en Israël. Qui n'est pas dépourvu d'effets secondaires. Chez certains patients, il entraîne une nette arythmie. Nous avons besoin d'un expert qui surveille son administration.

— Qui est le sujet de l'opération ?

— Omar Asnan, cerveau de l'Épée de l'Islam. Nous allons l'enlever, l'interroger, et le libérer.

— Cela ne m'apprend rien.

— D'après nos informations, il projette toujours l'assassinat du pape, mais il le sous-traite auprès d'un autre groupe, probablement oriental. Il nous faut obtenir des renseignements détaillés sur son identité et ses plans. Nous aiderez-vous ?

— Non !

— Pourquoi ?

— Parce que tout ce que vous me racontez me dégoûte. Ça me rappelle toutes les sanglantes perversions dont ma profession s'est salie en ce siècle : les chambres de torture en Argentine, où des médecins veillaient à maintenir les torturés en vie, les expériences médicales d'Auschwitz, les internements psychiatriques de dissidents en Union soviétique et ce que vous faites vous-même aux Palestiniens. Je ne veux pas me mêler de ça!

– Pas même pour empêcher l'assassinat de votre patient?

– Pas même. J'ai donné à cet homme une nouvelle espérance de vie. Je n'ai plus à me mêler de rien.

– Si Omar Asnan a sous-traité, il aura passé un contrat global, incluant Tove Lundberg et aussi bien sa fille.

– Elles sont loin. Planquées dans la campagne irlandaise.

– Où il n'est pas difficile d'aller, où des meurtres s'organisent tous les jours! Allons, professeur! Qu'est-ce que c'est que cet accès de moralisme? Je ne vous demande pas de tuer quelqu'un, mais de maintenir un homme en vie jusqu'à ce qu'il ait livré un plan d'assassinat! Bon Dieu! Nous avons bien protégé votre distingué patient. Nous avons enlevé la femme qui avait été désignée pour le tuer. Vous êtes notre débiteur – et nous vous faisons une belle ristourne sur le règlement.

Salviati hésita. Il était perdu. Soudain il vit le piège.

– Pourquoi moi? N'importe quel étudiant à mi-course sait contrôler un rythme cardiaque.

– Parce que nous opérons sans l'accord des Italiens. C'est de l'un des nôtres que nous voulons de l'aide.

– Vous oubliez que je suis italien! explosa Salviati furieux. Nous vivons dans ce pays depuis quatre siècles. Je suis juif, mais pas israélien. Je suis fils de la Loi, mais non pas de votre maison. Ici, en Italie, nous avons supporté toutes les avanies que l'on nous a faites pendant des siècles jusqu'au Sabbath Noir final, où les nazis nous arrachèrent au ghetto romain pour nous emmener en camion dans leurs camps de la mort. Mais nous avons tenu. Je me suis risqué à vous aider, vous et Israël. Et maintenant vous m'insultez, essayez de me faire chanter à propos de Tove Lundberg. Occupez-vous comme vous l'entendez de ce qui vous regarde, mais laissez-moi à ce qui est mon rôle. Et maintenant, foutez le camp.

Aaron ben Shaul se contenta de sourire et haussa les épaules.

– Vous ne pouvez pas me blâmer d'avoir tenté ma chance! Mais c'est drôle. Rien de tout cela ne serait arrivé si vous ne vous étiez pas laissé prendre à toute cette *goyische papisterei*!

Après son départ, Salviati appela Menachem Avriel et lui exprima son mécontentement. L'ambassadeur s'excusa platement, niant toute connaissance de l'affaire. Enfin il appela l'Irlande, parla brièvement à Tove Lundberg et beaucoup plus longtemps à Matt Neylan.

Un mot nouveau faisait du bruit dans les couloirs du Vatican et s'étalait dans la correspondance des hommes clés de l'Église. Ce mot c'était « normatif » et il avait un sens très précis : « établir une mesure ». Pas un prélat qui l'ignorât. Tous comprenaient exactement la question que répétaient Clemens et ses amis : « Désormais qu'est-ce qui est normatif dans le gouvernement de l'Église : le codex de la loi canonique, les actes du siège apostolique, les décrets des synodes ou les jugements subjectifs d'un pape souffrant ? Prononcés à la sauvette et sans consultation ? » C'était une lame à double tranchant qui pénétrait au plus profond de deux problèmes fondamentaux : la valeur de l'autorité du pape et le pouvoir de l'institution elle-même à faire respecter ses propres décrets. C'était précisément ce pouvoir que la Congrégation pour la Doctrine de la Foi, anciennement Sainte Inquisition, était chargée de défendre et de renforcer depuis sa fondation.

Dès ses débuts, l'Église avait été pénétrée d'idées hérétiques – gnostiques, manichéennes, ariennes... Leurs vestiges subsistaient, influençant les attitudes de tel ou tel groupe – charismatiques, traditionnalistes, littéralistes, ascétiques. Aux premiers siècles, les instruments de purification étaient le débat public, les écrits des grands docteurs, les décisions des synodes et des conciles. Puis, lorsque le pouvoir impérial était apparu comme provenant de Dieu par son vicaire le pape, tous les instruments de répression se trouvèrent disponibles : les armées de croisés, les bourreaux officiels, les inquisiteurs impitoyables, rivés à leur conviction que l'erreur était inadmissible. Ce qu'il en restait à la fin du second millénaire n'était plus que le pâle reflet de ces pouvoirs et beaucoup estimaient fou de les abandonner en faveur d'une conception purement humaniste des droits de l'homme.

Léon XIV fut informé de cette opposition par certains des cardinaux de la curie avec qui il discutait des nouvelles nominations qu'il envisageait, mais seul Agostini fut complètement franc.

– D'un point de vue politique, Sainteté, c'est une folie pour un dirigeant que d'abandonner le moindre instrument de pouvoir, tout persuadé qu'il soit de n'en jamais avoir l'usage. Je n'aime pas ce que vous me demandez de faire – réduire le pouvoir des nonces apostoliques, les obliger à informer les évêques locaux de toutes les plaintes qu'ils seraient amenés à adresser à Rome. Je sais vos raisons. Je sais que dans le présent système, les causes de friction sont aussi nombreuses que les avantages; mais en tant que politique, je n'aime pas me démunir. Je suis semblable au conservateur de musée qui s'accrocherait à ses cinq pages d'un manuscrit précieux plutôt que de le voir restauré tout entier et exposé ailleurs.

— Au moins Matteo, vous n'êtes pas hypocrite, fit le pape avec un sourire fatigué. Longtemps je me suis tenu le même raisonnement. Et je sais que Clemens ne l'acceptera pas. Je ne suis pourtant pas devenu du jour au lendemain son ennemi non plus qu'un danger pour l'Église.

— Il pense que vous en êtes un.

— Et vous?

— Je pense que vous pourriez l'être, dit le secrétaire d'État.

— Expliquez-vous.

— Au commencement il y a la vérité. L'acte de foi, la soumission à Dieu, notre libre confession que Jésus est le Seigneur. C'est cet acte qui nous fait participer à l'assemblée des croyants. La capacité de le faire est un don. L'acte est libre.

— Et doit le demeurer. Nous choisissons tous les jours.

— Et c'est là, à mon avis, que se trompe Votre Sainteté. Vous pensez que les hommes et les femmes désirent être libres. Qu'ils veulent exercer leur droit de choix. Eh bien, la vie le démontre assez : ils ne le veulent pas. Ils veulent être dirigés, commandés; ils veulent le policier au coin de la rue; l'évêque, mitre en tête, proclamant avec autorité la Bonne Nouvelle. Voilà la raison des dictateurs. Voilà pourquoi vos prédécesseurs gouvernèrent l'Église en Jupiters tonnants! Ils divisent sans doute le monde et l'Église, mais ils incarnent le pouvoir. Le risque que vous courez est tout différent. Vous offrez au peuple les premiers fruits du salut, la liberté des fils de Dieu. Mais nombreux, comme Clemens, sont ceux pour qui ils auront un goût de mer Morte – de poussière et de cendre!

— Ainsi, fit le pape d'un ton glacial, nous voilà ramené aux vieilles antiennes : inopportun! prématuré!

— Je ne dis pas cela, dit Agostini avec une véhémence inhabituelle. Je donne, comme je suis bien obligé de le faire, un avertissement et un conseil. Mais il se trouve, au moins sur le principe, que je suis d'accord avec Votre Sainteté. J'ai relu la nuit dernière, pour la première fois depuis de nombreuses années, le décret de Vatican II sur la dignité de la personne humaine. Je me suis obligé à le réciter pour le fixer dans ma mémoire. « ... La liberté authentique est un signe exceptionnel de l'image divine en l'homme... D'où il ressort que la dignité de l'homme exige qu'il agisse en toute connaissance et en toute liberté. » Peut-être serait-il bon de rappeler à nos frères qu'il s'agit là d'un document conciliaire et non pas d'une opinion privée du pape.

— On se demande pourquoi il est nécessaire de rappeler à des hommes faits pareilles évidences !

— Parce qu'ils n'ont jamais à s'y référer de leur vie. Ce sont des spécimens protégés, élevés en serre. Vous proposez-vous dans votre allocution d'aborder le sujet de la situation des femmes dans l'Église ?

— J'y travaille en ce moment même. Pourquoi ?

— Parce qu'il me semble, Sainteté, que nous ne nous adressons jamais qu'à la moitié du monde. Nous constituons une société patriarcale qui s'adresse de moins en moins aux femmes, avec de moins en moins de pertinence. Il y a des femmes à la tête de nations de premier rang. Des femmes légifèrent, jugent, dirigent de grandes entreprises. Et nous ne les reconnaissons qu'à travers la seule Commission pontificale de la Famille, où siègent des couples mariés, mais qui ne se réunit qu'une fois l'an. Les communautés religieuses féminines sont encore « protégées » par un cardinal de curie dont le moins qu'on puisse dire est qu'il est rarement le meilleur porte-parole de leurs intérêts et de leurs soucis. Les problèmes matrimoniaux, les problèmes de bio-éthique doivent être traités par les femmes elles-mêmes. La question de l'ordination des femmes est encore un sujet tabou, mais il le sera de moins en moins, et même si l'on se place au point de vue biblique ou traditionnel, on voit mal ce qui autorise à juger la question réglée...

— J'en suis arrivé, dit le pape en pesant ses mots, à un point où je reconnais nos faiblesses et où j'admets que nous y cherchions des remèdes. Mais ces remèdes ne sont pas si faciles à définir. Voyez le Vatican ! Nous sommes si occupés à protéger une chasteté que personne ne menace et notre réputation de prêtres vertueux, qu'il nous est impossible d'avoir une conversation normale avec une femme, sans parler d'aller faire au grand jour un tour avec une personne du sexe opposé ! Nous serons inévitablement amené à admettre le mariage des clercs, comme nous l'avons déjà fait pour les Uniates ; mais je ne suis pas assez hardi pour soulever la question en ce moment. Mais pour vous répondre : oui, j'aborderai celle des femmes dans l'Église, et je tâcherai de ne point trop l'embellir d'imagerie mariale. La mère de Jésus était de son temps et de son milieu. Voilà l'essence du mystère et il n'est nul besoin de contes de fées pour le décorer.

Agostini hocha la tête avec une mine incrédule.

– Il y a avec tout ça du travail pour deux vies. Pourquoi ne pas limiter votre ambition ? Votre cœur s'en porterait mieux.

Le souverain pontife se mit à rire, d'un rire franc et libre que le cardinal ne lui avait jamais entendu.

– Pourquoi ? Mais, Matteo, parce que je suis fils de fermier. On laboure, on herse, on sème. Et ce que les oiseaux ne mangent pas, que les pluies ne pourrissent pas, que le mildiou ne détruit pas, est ce qui reste à moisonner. En outre et pour la première fois de ma vie, je suis un homme vraiment heureux. Je mise tout ce que je suis et tout ce que je possède sur la Vérité.

Tout pragmatique qu'il fût, Agostini n'eut pas le cœur de lui rappeler que – vainqueur ou vaincu – la récompense serait la même : on le clouerait à un arbre pour le regarder très lentement mourir.

Toute une chaîne de relations irlandaises – de Murtagh à l'un de ses cousins du côté maternel et de la femme de ce cousin à son frère, connu pour ses relations avec l'Armée républicaine irlandaise et peut-être, peut-être seulement, avec les *Provisionals* – amenèrent Matt Neylan, un mardi matin, à se retrouver assis dans le bureau du policier Macmanus, au poste de Clonakilty.

Il était recommandé. Ce qu'il dirait serait donc tenu pour vrai – quand même il serait bien bête de prendre tout ce qui lui serait dit pour parole d'Évangile. Il exposa sa requête en peu de mots.

– Je suis, comme vous le savez, un prêtre défroqué ; mais je donne l'hospitalité à deux dames qui sont très précieuses à certains hauts personnages du Vatican. L'un d'eux est cardinal, ce qui n'est pas rien, et l'autre est encore plus haut placé. On m'a prévenu de Rome qu'il se pourrait que j'aie affaire à des visiteurs indésirables. Aussi suis-je venu vous demander conseil. Comment pourrais-je être averti que des étrangers me cherchent ? Et que pourriez-vous faire pour les empêcher de parvenir jusqu'à moi ?

Le policier Macmanus n'était pas un penseur rapide, mais il répondit aussitôt :

— Rien. Nous ne pouvons rien dans les deux cas. A moins que l'on ne vous demande par votre nom, comment savoir si vos poursuivants ne sont pas venus pêcher ici, ou faire du tourisme, ou des affaires ? Nous voyons de tout en Irlande à présent : des Allemands, des Hollandais, des Japonais, de toutes les couleurs. Comment les empêcher d'aller jusqu'à vous ? Nous ne pouvons rien, à moins qu'ils n'exhibent une bannière où serait écrit « A mort Neylan », ou un bazooka pour lequel ils n'auraient pas de permis. Croyez-moi, c'est comme ça.

— C'est on ne peut plus clair, fit Matt Neylan, jovial. Je passerai donc à ma seconde question. Où puis-je me procurer des armes et la permission de m'en servir ?

— Je note que vous avez parlé au pluriel. Pourquoi ?

— Parce que nous sommes deux à pouvoir nous en servir, Murtagh et moi. Et que je pense qu'il nous faudrait un pistolet à chacun ; et si possible deux fusils automatiques en cas d'attaque surprise contre la ferme elle-même.

— Qui, j'espère bien, ne se produira pas. Je déteste avoir affaire à la presse pour des trucs comme ça... Maintenant, que je réfléchisse... Avant d'aller plus loin, ces articles, vous êtes disposés à les payer ?

— A moins que la police n'en fasse don aux défenseurs de l'ordre.

— Vous voulez rire !

— Alors nous paierons, bien sûr.

— Les armes, les permis – et le service naturellement.

— Quels sont les délais de livraison ?

— Vous avez l'argent sur vous ?

— Non, mais je peux aller à la banque.

— Parfait. Nous allons aller faire un petit tour dans la campagne. Nous y trouverons la marchandise et vous pourrez l'emporter chez vous. Pendant que nous y sommes, il faut aussi vous procurer un chien – un gros, du genre chien-loup. J'ai un ami qui en élève, il vous fera un bon prix.

— Et les permis ?

— Je vais les préparer avant de partir et les compléterai plus tard. Au fait, vous savez taper à la machine ?

280

– Bien sûr.

– Alors asseyez-vous et rédigez-moi une plainte, contre X, pour menaces contre vous-même et contre les dames. Mentionnez leurs hautes relations et les avertissements que vous avez reçus. Mettez-en tant que vous voulez et signez-la de votre plus belle écriture.

– Et pour quoi faire ?

– Cela s'appelle se couvrir, monsieur Neylan. Vous et moi. Pour les armes, pas de problèmes. Il en est débarqué plus d'une cargaison à l'intention de l'I.R.A. dans la baie de Clonakilty, et tant que durera la guerre, tout laisse croire qu'il y en aura d'autres. Mais dans ce petit coin d'Irlande, les cadavres troués de balles sont difficiles à justifier. Aussi est-il bien utile de préparer toute la paperasse d'avance.

– Je vois, dit Matt Neylan avec ferveur. C'est parfaitement clair.

Tove Lundberg, quant à elle, ne l'entendait pas de cette oreille. La perspective de fusillades dans les matins brumeux et de sang dans les prés des bovins placides la consternait. Elle exigea d'être informée.

– A quoi est-ce que ça rime, Matt ? Qu'est-ce que c'est que ce mélo ? Faisons nos bagages ce soir et filons à Dublin. De là, nous nous envolerons n'importe où, brouillerons nos traces, changerons d'avion. Qui se souciera de notre destination ?

– Ce n'est pas si simple, lui expliqua patiemment Matt Neylan, tandis que Britte écoutait et faisait des efforts désespérés pour exprimer quelque chose. Dans cette affaire, nous sommes des exemples. Où que nous soyons, nous devons être éliminés pour démontrer le pouvoir de l'Épée de l'Islam. Voudrais-tu vivre cachée toute ta vie ?

Britte se cramponna à lui, lui faisant frénétiquement signe : non, non ! Tove demeurait immobile, les contemplant tous deux. Puis elle jaillit de son fauteuil et les entoura de ses bras.

– Nous nous battrons donc ! Très bien ! Demain matin tu m'apprendras à tirer ! Je ne serai pas plus longtemps spectatrice !

Le coup de main contre la villa d'Omar Asnan eut lieu le 16 octobre. Voici comment les choses se passèrent. Omar Asnan arriva chez lui à 7 h 30. Aussitôt après, le gardien sortit pour faire courir les dobermans. Juste au-delà d'Erode Attico, il fut coincé contre un mur par une camionnette. Les chiens furent neutralisés à coups de fléchettes anesthésiantes et le gardien fut maîtrisé par des hommes masqués qui l'aveuglèrent, le bâillonnèrent et lui lièrent les poignets et les chevilles avec des bandes adhésives. Ils lui prirent ses clés et le transportèrent avec ses animaux jusqu'à un endroit désert dans les bois de pins où ils les déposèrent. Il fut découvert à la fin de la matinée du lendemain. Les chiens étaient auprès de lui, gémissant et lui léchant la figure.

Pendant ce temps, Aaron ben Shaul et trois acolytes, vêtus de survêtements noirs et le visage dissimulé par des masques de ski, maîtrisaient le chauffeur et la femme, les droguaient, et s'occupaient d'Omar Asnan qui prenait un bain avant le dîner. Nu, tremblant et les yeux bandés, il fut descendu à la cave, déposé sur le tapis qui en recouvrait les dalles et piqué au penthotal amélioré. Quarante-cinq minutes plus tard, il avait révélé le meurtre de l'agent du Mossad et l'existence du silo souterrain où son corps avait été placé. Il avait aussi révélé la nature de son marché avec le Coréen, qui s'était engagé à faire venir en Italie une équipe spécialisée qui tuerait le pape, tandis qu'une autre équipe s'en irait en Irlande, enlever ou tuer Tove Lundberg. Mais Asnan ne savait rien des processus de ces opérations ni de leur calendrier. Le règlement du contrat avait été prévu comme suit : la moitié plus les frais à la commande, le solde après exécution. Tout le reste était laissé à la discrétion des équipes spécialisées, qui pourraient travailler sans aucune crainte de fuites.

Ce n'était pas totalement satisfaisant, mais ils ne pouvaient espérer mieux – Omar Asnan donnait des signes de faiblesse du fait de la massive dose de drogue qu'il avait absorbée. Aussi roulèrent-ils le tapis, levèrent-ils la dalle qui commandait l'entrée de la crypte et le portèrent-ils dans la chambre où les jarres antiques étaient entreposées. Puis, d'une seule main, Aaron ben Shaul souleva le mince corps brun, le déposa dans une jarre et en reposa le couvercle dessus.

– Il va mourir, dit l'un de ses hommes.

– En effet, fit Aaron ben Shaul. Notre ami Khalid est mort aussi. C'est la loi, n'est-ce pas ? Œil pour œil, dent pour dent. Et maintenant, sortons d'ici. Nous avons encore à faire en haut.

Ils refermèrent la chambre, en scellèrent l'entrée, puis la recouvrirent. Enfin ils cambriolèrent systématiquement la maison, transportant leur butin dans des taies d'oreiller jusqu'au garage où ils en remplirent le coffre de la Mercedes d'Asnan. Le chauffeur et la femme de charge dormaient toujours. Aaron ben Shaul leur administra à chacun une nouvelle dose de narcotique, leur ôta leurs bâillons, relâcha leurs liens et les abandonna dans cet état. Puis ils vidèrent les lieux à bord de la Mercedes qui fut retrouvée une semaine plus tard dans une carrière de marbre désaffectée sur la route de la Villa d'Hadrien. La plupart des biens d'Asnan aboutirent par des chemins détournés au marché aux Voleurs où ils furent mis en vente à l'intention des visiteurs du dimanche matin.

La disparition d'Omar Asnan souleva un bref intérêt au sein des services de police et une certaine confusion chez ses associés. Le personnel de sa maison fut longuement interrogé. On retira à ses membres leurs permis de séjour et ils furent discrètement rapatriés. La maison, les fonds d'Asnan à la banque, le contenu de son coffre-fort furent confiés à un curateur nommé par l'État.

Aaron ben Shaul se félicita de sa nuit de travail. Un réseau terroriste était détruit et son chef éliminé. Le pape était assez grand pour veiller sur lui-même et Tove Lundberg échappait à ses compétences.

Pendant ce temps, rien n'ayant filtré dans la presse et Hyun Myung Kim étant loin, deux très efficaces équipes de tueurs se préparaient à monter en ligne.

L'ordre du jour du consistoire – son *ordo* – était assez original pour faire jaser ses participants. Il ouvrirait à une heure sauvage : 8 heures du matin, dans la nouvelle salle des consistoires du Vatican. La traditionnelle invocation à l'Esprit-Saint illuminateur en serait le premier acte. Puis Sa Sainteté annoncerait certaines mutations au sein de la Curie. Ces préludes achevés, à 8 h 45, le pape entamerait son allocution, qui durerait une heure. Après quoi il ne resterait qu'une demi-heure aux questions et commentaires que celle-ci aurait provoqués. A 10 h 15, les cardinaux se disperseraient pour se préparer à la messe qui serait concélébrée à Saint-Pierre par le Saint-Père et six des plus anciens cardinaux, en présence du reste du sacré collège et des membres du corps diplomatique accrédités auprès du Saint-Siège.

Rien ne se faisant sans raison à Rome, ces dispositions furent interprétées comme traduisant la volonté du pontife d'éluder toute controverse précipitée sur son discours, en même temps que son désir d'une solennelle démonstration d'unité eucharistique et celui aussi de se rendre disponible aux audiences privées qui pourraient lui être demandées les jours suivants. Leurs Éminences furent informées que Sa Sainteté les recevrait de 5 heures à 8 heures du soir le jour même de l'ouverture et de 8 heures du matin à midi les jours suivants, les candidats étant priés de s'inscrire auprès du cardinal camerlingue. Il y eut des sceptiques pour avancer que cette procédure était un excellent moyen de compter les têtes. D'autres n'y virent qu'une nouvelle version de l'immémorial principe *divide et impera*, diviser pour régner.

La vérité, plus simple, était que le pape ne disposait que le matin de tous ses moyens. Un long discours et la très longue cérémonie à Saint-Pierre l'amèneraient, il le savait, au bord de l'épuisement, et il lui faudrait après ça se reposer au moins deux ou trois heures. Il savait aussi combien serait importante chacune des conversations qu'il aurait avec les princes de l'Église pour le succès de ses plans. Une simple baisse d'attention, la moindre irritation, pourraient mettre en péril son grand, mais fragile, dessein. C'est à son journal qu'il réservait l'expression de son anxiété :

« ... Des cent quarante membres du Sacré Collège, cent vingt-deux seront présents au Consistoire ; les autres ont allégué pour se faire excuser leur état de santé, leur âge ou leur incapacité à supporter les longs voyages aériens. Si brièvement que ce fût, tous ont pris personnellement contact avec moi et tous sont impatients de savoir le sens de mon adresse. Je me suis efforcé de les rassurer en la leur présentant comme un prologue à un colloque fraternel consacré aux questions qui nous préoccupent tous. Et c'est ce que j'entends que ce soit, le prélude à des conversations à cœur ouvert entre frères ; mais ma réputation d'autocrate furibond est trop ancrée dans leurs mémoires pour s'oublier si facilement. Il ne me reste qu'à prier – que Dieu m'éclaire et me prête une éloquence frappante.

« ... Gerard Hopgood est un monument de force. Il lui manque l'astuce et l'enjouement effervescent de Malachie O'Rahilly, mais il est beaucoup plus solide et sûr de soi dans ses rapports avec moi. Il ne me laissera rien esquiver des difficultés de mon texte. Il ne me laissera pas me réfugier derrière des arguments de convenance ou d'opportunité. Il me dit, platement : " Sainteté, ça n'ira pas.

Vous vous adressez à des adultes. Vous ne pouvez pas vous offrir le luxe de vous défiler derrière de mauvais arguments. Si vous avez, vous, le courage de regarder en face les faits déplaisants, ils doivent l'avoir aussi. "

« ... Quelquefois, entourés de feuillets lourdement raturés, nous buvons du café et il me parle de cette tribu de délinquants juvéniles qu'il entraîne comme des athlètes. Il témoigne d'un fécond scepticisme envers les résultats de son travail. Les meilleurs, me dit-il, se placeront sans doute comme voleurs à la tire, au sein des bandes qui s'en prennent aux visiteuses étrangères de Rome. Mais il y en a d'autres pour qui son ami et lui sont devenus des pères et des oncles adoptifs. Il précise : " Point n'est besoin d'être prêtre pour faire ce que je fais. Non plus que célibataire. Il vaudrait probablement mieux que je ne le sois pas. Je veux en venir, Sainteté, et cela nécessitera je pense de revenir sur ce document, au besoin qui se fait sentir d'une définition plus claire de l'identité du prêtre moderne. De sa vraie vocation dans l'Église. Croyez-moi, je sais de quoi je parle. Je sais comment naissent les défections. "

« ... Je le crois. Je le respecte. Je n'hésite pas à l'écrire : j'en suis venu à l'aimer comme le fils que je n'ai jamais eu. Les attentions qu'il a pour moi me touchent : ai-je bien pris mes pilules ? Ne suis-je pas resté assis trop longtemps ? Alors il me fait lever et marcher un peu... "Arrêtons-nous et faisons un quart d'heure d'exercice. C'est ennuyeux, je sais, mais il serait suicidaire de s'en abstenir... "

« ... Je lui demande comment il voit son avenir dans l'Église. J'ai le sentiment qu'il fera un jour un magnifique évêque. Sa réponse me surprend. " Je ne suis sûr de rien encore. Certains dilemmes se présentent... J'ai un ami, prêtre comme moi, qui travaille dans une communauté de base parmi les pauvres du Brésil. Il ne parvenait pas à déterminer pourquoi les femmes refusent absolument de se marier. Elles s'occupent de leurs hommes, leur sont fidèles, portent leurs enfants. Mais se marier ? Pas question. Il a enfin trouvé. Une fois mariées, elles sont liées. Elles sont à la merci de leurs hommes, sans pouvoir s'échapper. Aussi longtemps qu'elles ne sont pas mariées, il leur reste au moins la liberté de partir, de fuir les brutalités en emmenant leurs enfants avec elles. J'ai un film qui montre mon ami et son évêque – il est cardinal et viendra au consistoire – donnant la communion à ces gens lors d'une messe de fête. J'en suis venu à approuver ça. Je suis heureux d'appartenir à une Église qui se conduit de la sorte. Ne le ferait-elle pas, je me demande ce que je ferais moi. »

« ... Je n'ai pas pu laisser passer ça sans rien dire. Je lui ai demandé : " Comment justifiez-vous l'administration des sacrements à des gens qui vivent dans le péché ? " Sa réponse a fusé. " Comment justifier de les leur refuser ? Et quelle est la plus proche de l'idéal chrétien du mariage, une union libre et altruiste, où les enfants sont choyés, ou une union qui asservit la femme et l'enfant ? " Là-dessus, il rit et s'excusa. " Pardonnez-moi, Sainteté. J'ai répondu à votre question. Mais je ne prétends pas que vous évoquiez cette question devant le consistoire. La coupe est déjà assez pleine. "

« ... Je suis d'accord avec lui ; et je note que l'archevêque dont il parle pourrait être un allié solide. Quant à la qualité théologique de cette position, je doute qu'elle trouverait grâce devant Clemens, mais au moins devrait-on ouvrir là-dessus le débat dans l'Église, un débat ouvert, sans censure, ni officielle ni implicite.

« ... la nuit tombe donc et me voilà rapproché d'une journée de la fête de la Toussaint. Je fais un étrange rêve. Je suis assis dans la salle des Consistoires, considérant l'assemblée des cardinaux. Je leur parle, sans m'entendre moi-même. Soudain je remarque qu'ils sont tous changés en pierres comme des courtisans dans un palais enchanté. »

Ambassadeur d'Israël auprès de la République italienne, Menachem Avriel traversait une mauvaise journée. Sans doute y avait-il pire, mais ce n'était déjà pas mal. Le matin, il s'était rendu au ministère des Affaires étrangères où il avait eu avec le ministre une conversation amicale, sur des sujets d'intérêt commun. Les choses auraient pu être bien pires. Il aurait pu être convoqué. La conversation amicale aurait pu être une réunion d'urgence à propos de difficultés précises. Le ministre était des plus courtois. Il aimait bien Avriel. Il reconnaissait le rôle d'Israël dans les affaires méditerranéennes. Un incident diplomatique était bien la dernière chose dont il se souciait. Aussi avait-il proposé, avec un tact infini :

– Mon cher Menachem, nous nous entendons très bien. Continuons. Ce type du Mossad – comment se fait-il appeler, Aaron ben Shaul ? – a vraiment la main lourde. Jusqu'à présent, il a eu de la chance et nous en avons profité. Mais il prend de plus en plus de risques. Trop, c'est trop. J'aimerais vous suggérer – personnellement, ce n'est pas le ministre qui parle – de l'envoyer ailleurs dès que possible. Au Vatican, mon ami Agostini est de mon avis... Comprenez-moi bien, nous ne prétendons pas vous dire ce que vous avez à faire. Remplacez-le par qui vous voulez, pourvu que l'on ait un peu plus de tact que lui. Et nous ferons bon accueil à ce remplaçant. Qu'en pensez-vous ?

– Je dirai que c'est une suggestion opportune, à considérer sur l'heure, en demandant des instructions à mon gouvernement. Quoi qu'il en soit, mon cher Ministre, vous n'entendrez plus parler de lui d'ici à quarante-huit heures.

– Cher ami, nous ne demandons pas de miracle! Sept jours seraient un très beau délai. Même un mois serait acceptable.

– Quarante-huit heures! répéta Avriel avec fermeté. Je dis toujours que c'est lorsqu'on mène qu'il faut quitter la table de poker. Et jusqu'à présent nous menons tous deux, n'est-ce pas ?

– Je l'espère, fit le ministre, d'un ton dubitatif. Prendrez-vous un peu de café avec moi ?

De retour à l'ambassade, un lettre l'attendait. L'enveloppe était gravée aux armes papales et l'étiquette de l'ambassade signalait qu'elle avait été portée pa un courrier du Vatican. La lettre était en italien.

Excellence,

Je vous suis redevable du souci que vous avez personnellement pris de mon bien-être durant ma récente invalidité.

Le 1ᵉʳ novembre est la fête que nous appelons Toussaint. Elle célèbre tout particulièrement la solidarité de tous les chrétiens avec tous les hommes et toutes les femmes de bonne volonté.

Pour marquer cette fête, je célébrerai une messe dans la basilique Saint-Pierre à 11 heures, avec le Collège des Cardinaux, en présence des membres du corps diplomatique accrédités auprès du Saint-Siège. Malheureusement, l'État d'Israël n'a pas encore de représentant accrédité. Cependant, si les circonstances vous le permettent, j'aimerais vous y inviter personnellement et vous réserver une place parmi les membres de ma maison pontificale. Si cette invitation vous cause le moindre embarras, sentez-vous libre, s'il vous plaît, de la décliner. J'espère avoir accompli par ce geste un premier pas sur la voie du rapprochement de l'État d'Israël et du

Saint-Siège et de l'établissement de relations officielles entre eux.
Des siècles d'histoire malheureuse nous divisent. Aujourd'hui, nous
sommes piégés à chaque pas par la politique. Mais toute alliance
commence par une poignée de main.

Toujours soucieux du protocole, mon secrétaire d'État regrette
de ne pas vous avoir adressé lui-même cette invitation, à laquelle il
ajoute, néanmoins, ses plus cordiaux sentiments personnels...

Léon.

Menachem Avriel pouvait à peine en croire ses yeux. Des
dizaines années d'effort n'avaient pas pu entamer d'un iota la
résistance du Vatican à la reconnaissance d'Israël. Et maintenant,
pour la première fois, se levait l'espoir d'une brèche. Alors, toujours diplomate, il se demanda s'il pouvait y avoir une liaison
entre l' « invitation » au ministère des Affaires étrangères et celle
du souverain pontife. Car le plus simple document romain est un
palimpseste, qui porte superposés, texte, sous-textes, et fragments
indéchiffrables.

Appelant Salviati pour lui faire part de ces nouvelles, il découvrit à ce dégel un raffinement supplémentaire. Salviati aussi était
invité, en ces termes qu'il lut à l'ambassadeur :

J'ai envers vous, mon cher Professeur, une dette inextinguible.
Je vous écris pour vous inviter à vous joindre à moi lors d'une célé-
bration chrétienne, celle de la Fête de la Toussaint, qui ne célèbre
pas seulement les saints de notre calendrier, mais tous les hommes
et toutes les femmes de bonne volonté dans le monde entier.

Si l'idée vous embarrasse, je le comprendrais parfaitement. Si
vous décidez de venir, vous serez placé, avec l'ambassadeur Avriel,
parmi les membres de ma maison. J'aurais grande joie à penser
que, malgré les horreurs de l'histoire, vous et moi puissions adres-
ser une prière commune au Dieu d'Abraham, d'Isaac et de Jacob.
La paix soit toujours sur votre maison...

Salviati semblait déprimé et de mauvaise humeur. Il demanda :
— Irons-nous, ou pas ?
— J'irai, dit Menachem Avriel avec chaleur. Vous ne compre-
nez pas ce que ça signifie ?
— Pour vous peut-être. Pour Israël, peut-être encore. Mais
pourquoi répondrais-je aux avances du pape ?

— Mais je n'en sais rien, Sergio! (L'ambassadeur, tout à coup, semblait las de la conversation.) Je subodore un grand coup diplomatique et vous me semblez claquemuré dans vos problèmes personnels!

Anton Drexel somnolait au pâle soleil d'automne lorsqu'un paquet lui fut livré : tube de carton où était roulée une toile, laquelle contenait une lettre de Tove Lundberg. Ce fut d'abord la toile qui retint son attention. Brossée dans un style époustouflant de « bravoure », elle représentait Tove et Matt Neylan assoupis devant un feu, un chien-loup couché entre eux et au-dessus, se réfléchissant dans la glace de la cheminée, Britte elle-même, perchée sur un tabouret, peignant le pinceau entre les dents.

Le tableau parlait de lui-même; la lettre de Tove n'en était que le commentaire et le contrepoint.

« ... Britte a ardemment désiré que cette toile soit vôtre. Elle dit : "Nonno Drexel disait toujours : en même temps qu'un artiste grandit, sa peinture grandit aussi. Cette toile est une toile heureuse et je veux qu'avec elle il soit heureux avec nous tous!" Pour elle, vous le savez, c'est un long discours; mais elle a toujours besoin de se confier à son Nonno.

« Matt a pris une place très importante dans sa vie, dans un domaine différent du vôtre. Il est – je cherche le mot – très copain avec elle. Il la met sans cesse au défi d'aller un peu plus loin qu'elle irait seule. Avant qu'elle ne commence cette toile, par exemple, il a passé des heures avec elle à feuilleter des livres d'art, à discuter des styles et époques de la peinture. Elle souffre beaucoup de ce que son infirmité l'empêche d'atteindre au fini des maîtres classiques. Non pas qu'elle veuille peindre dans ce style-là, elle regrette d'en être incapable. Matt comprend ça et s'applique à lui faire dépasser cette frustration. Ce qui me surprend beaucoup de sa part, c'est qu'il distingue parfaitement la part de la sexualité dans ses relations avec lui et la traite avec un tact admirable.

« Et cela m'amène, cher Nonno, à vous parler de Matt et de moi. Je ne vous demande pas votre approbation, bien que je sache que vous comprendrez – la toile de Britte le dit assez –, nous sommes amants et d'heureux amants. Et Britte en est heureuse. Que vous dire d'autre? Que pourrais-je vous annoncer de plus?

Nous sommes toujours menacés. D'après les Israéliens, cette menace est sérieuse. Matt et Murtagh sont toujours armés et il y a d'autres armes dans la maison. J'ai appris à tirer et à quinze pas, au pistolet, je touche une boîte de conserve. Vous voyez, j'en parle comme d'un triomphe. Dans quel monde vivons-nous ? Mais cette folie ne durera pas éternellement. Britte et moi avons hâte d'aller revoir notre Nonno et de boire le vin de Fontamore.

« J'ai failli oublier ! La semaine dernière, nous avons eu une visite de Monseigneur O'Rahilly, l'ancien secrétaire du pape. Matt et lui se sont disputés, puis réconciliés. Il sortait tout juste de la " drôle de ferme ", comme il dit, où il était allé se faire désin-toxiquer. Il était très en forme et plein d'assurance, bien que selon Matt, la prêtrise soit une voie dangereuse pour un homme comme lui, qui plus qu'un autre aurait besoin de soutien familial. Nous l'avons emmené pêcher et visiter le pays. Il m'a demandé d'être rappelé à votre bon souvenir.

« Mais un bon souvenir ne nous suffit pas, à Britte et à moi. Elle adore son Nonno. Et moi je l'aime aussi car il est entré dans nos vies à un moment très important et nous a ouvert des portes qui auraient fort bien pu nous rester fermées à jamais... »

Drexel se tamponna les yeux et essuya ses lunettes. Bientôt sor-tiraient les enfants, en récréation du matin. Ils ne comprendraient pas de voir pleurer un vieil homme. Il plia soigneusement sa lettre et la plaça contre son cœur. Il roula la toile et la glissa dans son tube. Puis, traversant sa propriété, il descendit jusqu'à Frascati, où les Petrocelli – père, fils et petit-fils – fabriquaient encore des cadres pour les meilleures galeries de Rome.

Livre quatre

LAZARE RAPPELÉ

« Jésus leur dit :
" Pour peu de temps encore, la lumière est parmi vous. Marchez tant que vous avez la lumière, de peur que les ténèbres ne vous saisissent. " »

Jean XII, 35, 36.

15.

Le 29 octobre, deux hommes et deux femmes dans un minibus aménagé pour camper prirent à Fishguard, dans le Pays de Galles, le ferry pour Rosslare, à l'extrémité sud-est de l'Irlande. Le véhicule avait été loué à une compagnie spécialisée dans les locations aux touristes d'Orient.

De Rosslare, ils se rendirent directement à Cork, où ils descendirent dans un modeste hôtel à l'ancienne mode, très recommandé par les services d'autocars. Ils étaient très polis, parlaient un anglais passable et payaient en liquide, ce fut tout ce que l'on en remarqua. Ils manifestèrent l'intention de passer une semaine là, l'hôtel leur servant de base pour rayonner dans le pays. L'un des hommes appela les renseignements téléphoniques et demanda le numéro de M. Matt Neylan, abonné du comté. Une fois obtenu le numéro, il était facile d'en trouver l'adresse dans l'annuaire. Une carte touristique compléta l'information recherchée.

L'adresse de Matt Neylan était Tigh na Kopple – la Maison des Chevaux –, Galley Head Road, Clonakilty. Les bâtiments s'élevaient loin de la grand-route. Entre eux et la mer s'étendait la campagne déserte.

Le 30 octobre au matin, ils firent une reconnaissance, identifièrent la maison, et poursuivirent jusqu'à Bantry où ils déjeunèrent. Ils revinrent dans l'après-midi par le même chemin. Dans le jardin, une adolescente affreusement infirme peignait, un pinceau entre les dents. Le conducteur stoppa. L'une des femmes descendit et commença à photographier la scène. Elle était si occupée à prendre le plus de clichés possible, qu'elle ne remarqua pas l'homme qui se tenait sur le seuil de la porte et la regardait.

Quand elle se retourna et le vit, elle entra dans une confusion extrême, rougissant, bredouillant, retraitant en crabe jusqu'au minibus. L'homme lui adressa un grand sourire et agita la main, jusqu'à ce que le véhicule eût tourné le coin. Puis il rentra et composa le numéro de téléphone de Dublin que les Israéliens lui avaient donné.

Une femme répondit, qui lui passa une autre femme, laquelle lui assura qu'elle était parfaitement au courant de la situation, mais qu'il ne fallait pas prendre au tragique l'incident rapporté. Une touriste s'était arrêtée pour photographier une jeune fille qui peignait dans un jardin, où était le mal ?

— Il n'y en a peut-être aucun, mais je ne peux prendre aucun risque.

— Naturellement, monsieur Neylan, mais nous ne pouvons pas envoyer à la chasse aux papillons un personnel qui nous est essentiel. Vous voyez ce que je veux dire ?

— Certes, madame, mais si ces personnes sont enlevées ou assassinées, que se passera-t-il ?

— Nous enverrons des fleurs. Officiellement, c'est tout ce que nous pouvons faire. Si quoi que ce soit d'autre arrivait, prévenez-nous !

Matt Neylan en déduisit qu'à Rome quelqu'un avait dû leur mettre un sacré bâton dans les roues. Le policier Macmanus se montra plus coopératif. Il promit de se renseigner et de rappeler. Ce qu'il fit. Deux couples de Japonais étaient descendus à l'Hôtel Boyle de Cork. Ils étaient allés déjeuner à Bantry, passant et repassant près de la ferme. Ils n'avaient rien de menaçant. Quatre personnes dans un minibus, et jaunes par-dessus le marché ! Comment ces gens-là pourraient-ils commettre un crime et quitter l'île ? Du calme, garçon ! Du calme ! Les ennuis vous tomberont dessus bien assez tôt !

Mais Matt Neylan avait perdu la foi et surtout n'avait jamais partagé la facile logique des Celtes, lesquels croient dur comme fer que Dieu règne ici-bas et que seuls les imbéciles et les infidèles trouvent sous leurs pieds des peaux de banane !

Macmanus avait raison. Quatre Jaunes dans un minibus, ça se voyait comme le nez au milieu du visage... Mais qui pouvait dire s'ils étaient toujours quatre et non pas trois ou même deux ? Qui s'occuperait de ça ? Sur un point pourtant, Macmanus avait raison : s'ils projetaient un enlèvement, comment diable parviendraient-ils à quitter l'île en emmenant leur victime dans leur van ? Mais si le projet d'enlèvement était devenu projet de meurtre, alors les choses étaient toutes différentes. Les deux femmes étaient là pour servir d'alibi aux tueurs.

L'imagination de Matt Neylan travaillait à toute vitesse. Comment viendraient-ils ? Quand ? Comment opéreraient-ils ? Il n'avait jamais fait la guerre, non plus que de service militaire. Et il avait quatre vies à défendre – outre Britte et Tove, il y avait les Murtagh dans le cottage. Il fallait pourtant en finir, maintenant ou jamais. Ils n'allaient pas vivre indéfiniment sous la menace. Si la seule façon d'en finir était une tuerie, soit. Qu'on en finisse. Soudain, la colère le prit, à tel point qu'il se vit tout prêt à en venir là et à tenir bon jusqu'à ce que le dernier coup de feu soit tiré et frappé le dernier coup.

Mais la colère ni le courage ne suffisaient. Il lui fallait choisir le terrain et y attirer l'ennemi. La ferme, le cottage des Murtagh, les granges et les étables s'élevaient contre la route, formant un rectangle dont la ferme occupait le long de celle-ci l'un des grands côtés. Le cottage et les étables en formaient les deux petits côtés ; les granges et les hangars couraient parallèles à la ferme. Le sol de ce rectangle était de béton, qui était lavé au jet tous les jours. Les bâtiments étaient en pierre recouverte d'un enduit blanc et les toits étaient d'ardoise. L'ensemble était plutôt solide, mais ne valait rien comme position de défense. Les granges brûleraient. N'importe quelle grenade, lacrymogène par exemple, transformerait la maison et le cottage en pièges mortels.

Les armes dont il disposait convenaient aussi bien au combat à distance qu'au corps-à-corps. Ils seraient tous en meilleure situation en terrain découvert. Une douzaine d'hectares de terrains ondulé séparaient les bâtiments de la mer, divisés par des murs de pierre bas, que bordait un sentier sinueux qui filait le long de la falaise et descendait jusqu'à une crique équipée d'un abri à bateau, invisible de la route. Les femmes pourraient y passer la nuit tandis qu'il monterait la garde avec Murtagh. Les assassins viendraient sûrement de nuit, il en était sûr : vers minuit ou pendant cette heure sinistre qui précède l'aube. Ils gareraient leur véhicule à quelque distance, puis le ou les tueurs s'approcheraient à pied.

A cet instant précis, Tove et Mrs. Murtagh arrivèrent avec un panier d'œufs et un seau de lait frais. A la porte, Murtagh frottait ses bottes, attendant l'invitation à prendre son whisky du soir. Matt Neylan les réunit, versa à boire et annonça :

— Je n'ai pas l'ombre d'une preuve, mais je suis sûr et certain que nous allons avoir des ennuis cette nuit. Voici ce que je propose...

A 7 heures le même soir à Rome, Monseigneur Gerard Hopgood déposait sur le bureau du pape la version finale de son allocution et déclarait :

— Voilà, Sainteté. J'ai tout vérifié, jusqu'à la dernière virgule. Et maintenant, je vous suggérerais respectueusement de quitter votre bureau et de vous accorder une soirée tranquille. Demain, vous aurez une rude journée.

— Ne vous inquiétez pas, Gerard.

— Je m'inquiète, Sainteté, car il me revient de vous garder sur pied, l'esprit clair devant un bon texte, avec une expression de parfaite assurance. A propos, j'ai demandé à votre valet de vous raser à 6 heures et demie et de vous rafraîchir les cheveux.

— Et vous n'avez pas jugé cela présomptueux ?

— Certes, Sainteté, mais j'ai préféré risquer votre courroux plutôt que vous voir apparaître hirsute devant le consistoire. Si vous me pardonnez une autre présomption, le texte que vous allez lire est très élégant, il mérite un très élégant lecteur.

— Vos propos, mon cher Monseigneur Hopgood, sont très mondains.

— Je sais, mais Votre Sainteté va s'adresser à des gens très au fait des choses du monde. Ils font acte d'allégeance à votre personne, mais sans oublier qu'ils sont les princes qui vous ont élu et qui, n'auriez-vous pas survécu, en auraient élu un autre à votre place.

Jamais Hopgood n'avait été si hardi et son maître eut un reproche sur le bout de la langue, qu'il s'abstint cependant d'énoncer, car Hopgood aussitôt se fit pénitent.

— Je vous demande pardon, Sainteté. J'ai été impertinent mais je me fais beaucoup de souci pour vous, pour l'œuvre que vous entreprenez aussi tard dans votre vie. Je suis d'une autre génération. J'en vois le besoin, je sens l'espérance qu'elle contient. Mais je vois aussi combien facilement on peut en travestir les buts. Je vous en prie, pardonnez-moi.

— Vous êtes pardonné, mon fils. Je sais aussi bien que vous que nos frères les plus anciens ne sont pas toujours les meilleurs ; et bien que dans le passé je l'ai souvent réclamée je ne crois plus que l'obéissance doive être aveugle. Votre vraie faute, c'est le manque de confiance en Dieu. Il n'est pas facile de s'en remettre à lui. C'est comme sauter d'un avion sans parachute. Mais lorsqu'il vous faut en venir là, comme ça m'est arrivé – ne sachant pas si j'allais vivre ou mourir – cela apparaît soudain la chose la plus naturelle du monde. Les anxiétés demeurent – l'adrénaline est toujours là qui nous conditionne comme les bêtes pour l'attaque ou la défense. Mais le calme essentiel demeure, la conviction que morts ou vifs, l'attention du Tout-Puissant ne nous abandonne jamais... Que faites-vous à dîner ce soir ?

— J'ai invité mon ami le père Lombardi. Celui qui s'occupe du club d'athlétisme. Il a passé de mauvais moments dernièrement à cause de son vicaire, qui lui-même relève d'une attaque et que sa gouvernante a quitté... Si bien que Lombardi a besoin d'être remonté...

— Où allez-vous dîner ?

— Chez Mario. A la Porte Angelica. Je laisserai le numéro au standard, au cas où Votre Sainteté aurait besoin de moi.

— Je ne vous dérangerai pas. Allez, et profitez de votre ami. Je vous verrai à 6 heures demain matin.

Après son départ, le pape téléphona à Anton Drexel. Ils étaient tombés d'accord pour que ce dernier, maintenant tout à fait à la retraite, n'assiste pas au consistoire. Néanmoins, un certain nombre de prélats avaient déjà pris contact avec lui pour faire le tour de la situation. Le pape désirait connaître leur état d'esprit. Drexel le lui décrivit.

— Ils sont troublés. Ils ne peuvent croire que vous ayez personnellement changé ; je crains que Clemens ne se soit laissé aller à sa mauvaise humeur. Il vous présente en quasi-hérétique, ou du moins en dangereux excentrique, ce que ses collègues trouvent également inacceptable. Si bien que somme toute, vous avez l'avantage. Tout dépend maintenant de votre allocution. L'avez-vous fait distribuer ?

— Non, j'ai pensé qu'il ne valait mieux pas. Je présente ce texte comme une exposition de mes vues, une invitation à les commenter et un prélude au *motu proprio* que je publierai sur plusieurs questions majeures. Cela suscitera des réponses, pour et contre.

– Certainement. Je ferai part à Votre Sainteté de tous les commentaires qui me reviendront.

– Je vous en remercie, Anton. Comment allez-vous ?

– Je me sens seul. Britte me manque. Elle m'a envoyé une toile superbe et sa mère m'a écrit une longue lettre. Elles sont toujours menacées – ce qui me tourmente beaucoup; malheureusement je ne peux rien faire. Neylan veille sur elles avec zèle. Mais vous-même, Sainteté, comment votre sécurité est-elle assurée ?

– Aussi bien ou aussi mal qu'elle l'a toujours été, Anton. Demain matin, Saint-Pierre sera bondé. Sur la place, on s'écrasera. Comment contrôler une foule pareille dans un bâtiment aussi énorme ? Les hommes des services de sécurité ne peuvent pas être plus efficaces que le serait un détachement entier d'hommes en armes, qui ne pourraient pas s'en servir. Mais, croyez-moi, tout cela ne m'empêche pas de dormir.

– Nos enfants prient pour vous.

– C'est la meilleure protection que l'on puisse m'offrir. Merci, Anton. Remerciez-les aussi pour moi. A propos, je vous enverrai bientôt mon nouveau secrétaire, Monseigneur Gerard Hopgood, l'Anglais. C'est un athlète de haut niveau, entraîneur d'un club de jeunes de la Flaminia. Il a aussi des notions de rééducation. Votre colonie l'intéresse, il pourrait vous être utile... Je serais navré de perdre un bon secrétaire, mais j'ai une dette envers vous, mon ami. Et j'aimerais trouver un moyen convenable de m'en acquitter.

– Vous ne me devez rien, Sainteté.

– Nous n'allons pas disputer de ça, Anton. Priez pour moi cette nuit. Il eut un petit rire, reprit : « Je viens de lire à Monseigneur Hopgood une homélie sur la confiance en Dieu. En ce moment, j'en ai besoin plus que lui ! »

Juste avant la tombée de la nuit, Murtagh sortit les grands bidons de lait dont le ramassage était assuré par la coopérative et conduisit tout le bétail dans un enclos à mi-chemin de la maison et de la falaise. Neylan conduisit les femmes au hangar à bateau et les y installa avec de quoi manger, des couvertures, un poêle à pétrole, le chien-loup et un fusil de chasse. Britte était inquiète et se plaignait du froid et d'un mal de tête. Tove fit signe à Neylan de s'éclipser : elle s'en occuperait mieux sans lui. Ensuite Murtagh et lui s'habillèrent chaudement, se préparèrent des sandwichs et une thermos de café, conduisirent la Range Rover et la nouvelle voiture à l'ombre de la haie qui bordait le côté ouest de la propriété, chargèrent leurs armes et Matt Neylan exposa son plan.

– ... qui n'en est pas un. Il ne s'agit que de faire ce que nous pouvons pour les liquider, mais ici, dans la propriété et pas ailleurs. Mais pas d'illusions! Ce sont des tueurs professionnels, pas des chevaliers. Des types rompus aux arts martiaux et vifs comme des chats. Ne les laissez pas approcher... Et il nous faut les avoir tous, vous comprenez? Sans quoi les survivants continueront à pourchasser Tove et Britte. C'est clair?

– Tout à fait; mais pour un prêtre, dites donc, vous êtes plutôt sanguinaire!

– Je ne suis pas prêtre, mais sanguinaire, oui. Tâchons maintenant d'imaginer comment ils vont procéder et comment nous allons les arrêter.

– S'il s'agit de les exterminer, je pense pouvoir être utile.

– Je vous écoute, Murtagh!

– Quand j'étais jeune et plus bête encore, et avant que ma femme ne menace de me quitter, j'ai quelquefois travaillé avec les Provos – pas pour de l'argent, attention! pour la cause... Ma spécialité c'était les pièges et les embuscades. Après un certain temps, j'en ai eu marre. Ce n'était plus drôle, c'était sanglant et dangereux. Est-ce que je me suis fait comprendre?

– Très bien, Murtagh, mais j'aimerais que vous en veniez au fait.

– Le fait, c'est que si vous soutiriez quelques litres d'essence des bidons du magasin puis que vous m'aidiez à bricoler l'électricité, je pense que nous donnerions à vos visiteurs la surprise de leur vie.

– Je ne veux pas les voir surpris, dit Matt Neylan, je veux les voir morts.

– C'est bien comme ça que vous les verrez. La surprise les distraira assez longtemps pour que nous les transformions en passoires. Vous serez embusqué en haut dans la grange et moi dans l'étable.

– Vous n'allez pas mettre le feu à la maison au moins?

– Du tout... Il y aura peut-être un peu de roussi, mais rien qu'un lait de chaux ne puisse effacer. Priez plutôt pour avoir l'œil vif et la main ferme. Vous n'aurez qu'une seule rafale pour les mettre au tapis... Ça vous va? Vous êtes prêt?

— Autant que je le serais jamais. Je n'ai appris qu'à devenir prêtre et la gestion de la chose publique. Ni l'une ni l'autre ne valent rien pour ce que nous avons à faire.

— Pensez aux femmes et à l'enfant là-bas dans le hangar. Ça vous calmera les nerfs. À quelle heure pensez-vous que ces salopards viendront?

— Pas avant minuit. Ils vont attendre que les pubs ferment et que les routes se vident.

— Cela nous laisse assez de temps. Allez chercher l'essence. Prenez deux seaux à lait. Placez-en un chez vous, à la porte de derrière et l'autre à celle de la cuisine du cottage. Il me faut un peu de câble, une paire de pinces et un tournevis...

Serrées les unes contre les autres dans le hangar à bateau où le vent froid s'insinuait par les interstices, tandis que le ressac pilonnait les galets, les trois femmes attendaient, Tove Lundberg et Mrs. Murtagh veillant Britte souffrante. Elle dormait d'un sommeil agité entrecoupé de gémissements. Tove lui tenait la main et essuyait la sueur visqueuse qui sourdait sur son visage. Mrs. Murtagh égrenait son chapelet.

— Il faudrait la montrer à un docteur, dit-elle.

— Je sais, répondit Tove. Matt viendra quand il pourra. En attendant, priez pour nous tous.

Mrs. Murtagh se tut jusqu'à ce qu'elle ne puisse plus y tenir.

— Que se passe-t-il entre vous et Matt Neylan? Allez-vous l'épouser? Si vous ne le faites pas, vous perdez votre temps. Une femme de votre âge ne peut pas se le permettre.

— Raison de plus pour ne pas se tromper, n'est-ce pas?

— Il me semble qu'il y a déjà eu beaucoup d'erreurs de faites quand je vous vois avec cette pauvre enfant sans mari pour s'en occuper avec vous; et Matt Neylan qui avait devant lui une grande carrière à Rome! On s'attendait à le voir évêque. Saviez-vous ça? Et maintenant, regardez-le! Défroqué! Par lui-même exclu de l'Église, et tous les jours exposé à la damnation!

— Je suis sûre, Mrs. Murtagh, que Dieu le comprend mieux que nous.

– Mais rejeter toute la grâce qui lui a été donnée! Dimanche dernier, le père O'Connell, qui est notre curé à Clonakilty, prêchait justement sur ce sujet, le rejet de la grâce. Il disait que c'était refuser une bouée de sauvetage dans une mer démontée...

– Mon père était pasteur, Mrs. Murtagh. Il disait souvent : « Les hommes et les femmes se ferment la porte au nez, mais celle de Dieu est toujours ouverte ».

– Votre père, dites-vous?

La notion de prêtre marié était trop compliquée pour Mrs. Murtagh, et en tout cas vaguement obscène. C'était pour elle l'une de ces « choses protestantes ».

– Mon père, oui. Ses fidèles l'aimaient beaucoup.

– Mais vous aussi vous avez quitté votre église.

– Comme Matt, croire m'est devenu impossible – au moins comme on me l'avait appris. Aussi ai-je fait la seule chose qui me semblait honnête : je suis partie.

– Et vous n'avez connu que des ennuis, statua Mrs. Murtagh.

– Ce n'est pas la question, n'est-ce pas ? Si la seule raison de se raccrocher à Dieu est de s'épargner des ennuis, de quelle religion s'agit-il ?

– Je ne sais pas, dit Mrs. Murtagh avec ferveur. Mais je ne vous cacherai pas que je suis bien contente d'avoir en ce moment mon chapelet dans les mains.

Soudain, Britte poussa un cri de douleur et s'éveilla en pleine terreur. Sa mère tenta de l'apaiser, mais elle se frappait la tête des mains et l'agitait en gémissant d'un côté et de l'autre, tandis que ses yeux se révulsaient dans leurs orbites. Tove la prit et la berça dans ses bras, tandis que Mrs. Murtagh lui essuyait la figure et chantonnait : « Là, là, doucement. La douleur passera bientôt. » Dehors le vent produisait une étrange mélopée et le martèlement du ressac faisait sur les galets un bruit de piétinement.

Ils survinrent tous les quatre à une heure du matin, deux par l'est et deux par l'ouest, masqué et vêtus de noir de la tête aux pieds, à petites foulées silencieuses sur l'herbe épaisse du bas-côté. Arrivés à la propriété, ils s'arrêtèrent pour s'orienter. De chacune de leurs équipes se détacha une silhouette qui s'avança vers la façade de la maison. Les deux autres franchirent en appui la clôture frontale et progressèrent jusqu'à hauteur de la grange. Puis ils pivotèrent vers l'intérieur du quadrilatère de façon à se faire face. La manœuvre achevée, il y avait une silhouette noire immobile et à peine visible aux quatre coins du rectangle formé par les bâtiments.

Après cela, ils s'ébranlèrent lentement et silencieusement autour de ce périmètre, dans le sens des aiguilles d'une montre. Une fois parvenus à l'angle le plus proche, ils s'arrêtèrent et s'informèrent par gestes de ce qu'ils avaient remarqué. L'un d'eux montra les vaches dans la pâture. Un autre les masses confuses des véhicules garés contre les arbres. Un troisième désigna l'intérieur de la cour.

Enfin, assurés que l'extérieur ne dissimulait aucun danger, ils avancèrent dans la cour, deux vers la porte arrière du cottage, les deux autres vers la porte de la cuisine de la grande maison. Avant même qu'ils aient touché les portes, les lampes au-dessus des deux portes s'allumèrent, une vague de flammes jaillit des seaux d'essence et tous quatre furent hachés par les rafales tirées d'enfilade, de la grange et de l'étable.

Neylan rentra dans la maison pour téléphoner à Macmanus qui fut sur les lieux dans les dix minutes mais il fallut une heure et demie pour que la Garda apparaisse ainsi qu'une ambulance venue de Cork, et une heure de plus pour parachever les dépositions et se trouver enfin débarrassé de tout ce monde. Murtagh descendit la Land Rover jusqu'auprès du hangar à bateau pour ramener les femmes. Lorsque enfin ils furent de retour à la maison, Britte claquait des dents de fièvre. Ils appelèrent le médecin local qui prescrivit de l'aspirine, l'application de cubes de glace et promit de rappeler à 9 heures. À 5 heures, elle délirait et hurlait de douleur. Ils la portèrent dans la voiture, enveloppée dans une couverture, Tove assise auprès d'elle sur le siège arrière et la serrant désespérément, Neylan se rua à tombeau ouvert jusqu'à Cork, à l'Hôpital de la Pitié. Le temps d'y admettre Britte, elle était dans le coma. Un spécialiste appelé en hâte prononça ce verdict :

— Méningite cérébro-spinale foudroyante. Elle frappe les adolescents et les adultes. Les diplégiques comme votre fille en sont facilement victimes. Il s'agit chez elle d'une forme maligne. Heureusement les choses vont vite. Elle en est déjà au stade terminal.

– Combien de temps cela peut-il durer ? demanda Matt Neylan.

Le docteur regarda sa montre.

À Tove, pétrifiée au pied du lit, mais sans larmes, il offrit un dérisoire réconfort :

– Dans son cas, c'est peut-être une grâce. De grandes douleurs lui seront épargnées.

Tove ne parut pas l'avoir entendu. Elle se tourna vers Matt Neylan et dit, avec un étrange détachement :

– Nonno Drexel va être affreusement bouleversé.

Puis les larmes vinrent. Matt Neylan la prit dans ses bras et la berça en fredonnant :

– C'est bien, c'est bien : pleure. Elle sera mieux où elle va. Elle a vécu ce qu'elle pouvait vivre de meilleur. Elle ne connaîtra jamais le pire.

Il n'avait pas fini de prononcer ces mots qu'une ironie amère le toucha. Autrefois, les mots de réconfort auraient coulé de source... Et maintenant les consolations de la foi s'étaient asséchées en lui et tout l'amour dont il aurait voulu baigner Tove Lundberg lui parut misérable. L'univers devenu muet lui paraissait bien plus intraitable qu'il ne s'y était attendu.

Dans la salle des Consistoires, Léon XIV se leva pour s'adresser à l'assemblée. L'instant venu, il se sentait étrangement calme. Ses frères, les princes de l'Église, étaient venus un à un lui rendre l'hommage rituel. Puis ils avaient prié ensemble pour demander la lumière, et le courage d'avancer ensemble sur la voie du pèlerinage. Il leur avait lu l'admonition de saint Paul aux Corinthiens : « C'est le Saint-Esprit seul qui fait dire à quiconque que Jésus est le Seigneur. La révélation de l'Esprit est faite à chacun singulièrement pour la bonne cause... » Après quoi il avait annoncé les nominations, sans aucun développement.

C'était là l'ancien Léon qui s'était exprimé, celui qui liquidait les affaires embarrassantes et les fâcheux sans prendre de gants ni perdre de temps. Déposant devant soi le texte de son allocution, il se demanda quelle figure ils feraient à l'homme nouveau qu'il était devenu, et aussi, un bref instant vertigineux, si après tout cet homme nouveau n'était pas une illusion, l'invention d'une imagination malade. Il chassa cette pensée, murmura une prière silencieuse et commença :

« ... Mes frères,

« Je vais vous parler aujourd'hui le langage de la terre où je suis né. Aussi entendrez-vous quelquefois l'accent rural de ma patrie.

« Je veux vous dire l'homme que j'étais, Ludovico Gadda, que les plus âgés d'entre vous ont élu à la tête de l'Église. Il me faut absolument vous dire aussi qui je suis devenu et combien cet homme-là est différent de l'ancien Ludovico Gadda. Ce n'est pas une histoire facile à raconter, aussi soyez patients avec moi.

« J'ai demandé un jour à un biologiste distingué de m'expliquer comment se constituait l'empreinte génétique, cette fameuse double hélice qui différencie tous les êtres entre eux. Il l'appelle " le graffiti de Dieu ", car cette empreinte est indélébile. Toutes les autres empreintes – de la mémoire, du milieu, de l'expérience – il les appelle " graffitis humains ". Permettez-moi de tenter de déchiffrer pour vous les marques qui sont les miennes.

« Je suis né chez de pauvres gens sur une terre difficile. Fils unique, sitôt que je pus porter une houe, j'ai travaillé avec mon père et ma mère. Ma vie n'était que de travail : à l'école, aux champs, à la maison sous la lampe avec ma mère. Mon père un jour tomba mort derrière sa charrue. Pour compléter mon éducation et me préparer à une carrière ecclésiastique, ma mère entra au service d'un propriétaire terrien. Comprenez-moi bien. Je ne me plains pas. J'étais aimé et protégé. J'ai été entraîné à une existence sans concessions. La seule expérience qui m'a manqué fut celle de la tendresse, de la douceur des loisirs partagés. L'ambition – le mot ne fait que désigner l'instinct de survie – me pressait toujours.

« La vie au séminaire, puis ecclésiastique me fut aisée, accoutumé que j'étais aux dures disciplines de la vie de paysan. Les passions de l'adolescence s'épuisaient dans la fatigue et l'isolement, et la froideur apparente des relations entre mes parents. Si bien qu'il me fut très facile d'accepter en bloc – et je le dis franchement, sans examen – les interprétations les plus strictes de la loi, les exégèses morales et bibliques prépondérantes en ce temps-là dans l'éducation cléricale.

« Vous aviez donc en moi, mes chers frères, un archétype de clerc, devant qui s'ouvrait la voie d'un diocèse, de la curie puis du sacré collège. Il n'y avait pas l'ombre de scandale dans ma vie privée. Mon enseignement était aussi orthodoxe que celui d'Aquinas, de qui j'étais le copiste le plus diligent. Pas à pas, je fus initié à la vie politique de l'Église, aux exercices qui préparent au pouvoir et à l'autorité. Quelques-uns d'entre vous me parrainèrent au long de ce parcours et enfin m'élirent à la fonction que j'occupe aujourd'hui.

« Mais autre chose m'arrivait que je n'eus pas l'intelligence de percevoir. Les faibles sources de compassion dont j'étais doté tarissaient en moi. Mes capacités d'affection et de tendresse se flétrissaient comme les feuilles à l'automne. Pire encore, le climat désertique de ma vie spirituelle atteignait l'Église. Je n'ai pas à vous décrire ce qui arriva et se poursuit toujours. Vous le lisez tous les jours dans les rapports qui parviennent sur vos bureaux.

« Je vais vous dire maintenant quelle part je m'attribue dans cet échec. Je crois avoir été un bon pasteur. J'ai renforcé la discipline au sein du clergé. Je n'ai pas voulu de compromis avec l'esprit de débauche de l'époque. Je n'ai admis aucune contestation des doctrines traditionnelles de l'Église par des érudits ou des théologiens... J'étais élu pour gouverner. Il n'y a pas de chef qui ne soit le maître dans sa maison. Ainsi pensais-je. Et j'agis ainsi, vous le savez tous. Et là fut ma grande faute. J'ai oublié ces mots de Notre Seigneur : « Je vous ai fait connaître à tous ce que mon Père m'a dit et ainsi j'ai pu vous appeler mes amis... » J'ai inversé l'ordre de choses établi par Jésus. Je me suis conduit en maître au lieu de me conduire en serviteur. J'ai tenté de faire de l'Église non pas la maison du peuple de Dieu, mais l'empire des élus et, comme tant de bâtisseurs d'empire, j'ai réduit de vertes contrées à l'état de déserts poussiéreux auxquels je ne pouvais moi-même échapper.

« Ce qui est arrivé ensuite, vous le savez tous. J'ai dû subir un pontage coronarien. Cette intervention est aujourd'hui banale, elle réussit presque toujours, mais elle a sur le patient de profondes conséquences psychologiques. Je voudrais partager cette expérience avec vous car j'en ai besoin. Elle touche à mon enfance et au récit de saint Jean de la résurrection de Lazare. Vous le connaissez tous par cœur. Imaginez, si vous le pouvez, l'effet de cette narration sur un petit garçon, habitué aux histoires de revenants que l'on raconte à la campagne au coin du feu.

« Comme j'avançais en âge, ce récit soulevait de plus en plus de questions dans mon esprit, toutes formulées dans les termes de la théologie que l'on m'avait apprise. Je me demandais si Lazare avait été jugé, comme nous devons tous l'être, par Dieu au moment de notre mort. Avait-il été jugé une seconde fois après sa seconde vie ? Avait-il vu Dieu ? Comment avait-il pu supporter d'être arraché à la vision béatifique ? Quelle fut l'influence sur les années qui lui restaient à vivre de l'expérience de la mort ?

« Voilà mes frères, où nous en sommes. La mort exceptée, je suis passé par l'expérience de Lazare. Je veux vous l'expliquer. Aidez-moi, je vous en supplie. Si nos esprits ni nos cœurs ne peuvent s'unir sur une question de vie et de mort, alors nous sommes vraiment perdus.

« Je n'ai pas l'intention de vous infliger des souvenirs de malade. Je veux simplement vous dire qu'il arrive un moment où l'on est averti que l'on va passer de la lumière à l'obscurité, de la connaissance à l'inconnu, sans garantie de retour. C'est un instant de clarté et de sérénité, où l'on sait, avec une étrange certitude, que quoi que ce soit qui vous attende, on ne connaîtra plus que bonté, bienveillance et amour. Et l'on sent avoir été préparé à cet instant, non pas de son fait, mais du fait de la vie elle-même, de la nature même du don de la vie.

« Il en est ici quelques-uns qui doivent se rappeler le long procès intenté à un distingué jésuite, le père Teilhard de Chardin, soupçonné d'hérésie et longtemps réduit au silence. Dans mon zèle de jeune ecclésiastique, j'approuvai ce traitement. Mais – étrangement – dans ce dernier moment de conscience avant de sombrer, je me suis rappelé qu'il avait écrit : " Dieu fait que les choses se font d'elles-mêmes. "

« Lorsque, comme Lazare, je fus enlevé à la nuit, que m'aveugla la lumière d'un jour nouveau, je sus que ma vie ne serait plus la même.

« Comprenez-moi, mes chers frères, je n'évoque ni miracles ni révélations particulières, ni expériences mystiques. Ce que j'évoque, c'est la métanoïa, ce changement de l'être qui est inscrit dans son empreinte génétique, dans le " graffiti de Dieu " et non pas en contradiction avec lui. Nous naissons pour mourir ; et, par des voies mystérieuses, nous sommes préparés à mourir. De la même façon, nous nous rapprochons des plus grands mystères de notre existence. Qui que je sois, je sais que je ne suis pas qu'une enveloppe de chair avec une âme dedans. Je ne suis pas le roseau pensant de Pascal traversé par le vent.

« Au terme du changement que j'ai décrit, je me suis retrouvé entièrement moi-même, mais renouvelé et changé, comme le désert peut l'être par l'irrigation, comme une graine, sous terre, se transforme en plante. J'avais oublié ce que c'était que pleurer. J'avais oublié ce que c'était que s'abandonner à des mains attentives, se réjouir à la vue d'un enfant, être reconnaissant de l'expérience qu'apporte l'âge, de la voix apaisante d'une femme aux heures sombres et douloureuses.

« Ce fut alors – si tard dans ma vie! – que je commençai à comprendre ce que le peuple attend de nous, ses pasteurs, et que moi, pasteur suprême, lui avais refusé avec tant d'intransigeance. Les fidèles n'ont pas besoin de lois, de prohibitions, d'interdits supplémentaires. Les raisons de leurs cœurs les font agir très normalement et très moralement. Le graffiti de Dieu est imprimé en eux. Il leur faut un climat d'amour, de compassion, de compréhension, au sein duquel ils puissent accomplir toutes les promesses contenues en eux – voilà, mes chers frères, le vrai sens du mot salut.

« Je vais vous dire, sans rancœur, le reproche que je me suis entendu adresser par un prêtre qui mène un combat solitaire pour tenir bon dans son ministère : " Vous êtes le berger suprême, mais vous ne voyez pas vos brebis – vous ne voyez qu'un immense tapis de dos laineux s'étendant jusqu'à l'horizon! "

« J'ai ri, comme vous-mêmes riez maintenant. C'était un homme très amusant; qui me disait une vérité amère. Berger, je ne l'étais pas. J'étais un surveillant, un gardien, un courtier en viande ou en laine, j'étais tout sauf ce que j'aurais dû être. Une nuit, avant de m'endormir, je relus dans la première lettre de saint Pierre, dont j'occupe la place aujourd'hui :

« " Paissez le troupeau de Dieu qui vous est confié, veillant sur lui, non par contrainte, mais de bon gré, selon Dieu; non pour un gain sordide, mais avec l'élan du cœur; non pas en faisant les seigneurs à l'égard de ceux qui vous sont échus en partage, mais en devenant les modèles du troupeau. "

« La leçon est claire, mais comment je devais l'appliquer ne l'était pas du tout. Regardez-moi! Je siège ici, prisonnier d'un territoire de moins de trois kilomètres carrés, prisonnier de l'histoire, entravé par le protocole, encerclé par des conseillers sourcilleux, entouré de toute la machinerie réticente d'un gouvernement constitué depuis des siècles. Impossible d'y échapper. Il me faut travailler dans cette prison.

« Après avoir beaucoup prié et interrogé ma conscience, j'ai décidé d'entamer un programme de réforme de la Curie. Je veux en faire un instrument au service du peuple de Dieu. Les nominations que j'ai annoncées en constituent la première étape. La suivante devra fixer les normes qui nous guideront. Je vais vous en informer dès maintenant. L'Église est la famille des croyants. C'est un corps dont nous sommes tous les membres et dont Notre-Seigneur Jésus-Christ est la tête. Nous devons, dans le Seigneur, nous aimer les uns les autres. Tout ce qui est étranger à ce devoir, tout ce qui en freine l'exercice, sera aboli.

« Je propose de commencer cette réforme par celle de la Congrégation pour la Doctrine de la Foi, dont la haute et sainte charge est de garder la pureté de l'enseignement qui nous est transmis depuis les temps apostoliques. La Congrégation a été plusieurs fois réformée par les derniers papes et son nom changé. Mais j'ai bien dû constater que le poids de sa propre histoire annulait tout remède. Elle est toujours perçue comme une inquisition, un instrument de répression, une instance de dénonciation au sein de l'Église. On demeure persuadé qu'elle travaille dans le secret et que certaines de ses règles sont fondamentalement injustes. Aussi longtemps que persistera cette représentation, la Congrégation fera plus de mal que de bien. Notre baptême nous a donné à tous la liberté des enfants de Dieu. Si bien que dans cette famille que nous constituons, nulle question ne devrait être interdite, nul débat esquivé, pourvu que prévalent toujours l'amour et le respect, car tous nous sommes dans la main de Celui qui commande à la tempête, et à qui obéissent les flots déchaînés.

« Beaucoup trop souvent dans l'histoire, chers frères – et trop souvent durant mon pontificat ! – nous avons proclamé des certitudes imaginaires. Notre vénérable prédécesseur n'a pas dit le dernier mot sur le contrôle des naissances. Comment assister sans réagir à l'explosion de la population humaine et aux ravages que l'homme inflige aux ressources limitées de la planète. Il est vain et hypocrite de ne proposer que pour seul remède le contrôle sexuel de soi à des gens qui ne connaissent qu'une existence misérable aux limites de la survie. Nous ne devons pas tenter de fabriquer des révélations que nous ne possédons pas. Nous ne devons pas imposer aux problèmes humains, pour la sauvegarde d'un semblant d'ordre moral, des solutions qui soulèvent davantage de questions qu'elles n'apportent de réponses.

« Il nous faut être tout spécialement prudents et respectueux en tout ce qui touche à ce sacrement que nous nous sommes refusé à nous-mêmes, le sacrement du mariage, et en tout ce qui concerne les relations entre les hommes et les femmes. Il m'apparaît souvent que nous ferions mieux, en matière sexuelle, de demander des conseils plutôt qu'en donner.

« Ce ne sont là que quelques-unes des raisons pour lesquelles je souhaite commencer nos réformes par celle de la Congrégation pour la Doctrine de la Foi, car c'est là que sont éludés les débats nécessaires et enterrées les questions qui devraient être débattues en public.

« Laissez-moi vous dire, à vous mes frères, que je suis dur comme fer attaché aux anciens symboles de la foi, aux vérités pour lesquelles nos martyrs sont morts. Et que je suis attaché pareillement à une autre certitude, qui est la nécessité du doute, la certitude que nous ne savons pas tout, car la plus insidieuse de toutes les hérésies fut celle des gnostiques, qui prétendaient avoir un accès spécial à l'Esprit de Dieu. Nous ne possédons pas ce savoir-là. Nous le recherchons dans la vie et les enseignements du Seigneur, dans la tradition des pères de l'Église et – il faut être clair là-dessus – dans l'accroissement de notre expérience propre, laquelle, s'il plaît à Dieu, profitera à d'autres générations.

« Nous ne sommes pas une Église-forteresse. Nous sommes une Église de témoins. Ce que nous faisons et disons doit être fait et dit au grand jour. Je sais que vous allez me dire que la vie moderne se déroule devant les caméras des télévisions, qu'elle est en butte aux curiosités de journalistes et de commentateurs avides de sensationnel. Que nous sommes vulnérables au malentendu. Mais, je vous le rappelle, notre Seigneur et Maître l'était aussi. C'est dans cet esprit d'ouverture, de charité et de prudence, que je propose d'examiner toutes les fonctions des dicastères. Le processus sera lancé par un *motu proprio* qui sera publié avant la fin de l'année.

« Il est cependant une question qu'il faut régler maintenant. L'Ordo n'en fait pas mention, mais nous avons le temps de l'évoquer. Vous vous en souvenez, la veille de mon départ pour l'hôpital, je vous ai dit que j'avais rédigé mon abdication et que vous, membres du Sacré Collège, seriez libres de juger de ma compétence à continuer d'exercer mon service de souverain pontife. Vous m'avez vu, vous m'avez entendu. Je ne vous propose pas un défi, mais un choix, que vous devez faire en toute conscience. Si vous me jugez inapte, alors vous devez accepter mon abdication. Cela se ferait sans drame. Je me retirerais quand vous le jugeriez bon et comme vous le jugeriez convenable. »

Il éleva au-dessus de sa tête un document plié, de telle sorte que chacun pût voir le grand sceau qui en pendait.

— Voici l'instrument de mon abdication, écrit de ma main. *Placet ne fratres ?* L'acceptez-vous ?

Il y eut un long et mortel silence, puis le cardinal Agostini parla :

— *Non placet.* Je ne l'accepte pas.

De longs applaudissements suivirent, sans qu'aucune voix se fît entendre ; mais, dans une si vaste salle et dans une assemblée aussi mélangée, il était difficile de distinguer qui applaudissait et qui consentait à l'inévitable.

Les applaudissements duraient encore lorsque la porte s'ouvrit et qu'un prélat du Secrétariat d'État appela Agostini à aller au téléphone.

C'était le cardinal Drexel qui appelait de Castelli. Son message fut brutal.

— Neylan m'a appelé d'Irlande. Des terroristes ont attaqué sa ferme cette nuit. Deux hommes, deux femmes, sans doute japonais. Neylan et son fermier les ont tués. Il pense qu'aujourd'hui même, un attentat pourrait avoir lieu contre le Saint Père.

— Merci Anton. Je vais parler immédiatement au Saint-Père et à la Vigilanza. Rien d'autre ?

— Si. Ma pauvre Britte est mourante. J'ai essayé de toucher le professeur Salviati. On m'a dit qu'il assistait à la messe pontificale.

— Je vais tâcher de lui faire passer un message. Et je préviendrai aussi Sa Sainteté. Où peut-on toucher Neylan ?

— A Cork, à l'Hôpital de la Pitié. Je vais vous donner le numéro.

Mais ce n'était pas le moment de prendre des formes, la Vigilanza devait être mise en état d'alerte maximum et le pape informé. Le chef de la sécurité eut un geste d'impuissance et, montrant la foule qui grossissait dans la basilique :

— Qu'attendez-vous de plus de moi, Éminence ? Nous avons cinquante hommes sur place ; vingt dans la nef, dix dans le transept, quinze autour du maître-autel, cinq dans la galerie autour du dôme.

– Ces quatre équipes de télévision sur l'échafaudage, dont les caméras sont braquées sur le maître-autel. Elles ont été contrôlées ?

– Tous leurs papiers sont en ordre. Ils ont été vérifiés. Les Japonais ont été contrôlés par votre Secrétariat d'État. Nous avons examiné tout leur matériel. Que faire de plus ?

– Prier, répondit le secrétaire d'État. Mais s'il arrivait quelque chose, surtout ne fermez pas les portes. Laissez les gens sortir, sans quoi la basilique sera transformée en charnier. En attendant, prévenez vos collègues des services de renseignement.

– Et les Israéliens ?

– Ils ne sont plus dans le coup. Leur ambassadeur sera là invité personnel du pape. Pour le reste, ils ne peuvent plus être d'aucun secours. Le responsable de leur Mossad a été rapatrié.

– Dans ce cas, la Vigilanza fera de son mieux ; mais il vous faudra prier très fort, Éminence. Et nous ferions bien de prévoir une ambulance.

Le pape, lui, se montra plus détendu.

– Pendant la messe, je ferai une cible parfaite. J'occuperai le centre de l'autel la plus grande partie du temps. Avant de commencer, je dirai au maître des cérémonies d'éloigner autant qu'il se peut de moi mes diacres et sous-diacres. La cérémonie peut se célébrer littéralement à deux bouts de bras les uns des autres. Et personne ne remarquera rien.

– Nous pourrions aussi annuler la cérémonie, Sainteté. Il reste trente minutes avant la messe. Nous pouvons dès maintenant faire évacuer la basilique.

– Et pourquoi, Matteo ? *Ut Deus vult.* Que la volonté de Dieu soit faite. A propos... Je ne vous ai pas remercié de votre vote de confiance au consistoire.

– J'ai voté pour l'homme, Sainteté, pas nécessairement pour une politique qui doit encore être éprouvée.

– Et vous pensez qu'elle ne le sera pas ? Mon ami, nous serons moulus comme le blé entre les meules du moulin ; c'est Dieu qui décidera.

C'est alors seulement qu'Agostini se rappela de communiquer au pape la seconde partie du message d'Anton Drexel.

– La jeune Britte Lundberg, la petite-fille adoptive d'Anton, est mourante. Elle ne passera pas la journée.

Le pape en reçut un choc. Ses yeux se remplirent de larmes. Il tendit le bras pour serrer celui d'Agostini afin de se stabiliser.

– Tant de choses, dit-il, me reviennent. Le prix de ma vie au prix de toutes ces autres vies. C'est trop, Matteo! Vraiment trop!

Ce fut au milieu de cette matinée de la fête de la Toussaint que Britte Lundberg mourut à l'hôpital de la Pitié de Cork. La douleur de sa mère fut terrible à voir. Elle semblait avoir perdu tout contrôle d'elle-même et elle se jeta sanglotante sur le lit, bredouillant des mots tendres pour rappeler l'enfant à la vie. Lorsque l'infirmière et une sœur survinrent et voulurent la calmer, Matt Neylan les renvoya.

– Laissez-la. Laissez-la se libérer. Je veillerai sur elle.

Puis tout à coup cette douleur parut s'envoler. Elle embrassa Britte sur les lèvres, disposa le corps sur le lit et tira sur les couvertures. Enfin elle alla dans la salle de bains; pour en ressortir longtemps après, pâle mais maîtresse d'elle-même, coiffée et maquillée. Ses yeux seuls la trahissaient, qui regardaient au loin à une distance infinie. Matt Neylan la tint un long moment serrée contre lui. Et elle parut goûter ce réconfort, mais sans manifester aucune passion. Elle demanda vaguement :

– Que faisons-nous maintenant?

– Nous allons appeler les pompes funèbres, dit Matt Neylan. Si tu veux, nous pourrions l'enterrer au cimetière de Clonakilty. Nous y avons une concession. Elle reposerait à côté de ma mère.

– Ce serait bien. Je pense qu'elle l'approuverait. Elle t'aimait, Matt.

– Je l'aimais aussi.

– Je sais. Si nous marchions?

– Certainement. Je vais juste passer au bureau et donner un ou deux coups de téléphone, puis nous irons faire un tour en ville.

– Matt?

– Oui?

– Je voudrais qu'il y ait un prêtre à son enterrement. Pas pour moi, ni pour toi bien sûr, mais je pense que Nonno Drexel en serait content.

– Il y en aura un. Et maintenant, partons. Elle n'a plus besoin de nous.

Leur promenade les amena devant la poste d'où ils envoyèrent chacun un télégramme au cardinal Drexel. Tove avait écrit dans le sien :

« Très cher Nonno Drexel, votre petite-fille chérie est morte ce matin. Sa maladie fut heureusement très brève et sa fin paisible. Ne la pleurez pas trop, elle n'aimerait pas ça. Je vous écrirai plus tard. Avec toute mon affection. Tove. »

Le message de Matt Neylan fut plus officiel.

« Votre Éminence sera certainement heureuse de savoir que Tove surmonte sa douleur. Britte a eu une vie heureuse et ses derniers mots conscients furent pour son Nonno. Elle sera enterrée à Clonakilty dans la concession de ma famille, selon les rites de l'Église romaine. Si j'avais la moindre difficulté avec le curé, ce dont je doute, j'invoquerais le nom et le rang de Votre Éminence. Si vous désiriez choisir une épitaphe pour sa tombe, je demanderais à un bon graveur de l'y graver. Toutes mes condoléances pour cette triste perte. Matt Neylan. »

Quand il eut écrit son télégramme, il se tourna vers Tove et dit :

— J'ai téléphoné au Vatican et leur ai demandé de prévenir Salviati, qui assiste à la messe du pape. Veux-tu lui envoyer un message personnel ?

— Oui, il faut que je le fasse.

Elle prit un second formulaire et écrivit très vite :

« Cher Sergio, Britte est morte paisiblement ce matin. Je suis à la fois triste, perdue et heureuse pour elle. Il est trop tôt pour dire ce qui va maintenant arriver et où j'irai. Matt Neylan s'occupe de moi. C'est quelqu'un de bien et nous nous entendons très bien ensemble. A toi, Tove. »

Si Matt Neylan fut déçu d'éloges aussi froids, il n'en montra rien. La fille qui prit les télégrammes fit remarquer qu'en raison de la différence de fuseaux horaires, ils n'atteindraient que le lendemain leurs destinataires en Italie. Et que ce serait le jour des Morts.

La basilique était pleine à craquer. Les diplomates et leurs femmes étaient assis. Le clergé rangé dans l'ordre protocolaire. Les hommes des services de sécurité étaient à leurs postes. Les équipes de télévision, perchées sur leurs plates-formes, réglaient leurs caméras sur l'autel de la Confession, sous le grand baldaquin où le souverain pontife allait concélébrer avec les cardinaux les plus importants la messe de tous les saints.

L'atmosphère bourdonnait du murmure de milliers de voix auquel les essais de l'orgue faisaient un tonnant contrepoint. Dans la sacristie, les célébrants revêtaient les habits liturgiques, tandis que le maître des cérémonies allait et venait discrètement, murmurant ses dernières consignes à ses acolytes. Le pape lui-même était déjà prêt. On avait disposé pour lui un fauteuil et il méditait les yeux clos, attendant la cérémonie.

Maintenant, il avait peur. Il n'est pas de réconfort à la mort violente, pas de secourable anesthésie, pas de consolation humaine, elle manque enfin de dignité. Il était donc chassé; comme dans l'antiquité les rivaux du Roi des Bois le guettaient pour le tuer et prendre possession du temple. La peur ne venait pas de la mort, mais de la façon dont elle le frapperait : « comment », « quand », « qui » ? Inconnus, mystérieux, sans nom. Il eut soudain la vision de son assassin debout, voilé comme Lazare, appuyé à l'un des piliers du baldaquin, attendant de lui adresser un salut final.

Il s'efforça de se préparer à cette rencontre. Il n'était pas d'autre façon de le faire que de s'abaisser devant la volonté d'un Créateur aux yeux de qui, dans son cosmos, assassins et victimes avaient leur place. Il s'obligea à épeler silencieusement les mots : « *Fiat volontas tua...* Que ta volonté soit faite. Quelles qu'en soient l'apparente anarchie, l'horreur et l'iniquité, qu'elle soit faite. Je m'y abandonne, je n'ai pas d'autre recours. »

Ensuite il pensa à Tove Lundberg – par quelque fantaisie de l'imagination ou association d'idées – qui veillait son enfant morte dans ce lointain pays brumeux que les Romains appelaient Hibernia. Son angoisse était différente de la sienne, avec des raffinements sans doute qu'il ne pouvait que deviner. Neylan la comprendrait probablement mieux. Il avait jugé l'univers si irrationnel qu'il avait abandonné toute croyance en un créateur intelligent. Et pourtant, entre tous, il agissait avec courage, dignité et compassion.

Ce qu'il ne pouvait demander pour lui, il le pouvait pour les autres et il pria pour Drexel dont se moquait le destin à la fin de sa vie. Il s'était ouvert à l'amour et l'amour lui était volé.

Le maître des cérémonies lui toucha doucement l'épaule et chuchota :

– Sainteté, c'est l'heure.

De sa place tout à côté du corps diplomatique, le responsable de la sécurité ne perdait pas un mouvement du pape et de ses concélébrants à l'autel et écoutait les laconiques rapports qui lui étaient adressés par radio de minute en minute des points d'observation stratégiques de la basilique. RAS, disait le dôme; RAS, la nef; RAS, le transept...

Ils en étaient à la préface, introduction à la prière eucharistique, le chœur chantait à pleine voix l'hymne de louange : « Saint, Saint, Saint, le Seigneur, Dieu de l'univers, le ciel et la terre sont remplis de sa gloire... » Les rapports radio continuaient de s'égrener : baldaquin, RAS. Transept, RAS. Mais les instants les plus périlleux étaient encore à venir : l'élévation, pendant laquelle le pape, debout au centre de l'autel, élèverait les espèces consacrées au-dessus de sa tête, pour les présenter à l'adoration des fidèles, et le moment précédant la communion où il élèverait encore l'hostie et prononcerait les derniers mots de louange.

Le maître des cérémonies suivait ponctuellement les ordres, isolant le pape chaque fois que la chose était possible, afin que même s'il était frappé le dommage soit limité à sa personne. Terrible ironie. A l'instant même où la victime rituelle était offerte à l'autel, la cible vivante s'offrait à l'assassin.

Installé parmi les membres de la maison du pape, Sergio Salviati et Menachem Avriel parvenaient à mener un dialogue discret, couvert par les chants. Le secrétaire d'État avait pris contact avec chacun d'eux et leur avait donné une brève version de ce qui s'était passé en Irlande. Avriel voulait savoir :

– Que va-t-il se passer avec Tove, maintenant ?

– Je vais lui écrire, l'appeler.

– Je pensais...

– Je l'ai pensé aussi. Mais tout était fini avant son départ. Ce n'est la faute de personne. Trop de fantômes entre nous. Voilà tout.

– Voici un conseil. Accordez-vous une détente. Venez en Israël.

– Je connais la suite. « Nous vous trouverons une jolie et brillante fille juive et... » Eh bien, j'irai. Mes adjoints font du bon travail et Morrison viendra me relayer. Où en sommes-nous du service ?

Menachem Avriel montra le texte et chuchota :

– C'est leur récit de la Pâque.

– Comment le savez-vous ?

– Je l'ai lu. J'étudie les coutumes indigènes, ce à quoi sont exercés tous les diplomates. Mais ne dites plus rien. Ils en arrivent au plus sacré.

Le pape récitait la première formule de la consécration :

« Tandis qu'ils étaient à table, il prit le pain, le bénit, le rompit et le distribua à ses disciples en disant : " Prenez et mangez, ceci est mon corps qui sera donné pour vous... " »

Dans le murmure qui suivit, le pape éleva l'hostie au-dessus de sa tête tandis que l'immense assistance baissait la tête en signe d'adoration. Le responsable de la sécurité retint son souffle : les bras ainsi levés, le pape faisait une cible parfaite. Lorsqu'il les abaissa, ce responsable eut un soupir de soulagement. Le premier passage dangereux était franchi. Le souverain pontife s'inclina devant l'autel, prit le calice d'or et récita les paroles de la consécration du vin :

« De la même manière, il prit du vin, rendit grâces et offrit la coupe à ses disciples en disant : " Prenez et buvez. Ceci est mon sang, le sang de la nouvelle et éternelle alliance qui sera répandu pour vous et pour la multitude en rémission des péchés. Faites ceci en mémoire de moi. " »

Il leva de nouveau les bras, présentant l'espèce consacrée à l'adoration de la foule.

Ce fut alors que la balle le frappa, lui trouant la poitrine et le renversant en arrière, si bien que le contenu du calice l'aspergea, se mélangeant à son propre sang.

Épilogue

Son Éminence le cardinal camerlingue Karl-Emile Clemens était un homme très occupé. Le siège de Pierre était vacant, et jusqu'à l'élection d'un nouveau pape, c'était le camerlingue qui en assurait l'intérim, sous le contrôle du sacré collège. Il n'y aurait cette fois pas de confusions, pas d'erreurs. Il ordonna une autopsie et demanda qu'elle soit faite par le médecin-chef de la commune de Rome en présence de trois médecins, dont le professeur Sergio Salviati, chirurgien du pape défunt.

Leurs conclusions furent unanimes. La mort avait été provoquée par un projectile de gros calibre à pointe creuse et haute vitesse initiale, tiré d'une position élevée. Il avait percé le cœur et avait éclaté contre une vertèbre, répandant ses fragments à l'intérieur de la cage thoracique. La mort avait été instantanée. Cela correspondait aux conclusions des enquêteurs appelés en renfort auprès du Corpo di Vigilanza du Vatican. Ils découvrirent que la perche du microphone utilisé par l'équipe de télévision était en fait un canon de fusil allongé d'une parfaite précision. Le temps d'examiner ce matériel, l'opérateur-son avait disparu. On devait avoir la preuve qu'il s'agissait d'un Coréen, né au Japon, engagé pour la circonstance comme pigiste. Les autres membres de l'équipe furent retenus pour interrogatoire et relâchés pour être remis à l'ambassadeur du Japon, qui leur fit aussitôt quitter l'Italie.

Le corps de Léon XIV ne fut pas exposé durant la veillée funèbre. Les trois cercueils – l'un de plomb, à ses armes, où avait été placé le certificat de décès, l'autre de cyprès et le troisième d'orme — avaient été scellés et les obsèques furent abrégées de crainte, d'après la presse, de nouvelles violences. Passé le premier déferlement de récits à sensation, les nécrologies de Léon XIV furent très discrètes. On l'y évoquait comme un homme décidé, intraitable sur la discipline, modèle de rectitude dans sa vie privée, de zèle pour la défense de la tradition la plus pure de la foi. Nicol Peters lui-même notait froidement : « Il y eut des démonstrations publiques de révérence, mais non pas d'affection. Il fut dans l'histoire des papes une sorte de Cromwell — homme du peuple incapable de toucher les cœurs du peuple... De persistantes rumeurs, après sa maladie, affirmaient qu'il avait changé et préparait un changement majeur de politique. Mais tous ses papiers se trouvant selon la coutume entre les mains du camerlingue, nous ne saurons sans doute jamais la vérité. »

On frappa deux médailles, l'une pour le camerlingue, l'autre pour le gouverneur du conclave qui devait se tenir pour élire un nouveau pape. Le Vatican émit de nouvelles pièces et imprima de nouveaux timbres où était mentionné : *sede vacante*. La première page de l'*Osservatore romano*, bordée de noir, portait la même mention.

Le cardinal camerlingue avait pris possession des appartements du pape et, avec les clés, de tout leur contenu, y compris le journal de Léon XIV, son testament, ses papiers et ses effets personnels. Monseigneur Gerard Hopgood assista le camerlingue dans ces tâches funèbres et, comme il parut à ce dernier, discret, plein de tact et très instruit, le camerlingue lui suggéra de demeurer où il était jusqu'à l'élection du nouveau pontife dont il pourrait mettre au courant la nouvelle équipe. Entre-temps, il pourrait songer à une nomination nouvelle, pour laquelle on le recommanderait très chaudement. Ce fut pourquoi, par un froid samedi de novembre, il se rendit à Castelli voir le cardinal Drexel.

Le vieil homme était maintenant un peu voûté. Sa démarche avait perdu son élasticité et il prenait une canne pour faire le tour du jardin et des champs. Mais la vigueur de son jugement sur les hommes et leurs affaires n'avait pas diminué. Quand Hopgood lui fit part de la suggestion du défunt pape, lui conseillant de travailler à la villa, Drexel l'écarta aussitôt.

— Vous y perdriez votre vie. De toute façon ça ne peut pas durer. J'ai été trop complaisant envers moi-même. Mais ça ne va nulle part. Nous aurons sans doute fait quelques bonnes choses, aidé à vivre une poignée de malheureux, mais il est clair aujourd'hui à mes yeux que pour transformer cette affaire en une entreprise viable, il faudrait des sommes énormes et le soutien public – qu'il est très difficile d'obtenir en Italie – et un noyau de personnel compétent, plus difficile encore à recruter. Si vous voulez vous servir de votre cœur, de votre tête et de vos muscles, allez dans les pays nouveaux, d'Afrique ou d'Amérique du Sud... L'Europe est trop prospère. Ici, vous étoufferez ou deviendrez rat du Vatican, ce qui serait une pitié.

– J'y songerai, Éminence. En attendant, puis-je vous demander un conseil ?

– A quel propos ?

– A propos d'une opinion que j'ai. Je trouve qu'on rend bien piètre justice à la mémoire de feue Sa Sainteté. Tout ce qu'on peut lire met l'accent sur la période réactionnaire de son règne, personne ne mentionne qu'il était sur le point de promouvoir de grands et historiques changements, comme vous l'avez sans doute su.

– Je l'ai su, oui, dit Drexel, sans se découvrir.

– Eh bien, je voudrais rédiger un tribut à sa mémoire, un portrait de l'homme nouveau qu'il était devenu. J'aimerais... (Il aborda la chose avec précaution). Publier et aussi commenter quelques-uns de ses derniers travaux, y compris son adresse au consistoire.

– Malheureusement, lâcha Drexel avec ironie, vous n'avez pas de titre pour ce faire.

– Je crois que si, dit fermement Hopgood. Voyez !

Plongeant la main dans sa serviette, il en tira deux volumes reliés en cuir. Le premier et le plus important contenait des notes manuscrites et des feuillets imprimés couverts de corrections. Le second était le texte de l'adresse de Léon XIV au consistoire. Tous deux portaient la même dédicace :

A mon bien-aimé fils dans le Christ
GERARD HOPGOOD
qui m'a prêté ces mots, interprètes
de mes espoirs et de mes plans.
Léon XIV, *Pont. Max.*

– D'après ce que je comprends, reprit Hopgood rayonnant, un copyright concerne l'auteur des mots et la forme qui leur est donnée. Et, à moins qu'on ne prétende que je les ai écrits en tant qu'employé ou que j'en ai fait don, Sa Sainteté était très prudente dans son emploi du mot prêter.

Drexel réfléchit un instant, puis rit franchement.

– J'aime les hommes nets. Bravo! Voici le conseil que je vous donne. Choisissez ce que vous voulez faire. Si le Brésil ne vous rebute pas, je peux vous recommander à mon ami Kaltenborn, le cardinal-archevêque de Rio. Quand vous serez loin de Rome et que vous aurez fait la conquête de votre évêque, publiez ce que vous souhaitez – et abandonnez les droits d'auteur à votre diocèse, de façon qu'on ne puisse pas vous reprocher de médiocres mobiles.

– Merci, Éminence. Je ferai ce que vous dites et vous serais très reconnaissant d'une recommandation au cardinal Kaltenborn.

– Bien. Je vais lui écrire avant votre départ. C'est étrange comme Dieu arrange les choses! Sa Sainteté avait trouvé un fils. J'ai perdu une petite-fille. J'arrive au bout de ma vie. Il avait devant lui des années de bon travail. Et je suis encore là. Et il est mort.

– Je ne cesse de me demander... fit Hopgood, très sombre, combien l'Église a perdu avec sa mort.

– L'Église n'a rien perdu! s'exclama Drexel, dont la voix retentit fort dans la pièce voûtée. Sur la colline du Vatican, les pontifes se sont succédé à travers les siècles, saints et pêcheurs, sages et imbéciles, bandits, filous, réformateurs et il y eut même un fou intermittent! Lorsqu'ils s'en vont, on ajoute leur nom à la liste que Pierre le Pêcheur a inaugurée. Les bons sont vénérés; les mauvais ignorés. Et l'Église continue, non pas à cause d'eux, à cause de l'Esprit-Saint qui souffle toujours sur les eaux troubles de l'existence humaine comme il soufflait aux premiers jours de la création. Voilà ce qui nous soutient, tous ensemble dans la foi, l'amour et l'espérance. Rappelez-vous saint Paul! « Nul ne peut dire Jésus est Seigneur que sous l'action de l'Esprit-Saint. » (Il s'interrompit comme embarrassé de sa véhémence). Venez maintenant, reprit-il, il faut que vous goûtiez mon vin. Je l'ai appelé Fontamore. Vous restez dîner, j'espère? De bons amis à moi arrivent ce soir d'Irlande. Ils m'ont annoncé une surprise agréable.

Clareville
Australie.
Avril 1989.

Dépôt légal : Avril 1990
N° d'édition : 32450 – N° d'impression : 13961

Achevé   Imprimerie
d'imprimer Gagné Ltée
au Canada Louiseville

Morris West est né en Australie en 1916. Il passe douze ans de sa jeunesse dans un ordre monastique qu'il quittera à vingt-six ans avant de prononcer ses vœux définitifs. Il s'enrôle dans l'armée et est envoyé dans la région du Pacifique. Il devient ensuite publicitaire, puis producteur d'émissions radiophoniques et romancier au palmarès impressionnant. Ses vingt-six romans se sont vendus à plus de soixante-sept millions d'exemplaires dans vingt-sept langues différentes.

De main de maître son précédent roman, a paru ici-même en 1989, dans la collection Best-Sellers.

Couverture : Illustration Terry Pastor.